W0460968

AtV

VIKTORIA PLATOWA ist ein neuer Star am Himmel der russischen Kriminalliteratur. Die Autorin hat das Filminstitut in Moskau absolviert und als Szenaristin für verschiedene Studios gearbeitet. Ihre Bücher erreichen Millionenauflagen in Rußland, ihre Serie um die rothaarige Eva läuft äußerst erfolgreich im russischen Fernsehen. Viktoria Platowa lebt in St. Petersburg.

Bisher im Aufbau Taschenbuch Verlag erschienen: »Die Frau mit dem Engelsgesicht« (2002).

Die Frau auf der Intensivstation erinnert sich an nichts mehr. Jeden Tag kommt ein Miliz-Hauptmann und wirft ihr die schlimmsten Dinge vor, versucht ihr zu suggerieren, daß sie eine Mörderin ist, die ihren Gedächtnisverlust nur spielt. Als sich ihr die Möglichkeit zur Flucht und eine neue Identität bieten, greift sie danach wie nach einem rettenden Strohhalm. Doch schon nach wenigen Stunden wird ihr Retter ermordet. Nun ist sie ganz allein im großen, winterlichen Moskau, ohne Papiere, ohne Wohnung, ohne Freunde. Das einzige was sie hat, ist ein teurer Pelzmantel und die Telefonnummer des Miliz-Hauptmanns.

Viktoria Platowa

Ein Püppchen für das Ungeheuer

Kriminalroman

Aus dem Russischen
von Ganna-Maria Braungardt

Aufbau Taschenbuch Verlag

Die Originalausgabe unter dem Titel
Куколка для Монстра
erschien 1999 bei EKSMO-Press, Moskau.

ISBN 3-7466-1915-7

1. Auflage 2003
© Aufbau Taschenbuch Verlag GmbH, Berlin 2003
© by EKSMO-Press, MOSCOW, 1999
Umschlaggestaltung Torsten Lemme
unter Verwendung eines Fotos von gettyimages
Druck Clausen & Bosse, Leck
Printed in Germany

www.aufbau-taschenbuch.de

Nach dem Koma. Dritter Tag

Ich kann ihn nicht identifizieren. Ich kann sie nicht identifizieren.

Ich habe diese Gesichter noch nie gesehen. Ebensowenig wie das Gesicht des Mannes, der mir immer wieder ein und dieselben Fotos vorlegt.

Im übrigen ist auf mich kein Verlaß.

Ich kann nicht einmal mich selbst identifizieren

Nach dem Koma. Fünfter Tag.

Ich kann ihn nicht identifizieren. Ich kann sie nicht identifizieren.

Die Frau auf den Fotos ist tot. Kurzes schwarzes Haar, genauso schwarz wie das Blut, das ihr ganzes Gesicht bedeckt.

Der Mann auf den Fotos lebt. Er sieht aus wie ein Wiesel. Oder wie ein Hamster – wie bekiffte Hippies sie auf der Schulter tragen (woher weiß ich von bekifften Hippies?). Woher weiß ich, daß es Wiesel und Hamster gibt und daß der Mann auf den Fotos ihnen ähnelt? Hatte ich mit Zoologie zu tun? Oder habe ich mal einen Tierfilm gesehen, während ich in der Küche faule Äpfel aussortierte?

Wenn ich Bescheid weiß über Küchen und »faule Äpfel«, warum zum Teufel weiß ich dann nicht, wer ich bin?

Wer bin ich?

Nach dem Koma. Siebter Tag. Ich kann ihn nicht identifizieren. Ich kann sie nicht identifizieren.

War ich die Geliebte des Mannes? Oder die Freundin der Frau? Oder eine zufällige Reisegefährtin, erst eine Viertelstunde vor dem Unfall ins Auto eingestiegen oder zwanzig Minuten bevor es anfing zu schneien (in jener Nacht fiel nasser Schnee, Gott sei Dank weiß ich, was »Schnee« ist)?

Übrigens sagt er, die Ermittlungen laufen noch – dieser Bursche, der mir ständig ein und dieselben Fotos bringt. Sie haben sogar meine Fingerabdrücke genommen – jetzt können alle zehn Finger vor Gericht verwendet werden. Aber ich habe ein hundertprozentiges Alibi, wenn man ein zweimonatiges Koma und eine anschließende Amnesie als Alibi gelten lassen kann.

Heute hat mir die diensthabende Schwester Blumen gebracht.

Heute habe ich mich wieder an nichts erinnert, außer an den Namen der Blumen – Nelken. Ich weiß nicht einmal, ob ich Nelken mochte, als ich noch ich selbst war und alles über mich wußte. Meinem jetzigen Ich gefallen sie nicht. Aber ich habe es der Schwester nicht gesagt – sie ist so lieb zu mir. Sie heißt Anastassija. Und wie heiße ich?

Wer bin ich?

Erster Teil
ANNA

»Haben Sie neuerdings einen Verehrer?« Aus ihm sprach das eifersüchtige Interesse des Ermittlers, nichts weiter. Er betrachtete die bereits vertrockneten Blütenblätter, als wären sie das fehlende Glied, das er noch brauchte, um mich endlich in die Enge zu treiben. Die ganzen acht Tage, seit ich zu mir gekommen bin, aufgewacht in der Höhle der Tröpfe, hat er versucht, mich in die Enge zu treiben. Er hielt das alles für Bluff – meinen Gedächtnisausfall und auch die Nelken, die mir die blutjunge Schwester gebracht hat.

Wären unter seinem billigen Pulli nicht so hartnäckig die Schulterstücke präsent gewesen (vermutlich war er Leutnant, ein Looser-Leutnant, nicht mehr – solche übereifrigen Typen brachten es selten zum Major), hätte ich ihm vage kokett geantwortet: »Ja, ein Verehrer, warum nicht, in dieser Vorzeigeklinik gibt es ein großes Angebot an Verehrern – vom leitenden Neurochirurgen mit dem schwer auszusprechenden georgischen Vatersnamen bis zu einem Europameister im klassischen Ringkampf, der hier die Folgen eines Schädel-Hirn-Traumas auskuriert.«

Aber die unsichtbaren Schulterstücke (ich hoffte, ich würde sie nie zu Gesicht bekommen) ärgerten mich derartig, daß ich nur sagte: »Die Blumen sind von der diensthabenden Schwester. Ich hoffe, sie wird für ihre unschuldige Geste nicht gerichtlich belangt.«

Er sah mich finster an.

»›Unschuldige Geste‹ – sieh mal an! Für eine Madame, die gerade aus dem Koma erwacht ist, drücken Sie sich nicht übel aus. Und wie steht's mit dem Rest?«

»Der Rest«, das waren die verdammten elf Fotos, die er gleich auf meine Decke werfen würde. Ich wußte es und wartete dennoch darauf – das war das einzige, worauf ich wirklich wartete. Vielleicht würde ich im körnigen, unscharfen Hintergrund endlich etwas Neues entdecken, irgend etwas, das mir helfen würde, mich an diesen Mann zu erinnern und zugleich – an mich selbst.

Aber mein Looser-Leutnant ließ sich Zeit mit dem Ausflug durch die Hochglanzfotos.

»Und warum hat Sie Ihnen Blumen gebracht?«

»Ich weiß nicht. Einfach so, nehme ich an. Welchen Dienstgrad haben Sie?«

Er berührte die harten halbtoten Blütenblätter mit ebenso harten Fingern und riß mechanisch eins ab – ich dachte plötzlich, daß er als Kind wahrscheinlich mit dem gleichen mechanischen Genuß Schmetterlingen die Flügel ausgerissen hatte.

»Diese Blumen heißen Nelken. Wissen Sie, was das ist – ›Nelken‹?«

»Ja.«

In seinen Augen flackerte Jagdinstinkt auf. Wenn ich wußte, wie diese Blumen heißen, dann lag die Vermutung nahe, daß ich auch meinen eigenen Namen wußte.

Ich weiß meinen Namen nicht.

»Gratuliere, Madame am Tropf! Was weißt du denn noch, nicht über Blumen, sondern über dich selbst?«

Nichts, nichts, nichts weiter.

»Welchen Dienstgrad haben Sie?«

»Hauptmann.«

Aha, ich habe mich also geirrt. Kein Looser-Leutnant, sondern ein Looser-Hauptmann. Genau der Richtige, um einen so hoffnungslosen Fall wie mich zu übernehmen.

Ich bin ein hoffnungsloser Fall, und er heißt Konstantin Lapizki – jedenfalls steht dieser Name in seinem Dienstausweis. Der Name paßt zu ihm. Namen passen überhaupt zu Menschen.

Aber das kann nur ich verstehen. Weil ich keinen eigenen Namen habe. Vorübergehend, wie ich hoffe. Ich hoffe noch immer, daß er mir wieder einfällt – und darum warte ich auf jeden Morgen mit Hauptmann Lapizki. Der Hauptmann hat schmale, entschlossene Lippen und einen eingeschlagenen Schneidezahn, durch den er einem schlanken kleinen

Raubtier ähnelt, genau wie der Mann auf den Fotos – die Fauna der Polizei schien nicht eben vielfältig zu sein.

»Gehen Sie zum Zahnarzt«, sagte ich plötzlich zu dem Hauptmann, den ich nach einer Woche langsam satt hatte, »der ersetzt Ihnen das fehlende Stück Zahn, dann heiraten Sie die Tochter Ihres Chefs und müssen sich nicht mehr Tag für Tag bei mir rumdrücken wie auf Arbeit.«

»Im Moment sind Sie meine Arbeit.« Er war nicht einmal beleidigt, er hatte offenbar Geduld. Der würde es weit bringen; ich hatte mich wohl geirrt, was seine Karriereaussichten anging. »Kommen wir zur Sache.«

Ich öffnete die Augen einen Spalt. Elf Fotos. Er veränderte nur manchmal die Reihenfolge – vielleicht würde die Patience ja irgendwann aufgehen; ein blindes Huhn findet auch mal ein Korn.

Aber heute waren es andere Fotos. Obenauf lag der Schauspieler Zbigniew Cybulski.

»Kennen Sie diesen Mann?« fragte ungerührt der Hauptmann, dieser Scheißpsychologe, dieser hausgemachte Judas.

»Ja. Das ist ein Schauspieler. Ein polnischer Schauspieler. Er trug immer eine Brille und einen weißen Schal, und er ist umgekommen. Ich glaube, Ende der Sechziger.«

»Sechsundsechzig, um genau zu sein.« Er schnaubte zufrieden. »Und welches Jahr haben wir jetzt, wissen Sie das?«

Ich schwieg. Tatsächlich – welches Jahr war jetzt?

»Ihr Gedächtnis ist sehr selektiv, wie ich sehe.« Der Hauptmann wahrte professionelle Höflichkeit, obwohl er mich am liebsten geschlagen hätte.

Mitten in mein Gesicht, das ich noch nicht einmal gesehen hatte.

Er schob mir die übrigen Fotos hin, mit einer nachlässigen Geste, die seine kaum verhohlene Spannung offenbarte (nach nunmehr acht Tagen war mir diese Geste wohlvertraut). Und ich wußte, was ich als nächstes sehen würde: Eine Frau, deren Name nicht ermittelt werden konnte (wie der Hauptmann sagte). Und einen Mann namens Oleg Marilow. Der Hauptmann hatte diesen Namen erst am dritten Tag genannt, als er die Hoffnung aufgegeben hatte, ihn von mir zu erfahren.

Der Name sagte mir nichts. In meinem Kopf, der leergefegt war wie eine Stadt während der Sommerferien, existierte kein einziger Name aus meinem früheren Leben. Zbigniew Cybulski zählte nicht, der hatte kaum etwas mit mir zu tun. Ich nahm die Fotos des Mannes in die Hand – es waren andere als die, die er mir bislang gezeigt hatte und auf denen der Mann noch lebte. Im Gegensatz zu der Frau, die ich auf den Fotos nur tot gesehen hatte. Doch auf diesen Fotos war auch er tot. Sie waren offenbar gleich nach dem Unfall gemacht worden: Ein zerquetschter Haufen Schrott, der einmal ein Auto gewesen war; ein zerquetschter Haufen Fleisch, der einmal ein Mensch gewesen war. Die tote Frau sah besser aus.

»Nein, ich kenne ihn nicht. Ich erinnere mich nicht. Hat das irgend etwas mit mir zu tun?«

Er nahm einen weiteren Stapel Fotos aus seiner Mappe – wieder war eine Frau darauf, gleichfalls im Feuerschein des Unfalls. Aber nicht die, deren Fotos er mir die ganze Zeit gezeigt hatte. In der hilflos gekrümmten Figur flackerte noch Leben.

»Wer ist das?« fragte ich sinnloserweise, obwohl ich bereits wußte, wer das war.

»Das sind Sie. Die dritte Beteiligte des Dramas. Sie leben noch. Gratuliere.«

»Ich … Ach so. Kann sein. Aber was wollen Sie von mir?«

Er beugte sich zu mir – zum erstenmal seit acht Tagen war er mir so nahe; er roch stark nach billigem Rasierwasser.

Woher weiß ich, daß das billiges Rasierwasser ist?

»Ich will, daß du mir alles erzählst.«

»Ich erinnere mich an nichts. Ich kann Ihnen nicht helfen.«

»Ich glaube dir nicht. Vielleicht hast du zu viele blöde Bücher über Psychiatrie gelesen und führst mich an der Nase rum. Aber die Nummer läuft bei mir nicht. Ich durchschaue dich.«

»Dann können Sie mir vielleicht sagen, wer ich bin?«

»Niemand.« Er genoß diese Aussage, nagelte mich damit geradezu an mein Krankenhausbett. »Niemand.«

Ein plötzlicher Schmerz durchfuhr mich. Ich war niemand. Alles, was ich besaß, waren ein Krankenhausbett und ein staatliches Krankenzimmer mit einem billigen Blumenstrauß darin. Genauso billig wie das Rasierwasser von Hauptmann Lapizki. Das war zuviel, und ich hauchte ihm ins Gesicht: »Das ist nicht wahr. Das kann nicht sein. Irgend jemand muß mich doch kennen. Irgend jemand, außer diesen Fotos. Unterstehen Sie sich, mir die noch einmal mitzubringen.«

»Sonst beschwerst du dich beim Staatsanwalt? Erstattest Anzeige, ja? Aber in wessen Namen denn, he?«

»Halten Sie den Mund.«

Aber er war nicht mehr zu bremsen.

»Niemand. Du bist niemand. Wie gefällt dir diese Aussicht?«

Ich sammelte langsam alle Fotos ein, legte sie zu einem ordentlichen Packen zusammen und schleuderte sie dem Hauptmann ins Gesicht. Und begriff augenblicklich, daß ich das schon die ganze Zeit hatte tun wollen: ihm das Leben, das er mir aufzwingen wollte und das nicht das geringste mit mir zu tun hatte, ins Gesicht schleudern. Die Ecke eines Fotos traf seine Wange – er zuckte vor Schmerz zusammen.

»Ich gehe jetzt«, sagte er leise, aber ich wußte, das war nur eine Falle, ein Ablenkungsmanöver, niemals würde er das Schlachtfeld einfach so räumen, für nichts und wieder nichts. »Ich gehe jetzt, aber ich fürchte, weiter wird dich niemand besuchen. Dich wird nicht einmal jemand aus der Klinik abholen, wenn du am Leben bleiben solltest. Gehen wir also davon aus, daß ich vorerst der einzige Mensch bin, der sich für dich interessiert.«

»Warum?«

Der Hauptmann preßte mit seinen Fingern mein Kinn. Mit der anderen Hand zog er, ohne hinzusehen, ein Foto aus dem Stapel und hielt es mir hin. Das Hochglanzpapier beschlug von meinem keuchenden Atem sofort.

»Siehst du das? Das ist alles, was von meinem Freund

übriggeblieben ist. Von meinem besten Freund. Wir waren viele Jahre ein Gespann. Ich kannte seine Frauen. Sie waren alle vom gleichen Typ: kleine Blondinen mit großem Busen, und alle kurzsichtig, mindestens minus vier Dioptrien. Er mochte es, wie sie die Augen zusammenkniffen, bevor sie sagten, daß sie über Nacht bleiben würden. Du ähnelst keiner von ihnen.«

»Vielleicht saß ich nur zufällig mit im Auto?« In den acht Tagen hatte ich mir die Umstände des Falles zusammengereimt: Eine nasse Landstraße im Spätherbst, ein Auto, daß die Leitplanken durchbrochen hatte, zwei Tote und eine wie durch ein Wunder am Leben gebliebene Insassin, die glücklich das Gedächtnis verloren hat.

Der Hauptmann schüttelte traurig den Kopf.

»Ich hätte nichts gegen diese Version.« Endlich ließ er mein Kinn los und rückte ein Stück ab – und gleich kehrte er auch zum höflichen »Sie« zurück. »Aber es gibt ein kleines Problem: Keiner weiß, wer Sie sind. Keiner sucht nach Ihnen. Nirgends werden Sie auch nur erwähnt. Wir haben nichts gefunden, was zu Ihrer Identifizierung beitragen könnte. Außer Ihren Fingerabdrücken. Wissen Sie, ich würde Ihre Fingerabdrücke gern noch woanders finden. Das würde vieles erklären.«

»Wo denn zum Beispiel?«

»Zum Beispiel in einem hübschen Haus, in dem ein dreifacher Mord geschehen ist.«

»Mord?«

Wieder suchte er geduldig nach einem Schlupfloch in der dichten Mauer, die mein Gedächtnis abschirmte. Er holte einen weiteren Packen Fotos hervor.

Ich versuchte nicht einmal, mich auf die Gesichter der Toten zu konzentrieren, sie kamen mir alle gleich vor. Teilnahmslos stellte ich fest, daß einer der Toten ein sauberes Loch im Kopf hatte, die anderen beiden hatten klaffende Brustwunden.

»Haben Sie dazu etwas zu sagen?« fragte mich der Hauptmann.

»Ein scheußlicher Anblick.«

»Sonst nichts?« Seine Nüstern bebten.

Ich hätte antworten können, daß viel Blut die Menschen unerträglich schmutzig macht, man spürt den Drang, sie unter die Dusche zu stellen – vielleicht renkt sich dann alles wieder ein. Aber mir war klar, daß er von mir etwas ganz anderes hören wollte, darum schwieg ich.

»Sie kennen also auch diese Personen nicht?« Er blieb beharrlich.

»Nein.«

»Na dann, sehr schade. Wenn Ihnen etwas einfallen sollte – meine Telefonnummer.« Er holte eine eigens bereitgehaltene eher zweifelhafte Visitenkarte hervor und nötigte sie mir auf. Ohne hinzusehen, steckte ich sie in die Tasche meines Bademantels. Um sie augenblicklich zu vergessen.

Nichts, gar nichts rührte sich in dem trüben, stehenden Wasser, das mein halbtotes Gehirn war. Ich hatte diese Leute nie gesehen. Dieser verdammte Hauptmann! Seine Gegenwart strengte mich an, seine Fotos töteten mich wieder und wieder; sein tägliches Kommen verwehrte mir, mich zu vergessen. Er war an allem schuld, er war schuld …

»Sie, Sie Spürhund!!! Hören Sie!«

Ich warf das Konservenglas mit den Blumen nach ihm und riß mich dabei von den unzähligen Schläuchen los, an die ich gefesselt war.

Dann verlor ich wohl das Bewußtsein.

Als ich wieder zu mir kam, war der Hauptmann nicht mehr im Zimmer.

Auf dem Stuhl, auf dem er gerade noch gesessen hatte, hockte nun eine Krankenschwester wie ein Vögelchen auf der Stange. Dieselbe, die mir die Blumen gebracht hatte. Ich glaube, sie hieß Anastassija. Nastja.

Ich betrachtete sie ein paar Sekunden lang aus halbgeschlossenen Augen – nichts Besonderes, dieses Gesicht hätte durchaus auch meins sein können: Vielleicht bewegte auch ich die leichtsinnigen vollen Lippen, wenn ich las.

Sie las nämlich, das Vögelchen auf der Stange. Ein Buch, das zu gewichtig aussah für ihre leichtsinnigen Lippen.

Warum weiß ich alles über Bücher, über Lippen und über Vögelchen auf der Stange, aber nichts über das Wichtigste? Warum will niemand mir helfen?

»Was lesen Sie da?« fragte ich die Schwester leise.

Vor Überraschung ließ sie das Buch fallen.

»Wie fühlen Sie sich?« Ihre Stimme enthielt mehr Teilnahme als die des leitenden Neurochirurgen mit dem schwer auszusprechenden georgischen Vatersnamen und wesentlich mehr als die fordernde von Hauptmann Lapizki.

»Scheußlich. Als ich bewußtlos war, ging es mir bedeutend besser. Also, was lesen Sie?«

»Das Buch ist eigentlich für Sie.«

Ich hatte ganz vergessen, daß ich bereits lesen durfte; ich durfte schon geschälte Äpfel essen; ich durfte mich mit den Ärzten und mit Gesetzeshütern unterhalten; ich würde bald raus an die frische Luft dürfen – direkt unter den freien Himmel, den ich aus dem Fenster meines Zimmers jeden Tag sah.

»Ich möchte nicht lesen. Aber trotzdem danke. Sie sind sehr lieb.«

Über das Gesicht der Schwester huschte ein Schatten schüchterner Freude. Sie rückte mit ihrem Stuhl näher an mein Bett, einen verbundenen Finger zwischen die Buchseiten gelegt.

»Haben Sie sich geschnitten?« fragte ich ebenso teilnahmsvoll wie sie eben.

»Nicht der Rede wert. Ich hab nur die Scherben aufgesammelt.«

Vermutlich die Scherben des Konservenglases, in dem die Blumen gestanden hatten. Ich bemerkte auf dem Linoleumfußboden einen noch feuchten Fleck, in dem ein totes Nelkenblatt schwamm.

»Für die Blumen auch danke.«

»Ich mußte sie wegwerfen. Aber ich bringe Ihnen neue, wenn Sie Ihnen gefallen.«

»Sie gefallen mir.« Unmöglich, diesem Vögelchen auf der Stange etwas anderes zu sagen. »Gehen Sie nicht weg. Bleiben Sie ein bißchen bei mir.«

Sie wollte gar nicht gehen, das sah ich ihr an. Sie war die einzige, die mir rein menschliche Anteilnahme entgegenbrachte. Ihre Anteilnahme war frei von der beruflichen Neugier der Ärzte und der Kriminalisten; es war eher Mitleid. Andererseits war Mitleid auch Neugier, wenn auch ganz anderer Art.

Wir schwiegen eine Weile. Sie betrachtete mich, ich sie.

»Wie alt sind Sie?« fragte ich.

»Einundzwanzig.«

Ob wir wohl gleichaltrig waren, oder war ich älter? Vermutlich.

»Und ich?« Danach wollte ich schon lange fragen. »Wie alt sehe ich aus?«

Sie zuckte die Achseln. »Vielleicht zwanzig. Oder dreißig. Krankheit verändert den Menschen meistens.«

Sehr diplomatisch.

»Arbeiten Sie schon lange hier?«

»Zwei Jahre.«

»Und kommen solche hoffnungslosen Fälle wie ich oft vor?«

»Hin und wieder. Hier kommt alles vor. Glauben Sie mir, Sie sind nicht der hoffnungsloseste Fall.«

»Was sagen denn die Ärzte über mich? Ich ... Besteht Hoffnung, daß sich irgendwann alles wieder einrenkt?«

»Natürlich«, sagte die Schwester lebhaft, «machen Sie sich nur keine Sorgen. Sie müssen gar nicht unbedingt versuchen, sich zu erinnern, wenn Ihnen das ständigen Schmerz bereitet. Sie sollten sich lieber entspannen, die Hände hinter den Kopf legen und sich treiben lassen.«

»Was? Was haben Sie gesagt?«

Unverhofft war tief in meiner schlafenden Seele schattenhaft ein verschwommenes Bild aufgetaucht: hinter dem Kopf verschränkte Hände. Auf dem Hinterkopf. Mein Hinterkopf und meine Hände, die in meinem Haar verschwinden. Aus dem langen Haar wird kurzes Haar, aber mir scheint, das war nicht die letzte und nicht die wichtigste Veränderung. In meinem früheren Leben ist irgend etwas geschehen, das mich veranlaßte, meine Haarlänge zu verändern – der aufblitzende Gedanke verschwindet augenblicklich wieder, ohne etwas erhellt zu haben.

»Was ist mit Ihnen?« hörte ich Schwester Nastja fragen. »Sie sind ganz blaß geworden. Ist Ihnen etwas eingefallen?«

Sie umfaßte aufmunternd meine schweißnasse Hand.

»Nein. Ich kann nicht ... Ich kann mich nicht erinnern.«

»Dann sollten Sie es auch nicht versuchen, das habe ich Ihnen doch schon gesagt. Alles muß sich von selbst ergeben, wenn man Ihren Ärzten glauben darf.«

»Darf man Ihnen denn glauben?«

»Wir haben ausgezeichnete Spezialisten. Sie können sich auf sie verlassen. Vielleicht erwachen Sie eines Morgens und erinnern sich an alles. Vielleicht hören Sie eine bestimmte Melodie, und Ihnen fällt alles wieder ein.«

»Was für eine Melodie?« Ich sah sie voller Hoffnung an.

»Ich persönlich mag Ennio Morricone. Die Musik aus dem Film ‚Es war einmal in Amerika'. Mögen Sie diesen Film? Und das Buch habe ich wirklich für Sie mitgebracht.«

»Danke.« Ich hatte schließlich Mitleid mit der naiven kleinen Krankenschwester. »Geben Sie mir schon Ihr Buch.«

Nichts hätte mich schmerzhafter treffen können – der Titel lautete: »Das Geheimnis des Namens«.

»Sie können sich einen Namen aussuchen, der Ihnen gefällt. Der zu Ihnen paßt.« Die Schwester versuchte überzeugend zu klingen, soweit niederes medizinisches Personal überhaupt überzeugend sein kann. »Es ist nicht ausgeschlossen, daß Sie dabei Ihren wirklichen Namen wählen.«

»Die meisten Menschen mögen ihren Namen nicht. Im übrigen wäre mir jeder Name recht. Jeder, wenn es nur der richtige wäre.«

»Schauen wir doch mal rein«, wollte sie mich überreden.

Zum erstenmal seit acht Tagen bemerkte ich, daß ihre

Augen verschiedenfarbig waren – eins war grün, das andere braun.

»Na los.«

Sie beugte sich über das Buch, ihr verbundener Finger glitt über das Inhaltsverzeichnis. Die Namen waren alphabetisch geordnet, ganz vorn standen hebräische und altgriechische; diese Namen hatten Millionen Frauen getragen, deren Leben anders verlaufen war als meins. Sie waren geliebt worden, vergewaltigt und erobert; sie hatten Kinder geboren und Wein gestampft. Ich wußte alles über sie – und nichts Konkretes. Ich wußte über alles Bescheid – und ich wußte nichts Konkretes, und das machte mich verrückt. Bestimmt, höchstwahrscheinlich sogar, war ich meinem Namen bereits mehrmals begegnet und hatte ihn nicht erkannt, ebensowenig wie die Personen auf den Fotos.

»Es reicht. Hören Sie auf«, sagte ich ziemlich schroff zu Nastja.

»Gut. Wenn Sie wollen, verschwinde ich. Wenn es Ihnen dann besser geht.«

»Mir wird es auf keinen Fall besser gehen. Warum nehmen Sie solchen Anteil an mir, Nastja?«

Sie verzog mitleidig das Gesicht und wirkte schlagartig ein paar Jahre älter.

»Ich weiß nicht. Ich kann das schlecht erklären, aber ich fühle ... Sie wachen morgens oder mitten in der Nacht auf, ganz allein, in einem Krankenzimmer, wo man nicht mal die Tür richtig abschließen kann. Und im Flur brennt die ganze Nacht das Licht. Ich zum Beispiel kann bei Licht überhaupt nicht einschlafen. Vor langer Zeit, ich ging in die achte Klasse, hatte ich mal eine Lungenentzündung. Da bin ich im Krankenhaus auch nachts aufgewacht und habe über alles mögliche nachgedacht. Zum Beispiel, daß ich in Algebra durchfallen werde. Dann habe ich an Mama gedacht. Dann an einen Jungen, der mir *unheimlich* gefiel – er war der einzige, der mich nicht wegen meiner verschiedenfarbigen Augen hänselte. Und Sie? Woran denken Sie? Sie versuchen, sich an etwas zu erinnern – und können es nicht ...«

Nastja schossen die Tränen in die Augen. »Also muß jemand bei Ihnen sein. Damit Sie nicht glauben, daß Sie mutterseelenallein sind.«

»Darf ich Sie küssen, Mädchen?« fragte ich plötzlich und verspürte einen Stich ins Herz vor Dankbarkeit.

Nastja beugte sich zu mir, und ich küßte sie auf die zarte, schutzlose Wange – der einzige menschliche Impuls in diesem achttägigen Alptraum.

»Alles wird wieder gut. Glauben Sie mir?« fragte sie ernst.

»Ja. Haben Sie einen Spiegel, Nastja?«

»Ja. In meiner Puderdose. Wissen Sie«, sagte sie unschuldig, »ich habe gedacht, Sie würden gleich am ersten Tag, als Sie erwacht waren, um einen Spiegel bitten. Aber Sie wollen erst jetzt einen. Eigentlich seltsam.«

Wirklich seltsam. War mir mein Aussehen früher so egal gewesen oder hatte ich solche Angst davor gehabt? Oder war ich mir im Gegenteil meines Äußeren so sicher gewesen? Oder hatte ich nichts mehr damit zu tun haben wollen, hatte ich es abstreifen wollen wie eine Schlangenhaut?

»Sagen Sie, Nastja, bin ich sehr häßlich?« fragte ich die Schwester, während ich die Puderdose unschlüssig in der Hand drehte.

»Ich weiß nicht. Manchmal finde ich Sie sehr schön. Wenn Sie nicht darüber nachdenken, wer Sie sind. Oder als Sie ganze zwei Monate ohne Bewußtsein waren. Da habe ich Sie angesehen und gedacht: Wie schade, daß eine so schöne Frau vielleicht sterben muß.«

Ich ließ die Puderdose aufschnappen und führte den kleinen, mit braunem Puder bestäubten Spiegel mutig entschlossen an meine Augen. Mein Herz schlug heftig. – »Das Gedächtnis, die Erinnerung an das frühere Leben kann ganz plötzlich zurückkehren.« Aber wollte ich denn über mein früheres Leben Bescheid wissen? Was, wenn der Spiegel mir etwas enthüllte, das ich lieber nie erfahren hätte? Aber zurückzuweichen wäre dumm gewesen – Nastja schaute mich unverwandt an.

Der Spiegel war zu klein für mein ganzes Gesicht, ich sah nur die Augen und einen Teil der Nase – bis zu den schmalen Nasenlöchern. Die wachsbleichen Nasenflügel zeugten lediglich von langem Eingesperrtsein in vier Wänden, sonst nichts. Blieben nur die Augen, die anzuschauen ich mehr und mehr fürchtete. Ich ertappte mich plötzlich bei dem Gedanken: Wenn sie genauso verschiedenfarbig wären wie die von Schwester Nastja, wäre es leichter.

Doch die Augen waren ganz normal, wenngleich von unbestimmt trüber Farbe, wahrscheinlich, weil ich so lange bewußtlos gewesen war.

Ich schleuderte die armselige fremde Puderdose beiseite, richtete mich auf und packte die nichtsahnende Schwester am Kragen ihres frischgestärkten Kittels.

»Ich kann nicht mehr. Ich kann das nicht mehr! Nein, ich kann nicht mehr!«

Sie umschlang meine Schultern, rüttelte mich und preßte mich an sich.

»Na, na, beruhige dich, bitte, beruhige dich. Alles wird wieder gut, du mußt nur abwarten. Alles wird wiederkommen, bestimmt, du wirst sehen.«

»Okay, geht schon wieder.« Ich schämte mich für meine alberne, aber unvermeidliche Hysterie. »Tut mir leid.«

»Schon gut. Möchten Sie eine Zigarette?«

Rauchen. Der Gedanke war mir bisher nicht gekommen – kein einziges Mal.

»Ja.«

Nastja holte aus einer ihrer schier bodenlosen Kitteltaschen eine ganze Handvoll Zigaretten.

»Welche Sorte?« fragte sie vergnügt, etwas zu vergnügt.

»Ganz egal. Ich weiß nicht einmal, ob ich früher geraucht habe.«

»Das werden wir gleich sehen.« Nastja wollte mir gern beistehen. »Dann hätten Sie schon mal ein Geheimnis weniger. Suchen Sie sich was aus – ich habe Marlboro, Gitanes für besonders Hartgesottene und Belomor-Papirossy für ganz Coole.«

»Ich weiß gar nicht.«

»Oder die hier, eine ganz geile Sorte, die gibt's nicht zu kaufen, die kriegt unser Tejmuri als Zeichen besonderer Dankbarkeit für erfolgreich gelötete Schädel geschenkt.«

»Tejmuri – wer ist das?« Vorsichtig, mit zwei Fingern, nahm ich eine lange dünne Zigarette und führte sie ans Gesicht. Sei roch verheißungsvoll nussig.

»Unser leitender Neurochirurg. Ein toller Kerl. Er hat Sie wieder zusammengeflickt.«

Ich zog vorsichtig an der Zigarette und mußte sofort husten. Der Zauber des leicht nussigen Dufts war verflogen, aber ich sog tapfer weiter den Rauch ein und fühlte mich nach einer Weile besser.

»Na?« fragte Nastja und sah mich forschend an.

»Ich glaube, ich war eine passionierte Raucherin.« Ich erlaubte mir ein Lächeln.

Mir war schwindlig, ich verspürte sogar einen leichten Rausch und beobachtete heimlich Nastja, die den Rauch kunstvoll durch die Nasenlöcher blies.

»Toll, wie Sie das können«, lobte ich sie. »Wir werden jetzt öfter zusammen rauchen.«

Wir lachten, zufrieden miteinander.

»Und jetzt erzähl mir von diesem Neurochirurgen.« Das war vermutlich der Arzt mit dem schwer auszusprechenden georgischen Vatersnamen, den ich mir nicht merken konnte.

»Ein toller Mann! Klug und gutaussehend, und dann – der Bart! Magst du bärtige Georgier?«

»Ich weiß nicht.« Ich wußte es wirklich nicht.

»Das erste halbe Jahr habe ich versucht, was mit ihm anzufangen, aber er ist unbesiegbar wie der Recke im Tigerfell.«

Die Tür wurde heftig aufgestoßen, und auf der Schwelle stand, als hätte er sich aus Nastjas Geschwätz materialisiert, ein großer bärtiger Mann mit offenem Kittel.

Mit einem Blick erfaßte der Neurochirurg die Situation.

Ein schönes Bild: Schwester und Patientin einträchtig rauchend.

»Hallo, Mädels«, sagte er finster. »Was ist das hier für ein gemütliches Beisammensein?«

Nastja wurde puterrot – vor Verlegenheit oder vor noch nicht ganz abgeklungener Verliebtheit. Nichtsdestotrotz drückte sie seelenruhig ihre Zigarette aus und sagte ganz souverän: »Wir haben uns doch schon gesehen, Tejmuri Schalwowitsch.«

»Ich sehe, du verlierst offenbar keine Zeit, bringst den Patienten gesunde Lebensweise bei. Paß bloß auf, ich werd dich noch entlassen, und zwar fristlos und ohne Urlaubsgeld.«

»Bitte sehr, dann können Sie zusehen, wo Sie eine Dumme finden, die Ihnen die Arbeit macht. Wenn Sie mich schikanieren, geh ich eben in die Onkologie, such mir ein ruhiges Plätzchen.«

»Na los, verschwinde, dein Dienst ist längst rum, ab nach Hause, in die Heia.«

Tejmuri lief durchs Zimmer, ging zum Fenster und blieb dort stehen, auf den Füßen wippend. Jetzt sah ich nur seinen Rücken, den ein fast geckenhaft wirkender Kittel umspannte, und seinen unbändigen Haarschopf.

«Du bist immer noch hier?« fragte er schließlich.

»Was denken Sie denn?«

»Ich denke, jetzt habe ich den Dieb. Jetzt weiß ich, wer immer meine Zigaretten klaut. Wenn ich dich noch einmal erwische, beiße ich dir den Kopf ab, du Kleptomanin.«

»Dann müssen Sie ihn mir bloß wieder annähen«, parierte Nastja, und ich verfolgte ihren laxen, vertrauten Dialog, der wie ein Tennisball hin und her sprang.

»Na schön, Spaß beiseite. Ich muß unsere Patientin untersuchen. Deine Anwesenheit ist dabei nicht erforderlich. Und noch ein Rat vorm Schlafengehen: Das nächste Mal kannst du Kognak mitbringen. Aber kauf ihn auf eigene Rechnung.«

Nastja stand widerwillig auf und drückte mir aufmunternd die Schulter.

»Halten Sie die Ohren steif. Bis morgen. Ich schaue auf jeden Fall mal rein.«

Eine Sekunde später waren wir allein im Zimmer.

Tejmuri stand noch immer mit dem Gesicht zum Fenster. Er begann leise zu pfeifen. Verdammt, sogar beim Pfeifen hatte er einen georgischen Akzent!

»Die Wetterfrösche hatten eigentlich einen kalten Februar vorhergesagt. Da lagen sie wieder mal falsch. Wie fühlen Sie sich?«

»Was soll ich darauf antworten?« Der Anblick seines Hinterkopfs nervte mich.

»Die Wahrheit.«

»Alle wollen von mir irgendeine Wahrheit hören. Ich habe keine Ahnung von der Wahrheit.«

»Ich glaube Ihnen. Trotzdem, wie fühlen Sie sich?«

»Wie würden Sie sich denn an meiner Stelle fühlen?«

Ich wollte auf einmal, daß er sich umdrehte, an mein Bett kam. »Helfen Sie mir, bitte! Sie können mir doch helfen.«

Er hatte mich gehört; er löste sich vom Fenster, setzte sich auf einen Stuhl und schaukelte darauf, die Hände in den Kitteltaschen. Eine Zeitlang schwiegen wir beide – ich dachte daran, wie sehr es ihn wahrscheinlich ermüdete, Tag für Tag so hoffnungslose Fälle wie mich zu retten, und wie sehr es ihn erschöpfte, so hoffnungslose Fälle wie mich *nicht* zu retten.

Ich jagte diesen Gedanken in meinem Kopf im Kreis wie ein schweißgebadetes Zirkuspferd, bis ich bemerkte, daß der Stuhl unter Tejmuri nicht mehr schaukelte – der furchteinflößende bärtige Neurochirurg schlief.

Ich setzte mich im Bett auf, streckte die Beine vorsichtig unter der Decke hervor – keine Angst, keine Angst! – und setzte die Füße aufs kalte Linoleum.

Du kannst hier nicht weg.

Für dich gibt es hier nicht einmal Schuhe, nicht einmal geflickte Krankenhauslatschen. Und selbst wenn du welche hättest – wohin würdest du denn gehen? Trotzdem machte ich den ersten Schritt – es ging erstaunlich leicht – und rüttelte behutsam an Tejmuris Schulter.

Sofort schlug er die Augen auf.

»Was ist?«

»Nichts. Sie sind wohl eingeschlafen.«

»Entschuldigen Sie. Ich bin müde. Warum sind Sie aufgestanden? Legen Sie sich wieder hin und unterstehen Sie sich, ohne meine ausdrückliche Anordnung die Nase aus dem Bett zu strecken.«

»Behandeln Sie mich nicht wie eine Schwachsinnige.«

»Entschuldigung.«

»Was wird mit mir, Doktor?«

»In unserer Situation kann man nur abwarten.«

»Wie lange?«

»Ich weiß es nicht«, sagte er aufrichtig.

»Und wenn ich mich an nichts erinnern kann, was dann?«

»Das Gehirn insgesamt ist nicht geschädigt, das kann ich als Neurochirurg Ihnen zuverlässig versichern. Aber eine Amnesie ist eine heikle und nicht bis ins letzte erforschte Sache. Wenn Sie ein bißchen besser bei Kräften sind, werden sich Psychiater um Sie kümmern. Träumen Sie manchmal?«

Die Frage traf mich unvermittelt. Träumte ich manchmal? Ich begriff plötzlich, daß ich die ganze Zeit, seit ich wieder bei Bewußtsein war, nicht ein einziges Mal geträumt hatte.

»Nein.«

»Sobald Sie einen Traum haben, passen Sie auf, lassen Sie ihn ganz nahe herankommen. Wenn irgend etwas auftaucht, dann wäre das schon ein kleiner Sieg. Einstweilen aber einigen wir uns darauf, daß Ihre Psyche sich eine Auszeit genommen hat. Ich erlaube mir, mich zu wiederholen: Es liegt keine ernsthafte Hirnschädigung vor. In medizinischer Hinsicht ist Ihr Fall schwer einzuordnen.« Er beugte sich zu mir. »Mir scheint, Sie haben sich so heftig gewünscht, irgend etwas in Ihrer Vergangenheit zu vergessen, daß Sie Ihren gesamten Organismus dazu angestiftet, ihn zu Ihrem Komplizen gemacht haben.«

»Was soll das heißen?« Ich sah Tejmuri entsetzt an. »Was ist das für ein Verdacht?«

Mein Gott! Hauptmann Lapizki, die schrecklichen Fotos, die Leichen, die wie die Geier über meiner Gedächtnisleere kreisten – hatte ich wirklich etwas damit zu tun?

»Ich habe überhaupt keinen Verdacht. Das ist nicht mein Metier, beruhigen Sie sich.«

»Haben Sie mit dem Hauptmann über mich gesprochen?«

»Mit welchem Hauptmann?« Nein, aufs Lügen verstand er sich nicht, sogar sein Bart schien feuerrot geworden zu sein.

»Mit dem, der zu mir kommt wie zum Dienst.«

»Ich habe recht, Sie sind wirklich klug.« Tejmuri zögerte, suchte nach Worten. »Wir haben über Sie gesprochen, und zwar ziemlich offen.«

»Worüber?«

»Darüber, daß Sie um ein gerichtsmedizinisches Gutachten nicht herumkommen. Ich habe versucht, ihn davon zu überzeugen, daß Sie wirklich an einer Amnesie leiden ...«

»Glauben Sie selbst das denn?« unterbrach ich ihn.

»Ja«, antwortete er ernst. »Bei Ihrer Amnesie handelt es sich um eine Schutzreaktion der Psyche, die nicht zerstört werden möchte. Keine Sorge, das habe ich ihm nicht gesagt, Sie sind mir sympathisch. Und außerdem, in den zwei Monaten, die Sie im Koma lagen, habe ich mich an Sie gewöhnt«, er lächelte entwaffnend, »wie an eine Ehefrau. Georgische Männer sind anhänglich.«

»Wann werden die Ergebnisse des gerichtsmedizinischen Gutachtens vorliegen?«

Er versuchte gelassen zu bleiben und tat, als hätte er meine Frage überhört.

»Ich verreise. Nur für drei Wochen. Nach Hause, nach

Georgien. Ich hätte schon vor zwei Monaten fahren müssen. Aber Sie waren ein schwerer Fall, und ich konnte Sie nicht allein lassen. Jetzt sind Sie wieder bei Bewußtsein und ...«

»Und damit für Sie kein schwerer Fall mehr.«

»Zumindest kann man nicht behaupten, Sie hätten keinen Humor. Ich denke, in den drei Wochen wird nichts passieren.«

»Na, wenn bis jetzt nichts passiert ist ...«

»Geht es Ihnen wirklich gut?« Er sah mich aufmerksam an. »Keine ungewöhnlichen Empfindungen? Etwa Übelkeit oder Ähnliches?«

»Wieso?«

»Ach, nur so. Wenn ich wiederkomme, haben wir Zeit zum Reden. Es gibt da einen sehr wichtigen Umstand ... Aber Sie sind noch nicht soweit, Sie sind noch zu schwach. Und Sie werden so lange in der Klinik bleiben, wie es nötig ist. Ich verspreche Ihnen, daß Ihnen nichts passieren wird. Glauben Sie mir?«

»Ja. Was bleibt mir denn übrig? Sie sehen sehr müde aus.«

Tejmuri versuchte zu lächeln, beugte sich zu meinem Bett herunter, deckte mich behutsam zu und sah mir in die Augen.

»Ich wüßte zu gern, wie Sie heißen.«

»Stellen Sie sich vor, ich auch«, sagte ich, und zum erstenmal bereitete mir dieser Gedanke keinen Schmerz.

An diesem Tag war er sich zum erstenmal untreu, der Hauptmann Lapizki.

Ich erwartete ihn wie immer am Morgen, aber er kam nicht. Ich konnte mich nicht einmal richtig darüber freuen, obwohl das tägliche Frage-Antwort-Spiel mich nervte. So sehr, daß ich ernsthaft darüber nachdachte, alle Todsünden zuzugeben, um ihm die Arbeit zu erleichtern. Einfach zu sagen, was er von mir hören wollte. Alle Fotos zu erkennen, alle Morde auf mich zu nehmen und was immer er sonst noch gern hätte. Dieser Gedanke war mir erst vor kurzem gekommen, und er amüsierte mich sogar. Warum nicht – schließlich hatte der Hauptmann mir ja eine Menge hübscher kleiner Geschichten über seinen Freund Oleg Marilow erzählt. Um meinem Gedächtnis auf die Sprünge zu helfen, denn wie lautete doch die Diagnose: Selbst eine zufällige Bemerkung, selbst ein nichtiges Detail konnte mein Gedächtnis zurückbringen.

Vielleicht war die Frau, die mit mir zusammen im Auto gesessen hatte und umgekommen war, meine Freundin gewesen? Oder meine Rivalin?

Mit Erstaunen stellte ich fest, daß ich häufig an den Mann dachte, mit dem ich bei dem Unfall in einem Auto gesessen hatte – und überraschenderweise verlieh das meinem jetzigen Leben einen gewissen Sinn. Jedenfalls war er der einzige Mensch, den ich beurteilen konnte. Ich konstatierte, daß mir die Vorliebe des Toten für halbblinde Blondinen, gebrauchte ausländische Wagen und eine gesunde Lebensweise mißfiel. Seine Leidenschaft für amerikanische Schwarzweißkrimis aus den fünfziger Jahren dagegen imponierte mir.

Besonders mit den Filmen war es eigenartig. Seltsamerweise wußte ich über Filme am besten Bescheid. Vielleicht war ich eine alte Jungfer mit einer Passion für die Rentnervorstellungen am Vormittag? Auf das Kino in meinem Kopf war ich rein zufällig gestoßen. Nun unterhielt ich mich damit, tagelang in meiner Phantasie die verschiedensten Streifen abzuspulen, vorzugsweise amerikanische Schwarzweißkrimis der fünfziger Jahre. Vielleicht waren der Kriminalist und ich uns auf dieser Ebene nähergekommen, vielleicht hatten wir dasselbe Retrokino besucht.

Film – das war ein Aufhänger. Das würde ich gleich dem Hauptmann sagen, da konnte er sich freuen. Aber an diesem Morgen blieb Hauptmann Lapizki aus.

Das war nicht weiter schlimm, löste bei mir nur leises Bedauern aus und den naiven Glauben, von nun an in Ruhe gelassen zu werden. Statt anstrengender Gespräche könnte ich versuchen einzuschlafen und endlich etwas zu träumen.

Morgen hätte Nastja Dienst – wieder ein paar Taschenbücher, die ich ihr ungelesen zurückgeben würde. Und dann würde Tejmuri zurückkommen. Ich vermißte den Georgier. Er mußte nur zurückkommen und mich einem energischen neurochirurgischen Verhör unterziehen, dann würde sich alles aufklären.

Ich verbrachte den Tag in meinem Zimmer, ging nicht einmal hinaus, obwohl mir seit einiger Zeit kleine Spaziergänge erlaubt waren. Aber der erste Gang durch den vernachlässigten winterlichen Klinikpark hatte mich ganz schwermütig gemacht. Die feuchte Luft verursachte mir Schwindel, und wenn Nastja – die treue Nastja! – mich nicht gehalten hätte, wäre ich hingefallen.

Ich erinnerte mich an diesen Geruch des nahenden Frühlings!

Ich wußte nicht, wozu genau er gehörte, ich erinnerte mich einfach nur daran. Und das verblüffte mich – es war also keine Wahrnehmung verlorengegangen. Ich betrachtete die Baumstämme und *wußte*, wie sie sich anfühlten. Ich wußte, wie der verharschte Schnee schmeckte und wie das welke Laub darunter roch – ich konnte mich nur nicht erinnern, wann ich das alles wahrgenommen hatte. Und genau das machte mich verrückt: Ich erinnerte mich an alles und zugleich an nichts. Mein Krankenzimmer, das keinerlei Assoziationen weckte, erschien mir wesentlich sicherer. Und ich beschloß, in Sicherheit zu bleiben.

Aber am Abend – der so ganz anders werden sollte als alle anderen Abende – wurde mir klar, daß ich in nächster Zukunft keinerlei Sicherheit zu erwarten hatte.

Er kam ganz überraschend, mein Hauptmann, und warf einen Haufen Klamotten auf mein Bett, ohne jede Spur seiner üblichen morgendlichen Galanterie.

»Ziehen Sie sich an«, sagte er in einem Ton, der nichts Gutes verhieß.

»Warum?« fragte ich ängstlich.

»Nichts Schlimmes«, versuchte er mich zu beruhigen; er bedauerte seinen harten Ton bereits, »wir fahren nur an einen gewissen Ort, das ist alles. Vielleicht bringt das ja was. Sie wollen doch die Wahrheit über sich wissen?«

»Das sind nicht meine Sachen.«

»Das *sind* Ihre Sachen. Die haben bei dem Unfall weniger gelitten als Sie. Also ziehen Sie sich an.«

Jeans, Hemd, Pulli, Schuhe – alles war tatsächlich in passablem Zustand. Erst als ich genauer hinsah, bemerkte ich flüchtig gestopfte Löcher und kaum noch erkennbare dunkelbraune Flecke. Ein paar fehlende Hemdknöpfe, ein paar lose Fäden am Pullover, die Schlaufe am Jeansreißverschluß abgerissen. Und kein Geruch verriet, daß die Sachen getragen worden waren.

»Haben Sie die in der Steritrommel gekocht?« fragte ich, um das Anziehen hinauszuzögern.

»So ähnlich«, sagte der Hauptmann gleichgültig.

»Und davor?«

»Sind sie als Beweismaterial untersucht worden.«

Ich steckte einen Finger durch ein Loch im Pullover.

»Den ziehe ich nicht an.«

»Was anderes kann ich Ihnen nicht anbieten.« Der Hauptmann verlor langsam die Geduld. »Wir haben kein Geld, Ihnen neue Klamotten zu verpassen.«

Ich fügte mich. Mir blieb nichts anderes übrig. Ich schämte mich nicht einmal für meinen blassen, durch die Krankheit ausgezehrten Körper. Nur die Brust thronte siegesbewußt über dem Friedhof meiner Rippen und meiner weitgehend verkümmerten Muskeln. Aus dem Augenwinkel bemerkte ich, daß der Hauptmann mich aufmerksam beobachtete. Ein Hauptmann, sogar ein Kriminalist, ist auch nur ein Mann – wer hätte das gedacht. Sein Blick glitt höher hinauf. Ich folgte ihm wie gebannt und entdeckte mehrere Narben unter den Schlüsselbeinen – offenbar war auch an meinem Brustkorb rumgeschnippelt worden.

Genau wie an meinem Kopf.

»Sie brauchen mich nicht so anzustarren«, sagte ich und hielt mir das Hemd vor die Brust.

Überraschenderweise wurde er rot.

»Ich starre nicht, wie kommen Sie darauf?«

»Die Unterwäsche fehlt.« Ich hatte mich endlich in der Hand.

»Ach, verdammt!« Er verzog ärgerlich das Gesicht. »Na schön, muß auch ohne gehen. Wir fahren schließlich nicht zu einem Empfang.«

»Sondern?«

»Das werden Sie schon sehen.«

»Ein Lokaltermin?« fragte ich, nur um irgend etwas zu fragen.

»Sie bereiten mir nichts als Kopfschmerzen.« Seine Augen irrten umher wie gehetzte Tiere. »Je weniger Sie wissen, desto besser werden Sie schlafen.«

»Ich schlafe auch so sehr fest. Danke.«

Ich zog mich langsam an. Ich probierte mein früheres Leben an, aber selbst das weckte in mir keinerlei Emotionen, nur eine leichte Übelkeit, die ich geflissentlich zu ignorieren versuchte. In letzter Zeit hatte ich solche Anfälle häufig, aber ich bemühte mich, damit fertigzuwerden. Was blieb mir auch anderes übrig.

Hemd und Hose schlotterten an mir wie an einem Kleiderständer – offenkundig hatte ich durch meine Krankheit stark abgenommen.

»Bewegen Sie sich ein bißchen.« Hauptmann Lapizki knirschte mit den Zähnen.

Diese kaum verhohlene Frechheit wollte ich nicht unbeantwortet hinnehmen. Ich stellte die Schuhe vor mich und sah den Hauptmann unschuldig an, den Kopf zur Seite geneigt und mit den Zehen wackelnd.

»Was fehlt Ihnen denn jetzt noch zum Glück?«

»Ich kann mir die Schuhe nicht allein anziehen. Helfen Sie mir.«

»Wie?«

»Helfen Sie mir, die Schuhe anzuziehen.« Ich blieb stur. Es war Zeit, diesen unverschämten Milizionär zurechtzuweisen.

Wohl oder übel mußte er sich fügen. Er hockte sich vor

mich und steckte erst meinen rechten, dann meinen linken Fuß in den Schuh.

»Zuschnüren auch«, kommandierte ich.

»Es reicht langsam, oder?«

»Wir verlieren Zeit, Hauptmann.«

Als er fertig war, bewegte ich die Zehen in den Schuhen. Ziemlich bequem.

»Ich hoffe, das war's jetzt?« Er hockte noch immer vor mir. Ich gab der Versuchung nach und tat, worauf ich schon die ganze Zeit Lust gehabt hatte: Ich stieß mit der Schuhspitze gegen sein schutzlos vorgerecktes scheinheiliges Kinn. Der Tritt war nicht heftig, aber spürbar und demütigend. Der Hauptmann verlor die Balance und plumpste auf den Hintern.

»So, das war's«, konstatierte ich, »nun sind wir quitt, Hauptmann.«

»Miststück!« sagte der Hauptmann zufrieden und rieb sich das Kinn. »Na warte, dich krieg ich noch klein, du Simulantin!«

Er ging zur Tür, öffnete sie einen Spalt und blickte vorsichtig hinaus auf den Flur. Eine massige Gestalt verdeckte den Streifen gedämpften Lichts. Der Hauptmann flüsterte mit ihr und drehte sich zu mir um.

»Los, wir fahren.« Er strahlte im Vorgefühl der nahen Revanche.

Erst jetzt witterte ich Gefahr. Verdammt, warum holte er mich mit solchen Vorsichtsmaßnahmen aus der Klinik, zumal am Abend, wenn keiner der leitenden Ärzte da war?

»Ich gehe nicht mit. Nur in Anwesenheit eines Arztes.«

Der Hauptmann hob mich mühelos vom Bett, stieß mich sanft zur Tür und flüsterte mir schadenfroh zu: »Du kommst mit, du hast gar keine Wahl. Denkst du, ich will mich bis zum Sanktnimmerleinstag mit dir abplagen?«

Wir betraten den wegen der späten Stunde nur schwach beleuchteten Flur. Ganz hinten sah ich die massige Gestalt von Lapizkis Kollegen. Ich ging absichtlich langsam, die Augen auf die fest geschlossenen Türen der Krankenzimmer gerichtet. In einem davon lag der Europameister im klassischen Ringkampf, ich wußte sogar, in welchem. Seine Hilfe könnte ich jetzt gut gebrauchen.

»Beweg die Beine ein bißchen schneller«, flüsterte der Hauptmann hinter mir.

»Ich kann nicht. Die Schuhe drücken.«

Jäh packte der Hauptmann mich an den Schultern, preßte sie und drückte mich gegen die Wand.

»Wenn du nicht die Fresse hältst, wenn du nicht aufhörst zu jammern«, flüsterte er heiser, »dann wird dir die Zeit, die du im Koma verbracht hast, vorkommen wie das Paradies. Die Schuhe können nicht drücken, denn es sind deine Schuhe. Kapiert?«

»Laß mich los, du Schwein.« Wieder so ein scheußlicher Anfall von Übelkeit, den ich immer schwerer in den Griff kriege, wieder dieses Gefühl von gewichtsloser Schwere im Bauch, weil das Gesicht des Hauptmanns mir so nahe kommt. »Oder ich tret dir in die Eier, daß dir der Spaß vergeht!«

»Aha, du hast ja doch nicht alles vergessen.« Er ließ mich immerhin los, und wir setzten den endlosen Weg über den endlosen Flur fort.

Eine Biegung nach rechts, der Hintereingang, der nachts abgeschlossen ist, dann die diensthabende Schwester, wo ich möglichst stehenbleiben wollte. Die Aussicht, mit dem Hauptmann mitten in der Nacht wer weiß wohin zu fahren, war wenig verlockend. Ich dachte daran, wie verstohlen, wie fest er die Tür zu meinem Zimmer geschlossen hatte. Lapizki seinerseits schien eine Begegnung mit der diensthabenden Schwester wenig verlockend zu finden. Dabei hatte heute, das wußte ich genau, Ellotschka Geller Dienst, ein reizendes Geschöpf mit lockigen Schläfen und einer stillen Liebe für Petersburg – eine Stadt, in der sie noch nie gewesen war. Ich wußte sogar, was die gebildete, kurzsichtige Ellotschka (genau Oleg Marilows Typ) gerade las: »Die Treppe hinauf, die hinab führt« von Belle Kaufman.

Dann passierte, was ich vage befürchtete hatte – der Hauptmann stieß mich sanft zu der heute unverschlossenen Tür zur Hintertreppe. Wir liefen schnell hinunter und waren kurz darauf im Klinikpark, direkt unter dem trüben Februarhimmel. Der Hauptmann führte mich einen nur ihm bekannten Weg. Ich klammerte mich mit den Augen noch an die schwarzen Silhouetten der Bäume, die ich sonst im Tageslicht sah – dieses Terrain hatte ich mir bereits erschlossen. Gleich kam der Staketenzaun, und dahinter lag die Stadt, von der ich nicht mehr wußte als den Namen.

Wir verließen den Klinikpark durch ein kleines Tor, das mir bisher verborgen geblieben war. Trotz der undurchdringlichen Dunkelheit führte der Hauptmann mich sicher – offenbar hatte er unseren nächtlichen Ausflug gut vorbereitet.

»Ist das eine Entführung?« fragte ich.

»So was Ähnliches.« Selbst im Dunkeln glaubte ich sein hochmütiges Lächeln zu sehen.

Autoscheinwerfer gingen mehrmals an und wieder aus – wir wurden erwartet.

Der Hauptmann stieß mich ins Auto, in dem zwei Männer saßen. Den einen erkannte ich gleich an den felsartigen ausladenden Schultern – das war die Silhouette vor meiner Zimmertür gewesen. Der andere saß am Steuer.

»Da sind wir schon«, schnurrte der Hauptmann gemütlich. »Fahr los, Vitalik. Über die Landstraße nach Bronnizy.«

Verdammt, was für ein Bronnizy? Der Ort, wo Oleg Marilow umgekommen war? Sie planten einen Lokaltermin, genau wie in den hirnlosen Büchern, mit denen Nastja mich versorgte. Aber was hatte es für einen Sinn, mich mitten in der Nacht dorthin zu bringen, wenn die Finsternis der Landstraße glücklich mit der Finsternis meiner Erinnerung verschmelzen würde?

Das Auto fuhr jäh an, und in wenigen Minuten rasten wir bereits über die menschenleere Straße. Der Hauptmann saß neben mir, ich sah sein Raubtierprofil im Licht der vereinzelten Autos, die uns entgegenkamen. Dieses Profil verhieß nichts Gutes. Er hielt seinem toten Freund die Treue. In seiner mißtrauischen Milizionärsphantasie hatte er sich eine Geschichte über mich zurechtgelegt. Eine Geschichte, in der ich der Grund für den Tod seines Freundes war.

Eine halbe Stunde fuhren wir in völligem Schweigen über die ungemütliche Landstraße, bis das Auto endlich hielt. Der Chauffeur Vitalik hielt dicht am Straßengraben, stellte den Motor ab und blieb, steif aufgerichtet, schweigend sitzen.

»Na los, gehen wir«, sagte der Hauptmann zu mir. »Gleich wirst du sehen, wo das Ganze passiert ist.«

Im nächsten Moment würde ich aussteigen und vielleicht alles über mich erfahren. Mir brach der Schweiß aus. Die Idee des Hauptmanns erschien mir gar nicht mehr so hirnrissig.

»Hier«, sagte er, als wir das Auto verlassen und die Straße überquert hatten.

»Waren wir auf dem Weg nach Moskau?« fragte ich. Dieser Ort sagte mir nichts.

»Ja. Siehst du die Leitplanke da? Er ist in das Geländer reingerast. Die Straße war glatt, außerdem hat es geschneit. Hast du neben ihm gesessen? Oder saß sie neben ihm?« fragte er, ohne mich anzusehen.

Selbst hier, an dem Ort, wo sein Freund umgekommen war, versuchte er mich zu überführen. Ich zuckte die Achseln.

»Ich habe Ihnen doch gesagt, ich erinnere mich nicht.«

»Ja, ja, ich weiß.« Er bemühte sich, nicht gereizt zu klingen, aber das gelang ihm schlecht. »Du erinnerst dich nicht. Dein Kopf ist vollgestopft mit allem möglichen Plunder, wie ein alter Dachboden, aber an das Wichtigste erinnerst du dich nicht, verdammt noch mal! Ich weiß nicht einmal, wer du bist.«

»Wozu wollen Sie das wissen?« Ich betrachtete aufmerksam das Geländer der Leitplanke, in der Hoffnung, dort Spuren des Unfalls zu entdecken. »Das, was vor zwei

Monaten geschehen ist, war ein Unfall, nichts weiter. Verstehen Sie? Ein Unfall, und dabei ist Ihr Freund ums Leben gekommen. Daran ist niemand schuld.«

»Warum willst du mich unbedingt davon überzeugen, daß es ein Unfall war?« Er prüfte mich noch immer. »Für jemanden, der das Gedächtnis verloren hat, reagierst du viel zu kategorisch. Oder deckst du die Leute, die das Ganze als Unfall ausgeben wollen?«

»Welche Leute?«

»Die in dem Auto, das euch verfolgt hat.«

»Ich erinnere mich an nichts.«

»Eine bequeme Haltung. Aber du vergißt eines: Unsere Experten sind helle Köpfe und haben im Handumdrehen herausgefunden, daß ihr verfolgt wurdet.«

Ich schwieg. Ich hatte nichts zu sagen.

»Der Bremsweg – nicht eurer, nein, der von dem Auto hinter euch. Und eine Beule im rechten Kotflügel. Rechts, obwohl euer Auto frontal gegen die Leitplanke geprallt ist. Aber das ist noch nicht das Wichtigste. Auf euch wurde geschossen. Oleg hatte ein paar kitzlige Fälle zu laufen, und jeder davon stank zum Himmel. Ich habe dazu meine Hypothesen, und du paßt in jede einzelne. Du brauchst nur zu sagen, wer euch verfolgt hat.«

Ich war erschöpft. Ich ließ mich auf die nasse Leitplanke sinken und schloß die Augen.

»Ich weiß es nicht. Begreifen Sie wirklich nicht, daß ich viel schlimmer dran bin als Sie? Und daß ich lieber an der Stelle Ihres Freundes wäre als in meiner jetzigen Lage?«

»Sie erkennen diesen Ort wirklich nicht wieder?« Sein Starrsinn machte mich schläfrig, trotz der durchdringenden nächtlichen Kälte.

»Nein. Ich friere.«

»Setzen wir uns ins Auto, da haben wir Sandwichs und Kaffee«, sagte der Hauptmann, rührte sich aber nicht von der Stelle.

Ohne auf ihn zu warten, machte ich mich auf den Weg zum Auto.

»He!« Mit zwei langen Sätzen holte er mich ein und keuchte: »Ich glaube dir trotzdem nicht.«

»Sie sind ein totaler Schwachkopf. Komisch, daß ich zu einem Mann ins Auto gestiegen bin, der Ihr Freund war.«

Seine harten Hände packten mich am Kragen.

»Man sollte die Geduld der Miliz nicht überstrapazieren«, knurrte er. »Das geht meistens übel aus. Und für dich kann es ganz schlimm enden.«

»Bringen Sie mich zurück«, antwortete ich. »Sie sehen doch, daß ich Ihnen nichts zu sagen habe.«

Er lockerte den Griff etwas, dann ließ er mich los. Sein Wutanfall war ebenso schnell vorbei, wie er gekommen war.

»Na schön. Hol dich der Teufel.«

Wir kehrten zum Auto zurück.

Vitalik drehte melancholisch am Autoradio herum. Der andere Mann (ich glaube, er hieß Wadim) kaute ebenso melancholisch ein Käsebrot. Beide sahen uns neugierig an.

»Na, was ist, Chef?« schnurrte Vitalik mit schnoddriger Ehrerbietigkeit und entschied sich schließlich für die altersrauhe Stimme von Yves Montand. »Alles in Ordnung?«

»Total.« Der Hauptmann verzog das Gesicht. »Abfahrt.« Der gescheiterte Lokaltermin hatte ihn wortkarg gemacht.

»Kapiert.« Vitalik ließ den Motor an, und Sekunden später rasten wir schon über die Landstraße, aber nicht in Richtung Moskau.

Mit jeder Minute entfernten wir uns weiter von der Stadt und damit auch von der Klinik. Von meinem kleinen Zimmer mit dem kühlen Linoleumboden.

Diese Männer, die mit halbem Ohr Montand hörten und Brote mit dicken Käsescheiben darauf kauten, diese Männer konnten mit mir machen, was sie wollten. Und niemand, niemand würde mir helfen.

»Wohin bringen Sie mich?« fragte ich Lapizki, bemüht, nicht loszuheulen.

»Zu einem netten Ort«, erklärte der Hauptmann verschwommen.

»Nicht gerade eine passende Zeit für Besuche.« Es fiel mir immer schwerer, mich zu beherrschen. Aber ich wollte auf keinen Fall vor diesen Männern zusammenbrechen.

»Die kann ja reden«, mischte sich Vitalik ins Gespräch ein. Seine Stimme verriet heitere, gleichgültige Billigung. »Sie sollten uns einander vorstellen, Herr Hauptmann.«

»Ich würde sie selber gern kennenlernen, aber sie ist verstockt. Verrät mir weder ihren Namen noch ihre Telefonnummer, stellt mich nicht ihren Eltern vor. Ein harter Brokken für eventuelle Verehrer«, antwortete der Hauptmann träge.

»Vielleicht sind Sie nicht Ihr Typ?« flachste Vitalik weiter. »Vielleicht steht sie ja auf mich.«

»Kuck auf die Straße, du Casanova!« Der Hauptmann runzelte die Stirn.

Seltsam, dieses zynische Geplänkel ließ mich kalt. Ich saß auf dem Rücksitz neben dem Hauptmann und lauschte in mich hinein. Da war es wieder, das Gefühl wellenartiger Bewegungen tief in meinem Bauch, das begonnen hatte, als ich zu mir gekommen war; eine Art Ebbe und Flut, die weder von der Tageszeit noch vom Mond abhingen. Jetzt zum Beispiel schwoll die Welle ab und würde gleich angefaulte, auf dem Grund meines von der Krankheit gemarterten Körpers gestrandete Reste bloßlegen.

»Halten Sie an«, bat ich mit schwacher Stimme. »Mir ist schlecht.«

Vitalik drehte sich fragend zum Hauptmann um. Zum erstenmal sah ich sein weiches, unscharfes, fast weibliches Profil. Männer mit einem solchen Profil suchen ihr ganzes Leben zwanghaft nach Selbstbestätigung, rasen mit überhöhter Geschwindigkeit über Landstraßen und nehmen dem besten Freund die Frau weg.

Hatte es in meinem früheren Leben solche Männer gegeben?

»Halt an«, sagte der Hauptmann, »sonst krepiert sie uns noch, und dann kriegen wir einen Heidenärger.«

Vitalik bremste gehorsam. Ich stürzte aus dem Auto und

sog durch den Mund die vor Kälte ganz dichte Februarluft ein. Der Hauptmann stieg auch aus, blieb ein Stück entfernt von mir stehen und zündete sich eine Zigarette an.

»Kann ich auch eine haben?« Wieder einigermaßen zu mir gekommen, empfand ich es als peinlich, daß diese mir verhaßten Männer meine Schwäche gesehen hatten.

»Dürfen Sie denn?« fragte der Hauptmann mit verspäteter Sorge.

»Ich darf alles«, bescheinigte ich mir selbst kühn.

»Die sind ohne Filter«, sagte er, plötzlich verlegen.

»Scheißegal. Her damit.«

Der Hauptmann gab mir eine Zigarette und hielt mir das Feuerzeug hin.

»Wie ist das eigentlich, wenn man sich an gar nichts erinnert?« fragte er auf einmal ganz kindlich und sah mich neugierig an.

Die Frage traf mich so unverhofft, daß ich nicht wußte, was ich darauf antworten sollte.

»An manches erinnere ich mich ja. Oder glaube mich zu erinnern.«

»Woran?« Der Hauptmann straffte sich innerlich.

»Na, zum Beispiel, daß ich alte amerikanische Schwarzweißkrimis mag. Genau wie ihr Freund.«

»Das ist alles?« Der Hauptmann seufzte enttäuscht.

Die schlafende kleine Siedlung von Sommerhäuschen sagte mir gar nichts. Noch ein Ort, der mir nichts sagte.

Vitalik fand sich in der undurchdringlichen Finsternis zwischen Steinmauern und Holzzäunen gut zurecht – er war offensichtlich nicht zum erstenmal hier.

Lapizki und Vitalik stiegen aus und wurden augenblicklich von der Nacht verschluckt. Ich blieb mit dem ande-ren Kriminalisten, der gleichgültig war wie eine Sphinx, im Auto sitzen.

Vitalik hatte dicht neben einem stabilen Zaun geparkt. Schräg vor mir erkannte ich eine schwarze Eisentür, gekrönt von einer Videokamera. Sah so etwa ein konspirativer Treff der Ermittlungsbehörde aus? Ich öffnete die Autotür.

»Sie haben doch gehört, Sie sollen sitzenbleiben, bis Sie geholt werden«, knurrte der Milizionär kaum hörbar. Offenbar genierte er sich seiner Stimme – sie klang unmännlich dünn für einen so imposanten Hinterkopf. »Schließen Sie die Tür.«

Ich mußte gehorchen. Aber bevor ich die Tür zuschlug, hörte ich einen Hund bellen und winseln.

Ich ging im Geist Hunderassen durch, und als ich beim Irish Setter angelangt war, tauchte Hauptmann Lapizki auf.

»Gehen wir«, sagte er und half mir beim Aussteigen.

Gleich darauf standen wir vor der Eisentür. Das trübe Auge der Videokamera verfolgte uns – ich spürte ihr ungeniertes Starren. Überrascht bemerkte ich, daß mir der Schweiß ausbrach – dieser mechanische abschätzende Blick war mir sonderbar vertraut. Viel vertrauter als die Augen der Menschen, mit denen ich in letzter Zeit zu tun gehabt hatte. Als hätte er mich mein ganzes Leben an verschiedenen Orten begleitet. Ich kniff die Augen zu, denn ich schien kurz davor, das Rätsel zu lösen: Ich mußte nur den Rücken straffen, den Hals recken, und dann würde ich mich erinnern.

Nein, verdammt, nein. Ich hatte den falschen Gang erwischt, das Labyrinth endete in einer Sackgasse. Auch das Erinnerungsbild von der Videokamera verschwand wieder, ohne sich im Bewußtsein verankert zu haben.

»Klingeln Sie!« befahl mir der Hauptmann und wies mit dem Kinn auf den Klingelknopf.

Ich hob die Hand und drückte fest auf den glänzenden schwarzen Knopf. Ein automatischer Türöffner summte. Der Hauptmann stieß gegen die Tür, und sie ging ein Stück auf. Durch den Spalt sah ich eine Frau in einer alten Daunenjacke zwei Hunde ins Haus scheuchen.

Ich glaube, es waren Rottweiler. Als ich eben die Hunderassen aufgezählt hatte, waren sie mir nicht in den Sinn gekommen, jetzt aber wurde mir bewußt, daß mir gerade diese bösartige schwarzbraune Rasse als erste hätte einfallen müssen. Aber warum, warum, mein Gott?

Wieder rann mir der Schweiß über den von einer Vorahnung eiskalten Rücken, und ich fühlte eine solche Schwäche in den Knien, daß ich mich an den Arm des Hauptmanns klammerte.

»Ist Ihnen schlecht?« erkundigte er sich. Aber diesmal enthielt seine Stimme keine Spur von Mitgefühl. Er beobachtete, analysierte meine Reaktionen; mehr noch, er fand sie ganz natürlich, als hätte er sie erwartet. Das setzte Wissen voraus. Wissen, das mir komplett fehlte.

Ich durfte ihm keinen Anlaß zum Triumphieren geben.

»Warum haben Sie mir damals ein Foto von Cybulski mitgebracht?« fragte ich völlig unpassend, nur um nicht zu schweigen, nur um das gedämpfte, unablässige Bellen der Hunde im Haus nicht zu hören.

»Er ist mir sympathisch. Weißer Schal, Brille – ein richtiger Intellektueller in einer richtigen Zeit. Mögen Sie die Sechziger?«

Ich zuckte die Achseln.

»Aber an den Schauspieler erinnern Sie sich?«

»Hauptmann, ich erinnere mich nicht an ihn, ich kenne ihn. Das ist ein Unterschied. Ich kenne vieles, aber ich erinnere mich an nichts.«

»Ich mag diesen Polen.« Lapizki überhörte meine Bemerkung. »Er hatte Stil, wenn er Männer meines Berufs gespielt hat, und ist mit Madames wie Ihnen immer fertiggeworden.«

Wer hätte gedacht, daß so ein Holzkopf von Milizionär Wörter wie »Stil« ins Feld führen würde und auch seine sentimentalen Schwächen hatte.

»Sagen Sie nicht ›Madame‹ zu mir.«

»Ich könnte ›Mädchen‹ sagen, aber das setzt eine nähere Bekanntschaft voraus und ganz andere Umstände.«

»Ich hasse Sie«, sagte ich müde.

»Eine erfreuliche Übereinstimmung der Gefühle. Auf zum Standesamt«, parierte der Hauptmann.

Wir stiegen die Treppe zum Haus hoch, und Lapizki stieß gegen die Tür. Sie gab zögernd nach und öffnete sich nur zur Hälfte. Das Bellen wurde unerträglich. Der Hauptmann schlüpfte zuerst hinein und ermunterte mich: »Nur Mut!«

Ich folgte ihm und stolperte gleich an der Schwelle über etwas Weiches, das auf dem Boden lag. Vor Überraschung verlor ich die Balance und fiel hin, wobei ich mir schmerzhaft das Knie stieß. Doch ich vergaß den Schmerz sofort – hinter der Tür lag ein unnatürlich gekrümmter menschlicher Körper. Er war es, der den Eingang versperrte. Noch bevor ich etwas begreifen konnte, hörte ich den Hauptmann ruhig fragen: »Haben Sie sich weh getan? Stehen Sie auf.«

Nein, es war kein Körper, es war eine fast menschengroße Stoffpuppe. Ich saß auf dem Boden, hielt mein geschundenes Knie und konnte den Blick nicht von der schlampigen Naht lösen, die den Kopf zweiteilte.

»Was ist das?« fragte ich lautlos.

Niemand antwortete mir, obwohl außer dem Hauptmann noch mehr Menschen im Raum waren: der Fahrer Vitalik und die Frau in der offenen Daunenjacke – sie hatte die Hunde ins Haus getrieben. Die Frau saß in einem tiefen Sessel, die Beine übergeschlagen, und beobachtete mich mit brennender Neugier. Dann schnaubte sie verächtlich, schüttelte das wasserstoffblonde Haar und holte eine zerdrückte Zigarettenschachtel aus der Tasche.

Gleich würde sie sich eine Zigarette anzünden. Der Gedanke daran verursachte mir plötzlich Kopfschmerzen. Ich preßte die Hände an die Schläfen.

»Komm her, hilf mir, sie hochzuheben«, befahl der Hauptmann Vitalik.

Zu zweit versuchten sie, mich vom Fußboden hochzuhieven, an den ich mich klammerte wie an meine letzte Hoffnung. Am liebsten hätte ich mich in einen Spalt verkrochen und wäre dort bis in alle Ewigkeit liegengeblieben. Das Gesicht auf dem Boden und mit dünnen, heißen Nadeln in den Halswirbeln.

Als die beiden mich aufrichteten, verlor ich beinahe das

Bewußtsein. Nur der schmächtige Fahrer, der mich fest umschlang, hinderte mich, endgültig in die süße Welt des Vergessens abzutauchen. Auf einmal fühlte ich mich in Sicherheit. Diese Empfindung kam mir bekannt vor, und ich versuchte, mich daran zu erinnern – offenbar hatte ich mich früher, als ich noch ich selbst war, immer auf fremde Körper verlassen.

Aber das Gefühl der Sicherheit verging schlagartig, als Vitalik mich zu Hauptmann Lapizki gedreht hatte. Nun sah ich außer dem Hauptmann auch das ganze Zimmer. Die teure, solide und geschmackvolle Einrichtung täuschte mich nicht darüber hinweg, daß in diesem Haus schon lange niemand mehr lebte. Überall lag fingerdick Staub, der Fußboden war ungepflegt. Dinge verwahrlosen und geben nicht mehr auf sich acht, wenn sie ihre Besitzer verlieren. Allerdings galt das nicht für die Gewehre an der Wand. Sie allein wirkten hier am Platz.

Hauptmann Lapizki saß auf dem Tisch und schwenkte eine kleine Pistole in der Hand.

»Das ist ein Browning«, erklärte er, als er meinen Blick auffing. »Verstehen Sie was von Waffen?«

»Nein.«

»Ein hübsches Ding. Paßt in jedes Operntäschchen. Und ist treffsicherer als eine Makarow.«

Ich starrte unverwandt auf die Pistole in Lapizkis Hand; sie zog mich an wie ein magischer Kristall.

»Wollen Sie ihn mal halten?« fragte der Hauptmann, hüpfte leichtfüßig vom Tisch und legte mir, ohne meine Antwort abzuwarten, den Browning in die Hand.

Im selben Moment ließ Vitalik mich los. Ich wäre wieder umgefallen, hätte die gewichtslose Schwere der Pistole mir nicht Halt verliehen wie ein Anker. Einige qualvolle Sekunden vergingen. Der Browning erwärmte sich in meiner Hand, und ich bemerkte ihn kaum noch. Schlimmer: Die Pistole fühlte sich vertraut an, stellte ich mit Entsetzen fest. Nicht konkret diese Pistole, aber überhaupt eine Pistole. Ich hatte etwas damit zu tun.

»Na?« Der Hauptmann lächelte mit schmalen Lippen. »Fühlt sich gut an, nicht?«

Wieder bohrten sich Hunderte Nadeln in meinen Hals. Und wieder sah ich die schlampige Naht, die den Kopf der Puppe auf der Türschwelle zusammenhielt.

»Sie schauen in die richtige Richtung«, lobte der Hauptmann. »Letzten Dezember, vor etwas mehr als zwei Monaten, ereignete sich in dieser Datscha ein unangenehmer Zwischenfall. Eine kleine Auseinandersetzung, die uns drei Leichen bescherte.«

»Die beiden vierbeinigen Freunde nicht mitgerechnet«, ergänzte Vitalik.

Zwei Hunde waren also auch getötet worden. Aber wieso bellten sie so, wenn sie doch tot waren?

»Diese Leichen machen uns Kopfschmerzen. Äußerst respektable Männer alle drei, jeder in seinem Metier. Sie kennen sie.«

»Ich erinnere mich an niemanden«, hauchte ich verzweifelt.

Der Hauptmann hob den Zeigefinger. »Ich sprach nicht von erinnern, sondern von kennen.« Er hatte sich gemerkt, was ich am Unfallort gesagt hatte. »Ich habe Ihnen im Krankenhaus Fotos von ihnen gezeigt. Also, zwei von ihnen hatten nicht den geringsten Grund, sich gegenseitig umzubringen. Selbst wenn sie einander in die Quere gekommen sein sollten – keiner der beiden hätte die Drecksarbeit eigenhändig erledigt. Dazu waren sie viel zu seriös.«

Ich sah den Hauptmann gehetzt an. Ich begriff nicht, was er von mir wollte.

»Sagen Ihnen die Namen Sikora und Kudrjawzew etwas?«

Sikora – komischer Name. Ganz schön blöd, mit so einem Namen ermordet zu werden.

»Ich erinnere mich nicht. Ich erinnere mich an gar nichts. Lassen Sie mich in Ruhe.«

»Warum saßen Sie im Auto von Major Marilow?« Der Hauptmann zog den Ring seiner Fragen immer enger, und einen Augenblick lang hatte ich das Gefühl, er würde mir gleich die Kehle zuschnüren.«

»Ich erinnere mich nicht.«

»Wer war die Frau, die mit im Auto saß?«

»Ich erinnere mich nicht.«

»Sagt Ihnen der Name Kudrjawzew etwas?«

»Ich erinnere mich nicht.«

»Warum saßen Sie im Auto von Major Marilow?«

»Ich erinnere mich nicht.«

»Hatte Alexander Schinkarjow mit Sikora zu tun?«

»Ich erinnere mich nicht.«

»Haben Sie mit dem Browning geschossen?«

»Ich erinnere mich nicht.«

»Ich heiße Hauptmann Lapizki. Wiederholen Sie.« Seine Stimme klang so scharf und bestimmt, daß ich am liebsten die Pistole gehoben und mitten in sie hinein geschossen hätte.

»Hauptmann Lapizki«, sagte ich statt dessen folgsam.

»Wie heißen Sie?«

»Ich erinnere mich nicht.«

»Kudrjawzew und Sikora wurden mit derselben Pistole erschossen. Mit der, die Sie in der Hand halten. Sie stehen ungefähr an der Stelle, von der aus Sikora erschossen wurde. Zeigen Sie uns, wie es ablief. Haben Sie das ganze Magazin auf ihn abgefeuert?«

»Nein!« schrie ich plötzlich.

»Sie erinnern sich also, daß Sie niemanden erschossen haben?«

»Ich erinnere mich nicht.«

»Wie heißen Sie?«

Auf einmal brach ich in hysterisches Lachen aus – ich konnte einfach nicht aufhören zu lachen. Es war so einfach, alle Fragen zu beantworten.

»Was soll das, Kostja?« Zum erstenmal hörte ich die Frau sprechen, scharf und abgehackt. »Sie hat einen hysterischen Anfall, siehst du das denn nicht?«

»Geh lieber die Hunde beruhigen. Ich weiß, was ich tue«, bellte der Hauptmann wütend.

Überraschend unterstützte Vitalik die Frau: »Wirklich, Chef, wir sind irgendwie zu weit gegangen. Das ist doch kriminell. Am Ende macht die uns hier vor lauter Psychostreß noch einen Abgang.«

»Du meinst, immer schön sauber bleiben, ja?« Der Hauptmann ließ alle Zurückhaltung fahren. Wut verzerrte und entstellte sein Gesicht. »Du siehst doch, sie war ganz bestimmt hier, sie erinnert sich an alles, sie verstellt sich bloß, sie hält uns zum Narren. Du erinnerst dich doch, stimmt's?!« fiel der Hauptmann erneut über mich her.

»Auf wen soll ich schießen, Hauptmann?« fragte ich lüstern. »Wen habe ich noch ins Jenseits befördert?«

»Bringt vielleicht endlich mal einer diese verdammten Tölen zur Ruhe?« Der Hauptmann verlor sichtlich die Kontrolle über sich.

»Geh doch selber«, sagte die Frau müde. »Ich komme denen lieber nicht zu nahe.«

»Schöne Mitarbeiter. Raus hier, kümmert euch um die Köter!«

Vitalik und die Frau gehorchten, sichtlich erleichtert. Aber sie gingen nicht zu den Hunden, sondern zur Ausgangstür, hinaus in die kalte, klare Februarnacht.

Nun war ich mit dem Hauptmann allein.

Meine Knie gaben nach, ich setzte mich auf den Boden, das Gesicht der eben zugeschlagenen Tür und dem mißratenen Menschenimitat auf der Schwelle zugewandt, und ließ die Pistole fallen.

»Steh auf«, sagte der Hauptmann hart, »los, steh auf, was sitzt du da rum?«

»Du kannst mich mal mit deinen psychologischen Experimenten, du beschissener Experimentator.« Ich wollte grob und gemein sein – ein neues, ein wenig erschreckendes Gefühl. Das konnte ich also auch, wer hätte das gedacht.

Nein, er hob mich nicht vom Boden auf, er faßte mich lieber nicht an – allzu heftig war sein Bedürfnis, mich zu schlagen, mir eine reinzudrücken, mir die Fresse zu polieren. Das sah ich. Aber statt dessen ließ sich der Hauptmann wie ich auf dem Boden nieder, mir gegenüber, ganz dicht vor mir. Und versetzte den zwischen uns liegenden Browning in heftige Drehung. Wie gebannt verfolgten wir den glänzenden, wild rotierenden Kreisel.

Als er endlich stillstand, blies der Hauptmann noch einmal zur letzten Jagd und hetzte seine ganze Meute Jagdhunde auf mich.

»Wenn du selbst nicht versuchst, dich zu verteidigen, kann ich dich auch nicht verteidigen. Vielleicht war das damals ja Notwehr?«

»Ich verstehe nicht, wovon Sie reden.«

»Du warst hier. Das hast du indirekt zugegeben. Na los, nur noch einen kleinen Schritt, und ich verspreche dir, ich werde dir helfen. Das ist doch nicht so schwer, komm, gib dir einen Ruck. Ein winziger Schritt in die richtige Richtung.«

»In die für Sie richtige Richtung. Bitte, versuchen Sie doch, mich vor Gericht zu stellen.«

»Das habe ich nicht vor. Das ist weniger reizvoll, als es auf den ersten Blick vielleicht aussieht. Aber mein Bauch sagt mir, daß du etwas mit diesem Haus und diesen Morden zu tun hast. Und wenn auch nur als Zeugin, verdammt.«

»Nehmen Sie doch die Hunde als Zeugen. Vielleicht können die Ihnen mehr helfen.«

»Das sind nicht dieselben Hunde, sie sind denen nur ähnlich.«

Natürlich. Das Ganze ist nachgestellt, eine ziemlich miese Inszenierung mit Zweitbesetzung. Die Hunde im Nebenzimmer, in dem ich nie war, und die Puppen waren erbärmliche Statisten. Ja, die Puppen, denn im Zimmer befand sich noch eine zweite, an der Wand mit den Gewehren.

»Das sind andere Hunde«, wiederholte der Hauptmann. »Den richtigen wurde damals die Kehle durchgeschnitten. Sie und dieses Haus hier gehörten Kudrjawzew. Sagt dir dieser Name etwas?«

»Ist er das?« Ich nickte hinüber zu der zweiten Puppe,

die sorgfältig in einer Pose arrangiert war, in der man vermutlich die Leiche gefunden hatte.

»Du blickst durch.« Der Hauptmann lächelte traurig. »Die Hunde hatte Kudrjawzew aus einem Spezialzwinger. Er hat sie selbst abgerichtet, davon verstand er was. Ein knallharter Bursche.«

»Komisch, daß er sich dann keine Bullterrier angeschafft hat, wenn er so knallhart war, wie Sie sagen.«

»Bullterrier kennst du also auch. Du kennst alles.« Zum erstenmal huschte ein traurig-verständnisvolles Lächeln über sein Gesicht. »Aber wer bist du?«

»Ich wäre selber froh, wenn ich mich daran erinnern könnte.«

»Ich möchte dir gern glauben.«

Plötzlich hob er die Hand und berührte meine Wange; ein ungeübter Liebhaber, nach den feuchten Fingerspitzen zu urteilen. Seine Finger erforschten mein Gesicht, das sich an keine einzige konkrete Berührung eines konkreten Menschen erinnerte. Erst als sie die Wangenknochen umfahren hatten und an meinen Ohrläppchen angelangt waren, verspürte ich eine vage Unruhe: Hinter diesem Spiel mit meinem Gesicht stand eine bestimmte Absicht.

»Genau, wie sie mir gesagt haben. Du hast Narben hinter den Ohren.«

»Narben?«

»Genau. Du hast eine Gesichtsoperation machen lassen.«

»Eine Gesichtsoperation?« Ich war überrascht. »Was für eine Gesichtsoperation?«

»Das mußt du dich selber fragen. Ich wäre ein Vollidiot, wenn ich nicht alle deine behandelnden Ärzte ausgefragt hätte – und die haben mir gesagt, daß dein Gesicht *komplett* verändert wurde. Also nicht nur die Nase, die Augen oder die Lippen … Warum hast du dein Gesicht verändert?«

»Ich weiß nicht. Ich weiß gar nichts. Bitte …«

Er betastete noch immer mein Gesicht, als wollte er es herunterreißen. Ich empfand nur noch animalische Angst.

»Warum hast du dein Gesicht verändert? Wer bist du?«

Der Hauptmann redete mit zärtlichem Haß auf mich ein. »Was hast du in diesem Haus gemacht? Na los, sag schon! Was ist passiert? Warum hast du in Olegs Auto gesessen? Ihr hattet den Unfall genau in der Nacht, als hier die Morde passierten. Auf einer Straße, die direkt zu diesem hübschen Ort führt. Und warum habe ich in seiner Brieftasche das hier gefunden?«

Er holte ein zerknittertes, aus einem Notizbuch herausgerissenes Blatt aus der Tasche. Es war an der Falz ganz durchgescheuert, die Kanten waren zerfleddert, die Buchstaben verwaschen und mit Blut befleckt, aber der Hauptmann forderte mich auf, es zu lesen.

Ein Name war ziemlich groß geschrieben, in nachdenklicher kalligrafischer Schrift. Er war von einer ganzen Schar Fragen und weiteren, kleiner geschriebenen Namen umringt: Sikora.

»Na, was sagst du dazu? Ein Zufall, ja?«

Ich hielt mir die Ohren zu, aber der Hauptmann preßte mich heftig an sich und redete, redete ...

»Du Miststück, dich läßt offenbar alles kalt! Sogar daß du gar nicht existierst, ist dir scheißegal. Aber denk dran, ich laß dich nicht in Ruhe, ich krieg dich noch klein.«

Ein jäher Schmerz drohte meinen armen Kopf auseinanderzusprengen, durchflutete ihn wellenartig vom Hinterkopf zu den Schläfen und fegte alles beiseite, verschleierte mir die Augen. Und dann traf dieser heftige Schmerz mit einer anderen Welle zusammen, die gemächlich und leise daherkam, tief aus dem Bauch. Als sie sich trafen, über mir zusammenschlugen, brach die Übelkeit, die mich schon seit einer Stunde gequält hatte, aus mir heraus, und ich hörte kaum, wie der Hauptmann durch das ganze leere Haus brüllte:

»Verdammt, sie hat mich vollgekotzt! Alte Sau!«

Ich schwebte zwischen Bewußtsein und Bewußtlosigkeit, unfähig, auch nur einen Schritt in die eine oder die andere Richtung zu tun. Jetzt waren sie wieder zu dritt. Die Frau hatte die Initiative ergriffen. Beharrlich goß sie mir Wasser ins Gesicht, damit ich wieder zu mir kam.

»Da habt ihr's«, sagte sie immer wieder. »Sie ist am Krepieren, seht ihr das nicht? Wir müssen sie hier wegschaffen. Hoffentlich lebendig.«

»Sie hat mich vollgekotzt, die Sau««, sagte der Hauptmann immer wieder böse. »Das hat sie mit Absicht gemacht.«

Am liebsten wollte ich zurück ins Koma – das wäre jetzt mein einziger Hafen, der einzige Ort, wo ich erwartet wurde. Die Stimmen entfernten sich immer weiter, bis sie schließlich ganz verstummten.

Bei grellem Lampenlicht kam ich wieder zu mir. Es drang durch meine Lider, spiegelte und brach sich in den trüben, schmutzigen Kacheln der Aufnahmestation. Ein Mann im weißen Kittel stand mit dem Rücken zu mir. Diesen Rükken hatte ich noch nie gesehen, aber die junge Stimme und der anmaßende Ton kamen mir bekannt vor. Wahrscheinlich war das ein Kollege von Tejmuri, einer der Ärzte, die sich in den zwei Monaten um mich gekümmert hatten. Ein zynischer Bewunderer von Nastja (alle jungen Ärzte und Assistenten waren zynische Bewunderer ihrer verschiedenfarbigen Augen, ungeniert stets bereit zu einer schnellen Nummer auf der Bereitschaftsliege; ich war inzwischen in die unschuldigen Geheimnisse meiner kleinen Krankenschwester eingeweiht).

Der Arzt tadelte jemanden, den ich nicht sehen konnte.

»Du hättest uns das Mädchen beinah umgebracht. Wir haben sie, nebenbei bemerkt, zwei Monate lang gehätschelt, einen Haufen Geld in diesen interessanten medizinischen Fall gesteckt. Ein Glück, daß unser Kaukasier erst in einer Woche wiederkommt, der hätte dich sonst mit dem Dolch durchbohrt. Ich werde eine Meldung schreiben müssen, einen kleinen Wink an deine Vorgesetzten. Daß du eigenmächtig Patienten aus dem Krankenzimmer entführst.«

Der Arzt spielte sich offenkundig auf, und der Angesprochene schwieg. Ich wußte, mit wem er sprach.

»Wird sie denn überleben?« fragte Lapizki bedrückt.

Ich drehte vorsichtig den Kopf. Lapizki saß auf dem Rand einer Kunststoffliege, die Hände unter den Kniekehlen. Er war ohne Pullover, trug nur ein altes kariertes Holzfällerhemd, dessen oberster Knopf abgerissen war. Er tat mir auf einmal unsäglich leid. Der Arzt schien das gleiche zu empfinden.

»Natürlich, was bleibt ihr übrig«, sagte er freundlicher, »aber für den Rest kann ich nicht garantieren.«

»Ich muß etwas aus ihr rausholen. Etwas, das nur sie weiß.«

»Tja-a-a. Ich sehe, du kniest dich richtig rein in die Sache, Alter. Aber sie wird dir kaum helfen. Sie hat eine Amnesie.«

»Ich glaube ihr nicht.«

»Dein Problem. Sag mal, wonach stinkst du eigentlich so?«

»Das war die Patientin«, erklärte der Hauptmann widerwillig. »Respektive Verdächtige. Respektive Zeugin.«

»Respektive Valutanutte«, nahm der Arzt das Spiel des Hauptmanns freudig auf. Er verspottete den Kriminalisten eindeutig. »Respektive Tigerbändigerin. Respektive Schlangenzüchterin. Sie kann alles sein. Aber das kriegst du nicht raus, solange sie selbst das nicht rauskriegt. Sie ist krank, verstehst du?«

»Mag sein, aber kotzen tut sie wie eine Gesunde«, sagte der Hauptmann rachsüchtig.

»Muß sie auch«, sagte der Arzt rätselhaft, »das ist ganz normal in ihrem Zustand. Wir haben mit den Chirurgen von der Unfallstation sogar Wetten abgeschlossen, wie die Sache ausgeht. Ein interessantes medizinisches Experiment. Und wenn du mit deinem Kriminalisteneifer uns das versaut hast, Alter, dann bist du nicht zu beneiden. Unser Georgier hat Beziehungen, und er mag die Kleine. Keine Ahnung, als was. Trinkst du Sprit?«

»Sprit?«

»Na ja. Kippen wir ein Gläschen auf die Genesung der Schlangenzüchterin? Hier wird man nachts vor Schwermut verrückt, ich hasse diese Nachtdienste.«

Ich lag auf einer Bahre, und sie schoben mich lange durch die Klinik, zwei schweigsame Pfleger, ein kleiner mit Engelsgesicht und ein großer mit der Visage eines Serienmörders. Offenbar hatten sie einander so satt, daß sie den ganzen Weg über kein Wort redeten. Wie im Schlaf nahm ich die Vibrationen des Lastenaufzugs wahr und einen schwachen, beinahe anheimelnden Medikamentengeruch, den ich nicht kannte. Ich wußte, daß ich in mein Krankenzimmer zurückgebracht wurde, und noch nie hatte ich mir so sehnlich gewünscht, dorthin zurückzukehren. Ich mußte unbedingt allein sein und nachdenken. Hauptmann Lapizki machte mir keine Angst, nein. Ich fürchtete mich vor mir selbst – ich wußte nicht, was ich von mir zu erwarten hatte. Das merkwürdige Gespräch über die Gesichtsoperation ... Ich mußte zurück in mein Zimmer, dann würde alles klar werden.

Endlich hatten sie mich in mein Zimmer gebracht und ordentlich in mein Bett gelegt. Offenbar hatte der Arzt mir doch etwas gespritzt, jedenfalls empfand ich eine unnatürliche Schwere im Kopf. Nachdem der Engel irgendein Gerät angeschlossen und der Serienmörder fürsorglich meine Decke festgesteckt hatte, war ich allein. Das Piepen des Oszillographen wirkte beruhigend wie eine Wanduhr, und ich kämpfte mit Mühe gegen die Schwere in meinem Kopf an. Ich durfte das Vergessen nicht in mich eindringen, mich nicht von ihm beherrschen lassen. Dieser Gedanke verfolgte mich schon geraume Zeit: Ich fürchtete, eines Tages mit unverhofft wiedergekehrtem Gedächtnis aufzuwachen, ebenso fürchtete ich, eines Tages aufzuwachen und wieder alles vergessen zu haben, was ich jetzt wußte.

Die Gesichtsoperation, von der niemand in der Klinik mir etwas gesagt hatte. Beinahe mechanisch tastete ich die Haut unter meinen Ohrläppchen ab, wie es der Hauptmann getan hatte.

Tatsächlich. Kaum wahrnehmbare kleine Wülste, die sich zart anfühlten wie unreife Larven.

Ich verspürte ein Ziehen in der Brust, und die bereits vertraute Übelkeit, gegen die ich nicht ankam, stieg in mir auf. Fehlt nur noch, daß ich die staatseigene Decke vollkotze, sagte ich mir. Fehlt nur noch, daß Nastja dich morgen früh zu Schichtbeginn hilflos und eingesaut vorfindet.

Erschöpft vom Kampf gegen mich selbst, erhob ich mich vom Bett und riß dabei mühelos die Nabelschnur aus Plastikschläuchen ab, an die ich noch immer gefesselt war. Gegen die Übelkeit, die Wellen im Bauch und das Schwindelgefühl ankämpfend, setzte ich die Füße auf den Boden.

Am Ende des Flurs mußte eine Toilette sein. Ich mußte es bis dorthin schaffen. Ich mußte!

Der kurze Weg dauerte wesentlich länger, als ich gedacht hatte. Aber ich schaffte es immerhin, ich war ein starkes Mädchen, keine Frage. »Mädchen« – warum sollte ich mich nicht so nennen, warum nicht versuchen, mich zu lieben, da ich ja sonst niemanden hatte?

Weiße Kacheln, genau wie in der Aufnahme, der Boden mit kalten Fliesen ausgelegt. Ein breiter Spiegel vor den Waschbecken. Ich vergaß einen Augenblick sogar die Übelkeit und die Schwäche im Kopf und in den Beinen. Ich mußte nur nahe herangehen, tief einatmen und in das stehende Wasser des Spiegels eintauchen. Wieder hatte ich das Gefühl, das alles schon einmal erlebt zu haben: Ich hatte schon einmal vor einem Spiegel gestanden und mein Gesicht erforscht.

Wann? Wann war das gewesen, verdammt noch mal? Und in welchem Zusammenhang?

Womit hatte dieses blasse Gesicht zu tun, diese Augenbrauen – schwarz auf weiß; diese Augen, diese Nase, diese Lippen, die ganz aufgesprungen waren von den vergeblichen Fragen? Bevor ich das Gedächtnis verlor, hatte ich also mein Äußeres verloren. Vielleicht suchte mich deshalb niemand? Vielleicht hatte ich mich selbst in diese Falle gehetzt?

Die gleichgültige Fläche des Spiegels war so verführerisch nahe, daß ich mir daran den Kopf stieß. Das verschaffte mir solche Erleichterung, daß ich mein erinnerungsloses verändertes Gesicht wieder und wieder dagegen stieß, bis ich das Bewußtsein verlor.

»Mein Gott, mein Gott! Was ist mit Ihnen?« Die Stimme kam von weither und zerriß den Reif des Vergessens.

Ganz langsam kam ich zu mir – durch diese Stimme und durch eine kosmische Kälte im ganzen Körper. Ich lag auf dem Boden unter den Waschbecken, und Schwester Nastja hielt fürsorglich und barmherzig meinen Kopf. Es war genau das passiert, was ich befürchtet hatte: Der Kittel hochgerutscht, die Beine chaotisch verdreht, ein widerlicher Geruch – ich hatte also doch erbrochen.

»Warum sind Sie aufgestanden? Legen Sie den Kopf in den Nacken, Ihnen wird gleich besser. Halten Sie noch ein bißchen aus, bitte.«

»Schon gut, alles in Ordnung«, antwortete ich mit schwacher Stimme und versuchte sogar zu lächeln.

»Sie sind voller Blut.« Vor Schreck hatte Nastja ganz vergessen, daß wir uns in letzter Zeit, seit wir uns bei gemeinsamen Spaziergängen im winterlichen Park und bei von Ärzten und Patienten gestohlenen Zigaretten nähergekommen waren, geduzt hatten.

Nun spürte ich, daß mein Gesicht von einer eingetrockneten Kruste bedeckt war.

»Warum sind Sie nur aufgestanden, mein Gott!« Die Schwester konnte sich nicht beruhigen. »Ein Glück noch, daß ich mir denken konnte, wo ich Sie finde! Sie hätten hier sterben können! Schrecklich! Sie dürfen doch nicht … Sie dürfen sich überhaupt nicht aufregen. Absolute Ruhe! Sie wissen ja gar nicht …«

Mein armes Vögelchen auf der Stange, du hast absolut keine Ahnung! Wie würdest du wohl die nächtliche Entführung und die Landpartie aufnehmen? Und die Gesichtsoperation! Bei dem Gedanken daran stöhnte ich. Nastja interpretierte mein Stöhnen auf ihre Weise. Ohne meinen Kopf loszulassen, richtete sie sich auf, hielt ein Tuch unter den Strahl aus einem Wasserhahn und wischte mir das Gesicht ab.

»Gleich wird's besser, Liebes.« Sie klang wie eine lebenserfahrene Frau. »Sie wissen ja das Wichtigste noch gar nicht.«

Das Wichtigste? Du irrst, Nastja! Ich weiß das Wichtigste. Ich werde niemals mein *echtes Gesicht* zu sehen bekommen.

»Sie dürfen wirklich nicht ... Absolute Ruhe. Und keine einzige Zigarette mehr, ich schwöre! Sie erwarten nämlich *ein Kind*.«

Ohne recht zu begreifen, was die Schwester da gesagt hatte, fragte ich mechanisch: »Was?«

»Ich hab es selber erst gestern erfahren, ganz zufällig, wirklich. Katja hat es mir verraten, die OP-Schwester, wir gehen immer zusammen Kaffee trinken. Hier in der Nähe ist ein Café, die machen tollen türkischen Kaffee, auf heißem Sand gekocht, kennen Sie das?«

»Was hast du gesagt?« Ich versuchte mich aufzusetzen und starrte Nastja an.

»Offenbar alles in Ordnung.« Nastja befühlte meinen Kopf und fand keine Verletzungen. »Nur eine Schramme auf der Stirn. Gott sei Dank, Sie sind glücklich gefallen.«

»Was hast du da gesagt von einem Kind?« Das letzte Wort konnte ich nur mit Mühe aussprechen.

»Sie sind im dritten Monat schwanger. Man hat Ihnen noch nichts davon gesagt, das hat Tejmuri angeordnet. Um überflüssige Erschütterungen zu vermeiden. Oh!« Nastja ließ mich los und hielt sich den Mund zu. »Ich hätte Ihnen das ja auch nicht verraten dürfen.«

»Hilf mir hoch.« Auf dem kalten Fußboden liegenzubleiben war unerträglich.

Sie half mir aufzustehen und plapperte dabei unablässig weiter; vermutlich glaubte sie, das würde mich von meiner traurigen Lage ablenken. Auf die Schwester gestützt, gelangte ich wieder in mein Zimmer. Sie half mir, mich hinzulegen, und deckte mich bis zum Kinn zu.

»Keine Dummheiten mehr, schön liegenbleiben. Ich hole jetzt einen Arzt.«

»Nein. Bitte nicht. Mir ist schon besser. Ich brauche niemanden. Einen von diesen Experimentatoren (mit erschreckender Deutlichkeit begriff ich plötzlich, worüber der diensthabende Arzt und Lapizki in der Nacht gesprochen hatten) kann ich jetzt einfach nicht ertragen.«

»Dann bleibe ich hier.«

Das hatte mir gerade noch gefehlt! Ich verzog das Gesicht, als hätte ich Zahnschmerzen.

»Nein. Ich möchte allein sein. Mir passiert schon nichts, das verspreche ich Ihnen.«

»Versprechen Sie auch, daß sie brav liegenbleiben und keine Dummheiten machen?«

»Ja.«

»Gut«, entschied sie schließlich, »gut. Ich komme in einer Stunde wieder vorbei.«

Ich sehnte mich so danach, allein zu sein (zum wievielten Mal in den letzten vierundzwanzig Stunden?), daß ich ungeduldig die Augen schloß.

Ein Kind.

Die Eröffnung war Nastja so unmittelbar und treuherzig rausgerutscht, daß ich ihr einfach glauben mußte. Na schön, eine weitere Prüfung in der langen Reihe von Prüfungen, dachte ich teilnahmslos. Und ertappte mich bei dem Gedanken, daß ich für dieses Kind absolut nichts empfand. Ich wußte nicht einmal, ob ich ein Kind gewollt hatte oder nicht. War es ein Wunschkind? War der Vater dieses Kindes meine große Liebe? Oder war es die Folge einer zufälligen Verbindung? Wenn ich nur wüßte, wenn ich nur wüßte …

Ich würde abhauen, wenn ich wüßte, wohin. Ich würde bleiben, wenn ich wüßte, wozu. Übrigens würde man mich vermutlich sowieso hierbehalten. Klar doch, ein medizinisches Experiment! Ich ahnte, worum es ging: Eine Frau liegt im Koma, und in ihrem Bauch wächst ein Embryo. Würde er überleben oder nicht? Eine schöne Wette. Wenn du keinen Namen hast und keine Vergangenheit, wenn niemand dich beschützt, kann man dich ungeniert als Versuchskaninchen benutzten.

Als Nastja eine Stunde später in mein Zimmer kam, lag ich im Bett, die Hände auf der Bettdecke: Ganz das brave Mädchen, eine Augenweide.

»Wie fühlst du dich?« fragte Nastja, diesmal wieder per »du«.

»Schon besser.« Ich lächelte sie aufmunternd an. »Mir ist nur noch ein bißchen übel.«

»Das ist nicht weiter schlimm«, sagte Nastja lebhaft, »ganz normale Schwangerschaftsübelkeit. Aber erzähl bitte niemandem, daß ich dir das mit dem Kind gesagt habe. Sie reißen mir sonst den Kopf ab.«

Sie brachte mir das Essen, das ich ablehnte, und blieb bis zum Ende ihrer Schicht bei mir sitzen. Jetzt kannte ich ihre ganze schlichte Lebensgeschichte, in der es nicht mehr als zwei Dutzend handelnde Personen gab, dreiundzwanzig genau – wenn man einen gescheiterten Bräutigam aus den Reihen der fixen, selbstgefälligen jungen Assistenzärzte, den unerreichbaren Georgier Tejmuri und eine beinahe mythische Tante in Nürnberg mitrechnete. Mein Gott, ich beneidete sie, denn ich besaß noch weniger: Nur Nastja, die mir die Amme ersetzte, Tejmuri, der mir die Mutter ersetzte, und Hauptmann Lapizki, der mir alles übrige ersetzte. Nastja wollte mich nicht in meine ständige Einsamkeit entlassen, aber ihre Schicht ging zu Ende.

»Weißt du, ich komme erst übermorgen wieder. Falls was sein sollte – ich laß dir meine Telefonnummer da, vom Schwesternzimmer kannst du mich jederzeit anrufen. Ich hole einen Stift und schreib sie dir auf.«

»Nicht nötig«, sagte ich, »ich merke sie mir.«

Sie sagte langsam ihre Telefonnummer und ließ sie mich wiederholen.

»Jetzt bin ich beruhigt«, konstatierte sie, bevor sie die Tür hinter sich schloß.

Ich ahnte nicht, wie falsch das war.

Der Unfall, der irgendwie mit dem Haus zu tun hatte, in dem drei Morde geschehen waren; eine weitere tote Frau, die ebensowenig identifiziert werden konnte wie ich; mein Koma und die anschließende Amnesie; ein Kind – ein Junge oder ein Mädchen –, das ich in mir trug. Den ganzen Abend ging ich das alles immer wieder durch, betete es her wie einen Rosenkranz und fand nichts, woran ich mich festhalten konnte. Und den ganzen Abend wurde ich einen bohrenden Gedanken nicht los, den Tejmuri geäußert hatte und der seitdem in meinem Kopf saß: »Mir scheint, Sie haben sich so heftig gewünscht, irgend etwas in Ihrer Vergangenheit zu vergessen, daß Sie Ihren gesamten Organismus dazu angestiftet, ihn zu Ihrem Komplizen gemacht haben.«

Komplize. Vielleicht hatte der Hauptmann doch recht mit seinen Vermutungen?

Ich bemerkte plötzlich, daß ich die Hand auf den Bauch gelegt hatte und mich dem kaum spürbaren Plätschern der lebendigen Welle hingab. Zumindest war ich nun nicht mehr allein. Jetzt gab es jemanden, für den ich leben und den ich beschützen mußte. Und vorerst konnte ich ruhig schlafen.

»Gute Nacht«, flüsterte ich unvermittelt zärtlich und strich behutsam über den Bauch. »Ich hoffe, du kannst mich hören. Natürlich kannst du das.«

Sie kamen mitten in der Nacht. Ich erwachte eine Sekunde bevor sie auftauchten, vielleicht, weil das Mondlicht durch meine Augenlider drang. Vielleicht auch wegen der aufsteigenden Übelkeit, die selbst im Schlaf nicht wich. Lautlos rollten sie eine Krankenbahre mit hartem Kunstlederbezug ins Zimmer, neben mein Bett. Die beiden nächtlichen Besucher trugen weiße Kittel, sie waren vermutlich Pfleger. Im totenbleichen Mondlicht sahen sie sich ähnlich – müde und unheilverkündend geschäftig. Keinen von beiden hatte ich je gesehen.

Ein paar Sekunden standen sie da und betrachteten mich aufmerksam.

»Na los, betten wir sie um.«

»Wollen wir sie wecken?«

»Versuchen wir's lieber so. Gibt sonst bloß Scherereien und dumme Fragen.«

»Ich schlafe nicht«, unterbrach ich ihre Diskussion.

Meine hellwache Stimme verblüffte die Pfleger.

»Wir sollen Sie wegbringen«, sagte der Verfechter des frühen Weckens nach kurzem Schweigen.

»Was hab ich dir gesagt, das bringt nur Scherereien«, seufzte sein Kollege. »Aber wenn Sie schon mal wach sind – nehmen Sie Platz im Krankenhaus-Mercedes.«

Ich stellte mich zickig: »Hat das nicht Zeit bis morgen früh?«

»Hör zu, Süße, wir sind nur kleine Lichter. Wir haben Anordnung vom diensthabenden Arzt. Bei dem kannst du Theater machen, bei uns hat das keinen Zweck. Wir sind nur niederes Personal.«

Unruhig wurde ich erst, als wir unsere Station, die menschenleere Etage mit den Labors und Behandlungszimmern, hinter uns gelassen hatten und über einen verglasten Gang in einen Klinikflügel gelangten, in dem ich noch nie gewesen war.

»Wohin wollen wir?« fragte ich meine Begleiter.

Aber keiner der beiden würdigte mich einer Antwort. Ich hatte nicht geahnt, daß die Klinik so riesig war. Jetzt, in der Nacht, erinnerte sie an eine erschöpft schlafende Stadt. Helle und dunkle Flure, zuschlagende Türen, leises Geklapper von Eimern und von Spritzen in Sterirommeln, gedämpfte Stimmen und eine Zone absoluter Totenstille. Mehrmals fuhren wir mit Lastenaufzügen hinauf und hinunter. Im letzten, der nur trübe beleuchtet war, dachte ich auf einmal, daß ich womöglich für immer im Bauch der Klinik verschwand. Niemand würde mich finden, und ich würde nie erfahren, ob vielleicht doch jemand nach mir gesucht hatte.

Einer der Pfleger schloß den Notausgang auf, und schließlich gelangten wir in einen langen, schlauchartigen Flur mit vielen Türen. Vor einer der Türen hielten die beiden an und stießen sie zielbewußt auf.

Ich befand mich im Vorraum eines Operationssaals. Von den drei Personen im Raum kannte ich nur den Anästhesisten Pawlik. Die Frau und der Mann, die träge mit ihm schwatzten, waren mir fremd und weckten in mir sofort heftige Abneigung. Die allzu attraktive Frau, die nach einem ehrgeizigen Biest aussah, und der allzu stattliche Mann mit den wichtigtuerischen unregelmäßigen Lippen unter einer Nase von beeindruckender Größe. Der Mann rauchte Pfeife (billige Angeberei), und die Frau betrachtete Röntgenbilder und riß dabei gängige Ärztewitzchen. Alle drei trugen hellblaue Chirurgenkleidung und ebensolche Beinschützer.

»Da sind sie ja«, begrüßte Pawlik unser Erscheinen. »Alles in Ordnung?«

»In bestem Zustand geliefert«, sagte einer der Pfleger selbstzufrieden. »Persönliche Übergabe.«

Ich wußte auf einmal, wessen Stimme ich letzte Nacht gehört hatte, nach dem verrückten Ausflug mit Hauptmann Lapizki.

Die des Anästhesisten Pawlik. Er war bei Tejmuri gewesen, als ich den Georgier das erste Mal sah. Aber damals hatte der Anästhesist kein Wort gesagt, nur zufrieden gelächelt.

Doch was hatte er letzte Nacht in der Aufnahme zu suchen gehabt, als diensthabender Arzt? Diesen undankbaren Nachtjob erledigte doch normalerweise kein hochspezialisierter Facharzt wie er.

Die Tür schloß sich hinter den Pflegern, und ich hatte das Gefühl, als wäre eine Mausefalle zugeschnappt.

»Was geht hier vor?« fragte ich.

Pawlik zuckte zusammen, das ehrgeizige Biest riß sich endlich von den Röntgenbildern los, und der stattliche Mann stieß eine besonders dichte Rauchwolke aus.

»Alles in Ordnung.« Der Anästhesist hatte sich wieder in der Hand und klopfte mir sogar auf die Schulter.

»Warum wurde ich mitten in der Nacht hergebracht?«

Der Mann betrachtete mich ungeniert und aufmerksam. Das Biest nahm Pawlik beiseite und redete tadelnd auf ihn ein. Von ihrem gedämpften Gespräch verstand ich nur die

Worte: »Luminal« und »Du weißt doch selbst, das ist ein besonderer Fall.«

»Hat es mit meinem Kind zu tun?« Ich verspürte eine panische Angst, die ich bisher nicht gekannt hatte, und versuchte sogar, mit der Hand meinen Bauch zu schützen.

Meine Frage schlug ein wie eine Bombe. Alle drei machten lange Gesichter. Der Mann nahm sogar die Pfeife aus dem Mund.

»Shit«, fluchte das Biest leise und sah Pawlik vielsagend an.

»Ist etwas mit meinem Kind?« wiederholte ich hartnäkkig. »Warum hat man mich in den OP gebracht?«

Niemand antwortete mir. Die Sekunden addierten sich zu Minuten, und im Raum herrschte noch immer bedrükkende Stille. Die Frau faßte sich als erste. Sie trat zu mir und berührte teilnahmsvoll meine Schulter.

»Verschieben wir die Erklärungen auf morgen.«

»Nein«, widersprach ich starrsinnig, »ich will jetzt eine Erklärung.«

»Schön. Die letzten Untersuchungsergebnisse sind nicht sehr ermutigend. Es ist ein sofortiger chirurgischer Eingriff notwendig.«

»Hat das mit dem Kind zu tun?«

»Lara!« rief Pawlik, der es nicht mehr aushielt. »Lara, hör auf ...«

Aber das gepflegte Biest und der Anästhesist Pawlik waren mir jetzt egal. Ich sah unverwandt den Mann an. Sein Gesicht, das nicht sehr ausdrucksvoll war, dafür aber einprägsam, strahlte eine verborgene, feindselige Kraft aus. Seine leidenschaftslosen Augen sogen mich ein wie zwei Strudel, und das spöttische Lächeln, das seine Lippen unregelmäßig zerteilte – wie eine Konservendose, die mit einem stumpfen Messer geöffnet wurde –, raubte mir die letzte Kraft.

»Kein Grund zur Aufregung, meine Liebe«, sagte er sehr leise. »Glauben Sie uns, alles wird gut.«

Mir wurde erneut übel – vielleicht von den Pockennarben auf seiner Wange, vielleicht vom Pfeifenrauch.

»Könnten Sie das Rauchen unterlassen?« fragte ich mit schwacher Stimme.

»Alles wird gut«, wiederholte er.

»Wladlen«, wandte sich die Frau an ihn, »ihr ist wirklich schlecht.«

»Halb so schlimm«, beruhigte er sie.

Er trat zu mir. Meine Übelkeit wurde unerträglich. Ich preßte die Hand auf die Kehle.

»Wenn alles bereit ist«, sagt Wladlen ruhig, wobei er nur mich ansah, »können wir anfangen.«

An das, was danach geschah, erinnere ich mich nur undeutlich. Pawlik setzte mir die Sauerstoffmaske auf, und ich verspürte eine sonderbare Erleichterung. Und bevor ich ins Nichtsein sank, vernahm ich ausgezeichneten Jazz.

Miles Davis.

Ich wunderte mich nicht darüber, daß ich Miles Davis nach den ersten Akkorden erkannte, wohl aber darüber, ihn im OP zu hören.

»Deine Leidenschaft für musikalische Untermalung wird uns noch mal zum Verhängnis, Wladlen«, sagte Lara, während sie sich fachkundig um meinen erschlafften Körper kümmerte, der sich dem Anästhesisten noch immer widersetzte. Aber das wußten sie nicht. »Und deine blöde Gier. Wir hätten anonym bleiben müssen.«

»Du redest zu viel, meine Liebe. Sei still und kümmere dich um die Instrumente.«

»Alles in Ordnung. Sie ist weggetreten«, flüsterte Pawlik mit pergamentdünner Stimme. Er schien panische Angst zu haben.

»Du solltest nicht so mit mir reden, Wladlen. Schließlich sitzen wir alle in einem Boot.«

»Leider, wenn man bedenkt, daß dieser Schwachkopf Pawlik seine Zunge nicht im Zaum halten kann. Von wem hat sie von der Schwangerschaft erfahren? Hast dich wohl bei einer deiner kleinen Schlampen verplappert, wie?« Die Frage war an Pawlik gerichtet. »Oder hast du selber mit ihr geschlafen, du Sexgigant? Übrigens ist das keine Gier, sondern nüchterne Berechnung. Und Verpflichtung gegenüber den Klienten. Und wenn uns etwas zum Verhängnis wird, dann deine zügellose Leidenschaft für romantische Weihnachtsreisen nach Paris.«

Ich kam erst in meinem Zimmer wieder zu mir.

Die Sonne schien unerträglich hell, man hätte meinen können, es sei Sommer, wären nicht die scharfen Konturen der kahlen Pappeln vor dem Fenster gewesen. Warum ragten sie so in die Höhe, diese Pappeln? Und ob sie wohl auch Krebs hatten wie die Kastanien in Europa?

In meinem noch halb von der Narkose vernebelten Gehirn flossen die Gedanken nur träge. Mühsam rekapitulierte ich die Ereignisse der vergangenen Nacht, seltsamerweise aber ohne jede Emotion. Ich verspürte am ehesten Erleichterung.

Ich mußte daran glauben, daß alles gut werden würde. Glauben – das war das einzige, was mir blieb.

Die Anfälle von Übelkeit, die mich in letzter Zeit geplagt hatten, waren vorbei. Vorsichtig legte ich eine schwere, ungelenke Hand auf den Bauch. Und niemand antwortete mir. Ich konnte das unmöglich fühlen – aber ich fühlte es.

Was war in der Nacht geschehen?

»Es ist ein sofortiger chirurgischer Eingriff notwendig.« Notwendig für wen?

Mein Unterleib schmerzte unerträglich. Die Narkose ließ endlich nach. Gegen Schmerz und Schwindelgefühl ankämpfend, setzte ich mich auf und warf die Decke ab. Auf dem Laken waren deutlich Blutflecken zu erkennen.

Ich begriff. Ich begriff alles.

Meine schwachen Hände wurden mit dem Laken nicht fertig, und ich zerriß es mit den Zähnen. Der Schmerz kümmerte mich kaum. Ich stopfte mir einen Lakenfetzen unter und weinte.

Dann kam Maschka Gangus, die ihre Schicht bereits hinter sich und aus diesem Anlaß schon reichlich Sprit intus hatte, ins Zimmer gestürzt. Sie schrie mich an wegen des zerrissenen Lakens, bekundete zugleich derbes Weibermitleid und riet mir zu Paprikaschnaps, um die Folgen zu bekämpfen. Unter harmlosem Geschimpfe brachte sie mir Tampons. Kurz darauf kam der Anästhesist Pawlik, weiß wie die Wand. Er sah mir nicht in die Augen und stammelte unverständliche Erklärungen.

Ich verstand nur eines: Die Abtreibung war der einzige Ausweg. Die Folgen des Unfalls waren irreparabel gewesen.

»Krankhafte Veränderungen«, wiederholte ich folgsam, »ja, ich verstehe.«

»Sie kommen wieder in Ordnung«, versuchte er mich zu beruhigen.

»Ja, ich verstehe. Aber warum war da Musik? Jazz, glaube ich.«

»Ach, das. Eine kleine Schwäche von unserem Chirurgen. Er hört beim Operieren gern Musik.«

»Gehen Sie. Gehen Sie, ich muß allein sein.«

Als Nastja zum Dienst kam, warf die Nachricht von der Abtreibung sie buchstäblich um. Sie weinte sogar. Ich wunderte mich sehr: Erst über sie, dann über mich. Über sie, weil sie so bitterlich weinte, und über mich, weil ich noch kein einziges Mal so bitterlich, so verzweifelt geweint hatte, obwohl es reichlich Anlaß dazu gegeben hatte. Die gute, mutige Nastja versprach mir, alles herauszufinden – offensichtlich wollte sie unbedingt mein Leid lindern.

Was sie dann über ihre geheimen Kanäle herausfand, brachte weder ihr noch mir Erleichterung. Sie kam am Abend in mein Zimmer, ganz bedrückt, setzte sich wie immer zu mir ans Fußende und schwieg lange.

»Ich verstehe das nicht«, sagte sie schließlich. »Ich bin da zwar kein Fachmann, aber immerhin Krankenschwester. Ich habe mir dein Krankenblatt und die Röntgenbilder angesehen. Ein operativer Eingriff war nicht notwendig. Die Abtreibung hätte nicht sein müssen.«

»Wie bist du an das Krankenblatt gekommen?« Ich glaubte ihr noch nicht. Wollte ihr nicht glauben.

»Geklaut, genau wie die Zigaretten. Einfach geklaut.

Aber vielleicht hab ich ja was nicht verstanden. Ich werde mit Pawlik reden.«

Aber ich erfuhr nicht mehr, ob sie mit dem Anästhesisten gesprochen hat. Ich sah sie nie wieder, genausowenig wie Hauptmann Lapizki nach jener verrückten Nacht.

Doch während das Verschwinden des Hauptmanns mich sogar freute, fühlte ich mich an dem Tag, als Schwester Nastja nicht zum Dienst kam, todunglücklich. Ich rief bei ihr zu Hause an, aber es ging niemand ran. Ellotschka Geller, die aus ihrer ständigen Bücherdeckung herauskam und Nastja vertrat, fragte mich schüchtern, was ich von John Updike hielte.

Zu Updike hatte ich keine Meinung, aber ich erfuhr, was ich wissen wollte: Nastja Bondarenko war krankgeschrieben.

Ich erwartete nichts mehr von meinem gründlich vergessenen Leben, als Erik Morgenstern mich fand.

Anfangs maß ich seinem Auftauchen keine Bedeutung bei. Er war in der Pause zwischen Frühstück und Morgenvisite unbemerkt hereingeschlüpft. Später, viel später, begriff ich, daß Erik in seiner naiven Unverschämtheit immer geradewegs auf sein Ziel zumarschierte.

Ein schweres, zugleich sehr bewegliches Kinn, Gesichtszüge, die sich selbst überlassen waren und ein Eigenleben führten, ohne sich viel um Synchronie zu scheren. Stark geeltes Haar, stark gegelte kokette Koteletten. Selbst die Augenbrauen waren dick mit Gel eingeschmiert. Erik hatte einen schönen, schamlosen, scharf geschnittenen Mund und ebenso schamlose dunkle Augen. In den Ohren trug er silberne Kreolen, drei an der Zahl. Zwei massive Ringe und ein frivoles Armband am braungebrannten Handgelenk ließen Erik aussehen wie einen seßhaften Zigeuner oder einen Stammgast in Nachtklubs. Woher wußte ich von Nachtklubs?

Erik (daß er Erik hieß, erfuhr ich erst später) hockte auf einem Stuhl und sah mich lange reglos an. Aber da ich an langes Anstarren bereits gewöhnt war, reagierte ich darauf so gleichmütig wie eine gefleckte Hyäne im Gehege auf die Zoobesucher.

»Verdammt, du siehst ganz schön mitgenommen aus«, sagte er zufrieden und schluckte, wobei sein Kehlkopf zuckte. »Aber du bist noch immer genauso schön.«

Anfangs begriff ich nicht einmal, wovon er redete. Wahrscheinlich von mir. Aber was konnte dieser Zigeuner, dieser rüde Macho mit mir zu tun haben?

»Trotz allem. Genauso schön, Anna.«

Ein paar Sekunden lang sahen wir uns schweigend an. Der Name löste in mir einen Ruck aus, eine Art Lawine.

»Anna?« flüsterte ich kaum hörbar. »Wer ist Anna?«

»Du bist gut«, sagte der Bursche zu mir. »Dich hat's ja echt schlimm erwischt. Aber jetzt kannst du ganz ruhig sein. Dein Milchbruder ist bei dir.«

»Milchbruder?«

»Was denn, Alte, hast du wirklich keinen Schimmer? Ich bin's, Erik!«

»Welcher Erik? Ich kenne keinen Erik.«

»Na los, mach mal dein wunderschönes Maul auf, befühl den zweiten Zahn neben dem Schneidezahn. Da muß eine Plombe sein. Und der daneben, der ist übrigens aus Porzellan. Hat zwei Riesen gekostet, Grüne natürlich. Siehst ja, du wärst fast draufgegangen, aber der Zahn, der ist noch ganz.«

Ganz mechanisch tat ich, was mein seltsamer Besucher verlangte: Ich befühlte mit der Zunge den Zahn, den zweiten von rechts. Er hatte tatsächlich eine Plombe.

»Na, was ist?« fragte Erik ungeduldig. »Alles noch da, mein Herz?«

»Ja.«

»Ich könnte dir noch ein paar andere hübsche Dinge aufzählen, aber das heben wir uns lieber für einen Abend bei Wacholderwodka und Kerzenschein auf. Du magst doch noch immer Wacholderwodka? Ich hab welchen besorgt, extra für dich. Da siehst du, wie sehr der alte Erik seine leichtsinnige Anna liebt. Und er läßt sie nicht im Stich, obwohl uns jeden Moment der Arsch hochgehen kann.«

»Das mit dem Wacholderwodka weiß ich nicht«, sagte ich leise und hörte gar nicht weiter auf sein Geschwätz.

»Was denn, erinnerst du dich wirklich nicht?«

»Nein.«

»So was.« Erik verzog das Gesicht. »Das hätte ich nicht gedacht, daß du nach dem stürmischen Leben, das wir beide die letzten fünf Jahre geführt haben, Erik Morgenstern einfach so aus deinem hübschen Kopf schmeißt.«

»Komischer Name.«

»Ein ganz normaler deutscher Name. Er hat dir gefallen, Anna. Du wolltest mich deswegen sogar heiraten. Erinnerst du dich nicht?«

»Ich erinnere mich an gar nichts. Und da Sie hier sind, müßten Sie das eigentlich wissen.«

»Ach so! Klar, ich hab mich gründlich erkundigt, hab ein paar Leute geschmiert – du bist mir also was schuldig. Aber ehrlich gesagt, ich hab gedacht, du ziehst eine Show ab, wie immer. Nach dem, was du angestellt hast. Du bist doch ein raffiniertes Biest. Ein schönes, raffiniertes Biest, auch wenn du in dieser beschissenen Klinik mächtig abgebaut hast. Macht nichts, wir päppeln dich schnell wieder auf.«

»Ich heiße also Anna?« Ich hörte Erik nicht mehr zu.

Anna, Anna. Mein Gott, was für ein schöner, was für ein konkreter Name. Mir fiel das Buch ein, das Nastja mir gebracht hatte, »Das Geheimnis des Namens«. Darin stand dieser Name auch, ganz am Anfang, aber damals hatte ich ihn gleichgültig überlesen.

»He, Anna, spinnst du?« Erik kicherte. »Was soll das nachdenkliche Pathos? Komm zu dir, Liebste. Deine Papiere sind alle bei mir, aber damit kannst du kaum noch was anfangen. Nach allem, was passiert ist. Macht nichts, wir lassen uns schon was einfallen. Du mußt so schnell wie möglich hier raus. Wie fühlst du dich?«

»Nicht besonders.«

»Egal. Wir kurieren dich auf neutralem Terrain aus. Und

renken dir auch das Hirn wieder ein. Was es mich gekostet hat, dich zu finden, das ist ein Kapitel für sich. Übrigens suchen auch noch andere nach dir – bloß, damit du Bescheid weißt und den Mut deines Milchbruders richtig würdigst.«

»Apropos – wie haben Sie mich gefunden?« Ich durfte mich nicht an diesen Fremden hängen, nur weil er meinen Namen kannte, nach dem ich vergebens gesucht hatte.

Erik streckte seine langen Beine aus und warf sie aufs Bett – direkt auf die Bettdecke.

»Wie ich dich gefunden habe? Wie schon? Ich bin einfach losgelaufen, über neununddreißig Stufen.« Erik sah mich listig an, seine schamlosen Lippen grinsten breit.

»›Neununddreißig Stufen‹. Das ist Hitchcock.«

»Richtig, Alte. Dein Lieblingsregisseur. Von wegen, du kannst dich an nichts erinnern.«

Mir fiel ein, daß ich, als ich schlaflos in meinem Krankenhausbett lag, die ganze Zeit im Kopf alte Filme abgespult hatte. Ich glaubte, sie hätten mit Oleg Marilow zu tun. Nun aber stellte sich heraus, daß sie auch mit mir zu tun hatten. Mit mir und diesem merkwürdigen jungen Mann. Das überzeugte mich mehr als die Plombe im zweiten Zahn oben rechts. Aber er wollte mich gar nicht überzeugen, dieser Erik. Er hatte mich einfach gefunden, das war alles.

»Klar erinnere ich mich«, sagte ich langsam. ›Neununddreißig Stufen‹, ›Der Strick‹, ›Das Rettungsboot‹, ›Das Fenster zum Hof‹, ›Marnie‹, ›Schwindel‹, ›Bei Anruf Mord‹.«

»Ja, genau, der letzte ist besonders aktuell. Du wirst abends Sonnenblumenkerne kauen und deine Hitchcock-Filme sehen, wie früher. Nur deine Bude, die ist natürlich hin, das ist klar. Wir werden erst mal bei mir wohnen.«

»Ich verstehe nicht … Sind Sie etwa gekommen, um mich abzuholen?«

»Nein, ich wollte noch mal deine Mumie bewundern. Was ist denn los mit dir, ich erkenne dich nicht wieder! Komm schon, umarme deinen Bruder!«

Erik schleuderte die Beine vom Bett und reckte mir seinen eingegelten Kopf entgegen. Mir blieb nichts weiter übrig, als seine festen, geschmeidigen Schultern zu umarmen. Erik roch nach einem Eau de Cologne, das mir bekannt vorkam. Sollte ich diesen Mann tatsächlich kennen? Aber selbst wenn nicht, würde ich ihm folgen, egal wohin. Er war der einzige, der dafür sorgen wollte, daß ich wieder festen Boden unter den Füßen bekam.

Anna. Mir gefiel der Name.

»Sag schon, wie geht's dir hier, mein Mädchen?« Erik rückte von mir ab. »Ich hab dich doch die ganzen zwei Monate gesucht. Bestimmt nerven dich die Bullen, oder? Aber du bist klasse, deine Taktik ist goldrichtig.«

Plötzlich runzelte er die Stirn, kratzte sich am Kinn, strich sich mit einer lässigen Bewegung die akkurate Augenbraue glatt und flüsterte besorgt: »Ich hoffe, sie haben hier keine Wanzen versteckt?«

Ich mußte an Hauptmann Lapizki denken. Vielleicht war er gar nicht so weit entfernt von der Wahrheit. Vielleicht hatte ich alle in die Irre geführt. Auch mich selbst.

»Wie's aussieht«, sagte ich langsam, »habe ich wohl keine andere Wahl, als Ihnen zu glauben.«

»Hör bloß auf, mich zu siezen, da drehen sich mir ja die Gallensteine im Bauch rum. Wir beide haben vor fünf Jahren das letzte Mal Brüderschaft getrunken, und seitdem ist allerhand passiert. Und je schneller wir von hier verschwinden, desto besser. Vielleicht hat deine Birne ja einen Knacks bekommen, aber meine funktioniert noch. Jeder Kontakt zu den Bullen muß sofort unterbunden werden. Du unterschätzt sie, glaub mir. Die kehren dir das Innerste nach außen und finden die Wahrheit raus. Dabei haben wir einen Haufen Kraft und Kohle investiert, um alles verschwinden zu lassen.«

»Was denn verschwinden lassen?« Ich sah Erik erschrokken an.

»Dich, mein Herz, dich. Ich bin hier, um dich abzuholen.«

»Kann ich denn schon entlassen werden?«

»Mein Gott, wer redet von entlassen? Du gehst einfach runter, in den Park. Du darfst doch schon raus. Und ich warte draußen am Zaun auf dich. Am alten Tor. Weißt du, wo das ist?«

Ich wußte, wo sich das alte Tor befand. Es führte auf die Seite der Straße, wo das Auto von Hauptmann Lapizki gestanden hatte. Diesmal jedoch würde ich freiwillig mitgehen. Mit Erik. Aber das alles sagte ich ihm nicht. Ich nickte nur.

»Ja, ich weiß, wo das alte Tor ist.«

»Also, paß auf: Ich gehe jetzt, und nach einer halben Stunde etwa kommst du raus, frische Luft schnappen. Dann läuft die Operation ›Die Lady verschwindet‹, wie bei deinem dicken Liebling.«

»Erinnerst du dich wenigstens an mein Auto? Ein gebrauchter VW, pardon. Deins mußte ich leider verkaufen, ich hab ja nicht gedacht, daß du überlebst.«

Er küßte mich noch einmal zufrieden und verschwand. So schnell, daß mich das vage Gefühl beschlich, das alles geschehe nicht wirklich. Wenn ich gekonnt hätte, wäre ich Erik sofort hinterhergerannt. Doch ich wartete die ausgemachte halbe Stunde ab, die mir vorkam wie eine Ewigkeit.

Ich brachte sogar noch die Kraft auf, im Flur mit Ellotschka zu plaudern. Sie las gerade eine Kanadierin, Margaret Atwood, glaube ich. Auf Ellotschkas Liebe zur ganzen Menschheit bauend, bat ich, das Telefon benutzen zu dürfen, und rief noch einmal bei Nastja an. Wieder nahm niemand ab. Na schön, ich würde sie später anrufen. Unbemerkt lief ich in den Park, über dieselbe Treppe, die ich mit Hauptmann Lapizki hinuntergestiegen war. Diesmal trug ich nur Pantoffeln und einen Krankenhauskittel, aber ich war frei.

Am meisten fürchtete ich, daß Erik nicht auf mich warten und wegfahren würde. Am meisten fürchtete ich, daß in der erstarrten winterlichen Welt gar kein Erik existierte, daß das Ganze nur ein Spiel meiner Phantasie gewesen war.

Aber Erik existierte. Ich winkte ihm, und kurz darauf saß

ich bereits im Auto. Erik fuhr sofort los, für immer fort von dem Ort, an dem ich eingesperrt gewesen war.

Im Auto war es warm, aber ich fror trotzdem. Ich barg die Hände unter den Achseln, und Erik sah mich im Rückspiegel spöttisch tadelnd an. Schließlich erbarmte er sich und schnurrte vergnügt: »Nimm den Pelzmantel, da in der Tüte neben dir. Dein Lieblingspelz, der Zobel. Waren zwar nicht gerade rosige Zeiten, aber den hab ich nicht verkauft. Ich hoffe, du weißt das zu schätzen.«

»Ja«, antwortete ich mechanisch und packte den Pelz aus. Er war viel zu luxuriös, um einer Frau im nicht gerade taufrischen Krankenhauskittel zu gehören, aber ein blindes Huhn findet auch mal ein Korn. Ich wickelte mich in den Pelz und fand mich durchaus passabel.

Erik war ein Raser. Ich konnte mir nicht einmal die Straßen genau ansehen, doch das war ohnehin unnötig – ich hätte sie sowieso nicht erkannt. Es spielte keine Rolle, auf welcher Straße ich mich befand.

»Wohin fahren wir?« fragte ich Erik und kroch in meinen Pelzmantel, der Leben atmete. Ein vielversprechendes Leben mit herbem Parfüm (das offenbar mir gehörte), wohlriechendem Rasierwasser (offenbar von den Männern, die ich mochte), einer nachlässigen Lippenstiftspur (in den Farbton verliebte ich mich sofort, oder vielleicht sollte ich besser sagen: von neuem). In diesen Pelzmantel paßten mühelos alle meine Vorstellungen von Guillotinen, bekifften Hippies, Milizhauptleuten und Hunderassen. Ganz zu schweigen von dem seßhaften deutschen Zigeuner Erik, der mir im Rückspiegel fröhlich zuzwinkerte.

»Sag schon, wohin fahren wir?« Zum erstenmal, seit ich aus dem Koma erwacht war, hatte eine heitere, unbekümmerte Neugier von mir Besitz ergriffen. Nun würde ich auf jeden Fall auf alle meine Fragen eine Antwort bekommen.

»Wohin, wohin. Ich hab uns eine kleine Bude gemietet. Du weißt schon, in unserer Lage müssen wir uns erst mal eine Weile am Stadtrand verkriechen, wie die Nutten während der Olympiade. Ist natürlich nicht gerade Versailles, aber immerhin steht ein breites Bett für dich bereit. Ich hab ein paar von deinen Sachen hingebracht, nicht viel, aber fürs erste reicht's. Bis wir neue Papiere für dich haben.«

»Was für Papiere?«

»Ich seh schon, dein Grips hat offenbar wirklich gelitten. Gleich sind wir zu Hause, dann reden wir über alles.«

Warum nicht. Ich würde Antwort erhalten auf alle Fragen, die mich interessierten. Nach dem Dahinvegetieren in der Klinik kam mir der Rücksitz von Eriks Wagen vor wie das Paradies. Erfüllt von den Sphärenklängen einer leicht näselnden, rauhen, dreisten, unerhört betörenden Stimme.

»Was für Zigaretten habe ich geraucht?«

»Gott sei Dank, wenigstens an etwas erinnerst du dich. Sie sind in der Tasche.«

Ich angelte eine Stange Zigaretten aus der Tasche (Erik war offenkundig großzügig, und das gefiel mir verdammt gut), riß sie auf, nahm eine Schachtel heraus und betrachtete sie neugierig. Gitanes Blondes.

Ich mußte an Nastja denken, die mir Zigaretten gebracht hatte. Die Gitanes hatten mich am meisten gereizt.

Nach einer halben Stunde klapperte Erik bereits vor einer unscheinbaren, mit schäbigem Kunststoff bezogenen Wohnungstür in der fünften Etage eines Neungeschossers mit den Schlüsseln.

Bevor er die Tür aufstieß, drehte er sich zu mir um, kaute auf seinen Lippen herum und sagte schuldbewußt: »Ich muß dir was gestehen, Anna. Mikuschka mußte ich ins Jenseits befördern. Verstehst du, in meiner Situation noch an den Hund denken war nicht drin, und gute Hände, wo ich ihn hätte hingeben können, hab ich nicht gefunden.«

Ich sah Erik verständnislos an.

»Wer ist Mikuschka?«

»Tjaaa... Ich vergesse dauernd deinen traurigen Zustand. Mik war dein Hündchen. Ein winziger Rottweiler. Kannst du dich wirklich nicht erinnern?«

Rottweiler. Darum also hatte ich damals auf der Datscha

gedacht, daß mir Rottweiler als erstes hätten einfallen müssen.

Aber nun stand mir eine weitere Prüfung bevor – die Wohnung Nummer 151.

Ein schöner Anblick. Der Flur und die kleine Küche waren schrecklich verwahrlost, das fast leere Zimmer war voller Pappkartons und Kleidungsstücke, die auf den Kartons lagen. Doch mitten in diesem Durcheinander thronte triumphierend ein für zwei Personen exquisit gedeckter Tisch. Kerzen und Blumen in einer kleinen Vase vervollständigten das Bild.

»Was wird hier gefeiert?« fragte ich im selben Tonfall wie Erik, nachdem ich die Einrichtung mit kritischem Blick gemustert hatte.

»Deine Rückkehr in den heimischen Bungalow.« Erik küßte mich auf die Wange. »Heimisch stimmt zwar nicht ganz, aber immerhin ...«

Ich warf Erik den Pelzmantel in die Arme und trug nun nur noch den Krankenhauskittel. Erik verzog das Gesicht.

»Also, mein Mädchen, hör zu: Erst ab ins Bad, dann anziehen. Ich hab dir dein Lieblingsoutfit hingelegt. Auf das die reichen Papis so stehen. Danach Wacholderwodka, dann alles andere. Plan akzeptiert?«

»Vollkommen.«

Erik geleitete mich ins Bad und blieb keusch draußen. Im Bad fand ich alles, was ich brauchte; lauter Dinge, die ich in meinem jetzigen Leben entbehrt, in meinem früheren aber vielleicht für selbstverständlich gehalten hatte.

Teures Schaumbad, teures Shampoo, teure Seife. Sehr teuer, nach dem dezenten, kaum spürbaren Duft zu urteilen. Ich ließ Badewasser ein und setzte mich voller Wonne hinein. Zuerst betrachtete ich aus Langeweile die Regale an der gegenüberliegenden Wand, die bis zur Decke mit Parfümflaschen vollgestellt waren. Die Flaschen waren entweder noch versiegelt oder kaum angebrochen. Es sah aus, als experimentiere Erik mit Düften, oder aber er besaß für jedes Körperteil ein eigenes Parfüm.

Ich lag so lange selig im Wasser, daß Erik unruhig wurde. Er klopfte zaghaft an und fragte ebenso zaghaft: »Du bist doch nicht ertrunken, meine Liebe? Wir wollen keinen Ärger mit Harry, so kurz vor der Wiedervereinigung der heiligen Familie.«

»Ärger mit Harry« – noch ein Hitchcock-Film. Ich kannte offenbar alle, mir war bloß nicht ganz klar, ob ich sie wirklich so mochte.

»Ich komme gleich raus«, antwortete ich. »Bring mir einen Bademantel.«

»Schon da.«

Erik riß die Tür auf und stand mit einem flauschigen weißen Bademantel auf der Schwelle. Seltsam, ich empfand keine Hemmungen, als ich aus der Wanne stieg und Erik gestattete, mich in den wunderbar frischen flauschigen Mantel zu hüllen.

»Du bist noch genauso schamlos wie immer, meine Liebe«, konstatierte er zufrieden, während er den Gürtel um meine Taille schnürte. »Eine Wahnsinnsfrau! Warum hast du mich nicht geheiratet?«

»Ich wollte lieber meinen Mädchennamen behalten. Apropos, Erik, wie lautet mein Mädchenname?« Ich sah ihn voll brennender Neugier an.

»Du kannst dich auch daran nicht erinnern?« fragte er, ganz darauf konzentriert, mir die Haare abzutrocknen. »Alexandrowa. Stand jedenfalls in deinem Ausweis.«

»Ich will ihn sehen.«

»Was?«

»Meinen Namen. Und den Ausweis auch.«

»Klar doch, auf jeden Fall. Aber nicht jetzt.«

»Warum nicht?«

»Wenn du wirklich keinen Stich Erinnerung hast, meine Liebe, dann muß ich dich auf ein paar Überraschungen vorbereiten. Nach dem Essen im engsten Familienkreis.«

Erik brachte mich zur Tür des zweiten Zimmers, in dem ich noch nicht gewesen war. Er stieß die Tür auf und sagte: »Dein Appartement. Ich weiß doch, wie gern du dich putzt;

ich gebe dir eine halbe Stunde. Anschließend festliche Zusammenkunft im Eßzimmer. Wodka, Käse, Grünzeug, Salzgurken und ich. Alles, was du am liebsten magst. Und alles wartet voller Ungeduld auf dich.«

Ein breites Bett, darauf ein rosa Überwurf mit exotischen chinesischen Vögeln; ein Plüschsessel, ein Frisiertisch, der die halbe Wand einnahm – ein dreiflügeliger Spiegel, der aussah wie ein Renaissance-Triptychon.

Seltsam, wie kam eine Frau, die Wacholderwodka und Salzgurken bevorzugte, zu solchen Assoziationen?

Auf dem Bett lagen sorgfältig ausgebreitete Kleidungsstücke. Erik hatte sich wirklich Mühe gegeben und an alles gedacht: zarte Spitzenunterwäsche, Schuhe mit hohen Absätzen, ein hauchdünner Stoffetzen von verführerischer Farbe, der verdächtig nach Abendkleid aussah. Bevor ich es anzog, hielt ich es mir an die Wange: Es war nicht neu (im Gegensatz zur Wäsche), ich spürte den schwachen, aber unverkennbaren Hauch eines Parfüms. Das Parfüm gefiel mir (dafür hätte ich mich auch entschieden, wenn ich die Wahl gehabt hätte), und das Kleid auch. Ich schlüpfte vorsichtig hinein und fühlte mich darin pudelwohl. Es saß perfekt. Ich wunderte mich darüber, dachte dann aber: Logisch, ist ja schließlich *dein* Kleid! Mein Lieblingsoutfit, auf das die »reichen Papis« standen, wie Erik sich ausgedrückt hatte. Was mochten das für reiche Papis sein, und was hatten sie mit mir zu tun?

Träge darüber nachsinnend, zog ich die Schuhe an. Auch sie waren nicht neu, paßten aber wie angegossen. Wieder staunte ich, dachte dann aber erneut: Logisch, sind ja schließlich *deine* Schuhe!

Was für eine Erleichterung! Noch ein bißchen, und du bist endgültig wieder du selbst.

Ich setzte mich vor den Spiegel und fand sofort, was ich suchte: Kosmetik. Für den Anfang nahm ich eine Parfümflasche und roch vorsichtig daran: Es war der Duft, der an dem Kleid haftete. Ich goß ein paar Tropfen hinter meine Ohrläppchen und verrieb sie. Nun war das Gesicht dran.

Ein richtiges Make-up brachte ich nicht zustande. Entweder hatte ich die unschuldigen weiblichen Fertigkeiten verlernt, während ich im Koma lag, oder ich war noch nicht bereit für diese ganze Pracht – jedenfalls schaffte ich lediglich, mir die Augen anzumalen. Vorübergehende Schwierigkeiten, tröstete ich mich. Mit den drei Ringen, Ohrringen und einer Halskette wurde ich schneller fertig. Ich schloß mechanisch die Augen und setzte die Ringe auf – auch sie paßten wie angegossen, und mir war auf Anhieb klar, welcher Ring auf welchen Finger gehörte.

Selbst diese Dinge wußten mehr über mich als ich selbst. Ich hielt es allein nicht mehr aus. Ich rannte fast aus dem Zimmer und zog die Tür fest hinter mir zu. Ich hoffte, Erik würde mir alles erklären, mir helfen, mich zu erinnern.

Erik saß schon am Tisch. Er hatte seine legeren Jeansklamotten gegen einen strengen Anzug getauscht, eine schicke Krawatte um den braungebrannten sehnigen Hals geschlungen und war allerbester Laune. Mein Erscheinen kommentierte er mit lautem Händeklatschen und einem anerkennenden Pfeifen: »Willkommen in Jerusalem, heilige Mutter Gottes! Aber du bist eine Viertelstunde zu früh. Wo sind die berühmten dämonischen Augenbrauen? Und der Lippenstift, der kriminelle Leidenschaften weckt? Deine Qualifikation hat nachgelassen, meine Liebe.«

»Ich hoffe, sie mit deiner Hilfe wiederzugewinnen.«

»Na dann, wenn alle da sind, fangen wir an.«

Erik goß den Wodka ein, legte mir eine Scheibe Dörrfleisch auf den Teller (hatte ich das im früheren Leben tatsächlich gemocht?), etwas Käse (war das wirklich mein Lieblingskäse gewesen?) und säuberlich geschnittene Gurkenscheiben (hatte ich wirklich einen so plebejischen Geschmack gehabt?) auf den Teller. Dann hob er sein Glas und forderte mich mit einem Nicken auf, es ihm gleichzutun.

»Na dann – auf deine Rückkehr!« sagte er theatralisch. »Auf die Rückkehr der babylonischen Hure, des raffinierten Biests, des erfolgreichen Luders, das immer ungeschoren davonkommt. Auf dich, meine Liebe!«

Wir stießen an. Ich kippte den Wodka in einem Zug herunter, und der herbbittere Geschmack gefiel mir. Erik sah mich wohlwollend an.

»Na bitte, Wodka trinken hast du immerhin nicht verlernt. Also kommt alles wieder ins Lot.«

Ich stützte die Ellbogen auf den Tisch.

»Also, erzähl.«

»Wovon denn?«

»Von mir.« Der Alkohol erzeugte in mir Wärme und eine verwegene Fröhlichkeit. »Aber ganz von vorn. Ich will alles über mich wissen.«

»Ganz von vorn geht nicht. Über deine barfüßige Kindheit und deine bettelarme Jugend in der Provinz kann ich dir nichts erzählen, tut mir leid. Da war ich nicht dabei. Aber die letzten fünf Jahre deines Lebens, die kann ich dir ziemlich ausführlich beschreiben.«

»Leg los, ganz ausführlich«, ermunterte ich ihn und wir tranken jeder noch ein Glas. Das scharf gewürzte Dörrfleisch brannte im Mund, aber ich achtete kaum darauf. Ich war ganz Ohr.

»Du nimmst mich auf den Arm«, sagte Erik nach kurzem Nachdenken. »Kannst du dich wirklich an nichts erinnern?«

»Nein.«

»Das gibt es nicht.«

»Doch.«

»Erzähl mir erst mal, was jetzt mit dir passiert ist, dann erzähle ich dir von früher. Vielleicht kriegen wir ja so den ganzen Film zusammen, etwas in der Art wie bei deinem geliebten blöden Hitchcock.« Erik sah mich ebenso verwegen fröhlich an wie ich ihn – der Wodka wirkte.

»Ich weiß nur, daß ich einen Autounfall hatte. Ich weiß nur, was mir ein beschränkter Milizhauptmann erzählt hat. Ich hasse ihn …«

»Kein Wunder!« Erik schnaubte verächtlich. »Ich hasse Milizionäre auch.«

»Egal«, unterbrach ich Erik. »Im Auto saßen drei Leute. Außer mir noch eine Frau. Ich kenne sie nur von Fotos. Und nur tot. Am Steuer saß ein Mann, der ist auch tot. Er war übrigens Major. Und unglücklicherweise der beste Freund von diesem beschränkten Hauptmann. Nicht gerade angenehm, so parteiisch verhört zu werden, wenn du dich an nichts erinnern kannst.«

»Ja«, stimmte Erik mir zu, »das ist kein Spaß. Obwohl, ich geb zu, erst dachte ich, du hast mich auch verarscht. Aber wo solltest du hin, ohne die neuen Papiere? Dann dachte ich, sie haben dich gekriegt und umgelegt.«

»Gab's denn Leute, die das wollten?« fragte ich dümmlich.

»Und ob!« Erik lachte zufrieden. »Du hast also großes Schwein gehabt. Einen besseren Ort, um die Folgen deiner Vulkanausbrüche abflauen zu lassen, konntest du gar nicht finden.«

»Du machst mir angst, Erik.«

»Ich hab selber die ganze Zeit Angst.«

»Wie du siehst, lebe ich noch und will alles über mich erfahren.«

»Also, vor fünf Jahren lebte einmal ein kleiner Eintänzer – Erik Morgenstern. Er bediente alternde Damen und stahl gelegentlich den Erbschmuck der Witwe aus der Kommode.«

Mir gefiel das Wort »Eintänzer« nicht, es paßte nicht zu Erik. Ich stieß eine Rauchwolke aus und sagte nachdenklich: »Gigolo.«

»Genau«, freute sich Erik, »und du sagst, du kannst dich an nichts erinnern. Das Wort ›Eintänzer‹ gefiel dir nicht. Du hast lieber ›Gigolo‹ gesagt. Also. Dank dieser alten Wucherinnnen kam Erik einigermaßen auf die Beine. Zumindest soweit, daß er nur noch selten mit ihnen schlafen mußte, nur im äußersten Notfall. Obwohl, Opfer mußten sein: Die scheußlichen Alten hatten ihn an teure Parfüms, teure Zigaretten und Restaurants gewöhnt. An teure Krawatten übrigens auch. Die hier zum Beispiel«, Erik befühlte seine Krawatte, »die hat zweihundertfünfzig grüne Scheine gekostet, dabei ... Also, am zweiten Dezember 1993 aß ich in stolzer Einsamkeit, dem Anlaß entsprechend teuer in Schale, im Restaurant ›Slawjanski basar‹ zu Abend. Normalerweise gabelte ich dort alternde Businesswomen auf, das Lokal ist ihr Laichplatz. Und stell dir vor, am Nebentisch läßt sich ein Pärchen nieder: Er natürlich ein alter Hurenbock so um die Fünfundsechzig, der Visage nach zu urteilen frischgebackener Banker und Exparteifunktionär. Aber sie, sie – ich konnte mich nur mit Mühe zurückhalten, ihr nicht auf der Stelle einen Heiratsantrag zu machen. Ich muß dazu sagen, Heiratsgedanken kamen Erik Morgenstern normalerweise nicht mal in seinen schlimmsten Alpträumen, und dann so was! Aber glaub mir, sie war es wert. Eine blonde Mähne, die lässig auf den Schultern lag – um den Effekt hinzukriegen, hat sie garantiert den ganzen Tag beim Friseur gehockt: Haar für Haar sorgfältig gelegt. Ich hab im ganzen Leben noch keine schönere Frau gesehen, dabei hab ich drei Jahre mit Valutanutten zusammengewohnt, Berufskolleginnen sozusagen, und die waren echt Wahnsinn! Und dann – ihre Augen! Einmalige freche, wunderschöne Augen!«

Ich sah Erik an und begriff nicht recht, von wem er sprach. Er aber fuhr begeistert fort: »Also. Ich sehe in diese Augen – klammheimlich natürlich, um den empfindsamen Papi nicht aufzuregen, und sie wirft mir auch einen Blick zu.«

»Und dann?«

»Du kannst dich wirklich nicht erinnern?«

Ich fuhr mir ungläubig durch das chaotisch nachgewachsene dunkle Haar. Erik fing meinen Blick auf.

»Ja, damals hast du dir die Haare gefärbt. Das war zwar enorm zeitraubend, aber es war den Aufwand wert.«

»Und dann bist du aufgestanden. Ganz normal – das Mädchen geht zur Toilette, und der Trottel von Papi bestellt Sekt und wartet geduldig. Aber ich hab nicht gewartet, ich bin dir hinterher. Und richtig – du hast mich angesprochen.

Mit unschuldiger Stimme hast du gesagt: ›Baby, mir ist ein Brillantohrring runtergefallen. Kannst du mir suchen helfen?‹ Natürlich war dir kein Ohrring runtergefallen. Wir haben uns in eine Kammer verkrochen – da drin roch es nach Hammelfleisch und Backpflaumen – und so wild gevögelt, daß ich in einer Viertelstunde dreimal gekommen bin. Mehr Zeit hatten wir nämlich nicht.«

Ich sah ihm in die länglichen, leicht schrägstehenden Augen, musterte seine schamlosen Lippen, sein gegeltes Haar, seine starken Schultern unter dem Jackett und glaubte ihm jedes Wort. Mir wurde ganz schwindlig. Anscheinend war ich im früheren Leben ein Vamp gewesen – herzlichen Glückwunsch!

»Und dann?«

»Dann hast du dein Kleid glattgestrichen, dein Haar in Ordnung gebracht, dir die Lippen nachgezogen – das kannst du perfekt, auch ohne Spiegel – und dich mit mir verabredet. Für den selben Abend, drei Stunden später. Du hast mir verboten, Kognak und anderes teures Zeug zu bestellen, du wolltest Wacholderwodka und Salzgurken, und da war's endgültig geschehen um mich, den armen Erik Morgenstern. Du hast mir allerdings gleich den Kopf zurechtgerückt, sobald wir bei dir zu Hause waren und ich dir mit meinen nassen Lippen auf die Pelle rücken wollte.«

»Wie denn?«

»Du hast mich betrunken gemacht. Und dann hast du gesagt, daß du mich durchschaust, mich kleinen Eintänzer.«

»Gigolo«, korrigierte ich.

»Pardon, ma chère, natürlich, Gigolo. Also, du hast mir einen Kübel Dreck über den Kopf gekippt und dann gesagt, daß ich dir gerade recht komme, weil wir beide uns unheimlich ähnlich sind. Und daß dir für deine Geschäfte ein Kompagnon fehlt, ein Partner, der genauso verdorben ist wie du.«

»Und?«

»Ich war bereit, dir zu folgen, wohin auch immer. Übrigens hast du seitdem nicht mehr mit mir geschlafen. Aber ich weiß, wieso du jeden Mann kriegst.«

»Wieso denn?«

»Du bist eine Art exotische Krankheit, und zwar chronisch. Ich bin heute noch nicht kuriert. Und ich steh noch immer auf Backpflaumen.«

Ich lachte unsicher. Hatte das alles wirklich mit mir zu tun? Nichts in meiner dahindämmernden Seele sprach dafür.

»Scheint, als wär ich ein ziemliches Miststück gewesen.«

»Genau.«

»Eine Nutte, und zynisch noch dazu.«

»Genau, du sagst es!«

»Und was war weiter?«

»Wir haben auf Bruder und Schwester gemacht, uns auf mondänen Empfängen rumgetrieben, auf Vernissagen und in angesagten Spielkasinos. Ich hab mir die kleineren Fische unter den Damen geangelt, du dir die größeren unter den Männern. Bankpräsidenten, Firmendirektoren. Nicht nur einheimische übrigens. Du warst so eine Art Visitenkarte, eine Frage des Prestiges.«

»Eine anerkannte Geisha?«

»Genau.« Erik kniff die Augen zusammen. »Aber das reichte dir nicht, du konntest den Hals nicht voll kriegen, im Raffen warst du echt Spitze. Du hast alle möglichen delikaten Aufträge übernommen.«

Wir wurden schnell betrunken. Zu schnell, als daß Erik mir die Geschichte noch hätte zu Ende erzählen und ich sie hätte zu Ende anhören können. Hinterher erinnerte ich mich nur noch vage, daß er mich in mein Zimmer getragen und zugedeckt hatte, ganz vorsichtig, bemüht, meinen Körper nicht zu berühren.

Dann hatte ich den ersten Traum, seit ich aus dem Koma erwacht war. Er bestand aus Bruchstücken der Dinge, die mir Erik und Lapizki erzählt hatten, und ich war darin nur ein Detail auf einem Foto. Der tote Major; das tote Mädchen mit dem kurzen Haar; die himmelblau gekleideten

Chirurgen, die mein Kind abgetrieben hatten; ein leichter, aber durchdringender Schmerz im Unterleib.

Von diesem Phantomschmerz erwachte ich. Mein Kopf drohte zu zerplatzen, meine trockene Kehle brannte, mein Herz bebte unangenehm.

Ich richtete mich ruckartig auf. Fotos!

Natürlich, es mußte doch Fotos aus meinem früheren Leben geben. Ich warf mir den Bademantel über, in den mich Erik nach dem Baden gewickelt hatte, und ging zu ihm.

In Eriks Zimmer brannte eine kleine Nachttischlampe. Der Fernsehschirm flimmerte weißlich. Erik lag zusammengerollt auf einer Liege und schlief – ein großes Kind. Das rührte mich so, daß ich ihn nicht wecken mochte.

Bemüht, keinen Lärm zu machen, kramte ich in den Kartons. Nach einer Viertelstunde hatte ich gefunden, wonach ich suchte: Mehrere kleine Alben mit lustigen Tieren auf dem Einband. Gegen das Zittern meiner Hände ankämpfend, schlug ich das erste Album auf.

Die Farbfotos darin waren offenbar bei Vernissagen oder Firmenpräsentationen entstanden, denn alle Männer (auf den Fotos waren hauptsächlich Männer) trugen Frack oder Maßanzug. Unerläßliches Zubehör war außerdem ein Glas Champagner. Oder ein Kognakschwenker. Und ein Lächeln, das ein teures Gebiß entblößte.

Die Statisten wechselten, es gab nur zwei Hauptpersonen: Erik und eine umwerfende langhaarige Blondine. Die Blondine lächelte siegessicher, ließ sich einen Arm um die Schultern oder um die Taille legen, hielt Champagner, Blumen oder den Krawattenzipfel eines eroberten Gegenübers in der Hand. Nein, sie wirkte nicht wie eine Hure, aber sie zog die Menschen und das Objektiv des Fotoapparats an wie ein Magnet. Ich beneidete sie um ihre Schönheit, denn das war *nicht ich*.

Keine Enttäuschung der letzten Zeit war so bitter gewesen. Das schöne Schloß der Erinnerungen, das Erik errichtet hatte, stürzte ein wie ein Kartenhaus.

Ich rannte zu Erik und rüttelte an seiner Schulter. Nach

ein paar Sekunden öffnete er endlich die Augen und starrte mich verwundert an.

»Was ist los?« fragte er, noch ganz heiser vom Schlaf.

»Wer bin ich?«

«Bist du verrückt, oder was? Du hast wohl nachts immer Rückfälle, meine Liebe?«

Ich versetzte ihm eine Ohrfeige.

»Untersteh dich, so mit mir zu reden! Ich bin nicht deine Liebe. Hier – das ist deine Liebe!« Ohne den schlaftrunkenen Erik loszulassen, hielt ich ihm die Fotos unter die Nase. »Was habe ich damit zu tun? Warum hast du mich hergebracht?«

»*Weil du sie bist!*«

»Hältst du mich für bescheuert? Ich hab vielleicht einen Dachschaden, aber meine Augen sind noch okay.«

»Ist doch nicht meine Schuld, daß du vom Wodka umgekippt bist und das Traurigste nicht mehr gehört hast. Letzten Herbst hast du eine Gesichtsoperation machen lassen. *Du hast dein Äußeres total verändert.* Hast du eine Ahnung, wieviel Geld wir dafür hingelegt haben? Ich persönlich war dagegen, aber du fandest das geil. Es hat dir Spaß gemacht, Männer noch einmal anzubaggern, die früher in dich verliebt waren. Leider konntest du dich nicht richtig entfalten, die Umstände erlaubten es nicht. Nach allem, was passiert war, konnte selbst eine Gesichtsoperation dir nur für eine Weile helfen.«

Meine Hände erschlafften. Schließlich ließ ich Eriks Schulter los und griff mechanisch nach meinem Gesicht.

Eine Gesichtsoperation – ja, natürlich, wie hatte ich das vergessen können? Die kaum spürbaren Narben hinter den Ohren.

»Warum hat sie – warum habe ich das gemacht?«

»Komm her.« Er zog mich aufs Bett, so daß ich mit dem Rücken zu ihm saß. Er umarmte mich und preßte die Lippen an meinen Kopf. »Nun schließ die Augen und hör zu. *Du hast zwei Menschen umgebracht.*«

Hätte Erik mich nicht gehalten, wäre ich bewußtlos geworden. Genau das hatte mir doch Hauptmann Lapizki vorgeworfen. Er lag also gar nicht so schief damit.

»Ja«, sagte ich langsam, »danach hat der Hauptmann mich gefragt, er ist mit mir sogar zum Tatort gefahren. Die beiden wurden mit einem Browning erschossen, und außerdem waren in dem Haus noch Hunde …«

»Was für Hunde, meine Liebe? Die Frau von Damsker konnte Hunde nicht ausstehen. Sie war allergisch gegen Hundehaare.«

»Sagen dir die Namen Kudrjawzew und Sikora etwas?«

»Nein. Die hast du nie erwähnt.«

»Das sind die Leute, mit deren Ermordung ich zu tun haben soll. Behauptet jedenfalls der Hauptmann, der mich verhört hat.«

»Mein Gott, wie schaffst du das nur alles?« Erik wühlte sein Gesicht in mein Haar. »Du bist der reinste Tausendsassa. Ich rede von einer anderen Geschichte.«

»Eine andere Geschichte?«

»Ja doch. Letztes Frühjahr haben deine ausgekochten Freunde dich auf diesen cleveren Juden Damsker angesetzt. Ein Typ mit einer öden Visage wie ein Provinzschneider, aber ein unglaublich heller Kopf mit Wahnsinnsbeziehungen. Er hatte eine Bank, über die sind irre Summen aus unserem angeschlagenen Staatshaushalt auf Konten im Ausland geflossen. Mit einem Wort, ein fetter Happen. Das war alles perfekt organisiert, bis nach ganz oben. Der clevere Damsker hielt sämtliche Fäden in der Hand. Und irgendeinem von deinen zivilen Banditen mißfiel das. Ein Krieg intellektueller Mafiaclans mit allem, was dazugehört. Und da du dir in den letzten Jahren den Ruf einer Mata Hari erworben hast …«

»Mata Hari?«

»Genau, meine Liebe. Sie haben beschlossen, dich in Damskers Hühnerstall einzuschleusen. Dieser Damsker war ängstlich wie ein alter Rabbiner nach dem Pogrom, der hat aufgepaßt wie ein Schießhund.«

»Und, hab ich es geschafft?« Ich sah Erik mit brennender Neugier an.

»Nicht auf Anhieb, meine Liebe, nicht auf Anhieb. Das hat ganz schön Schweiß gekostet. An Damsker konntest du nur über seine Frau rankommen. Er hätte nämlich nie zugelassen, daß an seiner Seite plötzlich eine schöne Frau auftauchte. Er hatte nicht einmal eine Geliebte, aus Angst, eine Geliebte könnte ihm Zyankali in den Kaffee streuen. Oder eine Diskette mit allen Daten aus seinem Computer ziehen.«

»Über seine Frau?«

»Hmhm. Eine banale Bekanntschaft im Kosmetiksalon. Sie wollte die Wechseljahre überlisten, sie hatte große Angst vorm Altern, die gute Assja Damsker. Und da tauchst du auf, ein naives Dummchen, das ihr genau das erzählt, was sie hören will. Das war dein Stil – Informationen sammeln und dann Leute einwickeln. Ein paar wirksame Verjüngungsrezepte, ein paar Besuche bei deinem miesen Freund Ilja Awramenko im Spielkasino ›Monte-Cassino‹, wo ihr dafür gesorgt habt, daß sie ein paar Riesen in grünen Scheinen gewann. Und so weiter. Ihr habt die ängstliche Hausschnepfe an die Freuden des mondänen Lebens gewöhnt. Ein Haufen Leute hat für dich und diese Operation gearbeitet. Auch mich hast du mit eingespannt, deinen geliebten Bruder, aber sie hat nicht angebissen. Jedenfalls, du wirst als beste Freundin ins Haus eingeführt, nichts Verdächtiges. Und dann kam, was kommen mußte: Der alternde Jude verliebt sich mit der ganzen Glut eines alternden Juden in dich. Nach zwei Wochen landest du in seinem Bett, nach vier Wochen in seinem Computer. Aber das brachte nicht viel. Damsker mißtraute Computern genauso wie Bahnhofsnutten. Doch irgendwas hast du trotzdem rausgekriegt. Wahrscheinlich hat er im Bett angegeben und dir was von seinen Geschäften vorgeflötet.«

»Der Anfang gefällt mir.«

»Das Ende ist weniger optimistisch. Du wirst zum Geburtstag des Hausherrn eingeladen. Als enge Freundin und umwerfende Geliebte. Eine prima Gelegenheit, ein bißchen im Safe rumzuschnüffeln. Das tust du auch. Und findest sogar alle Papiere, die du haben wolltest.«

»Wie bin ich denn an den Code für den Safe herangekommen?«

»Du hast ein bißchen kombiniert und gerechnet. Nach dem, was du erzählt hast, war Damsker unglaublich sentimental und hing an bestimmten Daten.«

»Du wußtest so gut Bescheid über alles?« fragte ich spöttisch, während seine flüsternden Lippen mein Haar küßten.

»Ich war auch dort. Als dein jüngerer Bruder. Ich sollte die Dame des Hauses unterhalten. Der Plan funktionierte nicht recht, sie erwies sich als vorbildliche Hüterin des heimischen Herdes und wäre beinahe durchgedreht, als ich ihr im Bad, wo sie sich die bleichen Lippen nachzog, auf die Pelle rücken wollte. Jedenfalls, sie ist mir entwischt. Tut mir leid. Ich war einfach nicht ihr Typ.«

»Nach dem Anfang und den zwei Leichen zu urteilen, ist mir der Ausflug in den Safe mißglückt?« fragte ich ruhig.

Erik seufzte. »Leider. Er hat dich im entscheidenden Moment erwischt. Und im Safe lag eine Pistole.«

»Und weiter?« ermunterte ich Erik, erstaunt über meine innere Gelassenheit. Ein zynisches Biest eben.

»Kurz gesagt, du hast ihn umgebracht«, sagte Erik schlicht, »abgeknallt wie einen tollwütigen Hund. Und seine unglückliche Frau Assja, die ich Idiot hab entwischen lassen, gleich mit. Sie hatte Verdacht geschöpft wegen euch beiden. Sie ist euch hinterher, hat gedacht, ihr wolltet oben im Arbeitszimmer vögeln, während die Gäste von Büfett und Streichorchester unterhalten werden. Damsker stand auf klassische Musik.«

»Und niemand hat die Schüsse gehört?«

»Bei 'Wiener Blut' und Gläserklingen? Nein, niemand.«

»Und dann?«

»Dann kommt das Interessanteste. Darauf sollten wir trinken.«

Erik brachte mir Wodka, und wir tranken, ohne anzustoßen.

»Also, wir sind schnell abgehauen, mitsamt den Papieren

und der Pistole. Dann haben wir beide bis zum Morgen die Papiere durchgesehen. War eine Menge Interessantes dabei. Belege über Bankkonten in der Schweiz, in England und Belgien und ein Haufen belastendes Material über einflußreiche Leute, kolossale Unterlagen, die allein schon mehrere Millionen Dollar wert waren – Damsker sicherte sich gern ab. Und das alles wolltest du benutzen. Ohne mit jemandem zu teilen.«

»Wieviel Geld sollte ich denn im Erfolgsfall bekommen?«

»Darüber hast du nie gesprochen. Jedenfalls kein Vergleich mit dem, was aus dem Zeug rauszuholen war. Darum wolltest du das Land verlassen. Nach einer Gesichtsoperation. Denn schließlich hätte man Anna Alexandrowa unter anderem mühelos zwei Morde anhängen können. Fürs erste sind wir untergetaucht. Spuren verwischen, das hast du drauf, davon hab ich mich überzeugen können. Wir sind bei irgendwelchen alten Hippies untergekrochen, die sich in ihrer Jugend deinetwegen die Pulsadern aufgeschlitzt haben.«

Daher also wußte ich von »bekifften Hippies«.

»Dann hast du einen klasse Chirurgen aufgetrieben, der dein wunderschönes Gesicht verändert hat. Fehlten nur noch die Papiere für das neue Gesicht – deswegen warst du nämlich damals unterwegs, im Dezember, als das Ganze passiert ist. Und plötzlich warst du zwei Monate lang spurlos verschwunden. Einen Monat hab ich in dieser Höhle gehockt und mich nicht blicken lassen. Ich wäre beinahe durchgedreht. Ich dachte, du bist tot, und ich muß nun bis an mein Lebensende auslöffeln, was du eingebrockt hast.«

»Ich bin nicht tot, wie du siehst«, beruhigte ich Erik. »Und wo sind die wertvollen Papiere abgeblieben, von denen du erzählt hast?

Erik löste seine Arme von mir und erstarrte. Ungläubige Verzweiflung verzerrte sein Gesicht.

»Weißt du es denn nicht?«

»Keine Ahnung.«

»Du … Du hast den Verstand verloren.«

»Gott sei Dank. Endlich hast du's begriffen.«

»Du willst mich verlassen?« fragte Erik langsam, und sein Kehlkopf zuckte.

»Nein.« Ich schmiegte mich fest an ihn, ebenso erschrokken wie er. »Nein, da kannst du ganz beruhigt sein. Ich kann dich nicht verlieren. Du bist das einzige, was ich habe.«

Das war die Wahrheit. Erik war meine einzige Verbindung zum realen Leben, wie furchtbar es auch sein mochte. Nur er konnte mich aus der Finsternis holen, in der ich die ganze Zeit steckte.

»Du für mich auch. Du bist das einzige, was ich habe. Selbst wenn du mein ganzes Leben zerstört hast.«

Sein Gesicht spiegelte Verzweiflung, Bewunderung und Mitleid – vielleicht mit sich selbst, vielleicht auch mit mir.

»Ich muß jetzt allein sein und verdauen, was du mir erzählt hast. Gute Nacht.«

»Gute Nacht, meine Liebe.« Erik, den offenbar ein bestimmter Gedanke beunruhigte, bemühte sich, gelassen auszusehen. Aber ich hatte keine Zeit, Eriks Gefühle zu deuten, ich mußte erst einmal meine eigenen ordnen.

Ich ging in mein Zimmer zurück. Der fremde Bademantel, der mir vor ein paar Minuten noch so kuschelig vorgekommen war, brannte auf meinem Körper. Ich warf ihn ab und hüllte mich in den Krankenhauskittel, der noch die Erinnerung an meine selige Ahnungslosigkeit bewahrt hatte: an den lieben Tejmuri, die liebe Nastja. Wenn alles stimmte, was Erik mir erzählt hatte, war ich nicht zu beneiden. Ich erinnerte mich an niemanden, der Anna (mir, verdammt, ich war Anna!) wirklich hätte helfen können, und falls sie (ich!) vor dem Unfall einen klaren Plan gehabt haben sollte – in meinem jetzigen Zustand hatte ich keinen Schimmer mehr davon. Ich brauche Papiere, dachte ich, vielleicht kann Erik mir welche besorgen. Aber was habe ich von Papieren? Vielleicht sollte ich in die Klinik zurückkehren und weiter totale Amnesie mimen. Doch wer weiß, ob ich es schaffen würde, mich vor diesem Jesuiten-Hauptmann zu verstellen.

Mein Gott, ich wußte nicht einmal, in welcher Klinik ich gelegen hatte.

Mit dem Erstbesten mitzugehen war äußerst leichtsinnig. Solche haarsträubenden Einzelheiten über sich selbst zu erfahren ebenso. Es gab keinen Ausweg. Ich konnte nicht ganz und gar Anna werden, die alles über sich weiß, und ich konnte auch nicht mehr das Mädchen im Krankenhaus sein, das nichts über sich weiß. Die einzige Wahrheit war das Kind in meinem Bauch. Aber das hatten sie mir abgetrieben. Es war unerträglich!

Ich spürte, wie ich vor nervlicher Anspannung in den Schlaf sank. Keine üble Schutzreaktion – gratuliere.

Nein, es war kein richtiger Schlaf, kein Traum, es waren eher Erinnerungsbruchstücke: Eine zerschossene Brust, Patronenhülsen, die aus dem Magazin springen – irgendwie hatte das alles mit mir zu tun. Und Satzfetzen, die mir das Blut in den Adern gefrieren ließen: Lauf, halt durch!

Lauf, Kaninchen, lauf.

Lauf, wenn du nicht schießen kannst.

Die Einsamkeit des Langstreckenläufers.

So grob war noch niemand mit mir umgegangen. Im ersten Moment glaubte ich, Erik sei in mein Bett gekommen und berührte immer wieder mein Gesicht. Aber es waren fremde Hände. Sie umfaßten meinen Hals, daß die Wirbel knackten, und richteten mich unsanft im Bett auf. Vor Überraschung lehnte ich mich an eine fremde Brust.

»Ich sehe, du bist unvorsichtig geworden«, sagte eine farblose leise Stimme. »Herzlichen Glückwunsch zur Rückkehr, Schätzchen!«

Im selben Augenblick ging das Licht an. An der Tür standen zwei Männer, die undurchdringlichen Gesichter glatt und glänzend wie Robbenleiber. Und direkt vor mir, auf dem Bett, saß der Mann mit der farblosen Stimme: ein erschreckend kultiviert aussehender Typ im gediegenen Anzug, wie ein Mathematikprofessor aus Berkeley. Ich hatte ihn bereits auf Fotos von Annas Geburtstag gesehen. Von meinem Geburtstag.

Instinktiv schlang ich den Kittel um mich, und die beiden bulligen Typen an der Tür gaben synchron ein spöttisches Schnauben von sich.

»Tja, guten Tag, guten Tag, meine Schöne«, sagte der Mathematikprofessor mit noch immer farbloser Stimme, und in seinem gepflegten pergamentenen Gesicht zuckte kein Muskel.»Du bist nicht wiederzuerkennen. Verrat mir doch, wer dir so gekonnt die Fassade umgemodelt hat, dann schicke ich meine Alte zu ihm.«

»Ich kenne Sie nicht.« Ich versuchte Würde zu bewahren, soweit das möglich ist, wenn man mit aufgelöstem Haar und im verwaschenen Krankenhauskittel im Bett sitzt. »Wer sind Sie?«

Synchrones, verständnisinniges Lachen der beiden Ölgötzen, das nichts Gutes verhieß, höchstens einen Kontrollschuß in den Kopf oder einen Hieb mit der Rasierklinge auf die schutzlose Kehle. Aber was mich wirklich zu Tode erschreckte, war die absolute Gelassenheit meines Gegenübers.

»Jetzt erkenne ich dich wieder«, konstatierte der Professor zufrieden. »Das gleiche aalglatte Luder wie immer.«

»Wer sind Sie?« Ich bemühte mich, in diese Frage die ganze höfliche Verzweiflung zu legen, die mir als Kloß im Hals saß.

»Ich hab immer geahnt, daß du eine gute Schauspielerin bist. Und Mut hast du auch, das muß man dir lassen. Na schön, du wolltest die Sache allein durchziehen, aber du mußt doch damit gerechnet haben, daß wir dich an der Endstation erwarten.«

»Ich weiß wirklich nicht ... Ich erinnere mich nicht. Wahrscheinlich kannten wir uns ... Das schließe ich nicht aus. Aber Erik muß Ihnen doch gesagt haben ...«

»Dein aalglatter kleiner Bruder wird gar nichts mehr sagen. Im Gegensatz zu dir.« Er hob mit seinem schmalen Zeigerfinger mein Kinn an. »Also mach dich fertig, wir fahren.«

»Ich verstehe nicht, wovon Sie reden.« Ich beschloß, bei

meiner Linie zu bleiben. Schließlich sah ich der früheren Anna so wenig ähnlich, daß ich versuchen konnte, ihn zu überzeugen, daß ich nicht das geringste mit ihr zu tun hatte.

»Halt's Maul, mach mich nicht wütend.«

Mit einem Ruck erhob er sich vom Bett und ging hinaus, ohne sich umzudrehen. Seine Leibwächter ließen mir nicht einmal Zeit zum Umziehen. Aber das hätte ich unter ihren begierigen Blicken ohnehin nicht getan.

Der Anblick im Nebenzimmer erfüllte mich mit Entsetzen: Mitten im Zimmer, in einem Haufen durcheinandergeworfener Kartons, lag der tote Erik. Ohne zu wissen, was ich tat, hockte ich mich vor ihn und rüttelte an seiner Schulter.

»Erik, Erik, was ist mit dir? Steh auf, Erik!«

Die Stimme des Professors drang an mein Ohr wie durch Watte. »Was glaubst du denn, was mit ihm ist? Er hat noch Glück gehabt. Du wirst nicht so leicht *davonkommen*.«

Mein Gott, jetzt erst begriff ich, was ich mir die ganze Zeit sehnlich gewünscht hatte: einen leichten Tod, mit einem sauberen Loch im Gehirn, wie in Eriks braungebrannter Schläfe. Ich berührte es, als wollte ich es abwischen. Vergebens, nichts ließ sich rückgängig machen.

»Mir scheint, unser Mädchen ist nervös?« sagte der Professor, an niemanden direkt gewandt. »Wer hätte gedacht, daß der Anblick eines toten Körpers sie so betrübt. Nehmt sie mit, Jungs. Zeit zu verschwinden.«

»Ich komme nicht mit.«

Der Mann blieb völlig gelassen, holte ein sauberes weiches Tuch aus der Hosentasche, nahm die Brille ab und putzte sie.

Das genügte.

Die Leibwächter packten mich und hüllten mich in den Pelzmantel, den ich in der Tüte auf dem Rücksitz des Autos gefunden hatte. Den Anna getragen hatte. Der Professor trank ein Glas Wodka, schüttete den Rest auf Eriks Körper und wandte sich an einen seiner Begleiter: »Gib mir mal die Kanone, Vitjok.«

Der Bursche, der mir den Pelzmantel übergeworfen hatte, holte wortlos eine Pistole von beeindruckender Größe hervor und reichte sie seinem Boß.

Der erhob sich aus dem Sessel und stellte sich breitbeinig über Eriks Leiche.

»Du wirst dich schmutzig machen, Ilja«, sagte der Besitzer der Pistole zweifelnd.

Ilja. Diesen Namen hatte Erik erwähnt. Ilja Awramenko, der Kasinobesitzer.

»Schnauze«, zischte Ilja. »Bringt sie her. Näher ran.«

Sie stießen mich grob zu Ilja und zu Eriks Leiche.

»Hinknien«, befahl Ilja. Seine farblose Stimme war kräftiger geworden, energisch und drohend. »Näher ran. Noch näher. Na los!«

Die Angst war weg. Ich ließ mich auf die Knie fallen und empfand sogar Erleichterung.

»Und jetzt sieh hin!«

Ich hob den Kopf und sah Ilja an. Er hypnotisierte mich regelrecht – wie eine Brillenschlange.

»Nicht zu mir, zu ihm! Sieh genau hin. Wenn du die Augen zumachst, knall ich dich ab.«

Eriks Gesicht war ganz nah. Die Lippen wirkten nicht mehr schamlos, eher gekränkt, wie die von Christus auf gotischen Kirchenaltären. Die Augäpfel waren noch nicht trübe verschleiert. Er war schön, wirklich schön: ein keuscher Zigeunerchristus mit deutschem Namen. Und als ich schließlich seine ganze Schönheit erfaßt hatte, krachte ein Schuß, der diesen schönen Kopf zertrümmerte. Stirnbeinsplitter, beschmiert mit dem, was vor kurzem noch Eriks Gehirn gewesen war – sein unbeholfener Humor, seine Erinnerungen an Backpflaumen und an die Frauen, die er geliebt hatte –, bohrten sich in meinen Körper.

»Ziemliche Schweinerei, Boß«, sagte der, den Ilja mit Vitjok angesprochen hatte.

Das war das letzte, was ich hörte, bevor ich bewußtlos wurde.

Während der Fahrt fiel kein Wort. Als ich zu mir kam, wußte ich deshalb nicht gleich, wo ich war. Mein launisches Gedächtnis versuchte mich zu schützen – das dunkle Wageninnere konnte alles Mögliche sein.

Aber es war das Auto von Ilja oder von einem seiner Komplizen. Das begriff ich sofort, als ich die akkurate Frisur des Mannes auf dem Beifahrersitz erblickte.

Neben mir saß der umständlich-melancholische Vitjok.

Ich rührte mich nicht – ich wünschte mir sehnlichst, ich wäre bewußtlos geblieben, wenigstens noch eine Weile verschont von den verhörartigen Unterhaltungen, gegen die sämtliche Tricks von Hauptmann Lapizki harmlose Kinderei waren. Aber die Brillenschlange hatte offenbar ein phantastisches Gespür.

»Sie ist wach«, sagte sie leise.

»Sieht nicht so aus.« Meine Lider waren fest geschlossen, doch ich spürte Vitjoks Gesicht näher kommen, von dem ein übler Geruch nach eingelegtem Knoblauch und Kaugummi ausging.

Vitjok stieß mich respektlos an.

»Pfoten weg«, flüsterte ich ihm haßerfüllt zu. »Du stinkst. Ich hasse diesen Geruch.«

»Ich auch.« Ilja lachte scheppernd. »Aber ich finde, wertvollen Mitarbeitern muß man kleine Schwächen verzeihen. Das ist doch deine These, Anna!«

»Ich bin nicht Anna«, wiederholte ich starrsinnig.

»Nicht Anna«, sagte Ilja nachdenklich. »Wer bist du dann?«

»Das ist ein Irrtum.« Mein gemartertes Gehirn suchte nach einem Ausweg. »Ich weiß nicht, was Sie mir vorwerfen. Ich bin eine Bekannte von Erik.«

»Eine frühere Bekannte. Ich dachte mir, daß du versuchen würdest, dich so rauszureden: Eine alte Bekannte, zufällige Geliebte, Freundin aus der Kindheit, Schwester der Frau des Bruders vom Stiefvater …«

»Wohin bringen Sie mich?«

»Jetzt klären wir erst mal, wie du zu deinem neuen Gesicht gekommen bist, und dann machen wir ein kleines Frage-Antwort-Spiel. Bereite dich gut darauf vor, denn davon hängt es ab, ob du einen leichten Tod haben wirst.«

Iljas großer ausländischer Wagen hielt vor einem gemütlichen kleinen Haus in einer Siedlung von Sommerhäuschen.

Der Kreis schließt sich, das hatten wir doch schon mal, sagte ich mir, gleich gehen zwei der Männer ins Haus und einer bleibt bei mir.

So war es auch.

Ins Haus gingen Iljas Leibwächter, er selbst blieb bei mir. Die Tür wurde sofort geöffnet – augenscheinlich wurden wir bereits erwartet. Die beiden zwängten ihre mächtigen Körper durch die Tür und verschwanden im Haus.

Eine Weile saßen wir schweigend im Auto. Dann drehte sich Ilja zu mir um, und in den kalten Schlangenaugen glomm so etwas wie Mitgefühl auf.

»Warum hast du das getan, Anna?«

»Was?«

»Mir kannst du es ruhig sagen. Ich hab dich doch damals aus der Gosse geholt. Erinnere dich, was du mal warst. Eine mittelklassige Valutanutte, einen grünen Hunderter die Stunde.«

»Wäre ich das bloß geblieben«, sagte ich unvermittelt aufrichtig.

»Vor sieben Jahren hast du das anders gesehen. Was hätte dir denn geblüht? Ich hab was aus dir gemacht. Aus dem Plebejermädchen mit armseligem Puppengesicht habe ich ein Klasseweib gemacht, das mit einem einzigen Augenaufschlag jeden Mann verführen konnte.«

»Ich erinnere mich nicht. Ich erinnere mich an gar nichts. Wenn Sie so mühelos diesen Mann gefunden haben, diesen Erik, dann müßten Sie doch wissen, daß ich zwei Monate lang im Koma lag und das Gedächtnis verloren habe. Ich weiß nicht, ob ich ihn früher schon einmal gesehen habe. Ich weiß nicht, wer ich bin.«

»Warum bist du dann mit ihm mitgegangen?«

»Ich wäre mit jedem mitgegangen, der mir versprochen hätte, meine Erinnerung an mich selbst wiederzufinden.«

»Das kannst du den Rotzlöffeln von Gutachtern erzählen«, unterbrach Ilja mich spöttisch. »Ich kenne dich zu gut, um dir diesen Blödsinn abzukaufen. Du denkst offenbar immer noch, daß du ungeschoren davonkommst.«

Er brach ab. Vitjok trat aus dem Haus und winkte ungeduldig.

»Gehen wir. Wir werden erwartet«, sagte Ilja.

Ich war nie in diesem Haus gewesen. Aber ich kannte keinen Ort, an dem ich je gewesen war, das war ja das Besondere an meinem Gedächtnis. Außer Iljas Begleitern befand sich ein weiterer Mann im Raum. Er gehörte nicht zu Iljas Vasallen, das erkannte ich sofort: Er wirkte erschrokken.

Sein Hemdkragen war eingerissen, ein frischer blauer Fleck zierte ein Auge.

»Was ist, Jungs, habt ihr der Wahrheit zu ihrem Recht verholfen?« fragte Ilja. Er hatte sich wieder im Griff, seine Stimme war erneut farblos und ohne jede Intonation. »Dann fangen wir an.« Ilja schubste mich ein Stück vor. »Kennen Sie diese Frau, Nikolai Stanislawowitsch?«

Iljas betonte Höflichkeit stand im krassen Widerspruch zu dem blauen Auge des Mannes, den er mit Nikolai Stanislawowitsch anredete. Dennoch krächzte dieser dienstbeflissen, mit zuckendem Kehlkopf: »Ja.«

»Wer ist sie?«

»Sie nannte sich Olga. Ich habe nicht weiter nachgefragt. Verstehen Sie, in unserem Metier …«

»Unter welchen Umständen haben Sie sich kennengelernt?«

»Ein Kollege hat sie mir empfohlen.«

»Warum?«

»Sie wollte eine plastische Operation.« Nikolai Stanislawowitsch sah Ilja verständnislos an. »Eine plastische Operation, die das Gesicht total verändern sollte.«

Ilja schubste mich zu dem Chirurgen. Vitjok griff sich

ungeniert eine Lampe, die auf dem Tisch neben Nikolai Stanislawowitsch stand, und hielt sie an mein Gesicht.

»Ihre Arbeit?« fragte Ilja und packte mit Schlangenfingern mein Kinn.

»Nehmen Sie die Lampe weg.« Der Chirurg verzog das Gesicht. »Das ist überflüssig. Natürlich, das ist meine Arbeit.«

»Glückwunsch, Sie können was.«

»Ich habe, ehrlich gesagt, nicht ganz verstanden, warum eine so gutaussehende Frau plötzlich ihr Aussehen verändern wollte.«

»Halten Sie den Mund.« Ilja runzelte ärgerlich die Stirn und drehte sich zu mir um. »Was sagst du dazu, Anna?«

Ich schwieg. Hatte ich bis zu diesem Augenblick noch Zweifel gehabt, so waren sie nun endgültig verschwunden. Das undankbare Biest, die kaltblütige Mörderin, das geldgierige Weib, das den Hals nicht voll kriegen konnte und mehrere Menschenleben auf dem Gewissen hatte – das war ich.

»Ich habe nichts zu sagen.«

»Wieviel haben Sie für die Operation kassiert?«

»Das ist Geschäftsgeheimnis.« Nikolai Stanislawowitsch fühlte sich nun augenscheinlich in relativer Sicherheit, aber Vitjoks Faust belehrte ihn eines Besseren. Zusammengekrümmt krächzte der Chirurg: »Fünfzig ... Fünfzigtausend Dollar.«

Vitjok stieß einen Pfiff aus, und Ilja schüttelte den Kopf.

»Ist das nicht ein bißchen viel?«

Der Chirurg schnappte nach Luft und sagte aufgeregt: »Die Operation war illegal, Sie verstehen ... Das Risiko ... Absolute Diskretion ...«

»Du bist ja eine wohlhabende Frau«, wandte sich Ilja an mich. »Woher hattest du denn soviel Geld? Vielleicht von deinem großzügigen Banker? Na schön. Danke für die Information, Nikolai Stanislawowitsch. Und ich warne Sie: Lassen Sie sich nie wieder auf zweifelhafte Geschichten ein.«

»Ich verstehe nicht … Ich … Muß ich das Geld zurückzahlen? Es ist nämlich so, ich habe es nicht mehr. Mein Sohn. Er besucht eine Schule in England. Das ist teuer.«

»Kein Problem. Aber noch eine Frage: Sie besitzen doch bestimmt Unterlagen über jede plastische Operation?«

»Selbstverständlich.« Der Chirurg wurde sichtlich lebhafter. »Alle Daten sind im Computer. In meinem privaten Computer natürlich.«

»Sehr schön. Können wir die Informationen bekommen?«

»Ich hole Ihnen die Diskette.«

Der Chirurg verschwand in Begleitung der beiden Leibwächter im oberen Stockwerk. Aber das registrierte ich kaum – ich versuchte, eine flüchtige Erinnerung festzuhalten: Eine Maske auf meinem Gesicht, der Grabstein meines früheren Lebens.

»Na, wie fühlst du dich?« Iljas Stimme holte mich aus meiner Erstarrung.

»Scheußlich.«

»Es kommt noch schlimmer«, versprach er.

»Daran habe ich keinen Zweifel.«

Endlich kam der Chirurg zurück. Er hielt eine Diskette in der Hand.

»Hier. Darauf sind alle Daten. Ich hoffe, Sie haben keine weiteren Fragen.«

»Nein. Vielen Dank, Nikolai Stanislawowitsch.«

Ilja ging zur Tür. Der zweite Leibwächter stieß mich in die Seite. Den Schluß machte Vitjok. An der Tür blieb Ilja unvermittelt stehen und drehte sich abrupt um.

»Eins noch, Nikolai Stanislawowitsch …«

»Ich höre«, stammelte der Chirurg ängstlich.

»Halten Sie uns nicht für unhöflich …«

»Nicht doch, ich bitte Sie …«

»Und nehmen Sie das als Honorar.«

Das Weitere erinnerte an einen drittklassigen Film. Vitjok zog gelassen eine schwere Pistole (dieselbe, die Eriks Schädel zertrümmert hatte), und schoß auf den Chirurgen. Er kippte um wie ein Strohballen, einen Ausdruck erstaunter Erwartung im Gesicht. Vitjok ließ die Pistole sinken, nahm seinen Kaugummi aus dem Mund und klebte ihn an den Türrahmen.

»Besser ist es besser«, konstatierte Ilja und betrachtete angewidert den Körper, der in Todeskrämpfen zuckte. »Deine Fünfzigtausend hat er allemal abgearbeitet. Gehen wir.«

Das mußte er mir nicht zweimal sagen. Ich wollte raus aus diesem Haus, egal wohin. Wortlos stiegen wir ins Auto.

Kurz vor Moskau hielt der Fahrer am Straßenrand. Nicht weit von uns entfernt stand ein Mercedes.

»Wechseln wir die Kutsche?« fragte Ilja, an niemanden konkret gewandt.

Wir stiegen aus und gingen zu dem Mercedes, der uns Blinkzeichen gab. Vitjok begleitete uns. Der zweite Leibwächter blieb im Auto.

»Ich schlage vor, wir einigen uns jetzt«, sagte Ilja, als wir im Mercedes saßen.

»Worüber?«

»Wo sind die Papiere, die du bei Damsker gefunden hast? Wenn du ehrlich auspackst, hast du einen leichten Tod. Wie versprochen. Du kennst mich.«

»Ich weiß nicht. Ich kenne Sie nicht.«

Wir saßen jetzt nebeneinander auf dem Rücksitz. Ilja nutzte die Gelegenheit und schlug mir ins Gesicht. Der Schlag war fast professionell und ziemlich heftig: Mein Kopf wurde gegen die Kopfstütze geschleudert, vor meinen Augen tanzten rote Kreise.

»Ich habe dich lange nicht geschlagen. Seit ich dir abgewöhnt habe, jedem Erstbesten den Schwanz zu lutschen«, flüsterte er wollüstig. »Deine Haut ist übrigens noch immer weich wie Seide. Du hast zwar die Larve gewechselt, aber du bist immer noch attraktiv, du Miststück.«

»Hübsche Larve, das ist wahr«, bestätigte Vitjok, der konzentriert seinen unvermeidlichen Kaugummi kaute. »Schade drum, die kaputtzumachen, aber was sein muß, muß sein.«

»Vielleicht auch nicht. Wenn sie ein ganz, ganz kluges Mädchen ist«, flötete Ilja zuckersüß.

Vitjok lachte kurz, und ich dachte wehmütig an seine Pistole: Wenn ich bloß an sie rankäme ... Mit Genuß würde ich die beiden gräßlichen Schädel durchlöchern. Aber ich würde niemals herankommen, es geschahen keine Wunder. Nur eines war sicher: Jedes frühere Leben, das ich komplett vergessen hatte, führte so oder so zum Tod.

Ilja und Vitjok brachten mich mitten ins Zentrum von Moskau, in eine Gasse, deren Name mir nichts sagte.

Eine Viertelstunde später befanden wir uns bereits in einer luxuriösen leeren Wohnung, die nach kürzlicher Renovierung roch. Sie war noch unmöbliert, bis auf ein paar Stühle, einen Korbschaukelstuhl und eine niedrige breite Liege.

Vitjok schaltete ein kleines Kassettengerät ein, das auf dem Boden stand. Die Melodie, die von den leeren Wänden widerhallte, kannte ich nicht.

»Erkennst du das?« fragte mich Ilja und setzte sich in den Schaukelstuhl. »Dein Lieblingsstück.«

»Nie gehört.«

»Wirklich? ›Dance Me to the End of Love‹. Leonhard Cohen. Paßt doch gut, oder? Ich hoffe, es ist dir nicht zu laut?«

»Nein.« Die heisere Stimme nahm dem Geschehen ein wenig den Schrecken. Die Horrorvision würde sich gleich auflösen – sie konnten mich doch unmöglich foltern wollen, mit musikalischer Untermalung, noch dazu so schmachtender.

»So, jetzt haben wir Zeit zum Reden.« Ich konnte meinen Blick nicht von dem im Schaukelstuhl sitzenden Ilja lösen; die Brillenschlange hypnotisierte mich noch immer. »Was ist mit den Papieren?«

Die Papiere, von denen Erik gesprochen und für die ich alles riskiert hatte.

»Ich weiß nicht.«

»Los, Vitjok.«

Gelassen kam Vitjok zu mir, noch immer Kaugummi kauend, zog gelassen die Pistole und schlug mir den Griff gegen das Kinn. Von dem harten Schlag kippte ich vornüber vom Stuhl und fiel der Länge nach zu Boden. Mein Mund füllte sich mit salzigem Blut.

»Steh auf!« befahl Ilja. Seine ironische Güte war wie weggeblasen. »Steh auf, du Miststück!«

Mir war schwindlig. Ich konnte nicht aufstehen. Vitjok packte mich unter den Armen und setzte mich wieder auf den Stuhl.

»Ich denke, das hat dich ein bißchen aufgerüttelt. Wo sind die Papiere?«

»Ich weiß es nicht«, wiederholte ich hartnäckig. Ich empfand solche Wut, einen solchen Haß auf diesen aalglatten Mörder, daß ich auch dann geschwiegen hätte, wenn ich von den Papieren gewußt hätte.

»Also noch mal! Los, Vitjok!«

Wieder schlug mich der Leibwächter mit dem Pistolengriff, wieder füllte sich mein Mund mit Blut. Wenn das so weiterging, wäre in einer halben Stunde von meinem Kiefer nichts mehr übrig.

»Heb diese Kreatur auf. Ausruhen kann sie sich im Jenseits.« Iljas Stimme prallte gegen meinem leeren, vor Schmerz berstenden Kopf.

Vitjok hob mich erneut hoch und setzte mich auf den Stuhl. Aber ich konnte nicht mehr sitzen, ich kippte dauernd zur Seite. Vitjok mußte meinen einknickenden Rükken festhalten.

»Hör zu, meine Liebe.« Der Sessel unter Ilja knarrte. »Wir haben ohnehin schon zwei Monate verloren. Und das ist sehr teuer. Wenn die Leute, die hinter mir stehen, die Papiere nicht kriegen, dann fürchte ich, ich muß mir auch eine Gesichtsoperation machen lassen und mich von meinem Spielkasino trennen. Aber ich hänge an meiner Arbeit. Also wirst du jetzt gleich alles erzählen, sonst schlägt Vitjok dir deine sämtlichen zarten Knochen, die den Männern so gefallen haben, zu Brei. Wo sind die Papiere?«

»Ich weiß es nicht.«

»Wo sind die Papiere?« Er verlor langsam die Geduld, und das erfüllte mich mit Triumph, der als unerträglicher Schmerz meinen ganzen Körper erfaßte.

»Leck mich!«

»Schlag zu, bis ihre Visage sich in Rotz auflöst!« brüllte Ilja, der sich nicht mehr beherrschen konnte.

Da piepste ein Telefon. Ich verstand erst nicht, wo, dann begriff ich, daß das Piepsen aus Iljas Tasche kam.

Er schluckte, zog sein Handy aus der Tasche, holte Luft und sagte mit farbloser Stimme: »Awramenko, ich höre.«

Er hörte tatsächlich ein paar Sekunden zu, und sein Gesicht spiegelte einen heftigen inneren Kampf – zu gern wäre er geblieben, um die öffentliche Enthauptung mitzuerleben. Doch das Pflichtgefühl siegte. Er knurrte in den Hörer: »Bin gleich da«, und erhob sich aus seinem Sessel.

»Ich muß für ein paar Stunden weg.«

»Und was soll ich mit ihr machen?«

»Prügeln, bis sie redet. In anderthalb Stunden kommt Tjoma, dann könnt ihr euch abwechseln. Das Miststück ist zäh, ich hab sie selbst abgerichtet.«

Bevor Ilja ging, beugte er sich über mich und strich mir zärtlich über das mit Blutergüssen übersäte Gesicht.

»Ich hoffe, ich sehe dich noch lebend wieder. Du wirst doch nicht sterben, wenn ich weg bin, das wirst du mir nicht antun. Du hast mich doch nie enttäuscht, Mädchen. Schade, daß du dich als so geldgierig entpuppt hast.«

Vitjok brachte seinen Boß zur Tür, und ich war ein paar Minuten allein. Aber was spielte das jetzt noch für eine Rolle? Es gab keinen Ausweg.

Ich bekam den Schmerz nicht in den Griff, und ich bekam mein früheres Leben nicht in den Griff, das mich überrollte wie ein schwerer Stein und unter sich begrub. Du wirst also hier sterben, entstellt, in einem armseligen Krankenhauskittel. Gleichzeitig regte sich Protest in mir: Hätte die frühere Anna sich etwa totschlagen lassen wie eine Kuh im Schlachthof?

Ich hörte die Tür zuklappen. Ilja war gegangen.

Gleich würde dieses stumpfsinnige, auf Mord programmierte Vieh wiederkommen und mir alle Gedanken, die ganze Seele aus dem Leib prügeln.

Vitjok war noch nicht wieder im Zimmer, und ich wußte jetzt, was ich zu tun hatte, um ihn würdig zu empfangen. Ganz im Stil von Anna am Anfang ihrer Karriere – als mittelklassige Valutanutte, hundert Dollar die Stunde.

Als erstes mußte ich mein zerschlagenes Kinn in Ordnung bringen. Der brennende, unablässige Schmerz beeinträchtigte mein Denkvermögen, aber ich brachte die Kraft auf, zur Tür zu gehen und in den Flur hinauszusehen. Den Geräuschen nach zu urteilen, war Vitjok in der Küche. Ich stellte für ihn keinerlei Gefahr dar.

Bemüht, nicht vor Schwäche das Bewußtsein zu verlieren, gelangte ich immerhin ins Bad und drehte den Wasserhahn auf. Ich wusch mir hastig das Gesicht und sah in den Spiegel: Die Unterseite des Kinns leuchtete violett, aber der Rest war einigermaßen in Ordnung – offenbar hatte Vitjok nicht mit voller Kraft zugeschlagen, er wollte mir einen langen Weg zum Tod bescheren.

Ich sehe eigentlich ganz reizvoll aus, trotz des furchteinflößenden Kinns, überlegte ich ganz nüchtern, wie Anna es bestimmt getan hätte.

Eine sonderbare Ruhe überkam mich. Mit einer Handvoll Wasser befeuchtete ich mir das nachgewachsene dunkle Haar und strich es zurück.

Ja, ich sah ganz reizvoll aus. Zeit, mich ins heiße Wasser zu setzen und meinen Peiniger zu erwarten. Genau das tat ich und lauschte dabei auf meinen langsamen Herzschlag.

Vitjok ließ nicht lange auf sich warten. Er stand an der Badtür, noch immer Kaugummi kauend.

»Grüß dich«, sagte ich, als wäre nichts geschehen. »Was dagegen, wenn ich ein Bad nehme? Dann spart ihr euch die Leichenwäsche.«

Er hatte mit allem Möglichen gerechnet, aber nicht mit meiner eiskalten Gelassenheit. Vor Verblüffung hörte er sogar auf zu kauen, spuckte den Kaugummi aus und klebte ihn an die Türfüllung – das kannte ich schon von ihm.

»Du hast was drauf, Miststück!« sagte er mit echter Bewunderung.

»Ich mach's eigentlich nur für viel Geld. Aber du darfst kostenlos – als mein persönlicher Henker.«

Vitjok stand noch immer auf der Türschwelle.

»Na«, ermunterte ich ihn und streckte mich in der Wanne aus, die Hände hinterm Kopf, wobei ich darauf achtete, daß das geschwollene, violett angelaufene Kinn den Gesamteindruck nicht verdarb, »hast du Angst?«

»Keine Spur.« Er schluckte krampfhaft.

»Na dann – das wolltest du doch schon immer.«

»Was?« Er war noch immer unentschlossen.

»Mit mir schlafen.«

»Ja«, entschloß er sich endlich, »ja.«

»Aber du hattest keine Chance. Vielleicht solltest du also die Gelegenheit nutzen? Ist garantiert die letzte, wenn ich die Lage richtig einschätze.«

»Du schätzt die Lage richtig ein. Aber wie du früher aussahst, hast du mir besser gefallen.«

»Komm her«, sagte ich im Befehlston. Meine Chancen, diesen hirnlosen Klotz zu verführen, schwanden vielleicht schon.

Du mußt überzeugt sein von deiner Einmaligkeit. Überzeugt, daß du jeden Mann erobern kannst – womöglich war es das, was Ilja mir in meinem früheren Leben beigebracht hatte, mir, dem Plebejermädchen mit dem armseligen Puppengesicht.

Diese Sicherheit der früheren Anna schien aus jedem meiner Worte zu sprechen. Vitjok blickte mich an wie das Kaninchen die Schlange, kam näher und hing nun über mir wie ein Felsbrocken.

»Was riskierst du denn? Wir haben anderthalb Stunden, um uns aufrichtig zu lieben«, umgarnte ich ihn, »oder hast du Angst vor einer schwachen, hilflosen, mißhandelten Frau?«

»Hilflos? Ein ausgekochtes Miststück wie du und hilflos!«

»Warum solltest du dieses ausgekochte Miststück nicht ficken? Als Letzter. Dann kannst du ein kleines Liebesabenteuer mit einer Todeskandidatin für dich verbuchen.«

Er schwankte noch immer, aber seine bebenden Nasenflügel verrieten, daß ich mein Ziel fast erreicht hatte. Noch ein kleiner Schubs, und er würde umkippen.

»Ich erzähl es doch keinem. Ich werd gar nicht mehr dazu kommen. Und du hast noch anderthalb Stunden. Dann kannst du wieder deine Pflicht erfüllen. Auf die Weise könntest du deinem Boß eins auswischen. Und du hättest auch was davon. Das verspreche ich dir ...«

Vitjok gab sich einen Ruck.

Er ging vor der Wanne in die Hocke und berührte mit den Fingerspitzen schüchtern meine nasse Brust – erstaunlich taktvoll für einen Mann, der mich noch vor einer halben Stunde brutal mit dem Pistolengriff traktiert hatte. Ich beugte mich vor und schloß die Augen – an mir war wohl wirklich eine Schauspielerin verlorengegangen. Dann verschwand meine Brust vollkommen in seinen schweren Pranken. Nun schloß er die Augen, der sentimentale Schwachkopf.

Dicht vor meinem Gesicht baumelte die Pistole im Halfter. Mühsam unterdrückte ich die Versuchung, sie herauszuziehen. Ich wußte, daß ich keine Chance hatte; er würde meine Hand abfangen.

Vitjok kroch fast in die Wanne, und ich flüsterte ihm ins Ohr: »Warte. Nicht hier. Trag mich ins Zimmer.«

Wir hätten durchaus im Bad bleiben können, das wäre bestimmt Annas Stil gewesen, aber das konnte ich mir jetzt nicht erlauben. Das Halfter mitsamt der Pistole würde auf den marmorgefliesten Boden fallen, unerreichbar für mich.

Er hing noch immer über mir, sein Körper wurde von Minute zu Minute schwerer.

»Bitte«, bat ich erneut und streifte mit den Lippen sein grobes Gesicht voller Bartstoppeln, »nicht hier. Trag mich ins Zimmer.«

Endlich begriff er, zog mich aus dem Wasser, hob mich auf die Arme und trug mich ins Zimmer. Die animalische Leidenschaft, die von seinem Körper ausging, verursachte mir Übelkeit.

Vitjok warf mich auf die Liege und lag Sekunden später schon auf mir. Ich erstickte fast unter seinem Gewicht, glitt vorsichtig unter seinen Armen hervor und knöpfte ihm das Hemd auf, wobei ich, um überzeugend zu wirken, angemessene Laute ausstieß und jeden zweiten Knopf abriß. Er preßte mich noch immer an sich und verlor allmählich die Kontrolle über sich.

Abwarten. Du mußt abwarten, redete ich mir zu, betäubt von dem Geruch nach eingelegtem Knoblauch und Kaugummi, du mußt durchhalten. Du hast das garantiert für Geld getan, also wirst du doch jetzt nicht schlappmachen, wo es um dein Leben geht? Du mußt durchhalten, vertrau deinem Körper, auf den ist Verlaß. Erst im entscheidenden Moment greifst du ein.

Auf meinen Körper war tatsächlich Verlaß. Vitjok jedenfalls schien mit dem Vorspiel zufrieden zu sein – durch die halbgeschlossenen Lider sah ich, wie er die Augen verdrehte.

Schließlich bekam ich seinen Gürtel zu fassen, schnallte ihn auf und öffnete den Reißverschluß. Augenblicklich drückte er heftig meinen Kopf hinunter, daß meine Halswirbel knackten.

»Los, nimm ihn. Darin sollst du angeblich einmalig sein.«

In einer anderen Situation hätte diese Offenbarung mich erschauern lassen – ein schönes Leben hatte ich da geführt! Aber wie mein früheres Leben auch gewesen sein mochte – es war immer noch besser als das jetzt: Vor meinem geistigen Auge schwebte der zerschossene Kopf von Erik Morgenstern.

»Sag, gefalle ich dir?« ächzte Vitjok, ohne meinen Kopf loszulassen. »Gefällt er dir?«

»Der beste, den ich je hatte.« Ein banaler, unfehlbarer Satz, an den ich mich immerhin erinnerte. Für mehr Worte war keine Zeit: Neben der niedrigen Liege lag Vitjoks Hemd, und darunter die Pistole.

Eine Pistole muß man entsichern – woher weiß ich das? Ich weiß es, aber ich werde es nicht schaffen. Ich schaffe es nicht, ich schaffe es nicht ... Ich dachte an den Schlag mit dem Pistolengriff, und der Gedanke daran und an das, was vielleicht noch folgen würde, wenn ich mich jetzt nicht entschließen konnte, spornte mich an. Du mußt jetzt die Waffe aufheben und schießen – sonst hast du keine Chance mehr. An Vitjok geschmiegt, tastete ich vorsichtig nach dem leichten Halfter und zog die Pistole heran. Der Bodyguard merkte nichts, er nahm nichts mehr wahr; er bewegte sich jetzt schnell und zuckend.

»Nicht so schnell«, flüsterte ich zärtlich und zog die Pistole näher heran. Man mußte ein Vollidiot sein, um sich in Gesellschaft eines ausgekochten Miststücks so gehen zu lassen!

Jetzt. Jetzt war es soweit. Mein Zeigefinger umschloß routiniert den Abzug (zu routiniert für jemanden, der noch nie mit Waffen zu tun hatte, mein Gott!), und der Daumen löste die Sicherung. Ruckartig hob ich die Pistole, zielte direkt auf Vitjoks zurückgelehnten Kopf und drückte ab.

Aber der Schuß blieb aus. Ein trockenes Knacken. Ein Versager.

Dieser Laut ernüchterte den Bodyguard schlagartig. Er richtete sich jäh auf und schleuderte meinen Kopf von seinem Bauch. Seine Augen spiegelten weder Angst noch Wut, sondern eher kindliches Gekränktsein – Vitjok konnte meine Hinterhältigkeit nicht fassen.

Danach handelte ich wie in Trance: Ich riß mechanisch das Schloß herum (woher wußte ich das, mein Gott!) und schoß erneut.

Diesmal war es kein Versager, aber meine Hand hatte den Bodyguard verschont, hatte ihm sein armseliges Leben gelassen: Ich sah nur seine Schulter explodieren (offenbar hatte die Kugel ihm den Knochen zerfetzt), und eine Blutfontäne spritzte auf das blankpolierte Parkett.

Vitjok heulte auf und versuchte, mit dem gesunden Arm

den Kopf zu schützen. Dann drang nur noch schmerzerfülltes animalisches Röcheln aus seiner Kehle.

»Ach, Scheiße, verdammt! Nein ...« Durch seine Hand sah ich sein Gesicht, von der Angst bis zur Unkenntlichkeit entstellt; Blut war ihm auf die Wange gespritzt und wirkte auf der leichenblassen Haut beinahe schwarz. »Nicht, nein, nicht ...«

Nein, nicht ... Ich bin keine Mörderin, ich bin keine Mörderin. Ich habe mich nur verteidigt. Der zusammengekrümmte, vor Schmerz das Bewußtsein verlierende massige Körper interessierte mich nicht mehr. Noch immer die Pistole in der Hand, stürzte ich aus dem Zimmer.

Nichts außer einem Wimmern, das in heiseres Geheul überging, verfolgte mich. Im Bad hob ich meinen Krankenhauskittel auf und zog ihn über den nackten Körper; im Flur nahm ich den Pelzmantel vom Boden und warf ihn über den Kittel.

Im nächsten Augenblick war ich schon im Treppenhaus – runter, runter, schnell runter! Erst auf der Straße kam ich zu mir und bemerkte, daß ich noch immer die Pistole umklammert hielt. Kein sehr passender Anblick an einem trüben Februartag, mitten im Stadtzentrum. Um Beherrschung bemüht, steckte ich die Pistole in die Manteltasche. Sie rutschte unters Futter. Wer hätte das gedacht: Bei einer Frau mit Stil, die Haute-Couture-Kleider und teuren Schmuck trug, ein Loch in der Manteltasche!

Ich stand mitten auf dem Hof, unfähig weiterzugehen, und brach in Lachen aus. Ich lachte so lange, so heftig, daß meine Wimpern naß wurden. Dann ging das Lachen in so heftiges Schluchzen über, daß ich erschrak: Du hast einen hysterischen Anfall, Anna. Und es ist niemand da, der dir eine runterhauen, der dich zur Vernunft bringen kann. Gleich wirst du die Aufmerksamkeit des gesitteten snobistischen Hofs im Stadtzentrum auf dich lenken, und das Ganze wird damit enden, daß eine allgegenwärtige Milizpatrouille dir auf die Schulter klopft.

Weglaufen! So weit wie möglich weg von hier. Aber wie

weit kommst du schon, im Krankenhauskittel unterm Pelzmantel und leichten Übergangsschuhen (die ich in Eriks Wohnung gerade noch hatte anziehen können)?

Allmählich kühlte die Kälte meinen Kopf – das Lachen verging mir. Ich mußte überlegen, wohin: mit einer Pistole im Mantel und keinem einzigen Gedanken im Kopf. Da erst begriff ich voller Verzweiflung: Ich konnte nirgendwohin. Bestimmt gab es Leute, die mir hätten helfen können, aber ich erinnerte mich an niemanden.

Ein paar Stunden irrte ich durch die Straßen, wärmte mich hin und wieder in einem Geschäft oder einem kleinen Café auf. Stumpfsinnig las ich die Straßenschilder – sie kamen mir alle vage bekannt vor, sagten mir aber wenig. Im ersten Anfall von Verzweiflung bat ich einen sentimentalen Hotdog-Händler sogar um einen Telefonchip und rief bei Nastja an, dem einzigen Menschen, den ich wirklich kannte. Aber ich bekam wieder nur ein ärgerliches »Tut-tut-tut« zu hören. Gratuliere, du hast die letzte Verbindung zur realen Welt verloren.

Der fast bodenlange Pelzmantel schützte mich vor der beißenden Kälte, aber nach einiger Zeit fühlte ich meine Füße nicht mehr: Die Schuhe boten wenig Schutz vor dem Frost. Ich besaß keine Kopeke, um mich in ein schäbiges Bistro zu setzen und mit Anstand wenigstens eine Tasse dünnen Kaffee zu trinken. Zermürbt von der Kälte, verkroch ich mich schließlich in einem großen Kaufhaus, in dem ich bis zum Ladenschluß bleiben wollte.

Ich hegte die blödsinnige Hoffnung, zum Abend würde sich vielleicht etwas klären.

Mit noch immer eiskalten Füßen, noch immer brennenden Schmerzen im Kinn und ohne eine Entscheidung getroffen zu haben, stieß ich auf die Mitarbeitertoilette des Kaufhauses, schloß mich in einer Kabine ein, setzte mich auf den gefliesten Boden und heulte.

Es gab keinen Ausweg.

Nach einigen Minuten spürte ich, daß ich einschlief.

Ohne recht zu wissen, was ich tat, breitete ich den Pelzmantel auf dem Boden aus, rollte mich zusammen und zog den Mantel ganz über mich. Aber irgend etwas hinderte mich, in erlösenden Schlaf zu sinken, und bald begriff ich auch, was.

Die Pistole, die sich in meine Seite bohrte. Die einzige Unannehmlichkeit, die ich beseitigen konnte.

Nein – ich selbst, ich selbst war die einzige Unannehmlichkeit, die ich beseitigen konnte! Ich mußte nur das schwere Spielzeug aus der Tasche holen. Der Gedanken, daß alles so leicht und relativ schmerzlos zu beenden war, spornte mich an. Es gab ein radikales Mittel, die Schmerzen im Kinn und die zu Eisklumpen erstarrten Füße loszuwerden. Ein radikales Mittel, die ewige Dämmerung im Bewußtsein loszuwerden. Ich versuchte, die Pistole hervorzuangeln. Das war nicht so einfach, sie rutschte mir ständig weg, ich bekam sie nicht zu fassen. Ich stöhnte sogar vor Ungeduld: Jede Sekunde verzögerte meinen Entschluß, mir eine Kugel in den Kopf zu jagen, machte ihn weniger unaufschiebbar.

Es ging nicht, verdammt, was war mit meinen Händen los, hatte ich etwa Angst, meinem Leben ein Ende zu setzen?

»Nein, ich habe keine Angst«, sagte ich laut, als wollte ich mich selbst überzeugen. Nach allem, was geschehen war, hatte ich nichts mehr zu befürchten.

Weil ich meinen verräterischen, sich an das jämmerliche Leben klammernden Fingern nicht mehr traute, packte ich das Mantelfutter mit den Zähnen und zerrte daran. Es gab nach und riß. Die Pistole fiel heraus. Die Pistole und ein paar zerknitterte Papiere. Die Selbstmordvision verschwand. Die Papiere waren Geldscheine. Vorsichtig strich ich sie glatt: vier Hunderter und ein Fünfziger. Es geht Ihnen nicht schlecht, Anna Alexandrowa, wenn in Ihrer löchrigen Manteltasche solche Summen rumliegen.

Das überraschend aufgetauchte Geld wirkte: Mein Kopf wurde klar. Ilja hatte recht, ich war wirklich ein geldgieriges

Geschöpf, nur Geld brachte mich dazu, nüchtern zu überlegen – selbst eine so geringe Summe.

Ich stand auf, zog mich an und schlug den Mantel zu, nachdem ich die Pistole und meinen überraschenden Reichtum in die andere Tasche gesteckt hatte.

Erst einmal Stiefel, damit ich mir bei der Kälte nicht den Tod hole. Erst Stiefel, dann alles andere.

Mein violettes Kinn vor den gleichgültigen Verkäufern verbergend, erstand ich im Kaufhaus ein Paar relativ billige Stiefel. Das restliche Geld reichte für Strumpfhosen, einen Kaffee und eine Schachtel Gitanes.

Eine halbe Stunde später saß ich nebenan in einer ganz passablen Imbißstube, wärmte mir die Hände an einer Tasse Kaffee und überließ mich meinen unerfreulichen Gedanken.

Auf der Habenseite besaß ich lediglich die Stiefel und die Zigaretten.

Der Rest war eine Katastrophe. Was ich über mich erfahren hatte, weckte nichts als dumpfe Verzweiflung. Zwei Tote in einer Nacht, und mit beiden hatte ich etwas zu tun. Ich selbst war nur durch ein Wunder dem Schicksal von Erik Morgenstern und dem Schönheitschirurgen entgangen, aber das war lediglich ein Aufschub.

Die Papiere, deretwegen mit Anna abgerechnet werden sollte, waren für mich ebenso unerreichbar wie für Ilja. Sogar noch unerreichbarer. Ich erinnerte mich an niemanden, ich kannte niemanden, der mir hätte helfen können, dafür aber Leute, die mich umbringen wollten. An Ausreise war ohne Geld und Papiere nicht zu denken. Ich konnte noch einmal versuchen, Nastja anzurufen, das mitfühlende Vögelchen auf der Stange würde mich nicht abweisen. Aber diesen Gedanken verwarf ich sofort. Wozu die Krankenschwester in diese tödlichen Spiele hineinziehen? Ich könnte natürlich in die Klinik zurückgehen, aber dort würden mich Iljas Leute unweigerlich finden.

Die Lösung, die mir einfiel, erschien mir zunächst als purer Wahnsinn. Aber in diesem Wahnsinn sah ich den einzigen Ausweg. Ich wollte nicht warten, bis der erstbeste aus Iljas Umfeld mir eine Kugel in den Kopf jagte.

Ich knöpfte den Mantel auf und langte in die Tasche meines Kittels – wenn ich dort fand, worauf ich hoffte, hatte ich eine Chance, zu überleben und mich in ruhigerer Atmosphäre an meine Vergangenheit zu erinnern.

Zwischen zwei vertrockneten Blütenblättern aus Nastjas Nelkenstrauß fand ich das Gesuchte: die zerknitterte Visitenkarte von Hauptmann Lapizki.

Von meinem restlichen Geld kaufte ich ein paar Telefonchips. Der erste Anruf war vergeblich – es nahm niemand ab. Unter der zweiten Nummer wurde ich höflich nach meinem Anliegen gefragt und bekam nach meinem freudigen »Eine Privatangelegenheit« die ebenso freudige Auskunft: »Er hat heute frei.«

Er hat heute frei. Sehr hübsch. Blieb nur noch die letzte, per Hand dazugeschriebene Nummer. Das war meine einzige Chance. Eine Februarnacht in Moskau, ohne Geld, ohne Papiere, auf dem Leib lediglich einen Krankenhauskittel und einen schicken Pelzmantel, der einen Raubüberfall geradezu provozierte, würde ich nicht überleben.

Langes Tuten.

Endlich nahm jemand ab. »Lapizki am Apparat.« Mir stockte der Atem.

»Wer ist da?«

Ja, wer eigentlich? Ich konnte mich doch nicht mit meinem richtigen Namen vorstellen, Anna Alexandrowa, den kannte er ja gar nicht.

»Hallo, ich kann Sie nicht verstehen, rufen Sie noch einmal zurück.«

Gleich würde er auflegen.

»Ich bin's«, brachte ich schließlich hervor.

»Wer – ich?«

»Die Madame aus der Klinik, Ihre ständigen Kopfschmerzen.«

Grabesstille am anderen Ende der Leitung. Beinah physisch spürte ich die Anspannung des Hauptmanns.

»Wo sind Sie? Wo sind Sie abgeblieben?« fragte er.

»Wir müssen uns sehen. Ich habe eine wichtige Information. Vertraulich. Nur Sie und ich.«

Der Hauptmann verlor die Beherrschung. »Wo bist du? Wo bist du, verdammt noch mal?!«

»Wenn Sie nicht allein kommen …«

»Ich werde allein kommen«, brüllte er. »Wo bist du?«

»Wenn Sie nicht allein kommen, werde ich Ihnen nicht mitteilen, was ich weiß. Und Sie werden nichts unternehmen können. Jedes Gutachten wird belegen, daß ich tatsächlich an Amnesie leide.«

»Gut.«

»Ich bin an der Metrostation Kusnezki-Brücke.«

»Warte da auf mich.«

»Nein. Es ist sehr kalt. Ich werde im Buchladen rechts um die Ecke auf Sie warten.«

»Ich komme. Lauf nicht weg.«

Im Buchladen tauchte er erst nach fünfzig Minuten auf, nachdem ich eine mehrbändige Hemingway-Ausgabe durchgeblättert und im Kopf alle möglichen Varianten des bevorstehenden Gesprächs durchgespielt hatte. Offene Jacke, der Pullover, den ich in jener Nacht in Bronnizy besudelt hatte, dicke Wollhosen, keine Kopfbedeckung, schlecht rasiert – er wirkte gar nicht wie ein Milizionär. Ich sah seine Augen suchend durch den Laden schweifen. Ich schlug »In einem anderen Land« zu und winkte ihm. Eine sonderbare Heiterkeit erfüllte mich, obwohl meine Lage alles andere als heiter war.

»Guten Tag, Kostja! Darf ich Sie Kostja nennen?«

Er war bereits neben mir und hielt mich am Mantelärmel fest.

»Warum sind Sie aus der Klinik verschwunden? Was war mit Ihnen los? Halb Moskau sucht nach Ihnen.«

»Offenbar nicht gut genug. Andere haben mich schneller gefunden.«

»Woher haben Sie den Pelzmantel?«

»Der gehört mir. Aus meinem früheren Leben. Ein tolles Leben war das, kann ich Ihnen sagen.«

Er rüttelte an meiner Schulter, obgleich eine ältere Verkäuferin uns wachsam beobachtete.

»Haben Sie sich endlich erinnert?«

»Nein.« Enttäuschung huschte über sein Gesicht. »Erinnert habe ich mich nicht, *aber ich habe von anderen einiges erfahren*. Ich denke, das wird Sie interessieren.«

Er sah mich so aufmerksam an, als sähe er mich zum erstenmal.

»Sie haben sich verändert«, sagte er schließlich.

»Ich hatte ein bißchen Zeit und gute Lehrer.« Meine Antwort, die sich keineswegs auf ihn bezog (nach der Abtreibung und den beiden Morden, die ich mitangesehen hatte, erschien mir der Vorfall auf der Datscha in Bronnizy wie ein harmloser Scherz), ließ Lapizki erröten und den Blick senken.

»Ich meine nicht Sie und Ihre Leute«, tröstete ich den Hauptmann. »Haben Sie Geld bei sich?«

Lapizki sah mich verständnislos an.

»Ich möchte ein Buch kaufen.«

»Sie sind eine verblüffende Person.«

»Ich hatte selbst keine Ahnung, wie verblüffend ich bin.«

Ich ließ mir von Lapizki zwanzigtausend Rubel geben und kaufte einen dicken Band Dickens – »Die Pickwickier«, von vornherein wissend, daß ich ihn nie aufschlagen würde. Wir verließen den Laden und blieben vor dem Schaufenster stehen.

»Wo ist denn der Chauffeur Vitalik?« Meine hysterische Heiterkeit war noch nicht verflogen, und Lapizki konnte sich ihre Ursache nicht erklären. Er sah mich mit finsterer Verständnislosigkeit an.

»Sie haben doch gesagt, unser Gespräch ist vertraulich.«

»Pardon. Na dann, fahren wir. Es ist albern, auf der Straße zu stehen und zu frieren.«

»Wohin?«

»In Ihr Büro komme ich noch früh genug. Zu Ihnen, wenn Ihre Frau nichts dagegen hat.«

»Hat sie nicht. Ich bin nicht verheiratet.«

»Dann rufen Sie einen Wagen.«

Der Hauptmann verzog das Gesicht – die Zwanzigtausend für den Dickens waren offenbar sein letztes Geld gewesen.

»Wir müssen die Metro nehmen«, sagte er schließlich dumpf.

In der Metro hielt er die ganze Zeit meinen Ärmel fest, als befürchtete er, ich könnte ebenso plötzlich wieder verschwinden, wie ich aufgetaucht war. Aber ich hatte nicht die Absicht zu verschwinden; der Hauptmann war jetzt meine einzige Rettung.

Die Einzimmerhöhle im elften Stock sagte alles über Lapizki. Dieser Schnüffler hatte es in seinem ganzen Leben zu nichts gebracht: Ein Bücherschrank über die ganze Wand, vollgestopft vor allem mit kriminalistischer Fachliteratur, ein spartanisch schmales Bett, das aussah wie ein zerwühltes Nest, ein paar alte Sessel und ein biederer kleiner Tisch. Darauf stand ein Foto: zwei junge Männer in Skiausrüstung, Arm in Arm vor der Kulisse eines Skiortes. Der eine war Lapizki, der andere Oleg Marilow.

Die Fenster waren ohne Gardinen.

Die gesamte Kleidung des Hauptmanns stapelte sich auf den Sesseln, auf der Heizung lagen Socken zum Trocknen, überm Bett hingen Skischuhe. Von der gegenüberliegenden Wand blickte eine schlechte Reproduktion von Picassos »Absinthtrinkerin« mitleidig auf das Ganze.

Du bist ziemlich gebildet, Anna. Du kannst sogar das Wort »Absinth« aussprechen.

Im Zimmer des Hauptmanns herrschte archaisches Chaos, es gab nur eine ordentliche Ecke: Dort befand sich ein Ständer für die Skier und die dazugehörige Ausrüstung.

»Setzen wir uns in die Küche«, sagte der Hauptmann kleinlaut und schloß die Zimmertür.

Er führte mich in die Küche, die von einem kürzlich unterbrochenen Mittagessen zeugte: ein halbleerer Teller Erbsensuppe und in akkurate Scheiben geschnittener rosa Speck.

Ich behielt den Mantel an, obwohl es in der Wohnung heiß war und mir der Schweiß über den Rücken rann. Der bodenlange Zobel verunsicherte den Hauptmann, darin wirkte ich wie ein anderer Mensch. Im Krankenhauskittel aber wäre ich sofort wieder die hilflose Patientin, Lapizki ohnmächtig ausgeliefert.

»Ich höre«, sagte Lapizki und räumte linkisch die Essensreste vom Tisch.

Das Reden fiel mir schwer.

»Haben Sie Wodka im Haus, Hauptmann?«

»Ihnen ist eingefallen, was Wodka ist?« fragte er spöttisch.

»Mir ist sogar eingefallen, daß meine Lieblingszigaretten Gitanes heißen.« Ich nahm die Schachtel aus der Tasche und zündete mir nervös eine Zigarette an. »Besser gesagt, ich habe es erfahren.«

»Von wem?«

»Von dem, der mir auch alles andere erzählt hat.«

Lapizki hatte es nicht eilig mit seinen Fragen, er hatte Verständnis für meinen Zustand. Er holte eine angebrochene Flasche Wodka aus dem uralten Kühlschrank und einen Teller mit fast vertrocknetem Käse. Der Speck lag noch auf dem Tisch.

»Mit Essen sieht's schlecht aus«, entschuldigte sich der Hauptmann, während er den Wodka eingoß.

»Scheiß drauf.« Ohne hinzusehen kippte ich den Wodka hinunter und stellte das Glas ab. »Gießen Sie mir noch einen ein.«

»Und wenn Sie sich betrinken, was mache ich dann mit Ihnen?«

»Dann legen Sie mich schlafen.«

»Das werde ich nicht. Ich habe nur ein Bett.« Das zweite Glas trank der Hauptmann mit mir zusammen, ächzte und nahm ein Stück Speck. »Spucken Sie schon aus, was Sie mir erzählen wollten.«

Der Wodka zeigte wohltuende Wirkung – meine Nervosität ließ nach, und ich beruhigte mich etwas.

»Sagt Ihnen der Name Juli Moissejewitsch Damsker etwas?« fragte ich, den Blick auf den Hauptmann gerichtet.

Lapizki stieß einen Pfiff aus und starrte mich an.

»Schon möglich. Haben Sie etwas mit ihm zu tun?«

»Sagen wir, ich kenne Leute, die mit ihm zu tun hatten. Mit seiner Ermordung. Er wurde doch ermordet, oder?«

»Für eine Patientin einer geschlossenen Klinik, die an Amnesie leidet, sind Sie ausgesprochen gut informiert. Ja, er wurde ermordet. Letzten November. Die Geschichte hat in ganz Moskau Aufsehen erregt. Es sind einige Köpfe gerollt.«

»Eine faule Sache, oder? Die Mörder wurden natürlich nicht gefunden?« Ich nahm eine Zigarette aus der Schachtel und sah den Hauptmann fragend an. Er versuchte ein Streichholz anzuzünden, es zerbrach. Erst beim dritten Versuch hielt er mir das brennende Streichholz an die Zigarette.

Ruhig Blut, Looser-Hauptmann!

»Ziemlich faul«, bekannte Lapizki schließlich und beobachtete, wie ich den Rauch durch die Nase ausstieß. »Ein Scheißfall. Keinerlei Anhaltspunkte.«

»Erzählen Sie mir davon.«

»Warum soll ich Ihnen davon erzählen?«

»Weil die Information, die ich Ihnen geben möchte, mit diesem Mord zu tun hat.«

Der Hauptmann sah mich mit schwerem Blick an.

»Sie sind eine amüsante Madame. Noch einen Wodka?«

»Gern.«

Er goß ein, und wir tranken erneut.

»Na los, erzählen Sie«, sagte ich, zitternd vor Angst, etwas falsch zu machen.

»Was ist mit Ihrem Kinn? Sind Sie geschlagen worden?« Erst jetzt bemerkte ich, daß er mich aufmerksam musterte.

»Nein, nein, ich bin bloß hingefallen. Die Gewöhnung an das normale Leben ist nicht ganz einfach.«

Der Hauptmann ignorierte meine Antwort. »Ich finde, sie haben übertrieben«, sagte er nachdenklich.

»Ich glaube, ich auch«, antwortete ich im selben Ton und

dachte an den Bodyguard Vitjok und die Schußwunde in seiner Schulter. »Ich höre.«

»Sie verlangen von mir, daß ich Ermittlungsgeheimnisse preisgebe.«

»Wissen Sie, was ich merkwürdig finde?« sagte ich bedächtig. »Ich nenne Ihnen, dem einzigen Kriminalisten, den ich kenne, den Namen eines Ermordeten, und es stellt sich heraus, daß sie mit dem Fall zu tun haben.«

Der Hauptmann schnaubte verächtlich, und seine Augen irrten im Raum umher.

»Und wissen Sie, was ich merkwürdig finde? Zwei Wochen lang schlage ich mich mit einem Stück Fleisch ohne Gedächtnis herum, das mit dem Tod meines besten Freundes zu tun hat, und kriege nichts heraus. Dann verschwindet dieses Stück Fleisch für einen Tag aus dem Krankenhaus, taucht anschließend bei mir auf und behauptet, über Informationen zu verfügen, die niemand sonst hat.«

»Für das Stück Fleisch vielen Dank. Ein würdiges Kompliment. Also, ich höre«. Ich sah Lapizki durchdringend an und lächelte.

Die verbrauchte Luft in der kleinen Küche war von knisternder Spannung erfüllt – der Hauptmann und ich maßen unsere Kräfte, mit halbgeschlossenen Augen und vorgeschobener Unterlippe. Aber ich gewann: Der Hauptmann kapitulierte.

»Was interessiert Sie?« fragte er schroff.

»Die gesamten Umstände des Falles.«

»Na schön. Am Abend des dreißigsten November wurde der Bankier Juli Damsker in seinem Haus mit einer Pistole erschossen. Der Bankier feierte seinen Geburtstag, der Kreis der geladenen Gäste war also ziemlich groß, plus ein Streichorchester und ein Sänger aus Mailand. Damsker war berühmt für seine Leidenschaft für klassische Musik und für seine Vorsicht. Gehen wir also davon aus, daß nur Leute anwesend waren, denen er bedingungslos vertraute.«

»Ich an seiner Stelle hätte niemandem vertraut. Nicht einmal der eigenen Frau.«

Lapizki verzog seinen Mund zu einem sarkastischen Lächeln.

»Seine Frau ist außer Verdacht. Sie hat ein wasserdichtes, hundertprozentiges Alibi. Sie wurde zusammen mit dem Bankier erschossen. Außerdem wurde Damskers Safe vollständig ausgeräumt. Angeblich enthielt er Papiere von gewaltigem Wert.«

»Und was ist mit diesen Papieren?«

»Wegen dieses Mordes sind eine Menge Köpfe gerollt, aber wenn diese Papiere auftauchen, selbst das allerharmloseste davon, dann werden noch viel mehr Köpfe rollen. Und zwar ganz oben.«

»Sie sind noch im Land?« fragte ich sachlich und staunte über mich selbst.

»Da bislang alles ruhig ist, vermutlich ja. Noch hat niemand sie benutzt.«

»Die Mörder wurden natürlich nicht gefunden?«

»Der Mörder. Es war nur einer. Wie es aussieht, hat Damsker ihn erwischt, als er die Papiere an sich nahm. Der Mörder hatte nicht vor, den Bankier umzubringen, jedenfalls wurden beide Opfer mit Damskers eigener Pistole erschossen, das steht fest. Eine alte TT, Kaliber 7,42, sie gehörte seinem Vater, eine Auszeichnung.«

»Die Gäste wurden alle in die Mangel genommen?«

»In einer solchen Situation haben alle ein Alibi und zugleich keiner. Ein riesiges Haus, eine Menge versteckter Winkel, eine Menge Champagner. Alle, die auf dem Empfang waren, sind gesellschaftlich so hoch angebunden, daß an sie kein Rankommen ist, unter anderem Abgeordnete, die Immunität genießen.«

»Was für eine Idylle«, sagte ich lächelnd. »Wirklich keine einzige zweifelhafte Person? Kein einziger Verdächtiger?«

Lapizki sah mich scharf an und trommelte mit den Fingern auf dem Tisch.

»Genau da fängt die Schwierigkeit ein. Irgend jemand ist von der Bildfläche verschwunden, jemand, der schlau genug war, sich bei dem Jubiläum einzuschleichen. Und unvernünftig genug, den Abend mit zwei Leichen enden zu lassen. Der Mörder war kein Profi, das ist eindeutig. Und er hat verdammtes Glück gehabt.«

Ins Schwarze getroffen, Hauptmann. Verdammtes Glück – das kann man von mir wohl sagen.

»Dann ist er also damit durchgekommen?« spottete ich weiter.

»*Vorerst ja.*« Der Hauptmann sah mich durchdringend an.

»Ich sehe, Sie fahren gern Ski.«

»Das ist ja nicht schwer zu erraten«, sagte der Hauptmann verletzt und wurde so rot, als hätte ich ihn bei etwas Unanständigem ertappt. »Hat das, was Sie erfahren haben, mit dem Unfall zu tun?«

»Nein. Dazu kann ich Ihnen noch nichts sagen. Aber ich weiß, wer mit dem Tod des Bankiers zu tun hat. Und ich möchte Ihnen diese Information verkaufen.«

Der Hauptmann stand auf, schob heftig den Stuhl zurück und ging zum Fenster. Da die Küche winzig war, stand er nun dicht hinter mir. Ich hörte seinen stoßweisen Atem. Er wartete. Aber auch ich wartete. Als das Schweigen unerträglich wurde, sagte er: »Wie kann ich einer Person vertrauen, die nicht einmal weiß, wie sie heißt? Sie kann vor Gericht nicht als Zeugin aussagen.«

»Ich heiße Anna.« Nun hatte ich es ausgesprochen. Und damit war alles an seinen Platz gerückt. »Und eine Aussage vor Gericht kommt nicht in Frage. Sie werden mir Papiere besorgen, das können Sie doch. Ein bißchen Geld wäre mir auch recht. Dann kann ich das Land verlassen.«

»Papiere?«

»Papiere, damit ich ein neues Leben anfangen kann. Ich kann nicht in einer Klinik dahinvegetieren, egal, wie gut sie ist, und mein Leben lang darauf warten, daß mein Gedächtnis wiederkommt. Es gibt genügend Schicksale, die ich mir ausleihen kann.«

»Über was für eine Information verfügen Sie?«

»Ich nenne Ihnen den Namen des Mannes, der ein Interesse an Damskers Tod hatte. Hinter ihm stehen andere

Leute, die ich nicht kenne, aber vielleicht kriegen Sie ja die ganze Bande zu fassen, wenn Sie erst mal einen haben.«

Wenn er mir jetzt glaubt ... Wenn er mir nur glaubt! Ich hatte keine Angst, daß Ilja mich verraten könnte: In Damskers Haus war ich zusammen mit Erik gewesen. Zudem wußte Ilja nicht genau, wer den Bankier und seine Frau umgebracht hatte, das hatte ich einer Äußerung im Auto entnommen. Selbst wenn er mich ans Messer liefern sollte, könnte ich sagen, daß ich mit den Morden nichts zu tun hatte, daß das Eriks Werk sei (verzeih mir, lieber toter Deutscher!). Aber das wäre nur der äußerste Notfall, den ich für unwahrscheinlich hielt. Ilja war kein Idiot, er hatte selbst eine Leiche am Hals, Erik, und würde sich kaum aus dem Fenster lehnen – noch einen Mord konnte er nicht gebrauchen.

»Erinnern Sie sich, Sie haben einmal gesagt, Sie würden mir helfen.«

»Gut, ich bin bereit, mit Ihnen über die Bedingungen zu verhandeln.« Der Hauptmann stand noch immer hinter mir.

»Ich nenne Ihnen den Namen nur, wenn ich Garantien habe.«

»Ich kann Ihnen keine Garantien bieten. Ebensowenig wie Sie garantieren können, daß Ihre Information absolut sicher ist.«

»Meine Information ist zumindest wert, überprüft zu werden.«

Der Hauptmann schwankte. Ich goß mir noch einen weiteren Wodka ein und trank ihn aus, bis er sagte: »Gut. Ich werde tun, was ich kann.«

»Versprechen Sie es?«

»Ja. Nennen Sie den Namen.«

»Herr Awramenko. Besitzer des Spielkasinos ›Monte-Cassino‹.«

Hinter meinem Rücken herrschte Totenstille. Ich wollte mich schon zu Lapizki umdrehen, da sagte er: »Ihre Information ist nichts wert. Die können Sie behalten.«

Damit hatte ich nicht gerechnet. Alle meine Pläne brachen zusammen. Mir blieb nichts, als in die Tasche zu greifen und …

»Stehen Sie doch nicht dauernd hinter meinem Rücken.«

Er ging um mich herum, als vollführe er einen rituellen Tanz. Als er mir wieder gegenübersaß, sah er mich mit spöttischem Bedauern an.

»Ärgerlich, nicht?«

»Und wie.« Ich fand immerhin die Kraft, das Spiel mitzuspielen. »Was ich Ihnen erzählt habe, ist also nichts wert?«

»Warum? Es betrifft Sie, und mich interessiert alles, was Sie betrifft, Anna.« In Lapizkis Stimme schwang eine versteckte Drohung.

»Wegen Ihres toten Freundes?«

»Jetzt eher Ihretwegen. Woher wissen Sie von Awramenko und seinem Spielkasino?«

»Wieso?«

»Die ermordete Assja Damsker war mehrfach im ›Monte-Cassino‹, und hat dort erhebliche Summen gewonnen.«

»Was Sie nicht sagen!«

»Und, was das Interessanteste ist: Sie kam immer in Begleitung ihrer Freundin, einer sehr attraktiven Frau. Sie hieß übrigens auch Anna.«

»Das heißt, sie waren eng befreundet.«

»So eng, daß diese Anna ein Konto bei der Bank ihres Mannes eröffnete.«

Das war eine überraschende Wendung. Von dem Konto hatte mir niemand erzählt.

»Woher wissen Sie von Herrn Awramenko und seinem Spielkasino, Anna?«

Das Spiel, das ich Lapizki hatte aufzwingen wollen, wuchs mir über den Kopf. Ich war erschöpft, auch der Wodka machte sich bemerkbar.

»Auf diese Frage antworte ich nicht.«

»Sie wollen nicht, klar. Dann noch eins: Diese Freundschaft entwickelte sich innerhalb eines halben Jahres. Ein sehr kurzer Zeitraum für eine so enge Freundschaft. Finden Sie nicht?«

»Nein.«

»Sie war sogar zu Damskers Geburtstag eingeladen.«

»Ich sehe darin nichts Kriminelles.«

»Nichts Kriminelles, eine total romantische Geschichte. Die Freundin wechselte schon bald zu dem Bankier. Den ganzen Oktober und auch noch im November waren sie fast täglich zusammen essen.« Ich spürte direkt, wie der Hauptmann ein unsichtbares Spinnennetz wob, in dem mir die Rolle der ahnungslosen Fliege zugedacht war.

»Ein klassischer Seitensprung, so was kommt überall vor«, reagierte ich träge auf Lapizkis Worte.

»Also, diese Anna war tatsächlich auf der Geburtstagsfeier. Alle haben sie gesehen, bis der Mord geschah. Danach war sie verschwunden. Wie vom Erdboden verschluckt. Ein verblüffender Zufall. Sie war der einzige Gast, der nicht gefunden werden konnte.« Er starrte mich an.

»Übrigens, der Name der Kontoinhaberin ist Anna Alexandrowa. Sagt der Ihnen etwas?«

»Warum erzählen Sie mir das alles?« Ich griff vorsichtig in die Manteltasche.

»Ist Ihnen nicht zu warm?« fragte der Hauptmann spöttisch. »Ziehen Sie doch den Pelz aus.«

»Nein, nein, alles okay.«

»Warum sind Sie eigentlich zu mir gekommen?« Nun sah Lapizki mich unverwandt an. »Es wäre doch einfacher gewesen, in der Klinik zu bleiben und weiter Amnesie vorzutäuschen. Jedenfalls haben Sie das ziemlich überzeugend gemacht. Ich habe fast daran geglaubt.«

»Ich brauche Papiere. Ich kann nicht länger ein Niemand sein.« Verdammt, warum starrte er mich so an?

»Warum sehen Sie mich so an?«

»Ich versuche zu ergründen, wie Ihr Gesicht wohl vor der Operation ausgesehen hat.«

Er hatte nichts vergessen, dieser Hauptmann, ich hatte ihn offensichtlich unterschätzt. Er brauchte nur in meine

Tasche zu fassen – und ich war jetzt außerstande, Widerstand zu leisten – und würde eine Pistole zutage fördern. Eine Pistole, mit der zwei Menschen erschossen wurden.

»Ich erinnere mich nicht, wie ich aussah.«

»Mit soviel Glück hatte ich gar nicht gerechnet, Anna«, sagte er schließlich. »Ich hätte nie gedacht, daß du zu mir kommen würdest. Du scheinst ziemlich in der Klemme zu sitzen.«

Da drehte ich durch. Ich machte einen unverzeihlichen Fehler: Ich versuchte, die Waffe aus der Tasche zu ziehen. Der Hauptmann warf seinen durchtrainierten Körper auf den Tisch – er schien nur auf meine Bewegung gewartet zu haben – und hielt meinen Arm fest. Ich verlor das Gleichgewicht, fiel vom Stuhl, und der Hauptmann krachte auf mich.

Dicht vor mir sah ich sein triumphierendes Lächeln.

»Das war's, Anna. Ich schätze, du bist es. Und ich schätze, du sitzt in der Falle.«

Ein kleines Zimmer, darin nur ein paar Stühle und ein Bett mit einer dünnen Decke. Holzfußboden, holzgetäfelte Wände, eine niedrige Holzdecke, die direkt überm Bett schräg war – offenbar lag das Zimmer unter der Treppe, die nach oben führte. Manchmal hörte ich die Dielen knarren, wenn jemand hoch- oder runterlief.

Tagelang lauschte ich auf diese Schritte. Mit der Zeit konnte ich sie unterscheiden. Sie gehörten zu fünf Personen. Zwei davon kannte ich: den Hauptmann und den Chauffeur Vitalik. Vitalik brachte mir dreimal am Tag eine anspruchslose Mahlzeit, die im wesentlichen aus belegten Broten und Kaffee bestand. Lapizki besuchte mich zu beliebigen Zeiten, solange es ihm paßte, und plauderte über alles Mögliche. Er duzte mich wieder, mich zu siezen wäre absurd gewesen, auch wenn ich den Krankenhauskittel, der mir schon zur zweiten Haut geworden war, gegen Jeans und ein Hemd getauscht hatte. Zwischen mir und Lapizki war nichts mehr unausgesprochen, und mich verwirrte lediglich, warum ich nach allem, was geschehen war, nicht in Untersuchungshaft saß, sondern hier. Auf einer Datscha am Stadtrand mit vergitterten Fenstern und einem Stück Wald in der Ferne. Mir wurden mehrere Morde vorgeworfen, an zwei davon konnte ich mich nicht erinnern, und bei zwei weiteren war ich nur Zeugin gewesen. Von meiner Beteiligung an der Ermordung des Bankiers und seiner Frau hatte mir der Hauptmann erzählt – noch in seiner mit Dekorationen aus früheren Skiurlauben vollgestopften Wohnung. Von Erik und dem Schönheitschirurgen war erst später die Rede gewesen, als ich schon hier eingesperrt war. Sie tauchten auf Fotos auf, die der Hauptmann mir zeigte. Zusammen mit Fotos von mir, Fotos von Anna Alexandrowa vor ihrer Gesichtsoperation, die ich bereits kannte. Ich hatte das merkwürdige Gefühl, daß meine ganze Welt nur aus Abbildern von Menschen bestand. Nichts Lebendiges, nichts Konkretes.

Der Hauptmann verhielt sich abwartend – deshalb die langen, sonderbaren Gespräche über alles und nichts. Der Name Oleg Marilow wurde nicht mehr erwähnt, der Hauptmann hatte den aussichtslosen Fall längst aufgegeben. Viel mehr interessierte er sich für Annas Vergangenheit. Natürlich wußten sie hier wesentlich weniger über mich als Erik oder Ilja, aber auch das, was sie wußten, veranlaßte sie, mich mit respektvollem Staunen zu behandeln. Für mich war das Vergangenheit. Aber eines Tages begriff ich, daß es nicht nur um meine Vergangenheit ging. Sondern auch um meine Zukunft.

»Nach allem, was du angestellt hast, blüht dir lebenslänglich. Oder mindestens fünfzehn Jahre.«

»Das ist mir egal.«

»Und das nach dem tollen Leben, an das du gewöhnt warst?«

»Das ist mir egal. Ich erinnere mich nicht an mein Leben.«

»Irgendwann wirst du dich erinnern.«

»Was wollen Sie von mir?«

Vitalik trat ohne anzuklopfen ins Zimmer, brachte die üblichen Brote und den Kaffee. Schweigend beobachtete ich, wie der Hauptmann ein Brot nach dem anderen verschlang, ohne mir und meiner Frage Beachtung zu schenken.

»Bedien dich«, sagte er schließlich. »Willst du was trinken? Vitalik bringt gleich Kognak.«

»Aus welchem Anlaß dieses Bankett?«

»Ist vielleicht der letzte gute Kognak in deinem Leben.«

»Das ist mir egal. Ich trinke sowieso lieber Wacholderwodka.«

»Wodka wirst du auch nicht mehr zu sehen kriegen. Du hast von der Zukunft nichts Gutes zu erwarten.«

»Was wollen Sie von mir?«

»Also, Mädchen, die Dinge liegen so: erstens, Damsker und seine Frau.«

»Das können Sie nicht beweisen.«

»Du irrst. Zu beweisen, daß du Damsker und seine Frau erschossen hast, ist ein Kinderspiel. Aber selbst wenn nicht – die Pistole, mit der du einen Gesetzeshüter erledigen wolltest, hat noch in zwei weiteren Mordfällen eine Rolle gespielt.«

»Einen Gesetzeshüter?«

»Mich. Du wolltest mich doch umlegen, oder? Also, zuerst wurde ein Gigolo erschossen, dann ein Arzt, ein Schönheitschirurg, und du hattest mit beiden zu tun, darin überschneiden sich beide Fälle.«

»Wieso?« Die Frage war überflüssig, ich wußte genau – wieso.

In Lapizkis Interpretation sah die Sache noch primitiver und überzeugender aus: »Der eine war dein Komplize und wußte zuviel über dich. Der andere hat dir ein neues Gesicht verpaßt, wußte also noch mehr über dich. Sie waren dir und deinem neuen Gesicht im Wege. Ist das etwa kein Motiv?«

»Ziemlich vorschneller Schluß. Ein bißchen simpel, das Ganze.«

»Das ist meistens so. Raffiniert geht es nur in spannenden Krimis zu.«

Von den Morden war in letzter Zeit immer wieder die Rede, aber ich gestand nichts und stritt nichts ab, ich zog es vor zu schweigen. Auch jetzt, egal, was sie mit mir vorhatten, würden sie mich nicht dazu bringen, gegen mich selbst auszusagen.

Lapizki legte sein Brot weg, an dem er die ganze Zeit gekaut hatte, wischte sich mit dem Handrücken den Mund ab und fuhr mich leise an: »Du hörst mir nicht zu. Du willst mir nicht zuhören. Erinnerst du dich, was ich dir in der Klinik gesagt habe? Ich kann dich schützen.«

»Das ist mir jetzt egal.«

»Na schön«, sagte der Hauptmann seufzend. »ich sehe, dein Kinn ist wieder völlig verheilt. Und die blauen Flecke auch. Mir ist es auch egal. Geh. Du bist frei.«

Damit hatte ich nicht gerechnet.

»Ich bin frei?«

»Ja. Du kannst gehen. Die Tür ist offen.«

Ich erhob mich vom Bett, ohne Lapizki anzusehen, und zog meine Stiefel an.

»Vitalik gibt dir deinen Mantel. Hau ab.«

Ich konnte es nicht glauben. Lapizki saß noch immer mit übergeschlagenen Beinen da, die Hände hinterm Kopf verschränkt. Er machte sich nicht einmal die Mühe, seine Pose zu verändern. Aber ich pfiff auf Lapizki, Hauptsache, ich mußte nicht hierbleiben, in dieser Kammer mit den vergitterten Fenstern.

Die Tür war tatsächlich unverschlossen, der Hauptmann hatte nicht gelogen. Ich stieß sie auf und stand in einem engen Flur mit einer Treppe, die in die obere Etage führte. Auf einem alten Ledersofa vor der Tür saß Vitalik.

»Ich brauche meine Sachen«, sagte ich leise.

»Welche Sachen?« Er legte sein Kreuzworträtsel beiseite und sah mich erstaunt an.

»Meinen Mantel. Ich hoffe, er ist noch da und nicht konfisziert worden.«

»Gehen wir.« Vitalik sprang auf und lief, ohne sich um mich zu kümmern, voraus in den schlecht beleuchteten Flur. Ich folgte ihm, bemüht, nicht zurückzubleiben und immer noch bangend, Lapizki könnte es sich anders überlegen.

Das Zimmer roch wie jeder Raum, in dem längere Zeit Männer gehaust haben. Überfüllte Aschenbecher, Kaffeeflecke auf den Tischen, ein elektrischer Wasserkocher, auf dem Kühlschrank ein Schachbrett mit einer abgebrochenen Partie, die Figuren bunt zusammengewürfelt. In der Ecke lief ein Fernseher – es scherte ihn nicht, daß niemand im Zimmer war.

Vitalik verschwand kurz und brachte meinen Mantel, den er mir galant hinhielt.

»Bitte sehr, Königin!«

»Danke.« Ich war solche Zuvorkommenheit nicht mehr gewöhnt und hatte Mühe, in die Ärmel zu schlüpfen.

»Lassen Sie Ihre Telefonnummer da«, sagte Vitalik im unschuldigen Tonfall des routinierten Herzensbrechers.

»Lieber nicht. Ich hoffe, dich nie wiederzusehen.«

»Sag niemals nie.«

Er brachte mich zum Ausgang, vorbei an einem kleinen Trainingssaal, dessen Tür halboffen stand. Zwei Männer in schwarzen Trainingskimonos warfen sich gegenseitig auf die Matte. Einen Augenblick lang bedauerte ich den einen der beiden, einen hochaufgeschossenen dünnen jungen Mann mit langem Haar, das zu einem Pferdeschwanz gebunden war. Sein Partner, ein grimmig aussehender stämmiger Bodybuilder, setzte ihm offenkundig heftig zu.

Vitalik öffnete einladend die Tür, und durchdringende Kälte kroch mir unter den Mantel.

»Entschuldige, weiter kann ich dich nicht begleiten. Es ist arschkalt.«

»Macht nichts. In welche Richtung muß ich gehen?«

»Da hinten, siehst du«, Vitalik verhöhnte mich eindeutig, denn es war stockfinster, »da ist das Tor, es ist nicht abgeschlossen. Dann kommt ein Feldweg, den nimm lieber nicht, sonst bist du morgen früh noch nicht da. Du biegst ab auf den Fußweg, und dann immer der Nase nach. Bis zur Bahnstation sind es zwei Kilometer. Da steigst du in den Zug und fährst geradewegs nach Moskau – das ist alles.«

»Mit der Bahn?«

»Anders kommt man hier nicht weg. Extra deinetwegen holt doch keiner das Auto raus.«

Erst jetzt fiel mir ein, daß ich kein Geld besaß.

»Hör mal, leih mir ein bißchen Geld. Ich habe keine Kopeke.«

»Ich auch nicht.« sagte Vitalik und grinste breit. »Woher soll ein armer Bulle Geld haben? Na dann, guten Weg.«

Ohne eine Antwort abzuwarten, schlug der unverschämte Milizionär die Tür hinter mir zu.

Ich war allein.

Allein an einem Februarabend, im schneidenden Wind, ohne Geld, ohne Papiere. Mechanisch lief ich ein paar Schritte in Richtung Tor, das in der Dunkelheit nicht auszumachen war; meine Hände waren im Nu steifgefroren, und ich steckte sie in die Taschen. Die Taschen waren leer. Ebenso gähnend leer wie mein Kopf.

Im nächsten Augenblick stieß ich auf ein Auto, und dann heulte eine Sirene los. Ich ließ mich neben dem Vorderrad fallen und stimmte in das Geheul ein.

Lapizki hat recht: Du kannst nirgendwohin. Du sitzt in der Falle. Im Haus gibt es Kognak und Schinkenbrote, im Haus kannst du auf Schutz hoffen. Auf eine Illusion von Schutz.

Ich verfluchte alles auf der Welt, stand auf und lief zurück zum Haus, das mich mit warmem Licht im Fenster lockte. An der Tür angelangt, hämmerte ich mit beiden Fäusten dagegen und trat einen Schritt zurück, die Hände souverän in den Taschen.

Vitalik erschien auf der Schwelle.

»Kann ich reinkommen? Es ist eiskalt.« Ich hatte die Hände noch immer lässig in den Taschen, aber mein Ton klang demütig bittend.

»Na siehst du. Sag niemals nie«, sagte Vitalik belehrend, trat aber beiseite, um mich in den warmen Vorraum zu lassen. »Soll ich dich zum Boß bringen?«

»Nicht nötig. Ich gehe allein.«

Lapizki saß noch genau so da, wie ich ihn verlassen hatte. Er wunderte sich nicht einmal über meine Rückkehr, er bekundete sogar Mitgefühl. »Durchgefroren?«

»Was wollen Sie von mir?«

»Erst mal, daß du einen Kognak trinkst.«

Wortlos kippte ich den Kognak, sah Lapizki an und sagte, was ich ihm schon von Anfang an hatte sagen wollen: »Ich hasse Sie.«

»Das glaube ich gern. Aber das tut nichts zur Sache. Der einzige Mensch, der dir helfen kann, bin ich. Alle anderen stecken dich entweder in den Knast, wo du eingehen würdest, oder knallen dich ab.«

»Möglich. Was weiter?«

»Ich schlage dir eine mildere Variante vor. Du arbeitest für uns.«

»Wozu brauchen Sie mich?«

»Na ja ... Du bist nicht blöd. Und in Extremsituationen reagierst du äußerst flexibel.«

»Woher wissen Sie denn das?«

Der Hauptmann stockte kurz.

»Das nehme ich an. Übrigens, die Mordanklage gegen dich ist noch nicht aufgehoben.«

»Sie haben Sie mir noch nicht einmal vorgelegt.«

»Ich sag ja – du blickst durch. Du hast Charakter. Mit ein bißchen Anstrengung kann aus dir eine erstklassige Agentin werden. Du bist als alles Mögliche einsetzbar, vor allem als schöne Frau. Auch wenn du nicht mein Typ bist. Und vor allem: Du hast keine Wahl.«

Ich dachte an meine leeren Taschen und die schneidende Kälte draußen.

»Stimmt. Ich habe keine Wahl. Aber ahnungslosen Männern Zyankali ins Glas schütten, das kommt für mich nicht in Frage. Und auch keine Kontrollschüsse in den Kopf.«

»Du hast anscheinend zuviel billige Filme gesehen. Nur im Film schießen hirnlose Püppchen sinnlos um sich. So etwas verlangt keiner von dir. Du wirst nur ein bißchen von Bett zu Bett hüpfen ...«

»Das werde ich nicht.«

»Ach nein? Früher warst du darin aber ganz gut.«

»Wenn ich ja sage – was bekomme ich dafür?« Ich sah Lapizki durchdringend an.

»*Ein anderes Leben*. Und alles, was du dafür brauchst. Also, bist du einverstanden? Ich höre nichts.«

»Ja«, sagte ich leise. »Ich bin einverstanden.«

Ich blieb auf der Datscha. Jetzt, da ich mit allem einverstanden war, machten sie keine Umstände mehr mit mir. Ich hauste zwar nicht mehr in der kleinen Kammer unter der Treppe, aber auch die Fenster meines neuen Zimmers waren vergittert. Das bedeutete, daß ich trotz allem nicht frei war. Gefangenschaft kann verschiedene Formen haben, ob nun geschlossene Klinik, geschlossenes Territorium einer Sondereinheit des FSB oder das verlorene Gedächtnis. Aber daran dachte ich selten, dafür war einfach keine Zeit – ich war verdammt erschöpft. Vom sinnlosen Jogging jeden Morgen, von den sinnlosen Übungen auf dem kleinen, gut ausgerüsteten Schießstand – ich schoß nur »Fahrkarten«, so kontinuierlich und hartnäckig, daß es mir nicht einmal mehr übelgenommen wurde. Der Gipfel der Sinnlosigkeit war das Training im Übungssaal, wo ein Trainer mit dem trägen Namen Ignat mich jedesmal fertigmachte wie eine Stoffpuppe für Tatortsimulationen.

Ich weigerte mich zu lernen. Alle haßten mich. Ich haßte auch alle. Ich haßte sie für die ständigen blauen Flecke, für die ständigen Demütigungen, für die ständigen Schmerzen im ganzen Körper, für die Unsicherheit meiner Zukunft, dafür, daß ich mich mit Haut und Haar verkauft hatte.

Nachts träumte ich von Eriks totem Kopf. Erik war der einzige Mensch, für den ich Sympathie empfand; er jedenfalls hatte mich geliebt.

Vitalik nannte mich »Königin« und versuchte bei jeder Gelegenheit, mich in den Hintern zu kneifen. Ich ignorierte es.

Ignat nannte mich »Fleisch« und versuchte bei jeder Gelegenheit, mir den Arm auszurenken. Ich ignorierte es.

Nur Lapizki nannte mich beim Vornamen und unterstrich damit jedesmal, daß er mehr über mich wußte als mir lieb war.

»Du enttäuschst meine Jungs«, sagte er in zärtlichem Tonfall, der nichts Gutes verhieß.

»Pech.«

»Merk dir, Anna, das ist was anderes, als sich mit Männern nach Lust und Laune im Bett zu wälzen. Das hier ist harte Arbeit.«

»Das im Bett auch«, erwiderte ich hochmütig.

»Du mußt es ja wissen.« Er ließ keine Gelegenheit aus, mich zu demütigen. »Und jetzt komm, üben.«

»Ich bin müde.«

»Das ist ein Befehl.«

Er warf mich heftig auf die Matte, viel heftiger, als Ignat das normalerweise tat. Ich biß vor Schmerz die Zähne zusammen und wehrte mich nicht. Meine Apathie brachte den Hauptmann zur Weißglut.

»Willst du dich wohl verteidigen, verdammt noch mal?« Rot im Gesicht und schweißnaß vor Anstrengung, spuckte er die Worte aus.

»Leck mich!«

»Hör zu, ich schlag dich zum Krüppel, wenn du nichts tust.« Sein schwerer Körper drückte mich zu Boden, in meinem Arm saß ein heftiger Schmerz, so heftig, daß ich für einen Augenblick ohnmächtig wurde. Aber nur für einen Augenblick – die weiß verschleierten Augen des Hauptmanns ließen mich zur Besinnung kommen: Er würde mir wirklich den Arm brechen!

Ich haßte ihn. Mein Gott, wie ich ihn haßte! Ich raffte alle meine Kräfte zusammen, entwand mich ihm, der Schmerz im Arm ließ nach; automatisch wandte ich einen

Griff an, den Ignat mir beigebracht hatte, und Lapizki lag auf der Matte. Die Faust auf dem Kehlkopf des Hauptmanns, unterdrückte ich nur mühsam den Wunsch, ihm in die Eier zu treten. Allein sein Gesichtsausdruck hielt mich davon ab: eine Mischung aus Schmerz und Befriedigung. Wir sahen aus wie ein Liebespaar beim sadomasochistischen Spiel, und Lapizkis Stimme klang gedämpft, als er sagte: »Gut, Mädchen, gut.«

Zwei Tage später wurde ich von der Datscha fortgebracht, zu einer anderen, die eher ein massives Haus war, vermutlich das konfiszierte Eigentum eines korrupten Beamten. Von außen sehr exklusiv, war es innen fast leer. Nur einige wenige Zimmer waren bewohnt. In der riesigen Eingangshalle, die wie ein Empfangssaal wirkte, war der große, auf Marmor getrimmte Kamin ständig geheizt. Der unentbehrliche Vitalik, der als Hausmeister, Koch und Heizer fungierte, hackte tagelang Holz für dessen unersättlichen Bauch. Ich hatte ihm die Versuche, mich in den Hintern zu kneifen, nicht verziehen – aus Rache löste ich heimlich seine Kreuzworträtsel. Dabei stellte ich fest, daß ich eine Menge Dinge wußte: Zum Beispiel, daß die Einheit für eine Strahlungsdosis Gray heißt und eine schwimmende Begrenzung auf Flüssen Boje. Ein Stein mit einer eingemeißelten Abbildung hört auf den Namen »Gemme« und eine Schiffsanlegestelle auf »Pier«.

Abends nahm ich Tabletten, die mir Vitalik brachte. Sie sollten mein Gedächtnis stimulieren. Aber sie halfen nicht.

Mit dem Gedanken, daß ich mich an nichts erinnerte, den ich satt hatte, der mich aber nicht mehr verrückt machte, schlief ich ein.

Gute Nacht, Nastja. Gute Nacht, Tejmuri. Wie hatten sie dir wohl mein Verschwinden aus der Klinik erklärt? Gute Nacht, Erik, sei nicht traurig über deinen durchschossenen Kopf, ich liebe dich trotzdem.

Gute Nacht, Anna.

Ich erwachte, weil Vitalik grob an meiner Schulter rüttelte.

»Aufstehen, komm.«

»Was ist, Zeit zur Erschießung?« scherzte ich unpassend, während ich mühsam die Augen öffnete.

»Steh auf. Wir haben Wichtiges vor.«

Schwerfällig schüttelte ich die Reste meines seligen, wie gewohnt traumlosen Schlafs ab, zog mich an und folgte Vitalik. Er brachte mich zu der niedrigen Galerie im ersten Stock, die die Eingangshalle säumte. Von hier oben hatte man einen guten Blick auf den brennenden Kamin und die regelmäßig angeordneten kleinen Tische, an denen mehrere Personen saßen. Lapizki sah auf die Uhr und nickte einem der Burschen zu.

»Was geht hier vor?« fragte ich Vitalik.

Er lächelte herablassend und legte einen Finger auf die Lippen.

»Gleich kommt ein junger Bursche. Der wird dir bestimmt gefallen.«

Da kam er auch schon – es war der junge Mann, den ich im Trainingssaal auf der Datscha gesehen hatte. Ich erkannte ihn sofort: das zum Pferdeschwanz gebundene lange schwarze Haar, der geschmeidige, gelenkige Körper. Diesmal trug er ein glänzendes spanisches Kostüm: kurze weiße Hosen, ein Hemd mit weiten Ärmeln und Jabot, goldbestickte Weste, ein lässig auf dem Rücken baumelnder breitkrempiger Hut, ein weiter weißer Mantel. Über der Schulter eine Tasche, im gleichen Farbton wie die Weste und ebenfalls goldbestickt.

Er bot eine ausgezeichnete Flamenco-Imitation, ganz ohne musikalische Begleitung, nur seine Hacken schlugen gekonnt den Rhythmus. Dann setzte er sich rittlings auf einen Stuhl und fing an zu sprechen: »Ich war am Verzweifeln; da werde ich für eine Stelle vorgeschlagen, aber zum Unglück verstand ich etwas von der Sache: Man brauchte einen Kalkulator – und ein Tänzer erhielt den Posten. Mir blieb nichts übrig, als zu stehlen; ich eröffne also eine Spielbank – und nun, meine Verehrten, bin ich ein gemachter Mann: Ich diniere auswärts, und die sogenannten feinen Leute öffnen mir liebenswürdig ihre Häuser …

um fünfundsiebzig Prozent des Reingewinns für sich zu behalten. Vielleicht hätte ich auf einen grünen Zweig kommen können; ich begann schon zu begreifen, daß es beim Geldverdienen mehr auf Verschlagenheit als auf Beschlagenheit ankommt. Da aber alle um mich her plünderten und dabei von mir verlangten, ich solle ehrlich sein, mußte ich wohl oder übel zugrunde gehen.« *

Das war aus dem Monolog des Figaro. Mein Gott, sogar das wußte ich. Der Junge entpuppte sich als großartiger Schauspieler: Er kehrte mit solcher Inbrunst sein Innerstes nach außen, daß ich sogar um ihn bangte. Seine Worte sollten die Zuschauer treffen wie Peitschenhiebe, sie verursachten Unbehagen und ein Ziehen in der Brust.

Und dann, ohne seinen Monolog zu unterbrechen, holte er einige in verschiedenfarbiges Stanniolpapier eingewickelte Gegenstände aus der Tasche, die von unechter, clownesker Größe waren: stilisiertes Rasierzeug, einen Gürtel, mehrere altertümliche Pistolen. Er wickelte einen nach dem anderen aus – sie waren aus Schokolade. Mit sichtlichem Genuß verzehrte er zuerst das Rasierzeug, dann Stück für Stück den Gürtel und nahm sich schließlich die Pistolen vor. Das Stanniolpapier glitzerte in seinen Händen, fesselte die Blicke der Zuschauer, die wie gebannt darauf starrten. Der Figaro näherte sich dem Tisch, an dem Lapizki saß.

Als der Figaro mit aufblitzenden Zähnen in den Lauf der letzten Pistole biß, geschah etwas Ungeheuerliches: In der Schokoladenpistole steckte eine echte, und Figaro drückte auf den Abzug. Er schoß mehrmals und rannte weg, zwischen den Tischen Haken schlagend wie ein Hase. Die Männer hinter Lapizki zogen synchron die Pistolen und feuerten dem fliehenden Figaro peitschende Schüsse hinterher.

Lapizki lehnte sich in seinen Stuhl zurück und verschränkte wie immer die Hände hinterm Kopf.

»Beschissen!« sagte er; seine Stimme klang genauso

* Beaumarchais, Figaros Hochzeit, dt. von Alece und Hans Seiffert; Reclam Leipzig, S.162f.

scharf wie die Schreckschüsse. »Du bist schon seit sieben Sekunden tot. Reiß dich zusammen, Oleg, du hast nur noch drei Tage.«

Ich sah die dunklen Flecke auf seinem Hemd und seiner Weste. Der verkrampfte Rücken des Schauspielers signalisierte Ausweglosigkeit.

»Was ist das für eine Vorstellung?« fragte ich Vitalik noch einmal.

»Das ist keine Vorstellung, das ist eine Probe«, erklärte er.

»Er ist gut.«

»Den Schluß versaut er total, die Rotznase«, widersprach Vitalik.

Lapizki hob den Kopf, sah uns und winkte uns zu. Ich wandte mich ab, Vitalik aber stieß einen freudigen Pfiff aus.

»Los, gehen wir runter zum Boß.«

»Hat das nicht Zeit bis morgen früh?« fragte ich mutlos.

»Komm, komm. Du schläfst sowieso viel zuviel.«

Wir gingen hinunter. Der Hauptmann hatte die Beine zum Kamin ausgestreckt und gähnte.

»Na, hat dir der junge Mann gefallen?« fragte er, ohne sich zu mir umzudrehen. »Setz dich, reden wir ein bißchen.«

»Ich finde, er ist ein begabter Schauspieler. Aber warum ist er hier in diesem Spinnennest?«

»Zur Unterhaltung der Truppe. Wir können ja schließlich keine nackten Mädchen herholen.« Der Hauptmann hatte inzwischen gelernt, meine zahnlosen, matten Bissigkeiten zu ignorieren.

»Er heißt übrigens Oleg Kulikow. Sagt der Name dir etwas?«

»Nein.«

»Er hatte im Herbst eine äußerst erfolgreiche Premiere. Und im Winter hat er zwei angesehene Theaterpreise bekommen. Ach ja, entschuldige, diesen Winter hast du ja nicht erlebt. Die Susanne hat eine berühmte alternde Schauspielerin gespielt. Der Schwarm meiner Kindheit. Sie hat Kulikow erst groß rausgebracht. Die beiden hatten ein Verhältnis, und was für eins! Die ganze Klatschpresse war voll davon. Aber er ist wirklich ein toller Schauspieler. Das war übrigens ›Figaros Hochzeit‹.«

»Ja. Ich weiß.«

Der Hauptmann lachte spöttisch, warf Holz ins Feuer und sah mich aufmerksam an.

»Sieh mal an, auch da kennst du dich aus. Du kennst dich überall aus. Kluges Mädchen. Mit deiner Bildung hättest du eine Boheme-Zeitschrift herausgeben sollen, statt dich als Valutanutte durchzuschlagen.«

»Das eine ist dem anderen nicht hinderlich. Aber was wissen Sie schon von Valutanutten? Sie gehörten garantiert nicht zu meinen Kunden.«

»Vielleicht doch. Du erinnerst dich ja an nichts.«

Ich konnte den Hieb nicht parieren, weil ein Bursche mit finsterem Gesicht an den Tisch trat.

»Er hat schon wieder Scheiße gebaut«, meldete er, ohne Einzelheiten zu erklären.

»Wo habt ihr ihn erwischt?« fragte Lapizki sachlich.

»Vor der Tiefgarage. Wollte einsteigen, das Schwein.«

»Sieh an, hat also doch was gelernt bei uns. Seine Visage habt ihr hoffentlich nicht angerührt?«

»Nur ein paar Schläge ins Kreuz und in die Nieren, rein prophylaktisch.«

»Paßt auf, daß ihr nicht übertreibt. Sonst reiß ich euch den Kopf ab! Wo ist er?«

»Im Billardzimmer.«

»Schön, da kann er bis morgen früh bleiben. Laßt Kapustschak bei ihm, dann könnt ihr gehen.«

Ich hörte schweigend zu und versuchte zu begreifen, wer Hauptmann Lapizki eigentlich war, dieser Freund eines toten FBS-Offiziers, der sich dann als Liebhaber billiger Spezialeffekte und schließlich als plumper Anwerber entpuppt hatte.

»Wer sind Sie, Hauptmann?« fragte ich leise, als der finstere Bursche sich entfernte, wobei er sich den prallen Hintern kratzte.

»Wieso?« Er sah noch immer ins Feuer.

»Für Ihren Dienstgrad nehmen Sie sich eine Menge raus.«

Er drehte sich zu mir um und rückte mit seinem Stuhl dicht zu mir heran.

»Manchmal hat auch ein Hauptmann freie Hand. In besonderen Fällen.«

Beim Einschlafen dachte ich an Figaro, an Oleg Kulikow, an seinen wilden Flamenco, seinen wilden Monolog, seine wilde Flucht zwischen den Tischen. Mein Gott – Flucht! Der Hauptmann und der finstere junge Bursche hatten von ihm gesprochen.

Ruckartig setzte ich mich im Bett auf. Sie hatten ihn zusammengeschlagen, das konnten sie ebenso gut wie Iljas Handlanger, noch dazu ungestraft. Ich rieb mir das Kinn, das zwar längst verheilt war, sich aber noch gut an den Schmerz erinnerte.

Wo zum Teufel war das Billardzimmer?

Ich hatte nur eine vage Vorstellung von der Lage der Räume im Haus. Im hinteren Teil jedenfalls war ich noch nie gewesen.

Ich zog mich hastig an und schlüpfte aus dem Zimmer – das war kein Problem, ich wurde seit langem nicht mehr eingeschlossen; ich war ein zahmes Opferlamm, das sich mit seinem Schicksal abgefunden hatte. Zehn Minuten irrte ich durch das riesige leere Haus, bis ich, von einem gewaltigen Schnarchen geleitet, fand, was ich suchte. Der vor dem Fernseher schlafende Fleischberg mußte Kapustschak sein.

In die kleine Halle, wo der massige Agent schlief, führten drei Türen, aber nur eine davon war verriegelt. So lautlos wie möglich schob ich den Riegel hoch, betrat das dunkle Billardzimmer und schloß die Tür hinter mir. Ich blieb stehen und wartete, daß meine Augen sich an die Dunkelheit gewöhnten. Aber zum Gewöhnen blieb keine Zeit.

»Wer ist da?« fragte eine gequälte Stimme ganz in der Nähe.

»Oleg!« sprach ich die Stimme an. »Leise, Oleg.«

»Wer ist da? Wer sind Sie?«

»Wo ist hier der Lichtschalter?«

»Rechts von der Tür«, sagte er nach kurzem Schweigen.

Ich tastete nach dem Schalter, und sanftes, gedämpftes Licht erhellte den Raum.

Mitten im Raum standen zwei Tische. Auf dem einen waren mattglänzende Billardkugeln verstreut, auf dem anderen lag ein Mann. Mühsam richtete er sich ein Stück auf und musterte mich gleichgültig.

»Wer sind Sie?« fragte er erneut. »Was wollen Sie? Was denn noch?«

Warum bin ich hergekommen? Ich weiß nicht einmal, was ich ihm sagen soll. Ihn bedauern, Mitgefühl zeigen. Mein Gott, was für ein Schwachsinn! Um Zeit zu gewinnen, ging ich zu dem anderen Tisch, setzte mich darauf und nahm eine Kugel in die Hand.

Nummer drei.

Eine schöne Zahl, aber ich verband nichts damit. Doch das Gefühl der Kugel in der Hand war mir vertraut. Hatte ich etwa schon mal Billard gespielt?

»Was wollen Sie? Was, verdammt?« Mein aufdringliches Erscheinen und mein noch aufdringlicheres Schweigen ärgerten Oleg. »Laßt mich wenigstens nachts zufrieden.«

Seine Stimme war wirklich schön und gut ausgebildet.

»Auf welcher Schauspielschule waren Sie, Oleg?«

»An der Studioschule des Künstlertheaters«, antwortete er mechanisch.

»Ich verstehe vielleicht wenig davon, aber was Sie heute gemacht haben ...«

»Leckt mich doch alle. Bestell diesem Arsch, daß ich auf Schlampen nicht reinfalle. Und wenn sie darauf spekulieren, daß ich einen Bullen mit Silikontitten ficke, dann sollen sie mir nicht so oft in die Eier treten. Kapiert?«

Und ob ich kapiert hatte. »Dieser Arsch« war zweifellos Lapizki, die »Schlampe« war zweifellos ich, wer sonst.

»Ich heiße Anna.«

»Ist mir scheißegal, wie du heißt. Laß mich in Ruhe.«

»Ich habe zwei Menschen getötet.« Ich wußte zwar nichts über diesen mißhandelten Schauspieler, ahnte aber, daß wir etwas gemeinsam hatten.

»Schön für dich«, sagte Oleg gleichgültig, aber seine Augen musterten mich aufmerksam. »Und für mich. Ich werde der dritte sein, oder?«

»Du hast mich falsch verstanden. Sie behaupten, ich hätte zwei Menschen getötet. Und nur deshalb haben sie mich in der Hand. Dich haben sie doch auch in der Hand. Was hast du getan?«

Er setzte sich aufrecht und zog die Beine an. Nun sah er mich offen an.

»Du glaubst mir nicht?« Dumme Frage. Natürlich nicht, warum sollte er auch?

»Ist mir egal.« Er lächelte entwaffnend. »Ist mir egal, ich bin sowieso schon tot.«

»Tot?«

»Klar.« Oleg legte sich wieder auf den Rücken, wühlte in den Taschen seiner Jeans, holte ein zerknittertes, vierfach gefaltetes Blatt Papier hervor und legte es neben sich.

Ich setzte mich auf den Billardtisch, zwischen Olegs Kopf und das Blatt Papier, nahm es vorsichtig in die Hand und faltete es auseinander. Es war der Fahnenabzug einer Zeitungsseite, die unseriöseste Rubrik, die »Aus der Welt der Prominenten«. Die Seite war unvollständig, einige Spalten waren noch leer, aber eine Notiz war mit rotem Marker eingerahmt: »Unfall auf der Leningrader Chaussee«. Der Text verblüffte mich derartig, daß ich ihn mehrmals las.

»Oleg Kulikow, Shootingstar des russischen Theaters, ausgezeichnet mit der ›Goldenen Maske‹, bester junger Schauspieler Moskaus und die Entdeckung der letzten Spielzeit, kam heute nacht bei einem Autounfall auf der Leningrader Chaussee unweit von Chimki ums Leben. Zuletzt arbeitete der Schauspieler an der Rolle des Caligula in einer Inszenierung nach Albert Camus und verhandelte mit einem großen Filmstudio über die Mitwirkung an einer Serie über die Zarendynastie der Romanows. Die Bewunderer seines glänzenden Figaro wird die Nachricht von seinem Tod sicher zutiefst erschüttern. Wie wir von Mitarbeitern der Verkehrspolizei erfuhren, hatte der junge Schauspieler bei überhöhter Geschwindigkeit die Kontrolle über seinen Lada verloren. Die Gedenkfeier ...«

Ich faltete die Zeitungsseite ordentlich zusammen und legte sie auf den Tisch.

»Der Lada ist übrigens völlig unversehrt. Er steht in der Garage«, sagte Oleg melancholisch, ohne mich anzusehen. »Ein Geschenk von Margo.«

»Wer ist Margo?«

»Die beste Frau, die ich je gekannt habe. Die beste Schauspielerin, die ich kenne. Sie war so gut für mich, daß ich sie verlassen mußte.«

Eine alternde Schauspielerin, der Schwarm meiner Kindheit, hatte Lapizki gesagt.

»Und? Hat die Gedenkfeier stattgefunden?«

»Der Mensch ist schwach, er will nun mal nicht sterben, schon gar nicht, wenn man ihm die Hauptrolle in einer Serie anbietet. Also habe ich entschieden, lieber nicht zu rasen, meine Seele nicht Gott zu befehlen, sondern, im Gegenteil, für ein paar Wochen nach Paris zu verschwinden. So etwas ist ganz mein Stil – auf Proben und Vorstellungen pfeifen und einfach abhauen, einfach ins Blaue.«

Er zog aus der anderen Hosentasche ein zweites Blatt Papier und schob es mir hin.

Es war die gleiche Zeitungsseite, aber anstelle der Notiz »Unfall auf der Leningrader Chaussee« enthielt sie eine ganz andere: »Interview an der Gangway«.

»Heute nacht bemerkte unser Korrespondent auf dem Flughafen Scheremetjewo (rein zufällig!) Oleg Kulikow, den Shootingstar der russischen Bühne und Träger des renommierten Theaterpreises ›Goldene Maske‹. Nach seinem glänzenden Debüt in der Titelrolle in ›Figaros Hochzeit‹ wurde er nicht nur zu einer Zierde der Moskauer Theaterlandschaft, sondern auch zum Dauerthema der Klatschpresse. Das ›Enfant terrible‹ der Moskauer Szene kann über einen Mangel an Angeboten von Bühne und Film nicht klagen. Zur Zeit arbeitet der Schauspieler an der Rolle des Caligula für eine Inszenierung nach Albert Camus und entdeckt an sich, wie er unserem Korrespondenten verriet, viele Gemeinsamkeiten mit seinem, gelinde gesagt, nicht gerade positiven Helden. Das Stück wird bereits im April in Moskau auf dem Spielplan stehen und verspricht wieder eine Sensation zu werden. Jetzt fliegt Oleg Kulikow nach Paris (Gerüchten zufolge wird er dort von seiner neuesten Passion erwartet, einer Solistin des Pariser ›Neuen Balletts‹, mit der er im Herbst vorigen Jahres auf einem Empfang der französischen Botschaft gesehen wurde). Wie ernst seine Absichten sind, wollte uns der Schauspieler nicht verraten, aber wir wünschten ihm Erfolg und baldige Rückkehr zu seinen Verehrern.«

»Ist die Ballerina es denn wert?« fragte ich nach kurzem Schweigen.

»Was für eine Ballerina? Ich habe sie nie gesehen.«

»Ich verstehe kein Wort.«

»Was gibt es da zu verstehen? Ich kam von einer Vorstellung, wollte noch zu einer Session und war verdammt spät dran. Ich steige ins Auto, und da werde ich schon erwartet. Ich kriege einen Knebel in den Mund, eine Binde vor die Augen, und ab. Bringen mich zu einer beschissenen Datscha, diese konspirativen Arschlöcher. Mitten in der Nacht kommt dieser Wichser, der heute am Tisch saß, legt mir höflich die beiden Zeitungsartikel hin. In dem einen hab ich also schon den Löffel abgegeben, und in dem anderen bin ich bereits fast in Paris. Entscheide dich, sagen sie zu mir, was dir besser gefällt. Keins von beiden gefällt mir, aber der Nekrolog am allerwenigsten, tut mir leid. Ihnen tut's angeblich auch leid, aber, sagen sie, wir haben keine Wahl, und du auch nicht.«

»Und?«

»Ich habe mich für Paris entschieden, wie du siehst.«

»Was wollen sie von dir?«

»Kulikow, haben sie gesagt, du warst bei der Armee ein

passabler Scharfschütze, deine Kommandeure haben dich sehr gelobt. Und, Kulikow, du bist gut im Bett, Schauspielerinnen in den besten Jahren waren mit dir sehr zufrieden. Und das werden wir auch sein, wenn du für uns einen Mann tötest, bei dessen Geburtstagsfeier du auftreten wirst. Mit deinem Figaro, als Nummer fünf, zwischen einer berühmten Sängerin und einem berühmten Parodisten. Du wirst ihn bei deinem Auftritt erschießen, und wenn du es schaffst abzuhauen, dann hast du Glück: Dann kriegst du Geld, ein offenes Visum in ein Land des Schengener Abkommens und ein Flugticket.«

»Der Koloß, der dich bewacht, schläft. Schnarcht, was das Zeug hält. Ich will versuchen, dich rauszuschleusen.«

»Warum?«

»Weil ich sie auch alle hasse.«

Er nickte mißtrauisch, aber in seinen Augen glomm eine wahnwitzige Hoffnung auf.

He, Hauptmann, du Looser, sie werden dir gewaltig in die Eier treten, wenn ich es schaffe, dem Jungen zu helfen, und ich tue es nicht mal aus Mitgefühl, sondern aus Abscheu gegen dich. Wenn es klappt, dann wirst du degradiert. Dann nehmen sie dir die Dienstwaffe weg und versetzen dich in den Hundezwinger. Da wirst du die Welpen mit Innereien füttern und ab und zu voll ohnmächtiger Wut an mich denken. Daran, daß du zu früh aufgehört hast, mich ernst zu nehmen.

»Komm mit«, sagte ich zu Oleg und sprang vom Tisch.

Der Bewacher in der halbdunklen Halle schlief noch immer, den Kopf in den Nacken geworfen und den Mund weit offen. Als Oleg das Billardzimmer verlassen hatte, legte ich den Riegel wieder vor.

Der Rückweg war leichter, ich fand mich jetzt besser zurecht. Oleg lief hinter mir, die Hände in den Taschen. Er verließ sich auf mich, wie er sich immer auf seine Regisseure verlassen hatte. Das Haus wirkte wie ausgestorben – das schwer bewaffnete und bewachte Fort erwies sich bei genauem Hinsehen als Kartenhaus. Ich erinnerte mich noch gut an die überdachte Galerie, die ursprünglich als Wintergarten geplant war und das Haus mit der Tiefgarage verband – auf diesem Weg war ich hergebracht worden. Jetzt war der Wintergarten dunkel. Die Fenster nahmen die ganze Wand ein, und jenseits dieses Aquariums herrschte stockfinstere Winternacht.

Ein paar Minuten blieben wir neben einem Kübel mit einem Pflanzenskelett stehen. Von hier waren der Hof mit sämtlichen Nebengebäuden und das Tor einzusehen. Vom Tor führte ein Betonweg zur Straße – daran erinnerte ich mich ebenfalls gut. Das Tor ließ sich automatisch öffnen, Fernbedienung und Überwachungskamera befanden sich in einem kleinen Technikraum. Ich hatte nur einmal einen Blick hineingeworfen, aber Vitalik, der die kurzen Wintertage oft dort verbrachte, hatte mich gleich wieder rausgeschmissen. Wenn er nicht hier saß, schlief er den ganzen Tag in seiner Höhle im ersten Stock oder sah sich im Kinderzimmer deutsche Pornos an. Als Kinderzimmer bezeichnete ich einen großen Raum mit fröhlichen himmelblauen Tapeten an den Wänden.

»Warte hier auf mich«, sagte ich zu Oleg. »Versteck dich und warte.«

»Und du?« fragte er mit typisch weiblicher Sorge. Augenblicklich verzieh ich ihm alles auf der Welt – natürlich, ein Schauspieler ist ein weibliches Wesen, was sonst?

»Ich beeil mich. Ich muß das Tor und die Garage abschalten.« Bei der Garage war ich nicht sicher, vermutete aber, daß sie sich ebenfalls automatisch öffnen ließ. Bevor Hauptmann Lapizki dieses Haus zu seinem Wespennest machte, hatte sich jemand hier höchst komfortabel eingerichtet.

Ich ging in den Technikraum. Sollte Vitalik noch dort sitzen, würde mir schon eine plausible Erklärung für mein Eindringen einfallen. Aber er war nicht da – alles lief glatt. Die Fernbedienung war auch kein Problem: Alle Funktionsknöpfe waren gut lesbar beschriftet. Ich schaltete die Garagenverriegelung und die Torsperre aus. Ich wußte, daß sich nun das Tor automatisch öffnen würde, sobald ein Auto vorfuhr – das hatte ich mehrfach vom Fenster aus beobachtet.

Oleg wartete dort, wo ich ihn verlassen hatte: Er saß neben dem Kübel mit dem Pflanzenskelett, die langen Beine ausgestreckt, so daß ich darüber stolperte. Er hatte sich nicht einmal versteckt; vermutlich war ihm alles egal. Oder ihm taten nach der Behandlung durch Lapizkis Jungs die Knochen weh.

»Alles in Ordnung«, beruhigte ich ihn, »wir können.«

Er hob den Kopf, sah mich scharf an, dachte aber nicht daran aufzustehen.

»Steh auf«, trieb ich ihn zur Eile. »Bisher haben wir Glück, aber wer weiß, wie lange noch.«

»Warum tust du das?«

»Für lange Erklärungen ist jetzt keine Zeit, und eine kurze kann ich dir nicht bieten. Komm.« Ich streckte ihm die Hand hin. Seine Hand war kühl und zurückhaltend. Klar, solche Hände gefallen alternden Schauspielerinnen, dachte ich.

Fünf Minuten später öffnete ich die schwere Garagentür.

In der Garage stand Vitaliks kleiner Lada, mit dem ich hergebracht worden war. Der Anblick des Autos munterte Oleg sichtlich auf; nun glaubte er an seine Befreiung. Er hielt noch immer meine Hand – jetzt waren seine Finger heiß, sie strömten dankbare Zärtlichkeit aus.

»Hör mal«, sagte ich besorgt, »wir haben keinen Schlüssel.«

»Kein Problem.« Oleg lächelte gönnerhaft. »Habe ich dir nicht erzählt, daß ich ein versierter Autoknacker bin?«

Er hantierte eine Weile am Schloß und öffnete die Tür.

»Wie hast du das gemacht?«

Er drehte sich um und zeigte mir einen simplen Zahnstocher.

»Toll. Und nun?«

»Der Rest ist ein Kinderspiel.« Er setzte sich ans Steuer und tauchte mit dem Kopf nach unten.

»Ich geh die Tür aufmachen«, sagte ich. »Beeil dich, wir haben nicht viel Zeit.«

»Warte. Komm her.« Er öffnete die Tür und klopfte auf den Beifahrersitz.

Das Armaturenbrett, von Oleg zum Leben erweckt, leuchtete behaglich, und auf einmal begriff ich, daß ich mir nichts sehnlicher wünschte, als zusammen mit ihm dieser Mausefalle zu entkommen. Offenbar hatte der Schauspieler das auch gespürt.

»Komm mit«, flüsterte er jungenhaft hitzig. »Du mußt nicht hierbleiben.

»Nein«, sagte ich und fühlte, daß ich damit alle Brücken abbrach. »Nein. Ich bleibe. Aber du solltest keine Zeit mehr verlieren.«

»Bin ich wirklich ein guter Schauspieler?« fragte er plötzlich.

»Ja, wirklich.«

»Schade, daß du mich nie auf der Bühne gesehen hast. Versprich mir ...«

Ich unterbrach ihn.

»Ja, ich verspreche es dir. Ich verspreche dir alles. Aber jetzt fahr los.«

Er beugte sich zu mir und küßte mich behutsam auf den Mund, so keusch und sanft, daß ich gar nicht auf die Idee kam, den Kuß zu erwidern.

»Ich ... Ich werde dich nie vergessen, Anna. Ich hol dich hier raus«, log er feurig, wohl wissend, daß wir uns nie wiedersehen würden. Auch ich wußte das.

Als ich schon die Tür zuschlagen wollte, war die Garage schlagartig grell erleuchtet: Ein starker Scheinwerfer blendete Oleg und mich. Applaus ertönte, peitschend wie Schüsse.

»Bravo!« sagte Lapizki laut, und seine scharfe Stimme hallte von den Wänden wider. »Bravo! Holt ihn raus, Jungs.«

Zwei Burschen, wie aus dem Nichts aufgetaucht, gingen ohne Eile zum Auto, öffneten die Tür und zerrten Oleg heraus. Er leistete keinen Widerstand. Ich stand noch immer an der Stelle, wo ich mich von Oleg hatte verabschieden wollen, wo ich bedauert hatte, daß ich nicht mitfahren konnte.

»Gute Arbeit, Anna«, sagte der Hauptmann zu mir.

Und bevor ich etwas erwidern konnte, versetzte Oleg mir eine Ohrfeige. Und bevor ich darauf reagieren konnte, stießen die Burschen Oleg zu Boden und traten mit den Füßen auf ihn ein. Eine Weile sah Lapizki, auf der Kühlerhaube sitzend, ihnen mit sichtlichem Vergnügen zu.

»Aufhören!« schrie ich. Meine Wange brannte unerträglich, die Ohrfeige schmerzte wie ein Kainsmal.

»Es reicht«, befahl Lapizki leise, und die Burschen hörten auf. Oleg blieb rücklings auf dem Boden liegen. Entsetzt sah ich Tränen in seinen Augenwinkeln.

Der Hauptmann sprang von der Kühlerhaube, ging zu Oleg und hockte sich neben ihn.

»Niemand darf meine Leute ungestraft schlagen, klar, du Stück Scheiße?«

Oleg wandte mir langsam seinen Kopf zu, der aussah wie der eines exotischen Tieres.

»Miststück!« keuchte er.

Dafür versetzte der Hauptmann ihm einen heftigen Tritt mit der Fußspitze.

»Und beleidigen auch nicht. Ich hab dir doch gesagt, von hier kann man nicht abhauen, jeder Versuch ist zwecklos. Erledige deinen Job, vielleicht bleibst du ja am Leben.«

»Miststück!« sagte Oleg noch einmal und rollte sich zusammen, den Kopf auf den Betonboden gepreßt.

Aber diesmal folgte keine Bestrafung.

Der Hauptmann hatte mich also reingelegt, er wollte mich vernichten, mich vor diesem Jungen demütigen, mich in den Schmutz ziehen. Er wollte mir den letzten Rest menschlichen Mitgefühls, das ich noch besaß, austreiben. Er wollte klarstellen, daß ich nichts wert war, eine käufliche Kreatur. Hätte ich es doch bloß damals geschafft, die Pistole aus der Tasche zu ziehen, hätte ich doch bloß geschossen!

»Du bist ein Arschloch«, sagte ich zu Lapizki.

»Ach ja?« Lapizki grinste; meine ohnmächtige Wut amüsierte ihn. »Überspann den Bogen nicht, Mädchen. Wir beide haben was zu bereden. Komm.«

Er stieß mich zur Tür, die in die überdachte Galerie führte. Ich fügte mich. Alles war aus.

Wortlos erreichten wir mein Zimmer. Ich ignorierte den Hauptmann, legte ich mich aufs Bett und drehte mich zur Wand. Ich wußte, daß er sich in den Sessel setzen und die Beine übereinanderschlagen würde; ich spürte seine selbstsichere Gelassenheit.

Eine Zeitlang schwiegen wir. Die Wut, die mir die Luft genommen hatte, war verraucht, ich empfand nur noch völlige Leere und Apathie.

»Hätte ich gar nicht von dir erwartet, solchen Einsatz«, sagte der Hauptmann schließlich.

»Ach nein?« erwiderte ich dumpf, ohne mich umzudrehen.

»Doch. Natürlich habe ich das erwartet, du hast recht. Sonst wäre ich ja nicht gleich zur Stelle gewesen. Aber du hast nicht erwartet, mich dort zu sehen, stimmt's? Gib's zu, du wolltest ihn rausbringen, um mir eins auszuwischen, oder?«

Ich schwieg.

»Oder weil er dir gefällt? Bestimmt hat er dir eine herzzerreißende Geschichte erzählt, wie er hierher geraten ist.«

Ich schwieg.

»Ist mir im Grunde auch scheißegal. Ich staune über was anderes: Woher dieser Gefühlsausbruch bei einem herzlosen Biest, das sein Leben lang rücksichtslos über Leichen gegangen ist?«

Ich schwieg.

»Schläfst du?« Der Hauptmann ließ nicht locker. »Würde mich nicht wundern, wenn du wirklich eingeschlafen wärst, nach dieser passablen Leistung.«

Seine Art, alles ins Gegenteil zu verkehren, weiß für schwarz auszugeben und umgekehrt, zermürbte mich.

»Nein, ich schlafe nicht.«

»Na prima. Der Junge gefällt dir also, ja? Um so besser, ihr werdet nämlich ein Team sein.«

Nicht wundern, Anna, wundere dich über gar nichts, egal, was er sagt, dreh dich nicht um. Aber ich drehte mich doch um – wieder ein kleiner Triumph für den Hauptmann.

»Ich nehme an, der Theaterfatzke hat dir erzählt, worum es geht?«

»Ja.« Verstellen war zwecklos.

»Er soll einen einflußreichen Typen aus dem Weg räumen. Der Kerl macht uns bescheidenen, ehrlichen Gesetzeshütern schwer zu schaffen. Also: Mensch weg, Problem weg, wie der Vater der Völker uns gelehrt hat.«

»Sie drücken sich sehr bildhaft aus. Aber Schwätzer nehmen gewöhnlich ein schlimmes Ende.«

»Du mußt es ja wissen. Jedenfalls würde ich für diesen Fall auch mehr opfern als einen einzigen Schauspieler, sogar ein ganzes Ensemble.«

»Und was soll ich machen?«

»Dasselbe wie er. Du wirst schießen, und dein Schuß wird der entscheidende sein.«

»Ich werde nicht schießen.«

»Du wirst schießen. Du wirst tun, was ich dir sage. Du hast schon ja gesagt. Sonst – du weißt selber, was dir sonst blüht.«

»Ich kann keinen Menschen töten.«

»Und ob du das kannst, Mädchen. Ich habe dich in Extremsituationen erlebt. Du bist genau das, was wir brauchen: stur, knallhart, klar im Kopf und mit einem Instinkt wie ein Tier. Die Einzelheiten besprechen wir morgen. Jetzt ruh dich erst mal aus.«

Am nächsten Abend war meine erste Probe. Erst sah ich nur zu, wie Oleg, gebrochen und in die Enge getrieben, den Schluß seiner Nummer trainierte, wie er immer wieder den Schokoladenlauf seiner Pistole abbiß, um die echte Pistole zu entblößen. Und wie der finstere Bursche mit dem prallen Hintern, der hinter Lapizki stand, ihn wieder und wieder erschoß. Oleg fehlten jedesmal ein paar Sekunden, um sich in Sicherheit zu bringen: erst sieben, dann fünf, dann drei. Drei unüberwindbare Sekunden, die ihm für ein Flugticket und ein Visum fehlten. Aber was spielt es schon für eine Rolle, wie viele Sekunden vor der Freiheit du erschossen wirst?

Ich hörte, wie Lapizki Oleg verhöhnte, ihn tröstete mit Worten, an die er selbst nicht glaubte: »Keine Angst, Junge, so schnell wie der Bursche hinter mir reagiert in diesem beschissenen Land kein Mensch. Du schaffst es. Du mußt es schaffen.«

Ich wußte bereits, Oleg hatte es angedeutet und Lapizki hatte es mir ausführlich erklärt, daß Zimmer, Flure und Nebenräume in diesem Haus haargenau so angeordnet waren wie dort, wo die Party des »einflußreichen Typen« stattfinden sollte. Vermutlich wurden beide Häuser vom selben Architekten entworfen, nach einem dreimonatigen Praktikum in den Schweizer Alpen. Lapizki hatte mir in seinem Plan die bescheidene Rolle einer Kellnerin zugedacht, die den Gästen das Essen serviert. Auf meine Frage, wie ich denn in den Stab der Bediensteten gelangen sollte, antwortet der Hauptmann: »Man kann sich immer einigen, mit jedem. Du wirst für ein nettes Mädchen einspringen, das krank geworden ist, ganz einfach.«

Am Abend vor dem Einsatz saßen wir in der Halle am Kaminfeuer. Der Hauptmann zeigte uns endlich Fotos von dem Mann, der aus dem Weg geräumt werden sollte. Das harte, ruhige Gesicht, verdorben vom Bewußtsein unumschränkter Macht, sagte mir nichts.

Ich hatte ihn noch nie gesehen, er weckte in mir weder Sympathie noch Mitleid. Um so besser. »Ein ausgesprochenes Schwein«, sagte der Hauptmann, um uns den Mord schmackhaft zu machen, »eiskalt und skrupellos, ein richtiger Krimineller. Die aufsehenerregendsten Morde der letzte Jahre, der zynischste Krieg um Einflußsphären – alles sein Werk. Wenn wir ihn nicht stoppten, könne er jede Menge Unheil anrichten. Unser Auftrag sei also im Grunde eine edle Säuberungsmission.«

Auf einmal wirkten der Hauptmann und der Schauspieler auf mich wie Zwillinge, wie sie so dasaßen, einander ohnmächtig haßten und ins Feuer starrten. Es gab nichts mehr zu bereden; es war Zeit zum Schlafen, aber wir zögerten, auseinanderzugehen.

»Es wird schon, Kinder«, sagte der Hauptmann, und es klang wie eine Beschwörung. »Es ist alles genau berechnet, vertraut mir.«

Er sagte noch etwas zu Oleg, ich glaube, daß die Luke im Küchenboden dort ebenso offen sein würde wie heute hier, daß der Weg durch den stillgelegten Zweig der Kanalisation höchstens zwei Minuten dauern, daß draußen ein Auto mit Schlüssel und Papieren auf ihn warten würde, ein Lada vom gleichen Typ wie sein eigener. Das alles sollte den Schauspieler davon überzeugen, daß alles bis ins Detail durchdacht sei, daß niemand ihn reinlegen wollte.

»Wie besprochen«, verkündete die Stimme des Hauptmanns dann besonders sanft, »tausend Dollar, ein neuer Paß und ein Flugticket. Du suchst dir ein stilles Plätzchen und ziehst dich um. Dein Gepäck ist auch im Auto. Alles, was ein erfolgreicher Junggeselle so braucht: ein Anzug von Versace, einer von Armani. Dein Flug geht um null Uhr fünfzig. Du hast genug Zeit.«

»Wohin fliege ich?« fragte Oleg.

»Wie abgesprochen, nach Paris, in die Hauptstadt der Welt. Ein Konto für dich haben wir auch eröffnet, die Requisiten sind im Anzug.«

»Im Versace oder im Armani?« Oleg lächelte ironisch.

»Weiß ich nicht mehr. Wirst du schon sehen. Schlafen kannst du im Flugzeug, da gibt's Kognak und Champagner; ein tolles Leben. Ich beneide dich, Junge. Ich war noch nie in Paris.«

Oleg schwieg.

Ich erinnerte mich an Lapizkis Worte, die ich zufällig gehört hatte: »Der Junge ist so gut wie tot, das ist klar.« Ich bekam Angst. Ich mußte Oleg sagen, daß das Ganze ein Bluff war, von wegen Paris – aber ich brachte kein Wort heraus.

Lapizki spielte die Rolle der verführerischen Schlange so überzeugend, daß ich auf einmal beinahe selbst an das unerreichbare Paris glaubte und daran, daß die Luke in der Küche offen sein würde. Ob das, was er mir von dem anderen Oleg erzählt hatte, von seinem Freund Oleg Marilow, der vielleicht nur deshalb gestorben war, weil ich überlebt hatte, auch nur überzeugend gespielt war? Ich dachte an das Foto in Lapizkis Wohnung, das Ski-Idyll, die lächelnden jungen Männer – nein, Lapizki hatte die Wahrheit gesagt. Genauso wie eben, als er dem Schauspieler von den Anzügen und dem Koffer erzählt hatte. Was wußte ich schon von Aufrichtigkeit, ich, die das ganze frühere Leben kaltblütig mit fremden Schicksalen gespielt hatte wie mit Bauklötzen? War ich überhaupt zu echten Gefühlen fähig? Der tote Erik störte nicht einmal meinen Schlaf. War der Hauptmann zu echten Gefühlen fähig? Vielleicht sagte er gerade zu einem von seinen Leuten: »Das Weib ist so gut wie tot, das ist klar.« Oder er hatte es schon gesagt. Zu irgend jemandem, der mir in den Nacken atmete.

Ich wälzte mich schlaflos im Bett herum und dachte daran, daß irgendwo nebenan Oleg ebensowenig schlief. Die Nacht vor der Hinrichtung, wenn der Gefangene noch verzweifelt auf Begnadigung hofft.

Interessant: Wer war eigentlich die Frau im Auto, die bei dem Unfall ums Leben kam? Und was würde sie jetzt tun, wenn sie überlebt und das Gedächtnis verloren hätte?

Verdammt, ich hatte vergessen, meine Tablette zu nehmen. Die Tabletten lagen auf dem Tisch, ich nahm eine und hörte ein Rascheln im Flur. Ich lauschte ein paar Sekunden, dann ging ich zur Tür und riß sie auf.

Draußen stand Oleg.

»Kann ich einen Moment reinkommen?« fragte er.

Seit der Ohrfeige in der Garage hatten wir kein Wort mehr miteinander gesprochen, er hatte mich nicht einmal angesehen, nur auf seinem verkrampften Rücken konnte ich deutlich lesen: »Miststück. Käufliches Miststück.«

»Ich kann nicht schlafen.«

»Ich auch nicht.«

»Verzeih mir.« Oleg sprach ungewöhnlich leise, selbst seine trainierte Stimme ließ ihn im Stich, als wollte sie seinen nutzlosen Körper für immer verlassen.

»Was denn?« Ich war aufrichtig erstaunt.

»Damals, in der Garage. Ich glaube dir, daß du mir helfen wolltest.«

»Verzeih du mir auch.«

Nun war er erstaunt.

»Was denn?«

»Na ja, ich weiß nicht ... Die einmal mehr enttäuschte Hoffnung. Ich hätte sie gar nicht erst wecken dürfen. Ich wollte einfach etwas für dich tun. Glaubst du mir das?« Mein Gott, warum war es mir so wichtig, daß er mir glaubte? Warum war es mir so wichtig, daß er mir gerade jetzt glaubte, wo unser Leben, seins und meins, nichts mehr wert war?

»Ja. Ich glaube dir. Aber das ist nun sowieso unwichtig. Hast du was zu rauchen?«

Natürlich – Lapizki versorgte mich aus besonderer Sympathie regelmäßig mit Gitanes.

Ich schüttelte eine Zigarette aus der Schachtel und hielt sie Oleg hin.

»Ich denke, du rauchst nicht?«

»Früher nicht. Wegen der Stimmbänder. Jetzt ist es egal. Ich vermute, ich werde sie nicht mehr brauchen.« Er zog gierig und unbeholfen an der Zigarette.

»Alles wird gut«, sagte ich, nur um irgend etwas zu sagen.

»Natürlich«, erwiderte er, nur um irgend etwas zu sagen.

»Sag mal, warum bist eigentlich mit von der Partie? Sollst du mich, wenn alles erledigt ist, erschießen?« Er wählte seine Worte sorgfältig, er wollte mich mit seiner Frage überrumpeln.

»Nein. Ich nicht. Vielleicht jemand anders.« Auch ich wählte meine Worte mit Bedacht.

»Habe ich eine Chance?«

»Ich denke schon.«

»Na schön, zum Teufel damit, reden wir von etwas anderem. Ich kann sowieso nicht einschlafen.«

Ich schwieg zustimmend. Ja, warum nicht reden? Er setzte sich in einen Sessel – den Lieblingssessel meines Peinigers Lapizki – und zog die Knie ans Kinn. Im hereinfallenden Licht einer einzelnen Außenlampe wirkte er blutjung.

»Hast du jemanden?« fragte er.

»Was meinst du?«

»Irgend jemanden außer dieser Bande.«

»Ich hatte ... Ich hatte jemanden.« Ich dachte an Eriks Körper, der in seinem eigenen Blut in einer fremden Wohnung lag. »Aber er lebt nicht mehr. Er wurde umgebracht.«

»Darum bist du hier?«

»Nein. Ich bin hier, weil ich getötet habe.«

»Ist das nicht furchtbar? Töten, meine ich.«

Ich zuckte die Achseln. Wenn ich das wüßte!

»Ich weiß, was Margo sagen würde, wenn sie mich hier sehen könnte. Wenn sie wüßte, was ich tun werde.«

Margo – diesen Namen habe ich schon einmal gehört. Margo, die Oleg den Lada geschenkt hat. Margo, Lapizkis Kindheitsschwarm.

»Was würde deine Margo denn sagen?«

»Blamier dich nicht, Figaro – das würde sie sagen. Ich war glücklich mit ihr. Warst du mit irgend jemandem glücklich?«

»Ich weiß nicht.«

»Sie hat mich zu dem gemacht, der ich jetzt bin. Sie hat einen Schauspieler aus mir gemacht. Sie war die allerbeste. Ich kannte sie in- und auswendig, ich weiß, wie sie geht, wie sie lächelt, daß sie unablässig raucht und ihre Ringe immer in Aschenbecher legt, um sie leichter wiederzufinden.«

»Wie rührend. Ihr habt euch getrennt?«

»Ja.«

»Weil sie viel älter ist als du?«

»Sie ist fünfundzwanzig Jahre älter als ich«, sagte Oleg herausfordernd, »aber das spielte keine Rolle. Ich wäre mein ganzes Leben bei ihr geblieben, ich hätte gern jeden Tag ihren Schmuck aus Aschenbechern voller Kippen geangelt. Aber sie hat bei mir einfach nicht gefunden, was sie suchte.«

»Was denn?«

»Jemanden, bei dem sie nicht die starke Frau spielen muß. Das war ich nicht. Ich bin gegangen, als ich sie am heftigsten liebte. Warum erzähle ich dir das alles?«

»Ich weiß nicht. Du willst es eben erzählen, darum.«

»Nein.« Er sah mich trotzig an. »Nein, nicht deshalb. Sondern damit du weißt, daß es Dinge gibt, gegen die euer schmutziges Geschäft nicht ankommt. Daß ihr mich zum Mörder macht, ändert gar nichts. Ihr werdet krepieren und ich mit euch, weil ich mich auf eure Bedingungen eingelassen habe, aber Margo wird trotzdem bleiben.«

Oleg krümmte sich und schlug die Hände vors Gesicht.

»Ich hasse mich. Ich hasse mich – dafür, daß ich unbedingt überleben will. Um jeden Preis. Margo hätte sich nie manipulieren lassen. Sie ist stolz wie Maria Stuart. Ich hasse mich.«

»Na, na, beruhige dich. Übermorgen in Paris ist das alles unwichtig. Du wirst schon mit dir ins reine kommen. Alle tun das. Geh schlafen.« Ich konnte ihm unmöglich weiter zuhören, noch einen Augenblick, und ich würde losheulen. »Willst du ein paar Zigaretten?«

»Nicht nötig. Du hast recht. Alle kommen mit sich ins reine. Entschuldige, daß ich dich belästigt habe.«

Er ging und ließ mich allein. Im Auto, kurz vor dem Haus des »einflußreichen Typen« Valentin Kostantinowitsch Koshinow, gab der Hauptmann uns letzte Instruktionen.

»Oleg, du steigst jetzt in ein Taxi um, da drüben.«

Ein paar Dutzend Meter entfernt stand ein harmlos aussehender Wolga mit einem Taxischild auf dem Dach.

»Damit fährst du bis an Ort und Stelle. Dort wirst du erwartet. Es dürfte keine Probleme geben, es kommen lauter berühmte Leute, das Sicherheitspersonal wird dich also nicht durchsuchen. Zumal das Geburtstagskind persönlich den Wunsch geäußert hat, dich im Programm zu haben. Dann machst du alles wie immer. In der Kanone sind drei Patronen, mehr schaffst du sowieso nicht, du feuerst alle ab, auf die Entfernung kannst du ihn nicht verfehlen. Hast du verstanden?«

»Ja.« Der Schauspieler schaute weder mich noch Lapizki an.

»Und keinerlei Improvisation. Alles exakt nach Plan. Wenn du Mist baust, weil du deinen Arsch retten und ungeschoren davonkommen willst – ich kriege dich, das verspreche ich dir. Hast du verstanden?«

Oleg verzog angewidert das Gesicht, öffnete die Tür und sprang aus dem Auto. Ich sah, wie er ins Taxi stieg und das Auto sanft anfuhr. Der Hauptmann blickte ihm gleichmütig nach und drehte sich zu mir um.

»Na, Mädchen, bist du bereit?«

Ich nickte; ich mochte nicht mit ihm reden.

»Du gehst zu Fuß, wie es sich für eine ehrliche arbeitslose Aushilfskraft gehört. Es ist nicht weit. Und wir bleiben an dir dran.«

»Wer?«

»Männer, mit denen nicht zu spaßen ist. Ich denke, ich muß dich nicht extra warnen: Ein Schritt nach links, ein Schritt nach rechts, und du wirst erschossen. Kleiner Scherz. Aber meine Jungs scherzen nicht, denk dran. Du nimmst den Hintereingang, da versammelt sich die ganze Kellnerbande. Der Aufpasser, der für euch zuständig ist, heißt Gerbert Rafailowitsch. Du sagst ihm, du bist Lena Rjabotschitschewa, du vertrittst Marina. Es dürfte keine Fragen geben. Neben der Küche ist eine Kammer, du weißt Bescheid, wie bei uns im Haus. Sie hat Ziegelwände. Du nimmst einen Ziegel raus, den zweiten links von der Tür, in Schulterhöhe. Genau wie …«

»Ich weiß.« Gestern habe ich den ganzen Tag diese Bewegung trainiert, bis sie automatisch ablief: Den Ziegel rausnehmen, den zweiten links von der Tür, in Schulterhöhe.

»Ich weiß, daß du das weißt. Ich wiederhole es für alle

Fälle noch einmal. Da liegt eine Kanone. Der Rest läuft wie besprochen. Die Kanone steckt du in die Kellnerschürze, das Ganze kaschierst du mit einem Tablett. Du gehst auf deine Ausgangsposition. Wenn er die vorletzte Schokoladenpistole ißt, hältst du dich bereit. Anschließend bringst du die Kanone genau so wieder zurück. Am Ausgang wirst du dann erwartet. Noch Fragen?«

»Hat er wirklich keine Chance?« frage ich, die Worte sorgfältig wählend.

»Wer?«

»Oleg.«

»Ich will dir nichts vormachen«, der Hauptmann starrte vor sich hin, »aber wer weiß – Glückspilze wie er haben immer eine Chance.«

Mit Gerbert Rafailowitsch, einem dicken, freundlichen Armenier, ging alles glatt: Die mir unbekannte Marina hatte mich offenbar bestens empfohlen. Der Gutmütige, beinahe operettenhaft wirkende Armenier durchsuchte mich gründlich, kniff mich in den Hintern und schien zufrieden.

»Ich wußte gar nicht, daß unsere Marina eine so bezaubernde Freundin hat. Ich werde sie bitten, öfter krank zu sein. Wie sind Sie hergekommen?«

»Zu Fuß«, platzte ich heraus.

»Ich fahre Sie nach Hause, wenn wir hier fertig sind. Nichts dagegen?«

»Ich wäre Ihnen sehr verbunden.« Ich setzte mein sinnlichstes Lächeln auf – auch so etwas hatte ich also auf Lager.

Die auf der Geburtstagsfeier Versammelten wirkten äußerst respektabel: Smokings, steife Kragen, herbe Düfte teurer Parfüms, die sich in der Luft vermischten; Unmengen von Schmuck, von dem mir die Augen flimmerten – die jungen Begleiterinnen der respektablen Herren übertrieben es ein wenig. An diesen Frauen war beim besten Willen nicht der geringste Makel zu entdecken – so schön konnten nur Geliebte sein, denen man Wohnungen im Stadtzentrum kaufte und mit erlesenen Möbeln einrichtete. Die Schoßmädchen langweilten sich unverhohlen in Gesellschaft ihrer Begleiter, die ausschließlich miteinander redeten und gelegentlich per Handy Anrufe entgegennahmen.

In meiner Serviererinnenverkleidung fühlte ich mich unsichtbar – niemand nahm Notiz von mir. Nur hin und wieder bedachte mich die eine oder andere blutjunge Geliebte eines einflußreichen Mannes, vermutlich eine erst kürzlich für viel Geld erworbene »Miß« irgendeines Schönheitswettbewerbs, mit einem verächtlichen, herablassenden Blick.

Einige Gäste kamen mir vage bekannt vor – aus den Zeitschriften mit Kreuzworträtseln, die Vitalik überall rumliegen ließ. In einer kurzen Atempause trat ich ans Fenster. Der ganze Hof war bereits voller teurer ausländischer Wagen, und es kamen immer neue dazu. Der »einflußreiche Typ« hatte wirklich Format; kein Wunder, daß ich nur eine von dreißig Kellnerinnen war. Die für das Bankett angeheuerten Mädchen waren gerade mit den Vorbereitungen fertig und gönnten sich eine kleine Pause. Ich fühlte mich unter ihnen auf einmal deplaziert, wie ein weißer Rabe. Ich nickte den anderen zu – ich war für sie ohnehin uninteressant: schüchtern und nicht sonderlich geschickt, trug höchstens sechs Teller auf einem Tablett – und schloß die Tür.

Ich vergewisserte mich, daß die Pistole an ihrem Platz lag.

Ich öffnete vorsichtig die Kammertür und wartete, bis der Flur leer war. Figaro war als fünfter dran, ich hatte noch Zeit, ich mußte mich beruhigen und mich zusammenreißen. Ich überlegte, band die Schürze ab, versteckte sie in der Kammer und trug nun nur noch ein kurzes, recht elegantes schwarzes Kleid, das mir Gerbert Rafailowitsch bei meiner Ankunft ausgehändigt hatte. »Alles muß auf höchstem Niveau sein, meine Schöne, so ein Ereignis kommt nur alle fünfzig Jahre; eine Frau muß dem Auge schmeicheln, auch wenn sie ein Ferkel mit Meerrettich serviert.«

Darauf bedacht, den Wachleuten nicht über den Weg zu laufen, ging ich in den anderen Teil des Hauses, in dem die Schauspieler untergebracht waren. Schnell fand ich die improvisierten Garderoben; davor stand eine Schar niedlicher Ballerinen in Ballettschuhen und rauchte.

»Ich will zu Oleg Kurilow, dem Schauspieler.«

»Die vierte Tür«, sagte eins der Mädchen. Offenbar hatte Oleg ihr schon ein unwiderstehliches Lächeln geschenkt.

»Ist es schon soweit?« Sie glaubten augenscheinlich, ich gehörte zum Organisationsstab.

»Nein, nein.«

Mein Figaro saß vorm Spiegel, den Kopf auf den Knien.

»He!« rief ich ihn an.

Er zuckte zusammen, hob den Kopf und wandte sich um. Sein geschminktes Gesicht war unnatürlich schön – die Augen tot, erloschen, der Mund wirkte wie eine offene Wunde.

»Nicht einmal hier kannst du mich in Ruhe lassen!«

»Entschuldige. Ich wollte wissen, wie es dir geht.«

»Alles in Ordnung. Geh.«

»Ja. Gleich.« Jetzt begriff ich selbst, daß mein Besuch eine Dummheit war, aber ich konnte mich von den toten Augen, in denen sich auch mein künftiges Schicksal spiegelte, nicht losreißen.

»Geh«, wiederholte er, und fast im selben Augenblick klopfte jemand kräftig und hartnäckig an die Tür.

»Wer da?« fragte Oleg mechanisch.

»Ich bin's, mein Liebster, Margo!«

Oleg verzerrte das Gesicht wie ein Junge, den die Eltern beim Masturbieren auf der Toilette erwischt haben.

»Augenblick. Ich mache gleich auf.«

Er drehte sich zu mir um und flüsterte hitzig: »Das ist Margo. Ich will nicht, daß sie dich hier sieht.«

»Ihr habt euch doch getrennt ...«

»Ich will es trotzdem nicht. Versteck dich irgendwo.« Sein suchender Blick blieb an einem Kleiderschrank mit Schiebetüren hängen. »Hier.«

»Sei kein Idiot, mach dich nicht zur Witzfigur«, antwortete ich, ebenfalls flüsternd, »wir beide haben kein Verhältnis, wir haben hier einen ernsthaften Job zu erledigen.«

»Wenn du nicht den Mund hältst und tust, was ich sage, dann erschieße ich dich mit der staatseigenen Waffe. Das meine ich ernst, Ehrenwort.«

»Sieht ganz so aus«, sagte ich nüchtern und kroch in den Schrank.

Ich hörte ihn sagen: »Es ist nicht abgeschlossen. Komm rein.«

»Ich renne also wieder einmal offene Türen ein.« Diese Frauenstimme, tief, voluminös, faszinierend, kannte ich, und mein Herz schlug schneller.

Ich kannte diese Stimme, ich kannte sie!

»Na, guten Tag, mein Junge! Ich freue mich, dich zu sehen.«

»Du … Was machst du hier? Hat man dich auch engagiert?«

»Gewissermaßen«, sagte Margo fröhlich. »Du siehst irgendwie elend aus. Schafft deine kleinen Solistin dich so?«

»Welche kleine Solistin?«

»Na, die Französin. Du warst doch in Paris, oder? Ich hab's gelesen. Siehst du, die alte Margo sammelt alles, was man über ihren Jungen schreibt, wie eine alte Tante aus der Provinz.«

Ich mußte sie unbedingt sehen. Auf die Gefahr hin, aus dem Schrank zu fallen, schob ich die Tür ein Stück auf, und durch den schmalen Spalt sah ich einen Teil des Zimmers, Oleg und die Frau, die er Margo nannte.

Natürlich, ich erinnerte mich an sie. Ich wußte nicht mehr, unter welchen Umständen ich dieses Gesicht gesehen hatte, vermutlich in einem schmuddeligen Kino meiner Kindheit, aber ich kannte diese stolze Kopfhaltung, das schwere, ergrauende Haar, das zu färben ihr gar nicht in den Sinn kam, die scharfen Falten um die Mundwinkel, die ihr etwas unerklärlich Reizvolles verliehen, die ausdrucksvollen, mit einem Konturenstift betonten Lippen und die gebieterischen Augen.

»Doch, du siehst irgendwie schlecht aus. Du siehst schlecht aus, und ich bin glücklich. Unanständig glücklich.«

»Kann man denn unanständig glücklich sein?«

»Ja, ja, ja.« Sie lachte volltönend. »Ja! Ich habe ein ganzes Leben hinter mir, aber er ist die lange Suche wert. Als ich noch jung war, hätte ich ihn kaum zu schätzen gewußt. Ich wäre einfach an ihm vorbeigegangen, mein Gott, wie schrecklich, ich wäre auch jetzt um ein Haar an ihm vorbeigegangen. Ich fühle mich wie ein junges Mädchen.«

»Du bist ein junges Mädchen. Höchstens zwanzig.«

»Nanu, hast du dir etwa das Lügen angewöhnt, Junge?«

»Das denke ich wirklich.«

»*Ich bin neunundvierzig*. Und ich werde für immer neunundvierzig bleiben, weil ich mit neunundvierzig ihm begegnet bin. Verstehst du das?«

»Nein.«

»Ich mache dich heute mit ihm bekannt. Er wird dir bestimmt gefallen. Er muß dir einfach gefallen. Er ist genau der Mann, nach dem ich mein ganzes Leben gesucht habe.«

»Der Mann, bei dem du nicht stark sein mußt?«

»Ja, ja, ganz genau! Du wirst ihm auch gefallen.«

»Ich brenne darauf.«

»Ich heirate!«

»Du?! Du warst doch nie verheiratet. Auf die Idee bist du noch nie gekommen.«

»Aber ich liebe ihn, Junge. Ich kann einfach ohne ihn nicht leben.«

»So kenne ich dich ja gar nicht, Margo.«

»Ich mich auch nicht.«

Sie küßte Oleg noch einmal und schlüpfte hinaus. Ich schob leise die Schranktür auf und trat schuldbewußt hinter ihn.

»Das ist Margo. Meine Margo. Sie ist toll, nicht wahr?« Begierig auf meine Bestätigung, vergaß er ganz, daß er mich haßte.

»Ja, sie ist toll. Ich glaube, ich habe sie schon mal gesehen, im Kino oder im Theater.«

»Sie heiratet.« Oleg hörte mir gar nicht zu. »Sie heiratet

einen Mann, den sie liebt. Und ich töte einen Mann, den ich noch nie gesehen habe. Ein hübsches Finale.«

»Alles wird gut.«

»Nichts wird gut, selbst wenn ich es schaffe. Geh jetzt.«

Ich konnte ihm nichts erwidern. Ich verließ das Zimmer und schloß die Tür.

Als ich zurückkam, hatte die Feier bereits angefangen. Gerbert Rafailowitsch empfing mich mit einem tadelnden Zungenschnalzen. »Na, wo treibst du dich denn rum, meine Schöne? Wo ist deine Schürze?«

Bemüht, möglichst elegant die Balance zu halten, betrat ich mit einem Tablett in der Hand den Saal, in dem man leise und taktvoll mit Messern und Gabeln klapperte, und sah ihn – Valentin Koshinow.

Ich erkannte ihn sofort, obwohl die Fotos, die Lapizki uns gezeigt hatte, keineswegs die Stärke und Sicherheit wiedergaben, die dieser Mann ausstrahlte. Sein von Blumenkörben eingerahmter Tisch stand auf einem Podest, und die Blicke aller Anwesenden waren devot auf ihn gerichtet. Hinter ihm, von Blumen halbverdeckt, stand sein Leibwächter – hyperaufmerksam, hypermißtrauisch, hyperunauffällig, ein echter Profi, teuer wie ein Rassepferd. Aber nicht das war es, was mich verblüffte: An Koshinows Tisch, direkt neben ihm, saß Margo.

»Ich liebe ihn, Junge. Ich kann einfach ohne ihn nicht leben.« Das hatte sie in Olegs Garderobe gesagt. Beinahe hätte ich das unselige Tablett fallenlassen. Verdammte Scheiße!

Im dekolletierten Abendkleid, mit nur wenig Schmuck, das schwere Haar lässig zu einem Knoten zusammengebunden, war sie unglaublich schön. Sie war die Allerschönste. Die Begleiterinnen der legalen und illegalen Geschäftsleute, diese extravaganten Mädchen, die geradewegs vom Laufsteg zu kommen schienen, verblaßten neben ihr. Oleg hatte wohl recht: Sie war eine außergewöhnliche Frau.

Es wurden immer mehr Blumen. Auch die Geschenke stapelten sich. Jeder der Anwesenden hielt es für seine

Pflicht, dem Jubilar zu gratulieren, überschlug sich in Segenswünschen und küßte Koshinows Begleiterin die Hand. Neben Margo wirkte das alles unecht und geschmacklos. Alles, bis auf Koshinow. Margos Anwesenheit hier hatte etwas Unnatürliches, aber das schien sie gar nicht zu bemerken. Sie sah nur ihn an. Und sie machte aus ihren Gefühlen keinen Hehl.

Ich dachte: In einer halben Stunde wird er erschossen, und auch ich werde auf den Abzug drücken. Wie wird sie darauf reagieren?

Wie von dichtem Nebel umgeben, zählte ich die Nummern: Gleich beendete die braungebrannte Zigeunersoubrette mit der schmachtenden Stimme ihre Romanzen, die ganz dem Stil von Koshinows Umgebung entsprachen. Der Pas des deux würde nicht mehr stattfinden: Die Ballettpüppchen sollten unmittelbar nach dem Figaro auftreten.

Es war soweit.

Unbemerkt lief ich zur Kammer, tastete nach dem kühlen Ziegelstein und zog die Pistole hervor. Eine solche Pistole hatte ich schon in der Hand gehalten, auf Lapizkis Befehl sogar einige Male damit geschossen. Ich ließ die Waffe in der winzigen Schürzentasche verschwinden, griff mir ein Tablett und kehrte in den Saal zurück. Lapizki wäre mit mir zufrieden gewesen: Nichts Verdächtiges, nur eine übertrieben umsichtige Serviererin, die darauf achtete, daß nie mehr als zwei schmutzige Teller auf einem Tisch standen.

Das Licht im Saal war ausgeschaltet, die Scheinwerfer genauso ausgerichtet wie bei den Proben der Figaro-Nummer. Figaro stand im Lichtkegel.

Ich kannte seine Nummer in- und auswendig, aber er verblüffte mich auch diesmal wieder aufs neue. Ein unpassenderer Text für die im Saal sitzenden großen und kleinen Kriminellen war kaum vorstellbar, aber Figaro verstand es meisterhaft, sein Publikum zu fesseln. In der klingenden Stille näherte er sich dem Tisch, an dem Koshinow und Margo saßen. Mühsam riß ich mich von der Magie seiner

Bewegungen los, schüttelte die Erstarrung ab und stellte mich nüchtern auf die Situation ein.

Ich ging auf meine Position: Hinter einer Säule, neben einer der unauffälligen Türen, die dunkelste Stelle im Saal; hier würde mich niemand bemerken. Figaro war bereits dabei, die Schokolade zu verzehren: Das Rasierzeug, die Pistolen. Es gab Gelächter und Applaus. Aber ich beobachtete nur noch den Leibwächter. Sowie Oleg die Pistole zog, würde er ihn niederschießen wie einen tollwütigen Hund, daran hatte ich keinen Zweifel.

Gleich beißt er den Lauf der letzten Pistole ab – warum hatte ich auf dem Schießstand immer nur Fahrkarten geschossen, verdammt! Der Entschluß kam blitzartig, unabhängig von meinem Willen: Dieser Junge, der mir in der ersten Nacht gesagt hatte, er glaube mir, der mich mitnehmen wollte in die Freiheit – er durfte nicht sterben! Er mußte seinen Flug nach Paris um null Uhr fünfzig schaffen.

Unsere Schüsse ertönten fast gleichzeitig, ich war sogar ein paar Sekunden schneller. Aber ich schoß nicht auf den, auf den ich schießen sollte. Koshinows Leibwächter, der teure Rassehengst, fiel um wie eine Strohpuppe, mit einem Loch im Kopf. Doch vorher verharrte sein Blick auf der Säule, hinter der ich stand, und in seinen Augen blitzte eine vage Ahnung auf. Jetzt hast du eine Chance, Figaro, eine echte Chance! Vier Schüsse fielen. Warum vier, dachte ich stumpfsinnig, Oleg hatte doch nur drei Patronen.

Aber niemand kümmerte sich um den Leibwächter, denn der Boß höchstpersönlich sank nach den vier Schüssen, die anfangs niemand ernst nahm, auf den Tisch und bespritzte das schneeweiße Tischtuch und Margos Kleid mit Blut.

Margo schrie nicht. Ein krampfhaftes, verständnisloses Lächeln verzerrte ihr Gesicht, und ohne auf das dunkle Blut zu achten, das ihr auf Kleid und Gesicht spritzte, beugte sie sich über Koshinow, zärtlich und behutsam, wie über ein krankes Kind.

»Liebster, Liebster, was ist mit dir?« Ihr bittendes Flüstern drang in jede Ecke des riesigen Saales.

Dieses Flüstern einer Verliebten schien Oleg zu lähmen, er verlor wertvolle Sekunden – eine, zwei, drei …

»Margo!« Er dachte gar nicht daran zu fliehen, gebannt von der Frau, die er liebte. »Margo, ich habe das nicht …«

Das waren seine letzten Worte. Dann brach er zusammen, durchlöchert von Kugeln, die aus mehreren Richtungen abgefeuert wurden. Alle waren wieder zu sich gekommen. Frauen kreischten, beherrschte Männer eilten zu Koshinows Tisch.

Du mußt weg, du kannst ihm nicht mehr helfen, du hast getan, was du konntest, Anna.

Möglichst unauffällig verließ ich den Saal, das Tablett, das die Pistole verdeckte, fest an die Brust, die Hand vor den Mund gepreßt: Dem schüchternen Mädchen war beim Anblick des reichlich fließenden Blutes übel geworden.

Ich muß ziemlich echt gewirkt haben, jedenfalls wurde ich von niemandem beachtet oder aufgehalten. Als ich auf dem Flur zum Wirtschaftstrakt eine Schar untätiger Serviererinnen erblickte, stammelte ich: »Da drin … Ein Mord … Der Gastgeber wurde erschossen …«

Die Mädchen stürzten zur Saaltür, die noch immer offen stand. Das gewährte mir Handlungsfreiheit: Sicherheitshalber weiterhin einen Schock imitierend und mich an der Wand abstützend, schlich ich zur Kammer, wo ich wie in Trance die Pistole versteckte, nachdem ich zuvor mit der Servierschürze meine Fingerabdrücke vom Griff gewischt hatte. Kaum hatte ich den Ziegelstein zurückgelegt, stand der massige Gerbert Rafailowitsch in der Tür.

»*Was machst du hier*?« fragte er. Die armenische Gönnerhaftigkeit in Stimme und Haltung waren wie weggeblasen.

»Da drin … Ein Mord …«, versuchte ich mich rauszuwinden.

»Ich weiß. Was machst du hier?«

»Nichts.«

Seine schlagartig kalten und konzentrierten Augen musterten mich.

»Zum Ausgang, schnell«, sagte er gebieterisch. »In fünf Minuten werden alle Türen abgeriegelt.«

»Was?« Ich begriff nicht.

»In vier Minuten. Das Auto wartet um die Ecke, ein Pick-up.«

»Sie?« Ich konnte es nicht glauben. Auch der dicke Empfangschef machte also bei diesem schmutzigen Geschäft mit. »Sie sind auch ...«

»Schnell, meine Schöne!«

Ich fand auf Anhieb die unverschlossene Tür, zu der der Armenier mich geschickt hatte – sie führte auf der Rückseite des Hauses ins Freie. Ich lief bis zur Ecke und stieg in den Lada. Am Steuer saß Vitalik.

Vollkommen ausgelaugt, legte ich mich auf den Rücksitz und verspürte erst jetzt echte Übelkeit. Vitalik fuhr jäh an.

Ein paar Minuten sagte keiner von uns ein Wort.

»Wie ist es gelaufen?« fragte Vitalik schließlich.

»Bestens.« Ich mochte nicht reden.

»Und du hast gesagt, du schaffst es nicht.« Vitalik schwatzte weiter. »Siehst du, die Augen haben Angst, aber die Hände beherrschen ihr Handwerk. Und der Mime? Ist der auch hinüber?«

»Sei still.«

»Okay, bin schon still.«

Er verstummte wirklich, und den Rest der Fahrt schwiegen wir. Ich achtete nicht einmal auf den Weg. Ich wußte, was mich erwartete: Das blöde Haus, Gitter vor den Fenstern, Vitaliks Kreuzworträtsel. Würde ich den Rest meines Lebens in diesem Edelgefängnis mit Kamin dahinvegetieren müssen und es nur gelegentlich zur Königsjagd verlassen?

Ich erwachte von einem heftigen Schlag auf die Wange – so straft man einen Hund für eine Pfütze auf dem Perserteppich. Ich schrie vor Schmerz auf und öffnete die Augen: Lapizki saß im Auto. Er strahlte übers ganze Gesicht, selbst die Falten um die Mundwinkel hatten sich geglättet, und das harte Kinn wirkte weicher.

»Für deine Eigenmächtigkeit«, sagte er mit strenger Stimme, die gar nicht zu seinem Gesichtsausdruck paßte. »Warum hast du den Leibwächter erschossen? Du wolltest den Rotzlöffel retten, ja? Auf wen solltest du schießen?«

»Ist doch egal, sind doch sowieso beide tot.«

»Du bist eine dumme Gans. Sag schon, du wolltest ihn rausholen und ihm beim Abflug zuwinken, oder? Du wolltest ihn retten, ja?«

»Sie haben ihm die Freiheit versprochen. Sie, nicht ich. Was man verspricht, muß man halten, hat man Ihnen das in Ihrer miesen Behörde nicht beigebracht?«

»Du wolltest den Anwalt für mich spielen? Ich brauche keinen. Aber ansonsten hast du dich prima geschlagen, Mäuschen. Ich hab mich in dir nicht geirrt. Ich wußte, daß du so bist.«

»Hör zu, du Stück Scheiße. Du kannst mich benutzen, wie du willst, du kannst mich hinter deinen Scheißgittern einsperren, so lange du willst, aber sag nicht Mäuschen zu mir. Das könnte für dich traurig enden, das verspreche ich dir. Du kennst ja die Liste meiner Verdienste.«

»Ich habe dich absolut richtig eingeschätzt!« sagte der Hauptmann begeistert und ignorierte das »Stück Scheiße«.

Aber seine billige, operettenhafte Begeisterung beeindruckte mich wenig.

»Und noch eins. Nenn mich nie wieder eine Hure. Wenn hier einer eine Hure ist und sich verkauft, dann du. Miese Bullenhure. Ich dagegen werde immer ein freier Mensch sein, egal, wo du mich einsperrst.«

Ich war wirklich frei: Frei von dem sinnlosen Bemühen, mich an meine Vergangenheit zu erinnern, die mich nicht mehr interessierte. Frei von der Suche nach mir selbst – ich hatte mich bereits gefunden, als ich die Ruhe spürte, die mir die Pistole in der Hand verlieh. Erik war tot, Figaro war tot – die einzigen Menschen, für die ich Sympathie gehegt hatte, waren ermordet. Das Wort »Liebe« sagte mir nichts, es war leer, nicht mehr wert als zerknülltes Bonbonpapier. Du wirst in der Hölle schmoren, Anna. Im übrigen hatte ich es damit nicht eilig. Ich wollte noch eine Weile schick leben; Lapizki brauchte ein zynisches Luder wie mich, ich würde also genug zu tun haben. Hier trafen sich unsere Interessen. Ganz vertieft in diese plötzliche Entdeckung meines Ichs, hörte ich gar nicht, was Lapizki zu mir sagte.

»Bild dir nicht zu viel ein, mein Kind. Erinnere dich, wo du herkommst. Ein schäbiger Krankenhauskittel, pürierter Brei zum Frühstück ... Erinnere dich, aus welcher Scheiße ich dich geholt habe! Ohne mich wärst du jetzt bestenfalls in der Klapper, vollgestopft mit Pillen und total weggetreten, ein kostenloser Fick für die Pfleger. Außerdem – du bist selber bei mir angekrochen gekommen, damit ich dich schütze. Ich habe alles für dich getan, aber du hast ein kurzes Gedächtnis ...«

»Ich habe meine Schulden heute beglichen.«

»Du irrst, Kindchen. Es fängt alles erst an. Oder willst du vielleicht aussteigen?«

»Nein«, sagte ich, und mir war klar, wie Lapizki mich köderte: Er ließ mich das Spiel und die Spieler selbst wählen. »Nein, ich möchte nicht abspringen. Ich bleibe.«

Das überraschte selbst den Hauptmann. Er kratzte sich die Nasenwurzel und sah mich fragend an.

»Ich werde mit dir arbeiten. Aber die Regeln bestimme ich. Einverstanden, Hauptmann? Oder nach heute abend schon Major?«

»Mit Beförderungen geizt die Obrigkeit wie zu Kriegsbeginn das Oberkommando mit Medaillen. Dafür muß man sich mächtig krummlegen.«

»Ich muß mich erst wieder in Form bringen. Kannst du mir die Bedingungen dafür schaffen?« fragte ich Lapizki, der noch Mühe hatte, meinen Sinneswandel zu verdauen.

»In Form bringen? Du bist in Höchtsform, Mädchen.« Der Hauptmann betrachtete mich, als sähe er mich zum erstenmal.

»Das weiß ich besser. Ihr wollt für eure schmutzigen Geschäfte doch eine hübsche Stute im Stall, oder?«

»Gut.« Lapizki kapitulierte. »Was brauchst du?«

»Anständige Kosmetik. Vom Feinsten. Die wähle ich am besten selber aus.«

»Sie werden mir den Kopf abreißen. Wir werden vom Staatshaushalt finanziert.«

»Was meinst du«, sagte ich nachdenklich, »wieviel würde wohl eine private Konkurrenzfirma für die Ermordung eines Mannes wie Koshinow zahlen?«

»Aber du hast ihn ja gar nicht getötet!« Der Hauptmann war aufrichtig empört.

»Wer sagt denn, daß ich es nicht war?« Ich verhöhnte ihn unverhohlen. »In Figaros Pistole waren drei Patronen, oder? Das hast du ihm selbst gesagt.«

»Möglich«, erwiderte der Hauptmann langsam, »na und?«

»Aber es waren vier Schüsse! Also war einer davon meiner. Logisch betrachtet.«

»Du hast nicht auf Koshinow geschossen.« Der Hauptmann hieb sich mit der Handkante aufs Knie. »Hast du nicht, gib's zu!«

»Wer weiß, wer weiß? Oder war noch jemand da? Einer, der die Beobachter beobachten sollte, wie? Ein dreifacher Boden?«

»Schlaues Miststück!« Das rutschte ihm unbedacht heraus. »Entschuldige, entschuldige, ich zahle Strafe für den ungebührlichen Ausdruck. Bar.«

»In Valuta bitte. Wohin fahren wir?«

»Ich wollte dir eigentlich vorschlagen ...«

»Etwa ein persönliches Appartement in der Präsidentensuite des ›Metropol‹?«

»Nicht ganz so schick. Ich sag doch, wir leben vom Staatshaushalt. Aber ich habe was Passendes für dich gefunden.«

»Ausgezeichnet.« Unser Gespräch hatte unmerklich einen anderen Charakter angenommen; nun spielte ich die erste Geige.

Vitalik fuhr mit uns durch das nächtliche Moskau, das ich neu entdeckte: Aggressive ausländische Wagen, die unseren vorsintflutlichen Pick-up wild schnitten, Neonreklamen und Fenster, hinter denen sich wunderbares menschliches Leben abspielte. Ich kannte diese Straßen nicht, erinnerte mich nicht an sie, aber dies war die einzige Stadt, in der Anna leben konnte, also mußte ich ihre Wahl akzeptieren.

In einer stillen Moskauer Gasse parkte Vitalik gekonnt den Wagen ein.

»Gefällt mir«, lobte ich den stillen, verschlafenen Hof und das Haus, das Lapizki mir zeigte. »Genau mein Stil.«

Vor der Wohnung Nummer zweiunddreißig im zweiten Stock gab Lapizki mir ein Schlüsselbund. Mühelos schloß ich auf und öffnete die Tür.

»Der Lichtschalter ist rechts«, sagte Lapizki.

Ich schaltete das Licht ein und sah mich eine Weile in der Wohnung um. Lapizki hockte im Flur und beobachtete mich mit halbgeschlossenen Augen heimlich.

»Na?« fragte er.

»Nicht gerade die Welt«, heuchelte ich, denn die saubere Zweizimmerwohnung gefiel mir, »aber für den Anfang geht's.«

»Ich finde, du trägst ein bißchen dick auf.« Das klang fast intim.

»Ich finde, ich komme langsam zu mir. Ich werde so, wie du mich von Anfang an sehen wolltest.«

»Na dann, biet mir einen Tee an, Hausfrau.«

»Hast du was eingekauft?«

»Nicht ich, Vitalik. Unser Kleiner ist sehr häuslich.«

Wir gingen in die Küche. Lapizki hatte nicht gelogen, der Kühlschrank war wirklich voll: ein Topf mit geschmortem Fleisch, diverse Salate mit Mayonnaise, eine Dose roter Kaviar.

»Der Tee ist im Tiefkühlfach«, zeigte sich Lapizki überraschend gut unterrichtet.

Ich öffnete das Kühlfach und entdeckte eine Flasche Wacholderwodka.

»Hör mal, woher weißt du, daß das mein Lieblingswodka ist?«

»Und woher weißt du das?« parierte er. »Na schön, genehmigen wir uns ein Gläschen, dann muß ich wieder los.«

Ich stellte den Topf auf den Tisch und goß den Wodka in dickwandige, kantige Gläser – andere gab es in der Küche nicht.

»Ein Fauxpaus«, tadelte ich Lapizki. »Wenn ich nun hochrangige Gäste empfangen muß?«

»Mußt du nicht«, beruhigte er mich. »Das hier ist deine Höhle, dein Unterschlupf, exterritoriales Gebiet. Hier wirst du dir die Wunden lecken, hierher kommt kein Hurenbock mit erigiertem Schwanz – das ist eine Dienstwohnung. Kapiert?«

»Klar doch.« Ich kippte das halbvolle Glas in einem Zug. »Du bleibst nicht hier?«

Der Hauptmann, der seinen Wodka noch nicht heruntergeschluckt hatte, mußte vor Überraschung ob meiner Dreistigkeit husten.

»Na, du bist gut, Mädchen.«

»Kleiner Scherz.«

»Na schön, Scherz beiseite. Wieviel Geld brauchst du, um dich, wie du sagst, in Form zu bringen?«

»Wieviel kannst du mir denn geben?« fragte ich unschuldig. »Denk dran, ich muß mich auch noch einkleiden.«

»Daß das klar ist: Cardin ist nicht drin. Und Yves Saint Laurent auch nicht.«

»Begnügen wir uns also mit Versace und Armani. Das wolltest du doch für den unglücklichen Oleg besorgen, oder? Sag mal, der Wagen mit den Zündschlüsseln und dem Koffer auf dem Rücksitz – war der wirklich da?«

»Ja.« Der Hauptmann goß Wodka ein. »Man kann im großen einen Haufen zusammenlügen, aber die Kleinigkeiten müssen stimmen. Wir sollten auf ihn trinken. Er war wirklich ein begnadeter Schauspieler.«

Ich dachte an Olegs Körper auf dem Parkettfußboden, aber irgendwie abstrakt, wie an etwas, das nichts mit mir zu tun hatte. Ich dachte an die vor Kummer wahnsinnige Margo, aber auch dabei regte sich in meinem getrübten

Inneren nichts. Trotzdem spürte ich den Geschmack des Wodkas kaum.

»Übrigens, seine Passion war da, diese Schauspielerin. Margo, glaube ich. Ein unglaublicher Zufall: Sie wollte Koshinow heiraten.«

»Herr, deine Wege sind unerforschlich«, schnurrte der Hauptmann und machte sich über das Schmorfleisch her, das er mit den Fingern aus dem Topf fischte. »Ich stelle immer wieder fest: Moskau ist klein. Na, um so besser. Das kommt uns sehr zupaß, sozusagen ein Geschenk des Himmels.«

»Und ob, was Besseres kann man sich gar nicht ausdenken.« Der Hauptmann wühlte so gierig im Topf, das ich Lust bekam, seinem Beispiel zu folgen und auf alle Anstandsregeln zu pfeifen. »Kein spektakulärer Auftragsmord, sondern eine romantische Eifersuchtsgeschichte, ein verhängnisvolles Dreieck: Er, sie und ein Mafioso, der die beiden auseinanderbringt. Er – ein wildes Herz, sie – ein geldgieriges Luder, und der Mafioso liefert die theatralische Kulisse für eine Tragödie. Partner im Leben, Partner im Tod. Ich kann mir lebhaft vorstellen, mit welchen Schlagzeilen die heutigen Zeitungen das servieren werden.«

»Übrigens, was ich dich schon die ganze Zeit fragen wollte: Sagt dir der Name Eva etwas?«

»Im Zusammenhang mit der Urmutter der Menschheit?«

»Im Zusammenhang mit Oleg Marilow. Ein Teil seines Notizbuches, das voller Blut war, konnte rekonstruiert werden. Darin taucht der Name mehrfach auf. Eingerahmt in eine Pyramide mit zwei Skarabäen an den Seiten, im Stil altägyptischer Schriften.«

»Na und?«

»So hat er nur Menschen hervorgehoben, die ihm wichtig waren. Sehr wichtig. Menschen, an die er ständig dachte.«

»Serienmörder, Gewalttäter und sonstige Kriminelle?«

»Nein, dafür hatte er andere Markierungen. Dieser Name hatte nichts mit seiner unmittelbaren Arbeit zu tun. Das wüßte ich.«

«Vielleicht war das die Frau, die im Auto saß und umgekommen ist? Wurde sie eigentlich auch von niemandem identifiziert?«

»Nein.«

»Ist sie beerdigt worden?«

»Sozusagen. In einer Kühlzelle im Leichenschauhaus. Der Fall betrifft einen Kollegen, und wer weiß … Na schön, wenn nicht, dann nicht. Ich muß los. Gute Nacht.«

Lapizki ging, und ich blieb noch einige Minuten an der Tür stehen und lauschte seinen leiser werdenden Schritten auf der Treppe.

Eva, Eva … Nein, der von Skarabäen umrahmte Name in der Pyramide sagte mir nichts. Klang prätentiös und ein wenig unpassend für unser rauhes Klima. So würde ich meine Tochter nie nennen.

Den Luxus, sich eine Familie anzuschaffen oder eine ständige Geliebte, verbot ihm sein enormes Verantwortungsgefühl für andere. Die scharfzüngigen Journalisten, die er aus der ganzen ehemaligen Sowjetunion zusammengeholt hatte, waren eine verschworene Gemeinschaft und vergötterten ihren Chef. Einer von ihnen, ein halbblinder russischer Junge aus der Gegend von Kochtla-Jarwa, der Baltikumkorrespondent des Senders, hatte ihn beim letzten Attentat mit seinem Körper geschützt.

Er besaß bereits jetzt realen Einfluß auf die öffentliche Meinung, das belegten die Einschaltquoten. Für seine Nachrichtenabteilung arbeiteten viele FSB-Mitarbeiter im Ruhestand, er bekam Zugang zu jedem Dokument, das ihn interessierte, aber er spielte keine schmutzigen politischen Spiele. Seine Leute wählte er immer selbst aus, niemand geriet zufällig in sein Imperium.

Tja, resümierte ich mißmutig, als die schlechtgelaunten, unausgeschlafenen Hausmeister bereits erbittert die Straßen fegten, tja ... Ich hasse dich, Michail Jurjewitsch Menschich, Spitzname Fisch, du kannst dir gar nicht vorstellen, wie sehr ich dich hasse!

Der verdammte Lapzki demonstrierte mir wieder einmal, was er von mir hielt. Er drehte mir einen von vornherein aussichtslosen Fall an. Es gab absolut nichts, wo man ansetzen konnte. Deine professionelle Kosmetikausrüstung kannst du dem schwulen Stassik zurückgeben und das Versace-Kleid wieder in den Laden bringen. Vergiß den Kassenbon nicht. Solche Sachen ziehen bei solchen Leuten nicht, Geishas sind nicht ihr Fall, sie stehen mehr auf Konfuzius. Von düsteren Gedanken umgetrieben, lief ich durch die Wohnung und rauchte eine Zigarette nach der anderen. Schließlich gab ich es auf, nach einer Lösung zu suchen, ging, gepeinigt vom Bewußtsein meiner Nutzlosigkeit, ins Bad und nahm Wechselduschen.

Die Lösung kam ganz überraschend, unter einem eiskalten Wasserstrahl. Sie war so simpel und so optimal, daß ich lachen mußte und mir zur Belohnung ein heißes, parfü-

Ihre Sprache, stark und frei, so herb wie die von Babel, beeindruckte mich. Möglicherweise hätte er eine große Zukunft gehabt, aber seine stetige gesellschaftliche Aktivität war ihm im Wege. Ständig kämpfte er für irgend etwas.

Anfang der Neunziger, als das ganze Land im Umbruch war, sicherte er sich als einer der ersten einen einträglichen Claim im Fernsehgeschäft und brachte es dort zu unbestrittenem Erfolg. Er nahm einen Bankkredit auf und richtete ein kleines Fernsehstudio ein, das zur Ausgangsbasis seines Medienimperiums wurde.

Bei all dem war Fisch nie ein Asket gewesen: Er liebte Freunde und lärmende Gesellschaften, schätzte gutes Essen und Trinken und schöne Frauen. Er war nie verheiratet – Ehebruch als Erpressungsgrund fiel also aus. Alle seine Verflossenen hegten nur die besten Erinnerungen an ihn. Er hatte sämtliche Konfliktherde der Welt bereist, wäre in Swasiland um ein Haar erschossen worden und entging in Kroatien nur durch ein Wunder dem Tod. Mit einem Flugzeug seines Senders rettete er alte russische Frauen aus Grosny, und am nächsten Tag traf er sich in Kalkutta mit Mutter Teresa.

Der reinste Jesus-Christ-Superstar, dachte ich angewidert, so viel Glück und läuft frei rum.

Fisch war vielen unbequem und zugleich sehr einflußreich. Viermal wurden Attentate auf ihn verübt, einmal sprang er mit knapper Not dem Tod von der Schippe, nachdem er zehn Meter Darm eingebüßt hatte. Seitdem verzichtete er auf Leibwächter, um niemanden in seiner Umgebung einer Gefahr auszusetzen.

»Eine männliche Entscheidung«, lobte ich laut.

Fisch besaß ein animalisches Gespür, multipliziert mit der perfekten Beherrschung aller Waffengattungen und des Kampfsports, der ihm seinerzeit wieder auf die Beine geholfen hatte. Auch die chinesische Philosophie und das Studium mittelalterlicher Strategen und Giftmischer taten das Ihre: Er war äußerst vorsichtig und zugleich unerschrocken.

»Du hast keine Ahnung. Das Fernsehen ist heutzutage eine reale Macht. In einem Jahr sind Wahlen, wir brauchen diesen Sender, dann können wir den Wahlausgang entscheidend beeinflussen.«

»Räumt ihn doch aus dem Weg, wo ist das Problem?« reagierte ich gleichgültig.

»Nein. Ohne ihn und seinen Ruf als ehrlicher Mann ist der Sender nur noch eine Fiktion, nicht mehr zu gebrauchen. Kurz – ich lasse dir sein Dossier da, das ist alles, was wir zusammentragen konnten. Morgen früh bin ich wieder hier. Ich hoffe, dir fällt was ein, Mädchen.«

Ich saß die ganze Nacht über den Papieren, und je mehr ich mich hineinvertiefte, desto heftiger ärgerte mich dieser Mann, Michail Jurjewitsch Menschich, von seinen Kommilitonen Fisch getauft. (Der Spitzname bedeutete nichts weiter, war aber der Rubrik »Biografisches« beigefügt.)

Michail Menschich wurde in Nowosibirsk geboren und besuchte dort die Mittelschule, in der seine Mutter als Putzfrau arbeitete. Einen Vater hatte er nie gehabt. Mit siebzehn besaß er lediglich eine Goldmedaille für den Schulabschluß. Damit fuhr er zum Moskauer Institut für Internationale Beziehungen, der naive, magere Junge, der als Kind eine schwere Tuberkulose durchgemacht hatte. Wegen seiner Krankheit war er einige Jahre ans Bett gefesselt, deshalb absolvierte er die Prüfungen der achten und neunten Klasse extern. Aber seine Kämpfernatur ließ ihn nicht nur wieder auf die Beine kommen, sondern auch beträchtliche Leistungen in einer fernöstlichen Kampfsportart erzielen. Die Leidenschaft für den Fernen Osten blieb, er befaßte sich ernsthaft mit chinesischer Philosophie und Zen-Buddhismus. Das Institut für Internationale Beziehungen nahm den Sohn einer Putzfrau nicht auf, und er ging an die Journalistiksektion der Moskauer Universität. Offenbar hatte er wirklich Talent, nicht nur journalistisches (flotte Federn gab es wie Sand am Meer), sondern auch schriftstellerisches. Einer von Lapizkis cleveren Jungs hatte sogar ein paar kurze Erzählungen von ihm aufgetrieben.

rendes. Rund um die Uhr Arbeit, sonntags Golf, ein fünftägiger Surfurlaub auf den Seychellen, vom sechsten bis zum elften August.«

»Wie alt ist er?«

»Dreiundvierzig.«

»Ein großer Junge. Und was hält seine Frau von seinem makellosen Ruf?«

»Er ist nicht verheiratet.«

»Eine Geliebte?« Das Spiel machte mir Spaß.

»Eben nicht. Er hat seit Jahren dieselbe Sekretärin, eine richtige Schreckschraube, ein Blaustrumpf, eine Kommilitonin vom Journalistikstudium. Die hübschesten Mädchen haben sich schon bei ihm beworben, mit Computerkenntnissen, meterlangen Beinen und drei Fremdsprachen – vergebens.«

»Ist er etwa schwul?«

»Schön wär's«, seufzte Lapizki. »Dann hätten wir kein Problem. Schwule sind eine wahre Freude. Nein, nichts dergleichen.«

»Hat er einen Hund?«

»Eine scheußliche Promenadenmischung, zehn Jahre alt. An der hängt er genauso wie an seiner Sekretärin.«

»Und wie wählt er seine Mitarbeiter aus?«

»Ausschließlich nach ihrer fachlichen Kompetenz. Er reist persönlich quer durchs Land, holt vielversprechende Journalisten aus der Provinz, bevorzugt Leute, die mit der örtlichen Macht über Kreuz sind. Junge, ehrliche Burschen, die sich durch übertriebenen Gerechtigkeitssinn Beulen geholt haben. Sein Sender hat die besten Nachrichtenteams und die höchsten Einschaltquoten. Unser leidgeprüftes Volk steht nun mal auf Märtyrer, da kann man nichts machen. Noch ein paar Monate, maximal ein halbes Jahr, und er ist ein maßgeblicher Faktor für die Innenpolitik und die öffentliche Meinung im Land.«

»Soll er doch«, sage ich und meinte es auch so. »Wenn er ein ehrlicher Mann ist mit makellosem Ruf, wie du dich ausdrückst.«

den waren, wie sie mit einem Miststück wie mir umzugehen hatten.

Ich brauchte nur den Mund aufzumachen, ihre harten Hände mit den Fingerspitzen zu berühren, meinen perfekt geschminkten Mund zu einem Lächeln zu verziehen, und sie pfiffen auf alle Instruktionen und folgten mir, wohin ich wollte. Nur ins Bett zerrte ich sie nicht, aus Furcht vor Lapizkis Zorn.

Der in der Tat nicht ausblieb.

Lapizki überfiel mich wie immer am späten Abend und ging, ohne mich zu begrüßen, gleich in die Küche. Er streckte die Beine aus, sah mich finster an und fragte: »Was soll das?«

Ich machte ein unschuldiges Gesicht. »Was denn?«

»Glaubst du im Ernst, so viele Profis haben sich einen Monat lang mit dir abgeplagt, damit du allen möglichen Scheiß klaust und auf geschmacklose Weise deine Schatten verführst?«

»Nichtstun verdirbt den Menschen. Haben deine Profis dir das etwa nicht gesagt? Ich hatte es satt, in meinen vier Wänden zu sitzen und Däumchen zu drehen«, sagte ich böse.

»Darum bin ich hier. Der Urlaub ist vorbei, es gibt was zu tun. Ich habe dir Material mitgebracht, das wirst du heute nacht lesen und mir morgen früh deine Überlegungen dazu mitteilen.«

»Ich bin ganz Ohr.« Ich sammelte mich innerlich.

»Es geht um einen gewichtigen Mann, er hat Zugang zu den höchsten Ebenen der Macht – Michail Menschich. Ein Medienmagnat, besitzt einen einflußreichen Privatsender und ein ganzes Netz von Zeitungen, ist passionierter Surfer und Golfspieler, ein Mann mit einem makellosen Ruf.«

»Leute mit makellosem Ruf gibt es nicht, schon gar nicht, wenn sie Zugang zu den höchsten Ebenen der Macht haben.« Das wußte ich aus den schmutzigen Dossiers, die mir Lapizki gebracht hatte.

»Unsere beste Truppe war fast drei Monate lang an ihm dran – ein totaler Reinfall. Absolut nichts Kompromittie-

Tages weniger auf der Hut sein und mich ihm offenbaren würde. Er hatte nichts vergessen und verziehen. Auch ich hatte nichts vergessen und verziehen. Zugleich spürte ich, daß ich niemanden hatte, der mir näherstand als Lapizki. Ich fühlte mich auf sonderbare, beinahe krankhafte Weise zu ihm hingezogen. Körperlich reizte er mich kein bißchen, er war ganz und gar nicht mein Typ: runder Bauernschädel, ein massiges Kinn, zu schwer für den restlichen Körper, insgesamt wenig attraktiv. Dennoch unterdrückte ich nur mühsam das Verlangen, ihn ins Bett zu zerren. Dieses eigenartige Gefühl war kaum Liebe, eher das Gegenteil: Ich mußte ihm einfach alles heimzahlen, ich mußte ihn unterkriegen. Aber er hatte das viel eher begriffen als ich. Seine Besuche wurden seltener, er begnügte sich mit Anrufen.

Nachdem ich Vitalik so geschickt zum Reden gebracht hatte, verschwand er für immer aus meiner Wohnung und mit ihm das Schmorfleisch, die Salate und der Bärlauch. Ich streifte ziellos durch Moskau. Ich genoß zwar völlige Bewegungsfreiheit, bemerkte aber, daß ich beschattet wurde – auch das hatte ich gelernt. Aus Langeweile inszenierte ich für meine Bewacher Shows. Ich ging in schicke Läden und stahl hübsche, teure Kleinigkeiten, die der schlichten männlichen Eitelkeit schmeichelten: Krawatten, Brieftaschen, Zigarettenetuis, Organizer und Tabakspfeifen. Ich wurde nie erwischt, und auch das belegte den Erfolg meiner einmonatigen Ausbildung: Ich verstand es, Menschen einzuwickeln, ihre Wachsamkeit einzuschläfern. Nach derartigen Streifzügen verwischte ich virtuos meine Spuren, um dann an überraschender Stelle auf meine Verfolger zu warten und ihnen mit bezauberndem Lächeln die gestohlenen Souvenirs als Geschenk zu präsentieren. In der Regel reagierten die Burschen furchtbar verlegen, besonders die jungen und nervösen waren wie gelähmt: Sie wußten schließlich genau, woher die Sachen stammten. Meine sorgsam gehegte Kleptomanie verstörte sie, trug aber auf jeden Fall dazu bei, daß wir einander näher kennenlernten. Keiner der Burschen konnte widerstehen, obwohl sie strengstens instruiert wor-

Zweiter Teil
EVA

Ich war allein. Und merkte erst jetzt, wie hungrig ich war. Wieder in der Küche, tat ich es zunächst dem Hauptmann gleich: Ich angelte mit den Fingern die übriggebliebenen Fleischstücke aus dem Topf. Es schmeckte wunderbar, Lapizki hatte nicht übertrieben. Anschließend leckte ich mir, genau wie er, die Finger ab und lachte laut. Nun bist du also zu Hause!

Ich goß mir Wodka ein und machte einen Rundgang durch die Wohnung. Zwei Zimmer, nicht sehr groß, aber gemütlich, die Fenster zum stillen Hof hinaus, wenige, aber solide Möbel: Eine Schrankwand, zwei Sessel, eine Couch, ein kleiner Kassettenrecorder auf einem Tisch, Fernseher und Videorecorder, damit ich mich an langen Winterabenden nicht langweilte. Im Schlafzimmer lediglich ein breites, frisch bezogenes Bett.

Am besten gefiel mir das Bad mit dem Spiegel über die ganze Wand. Ich zog mich nackt aus und betrachtete mich kritisch: Meine Figur war ganz in Ordnung, nur an den Bauchmuskeln mußte ich ein bißchen arbeiten. Um mein Gesicht stand es zugegebenermaßen schlechter. In deinem Alter, Anna, muß man auf sein Gesicht aufpassen wie auf einen jungen Ehemann, am besten, man überläßt das einem Profi.

Apropos – wie alt bist du eigentlich?

Nach kurzem Überlegen entschied ich mich für siebenundzwanzig. Weniger mochte ich mir nicht geben, und die Zahl siebenundzwanzig stellte mich vollauf zufrieden. Die mußte man noch nicht verheimlichen, zugleich verlieh sie jeder Leidenschaft bewußte Reife. Wenn eine Frau mit siebenundzwanzig zu einem Mann sagt: »So toll wie mit dir war es noch mit keinem«, wogen diese Worte mehr als mit zweiundzwanzig und waren glaubwürdiger als mit vierundvierzig. Und daß ich etwas in der Art bei verschiedenen Gelegenheiten würde sagen müssen, stand für mich fest.

Lapizki weckte mich am späten Vormittag. Ich blieb bei dem hartnäckigen Klingeln noch ein paar Minuten liegen, um die Ereignisse der letzten Nacht zu rekapitulieren und zu mir zu kommen.

»Wie spät ist es?« fragte ich, gähnte und ließ ihn herein.

»Halb zwölf.«

Ohne die Schuhe auszuziehen, ging der Hauptmann in die Küche und warf zwei gewichtige Geldbündel auf den noch unabgeräumten Tisch.

»Wie versprochen«, sagte er dazu, »zum Einkleiden und für Schnickschnack. Mit Abrechnung, du schreibst mir eine Liste und legst die Kassenbons bei. Alles klar?«

»Mein Gott, wie irdisch ihr Bullen seid.«

»Sag nicht Bulle zu mir, ich warne dich«, herrschte er mich an.

»Entschuldige.« Ich sollte ihn lieber nicht schon am Morgen so reizen, dachte ich nüchtern. »Ich nehm's zurück.«

Nachdem ich die Tür hinter ihm geschlossen hatte, griff ich mir die Geldbündel und ging mit ihnen ins Bett. Zehntausender, schätzungsweise vierzig, fünfzig Stück pro Bündel, machte also acht bis zehn Millionen Rubel. Gemessen an meinem früheren Leben eine lächerliche Summe. Der Zobelpelz war das einzige, was von Anna vor dem Unfall, von Erik vor seiner Ermordung noch übrig war. Gut, daß dir Erik einfällt, Mädchen. Auch wenn er schon tot ist – er wird dich anleiten, dich durch dein Ich führen. Du mußt nur versuchen, dich daran zu erinnern, was er dir über dich erzählt hat, dann kommt alles wieder ins Lot. Von den Fotos aus meinem früheren Leben kannte ich meinen bevorzugten Stil: Ich brauchte ein bißchen Make-up und für die Haare ein siegesgewisses Blond und eine lässig wirkende Frisur.

Der Farbton des Lippenstifts, den ich schon in Eriks Auto auf dem Pelzmantel bemerkt hatte, sagte mir durchaus zu. Der Rest würde ein gutes Stück Arbeit werden. Ich nahm mir vor, Lapizki zu verblüffen. Und nicht nur ihn. Aber zunächst Lapizki. Da ich mich nun einmal auf das Spiel mit ihm eingelassen und er die erste Partie gewonnen hatte, mußte die zweite an mich gehen.

Eine halbe Stunde später verließ ich das Haus, wohl wissend, daß ich einen langen Tag und ein langen Abend mit mir allein vor mir hatte. Mit einiger Mühe fand ich den gesuchten Lippenstift, der Rest war leichter. In einer extravaganten Boutique erstand ich ein Versace-Kleid (kein Yves Saint Laurent, lautete Lapizkis Anweisung), ein unauffälliges, schwereloses Stück Stoff, das fast die Hälfte meines Geldes verschlang. Die Schuhe waren billiger, und ein Paar würde fürs erste reichen. Keinerlei Klunkern, mir gefiel der Stil der alten Margo: strenge und raffinierte Schlichtheit. Außerdem, wenn eine Frau keinen Schmuck besaß, konnte der Mann, der zwangsläufig früher oder später an ihrer Seite auftauchte, ihr welchen kaufen. Zum Schluß reichte das Geld noch für einen anständigen Friseur. Mit dem in den letzten Monaten nachgewachsenen Haar ließ sich schon wieder einiges anfangen. Ich entschied mich für meinen früheren Stil, also radikales Färben.

Nach Hause kehrte ich zurück, als es bereits dämmerte, und ging schnurstracks ins Bad, vor den großen Spiegel. Die neue Frisur veränderte mich. Ich sah jetzt frischer und hübscher aus. Noch ein bißchen Make-up, und ich wäre wieder die alte.

Ich legte alle Utensilien auf die Konsole vor dem Spiegel und begann mit der magischen Prozedur. Nach einer guten Stunde kam ich zu einem erstaunlichen Schluß: In mir schienen viele Personen zu stecken. Gut verborgen lauerten sie alle in meinem Gesicht, ich konnte ihre angespannten Silhouetten förmlich sehen. Einer unbekannten Kraft gehorchend, zog ich die Augen etwas höher (wie bei Erik), retuschierte die Wangenknochen ein wenig (wie bei Figaro) und betonte die Lippenkonturen (wie bei Margo).

Als der letzte Strich getan war, schaute ich furchtlos in den Spiegel.

Durchaus, durchaus! Noch ein bißchen bezaubernde Biestigkeit in die Augen, und du bist unwiderstehlich. Natürlich war mir klar, daß ein Gesicht allein wertlos war, daß es nach einem Inhalt verlangte wie ein leeres Gefäß nach Wein, aber Steinchen für Steinchen würde die Pyramide sich zusammenfügen.

Die Pyramide und die Skarabäus-Abbildungen. Nein, der Name Eva sagte mir nichts. Was hatte diese Frau auf der Landstraße zu suchen? (Ich war mir sicher, daß sie die Frau im Auto war, eine Frau mit so ungewöhnlichem Namen mußte auf ungewöhnliche Weise sterben.) Und was hatte ich selbst auf der Landstraße zu suchen, im Wagen des zweifelhaften Kriminalisten? Nein, ich wollte nichts wissen. Ich wollte es beim Hier und Heute belassen.

Lapizki stand vor der Tür und rieb sich unbeeindruckt das Kinn. Nicht mal Sekt hat er für seine bezaubernde Kollegin gekauft, dachte ich seufzend.

»Na, wie sieht's aus?« fragte er.

»Urteile selbst.«

»Nicht übel.« Nur einen winzigen Augenblick glomm in seinen Augen echtes Interesse auf, das er aber umgehend löschte. »Hast du die Kassenbons gesammelt?«

»Wie prosaisch! Nein, du hast keine Ahnung, wie man mit Frauen umgeht.«

»Ich hab deinesgleichen schon so zugerichtet gesehen, einschließlich Vergewaltigung, Verstümmelung und Mord mit Küchengeräten, daß mir davon nur noch schlecht wird. Ich bin eigentlich wegen der Bons hier. Hast du die ganze Kohle ausgegeben?«

»Was glaubst du denn? Allein das Kleid hat ein Vermögen gekostet.«

»Das da etwa? Dafür hätte ich keinen lausigen Groschen ausgegeben.«

»Na ja, du bist kein Ästhet und nicht die Wahrheit in letzter Instanz. Wahre Kenner werden es zu schätzen wissen.«

»Das ist noch lange hin. Ich hoffe, das war's jetzt an größeren Investitionen?«

»Ich brauche noch ein anständiges Parfüm.«

»Ja?« Er kratzte sich die Nasenwurzel. »Vielleicht müssen wir uns nicht zu sehr verausgaben? Ich bringe dir was von mir mit.«

»›Rotes Moskau‹, ja? Oder ›Russischer Wald‹?«

»Wieso ›Russischer Wald‹? Ich habe ein gutes französisches Parfüm, riecht ganz passabel. Unisex ist doch jetzt in.«

»Sogar solche Wörter kennst du?« fragte ich erstaunt.

»Hast du das bezweifelt? Na schön, Schluß jetzt mit den Sticheleien. Sagen wir, ich bin angemessen beeindruckt.«

»Ich finde, ich bin für euch ein Geschenk des Himmels.«

»Ich finde, du bist für uns die Katze im Sack«, sagte Lapizki ganz ernst. »Aber mit Katzen fackelt man nicht lange. Sie werden einfach ertränkt, und Schluß.«

»Ist das eine Drohung?«

»Eine Warnung.«

Ich war drauf und dran, ihn ins Gesicht zu schlagen. Meine Lage war unsicher, das rief er mir in Erinnerung und zog zugleich die Zügel straff; das Pferd sollte den Reiter spüren und wissen, daß er ihm jederzeit die Sporen in die Flanken stoßen konnte.

Lapizki riß mich aus meinen unerfreulichen Gedanken.

»Ich hab dir was mitgebracht. Schau bei Gelegenheit mal rein.«

Er förderte aus seinem unglaublich weiten Mantel einen dicken Packen Papiere zutage und gab ihn mir.

»Was ist das?«

»Hochinteressantes Material. Über Leute, die uns interessieren: Politiker, Geschäftsleute, die über die Stränge schlagen, Besitzer von Medienimperien, Börsenspekulanten und anderes Gesindel, das sich als Herr der Welt aufspielt. Liest sich wie ein spannender Frauenroman. Magst du Frauenromane?«

»Für mein Leben gern.«

»Na bestens. Hier ist alles beschrieben: ihre Gewohnheiten, auch üble; die Art, wie sie ihr Kapital anhäufen;

Geldwäschekanäle, sexuelle Vorlieben, Schwächen, Verbindungen und andere kompromittierende Dinge.«

»Und sie alle sollen aus dem Weg geräumt werden?«

»Du spinnst wohl. Diese Leute stehen im Rampenlicht, jeder Anschlag auf sie würde große Erschütterungen auslösen. Wir wollen sie nur an die Kandare nehmen, ihnen ein bißchen die Schwanzfedern stutzen.«

»Hör mal, hast du keine Angst, so ein Material dem erstbesten Weibsstück in die Hand zu geben? Dabei kannst du dir ganz schön die Finger verbrennen.«

»Und du, hast du keine Angst, es zu nehmen? Erstens sind das hier längst nicht alle Personen, die uns interessieren, sondern nur die, auf die wir dich ansetzen können; ziemlich große Fische, aber nicht die größten. Zweitens hängst du schon drin, du bist Teil eines perfekten Organismus, ein Schräubchen, ob du willst oder nicht. Drittens wird dir niemand erlauben, das Material nach eigenem Gutdünken zu benutzen. Viertens ist jeder, der diesen Bericht kennt, eine potentielle Leiche, du hast also Grund genug, dich zu fürchten. Fünftens ...«

»Es reicht. Vier Punkte reichen. Sag mir lieber, wie findest du mich, gefalle ich dir?« Ich hatte mir solche Mühe gegeben, ich wollte, daß irgend jemand das anerkannte.

Aber Lapizki tat es nicht.

»Ich will dich nicht enttäuschen, Mädchen, aber um dein Gesicht muß sich ein professioneller Visagist kümmern.«

»Was willst du denn aus mir machen?«

»Keine Mata Hari, keine Angst. Und auch keine zweite Nikita. Wir spielen hier im Team. Du wirst angeleitet, du bekommst Hilfe, aber einige Dinge wirst du ganz allein tun müssen. Und darauf mußt du vorbereitet sein.«

»Wer bist du, Kostja?«

»Wenn du mir sagst, wer du bist, dann sage ich dir vielleicht, wer ich bin.«

»Gut. Die Kassenbons, brauchst du die wirklich, oder war das auch ein Bluff?«

»Nein, nein, ich brauche sie. Morgen kommt Vitalik dich

abholen. Halt dich um zehn bereit. Ich hoffe, ich habe mich in dir nicht getäuscht.«

Ohne mich abzuschminken, ging ich sofort ins Bett, zu der spannenden Lektüre, die mir der Hauptmann gebracht hatte. Ich las fast die ganze Nacht. Lapizki hatte recht, dieses Material konnte einem in der Tat angst machen.

Die Hauptsache aber war: Die wohlanständige Welt von Politik und Wirtschaft glich einem Straflager für Schwerverbrecher, in dem Wolfsgesetze herrschten. Jeder einzelne Absatz würde ausreichen, den jeweiligen Protagonisten bis ans Ende seiner Tage hinter Gitter zu bringen. Aber alle diese Leute waren frei und machten ungehindert Karriere. Die meisten Namen sagten mir nichts, nur einige kannte ich, hatte sie schon gehört – dann las ich besonders aufmerksam. Die zynischen Finanztransaktionen erschütterten meine Vorstellungskraft. Manipulation der öffentlichen Meinung war ein unerläßliches Attribut jeder erfolgreichen Karriere, Bestechung eine ganz normale, respektable Angelegenheit. Gegen sieben Uhr morgens, als ich die letzte Seite des Berichts umblätterte, fühlte ich mich vollkommen ausgelaugt, als hätte ich die ganze Nacht mit beneidenswertem Eifer eine Jauchegrube leergeschaufelt.

Sie wollten sich ernsthaft um mich kümmern, das begriff ich schon an jenem Morgen, als mich Vitalik zu einem jungen Schwulen brachte. Er hörte auf den Namen Stassik und war der Visagist eines gefragten Männerballetts, das sich ständig im Ausland rumtrieb. Ich fragte mich, was der lebenslustige junge Homo wohl mit den harten Burschen aus Lapizkis Behörde zu tun haben mochte, und vermutete schließlich, daß sie ihn genauso angeworben hatten wie mich, nämlich kompromittierendes Material über ihn gesammelt und ihn in den Morast des FSB gedrängt hatten. Ich war überzeugt, daß Lapizki für die Sicherheit arbeitete. Na ja, der Zweck heiligt die Mittel – nach allem, was ich gelesen hatte, fand ich die Mission des Hauptmanns edel. So edel, daß ich sogar zweifelte, ob ich, das gemeine Miststück, der gerechten Sache würde dienen können, ohne sie zu beschmutzen.

Stassik redete ohne Punkt und Komma, er behandelte mich wie eine alte Bekannte, und nach einer halben Stunde wußte ich Bescheid über die Nachtklubs von Kapstadt, die Pools in den Einzelzimmern der Comodoro-Rivadavia-Hotels und die Haschischpreise in Amsterdam.

Der junge Mann verstand sein Handwerk, das merkte ich auf Anhieb, als er mein Gesicht in die Hände nahm und Lapizki geschäftig fragte: »Für wen soll ich denn das Frauchen zurechtmachen? Für einen Politiker, einen Geschäftsmann, oder, Gott behüte, für einen Kunstschaffenden?«

»Probier mal verschiedene Varianten aus«, entschied Lapizki salomonisch.

»Oho! Eine Mehrzweckbraut!« Stassik sah mich beifällig an. »Na ja, die Larve ist ganz passabel, daraus läßt sich was machen.«

Stassik, der mein Gesicht formte wie nachgiebigen Ton, entwarf tatsächlich drei verschiedene Make-ups, und jedesmal sah mich im Spiegel eine völlig andere Frau an.

Nach vier Stunden wußte ich bereits ein paar grundlegende Dinge: Politiker mochten unaufdringliche Pastelltöne, die patriarchale Verhältnisse und potentielle Treue suggerierten: Ein sanfter, neutraler Lippenstift, keine betonten Konturen, nur ein Hauch Lidschatten, dafür ein guter Puder, der eventuelle Hautunreinheiten verdeckte. Ein sanfter Pfirsichton, kein grelles Rouge, das Gesicht mußte von innen leuchten wie ein chinesischer Papierlampion. Geschäftsleute bevorzugten Frauen mit betonten Jochbeinen und offener, reiner Stirn. Besonderen Wert legten sie auf die Lippen, hier war ein Konturstift unerläßlich. Diejenigen, die Stassik so abfällig als Kunstschaffende bezeichnete, entschieden sich für eine Kombination aus den ersten beiden Varianten, wobei perfekt geschminkte und retuschierte Augen eine wichtige Rolle spielten.

»Kann man das überhaupt lernen?« fragte ich Stassik verzagt.

»Na ja …«, Stassik zögerte und sah Lapizki vielsagend an.

»Die Firma zahlt«, sagte Lapizki mürrisch.

»Das ist nicht nötig, geben Sie mir einfach die Negative, das haben Sie mir doch schon lange versprochen«, sagte Stassik, allen Mut zusammennehmend.

»Fängst du wieder damit an«, tadelte Lapizki ihn zärtlich – offenbar war dieses leidige Thema ein Dauerbrenner zwischen ihnen. »Ich sage dir doch, dir kann nichts passieren, bei mir sind sie so sicher wie auf einer Schweizer Bank. Ich habe kein Interesse daran, dich ans Messer zu liefern. Du bist vollkommen in Sicherheit.«

»Klar. Wie in einem Rudel Wölfe.«

»Wir und Wölfe?« höhnte Lapizki. »Wenn du das Mädchen abgerichtet hast, reden wir noch einmal darüber. Vielleicht …«

»Sie lügen doch. Sie lügen schon wieder.«

»Ich lüge, und das ist mein gutes Recht. Und du hoffe ruhig, das ist dein gutes Recht. Na, was ist, kümmerst du dich um unsere Mehrzweckbraut?«

»Sie knebeln mich schon wieder!«

»Ich sage doch, nimm lieber Geld.«

Stassik willigte ein.

Alle willigten ein.

Die »Geishaschule«, wie ich es nannte, oder »Schule der jungen Kämpfer«, wie Lapizki sagte, bildete einen in den sonderbarsten Disziplinen aus. Von mir wurde weder Initiative noch eine eigene Meinung verlangt. Ich hatte mich nur einem fremden Willen, einem perfekt automatisierten System unterzuordnen. Das Aussehen ist nicht alles, erklärte mir Lapizki, Schönheit ist eine zu verderbliche Ware, als daß man sich darauf verlassen könnte. Zumal für die Leute, deren Dossiers ich gelesen hatte. Sie ließen sich von der Form einer Nase oder der Größe eines Busens kaum beeindrukken – sie konnten jede beliebige Kombination von Augen, Haar und Grübchen kaufen.

Mehrere Wochen wurde ich von professionellen Psychologen trainiert. Ich lernte, mich in Dingen auszukennen, von denen ich bis dahin nichts geahnt hatte. Etwa genauso lange dauerte das Erlernen des Computer-ABCs; das fiel mir schwerer, und ich haßte mich insgeheim für meine Begriffsstutzigkeit. Schließlich beherrschte ich auch das. Eines wunderte mich: Wenn ich dem toten Erik glauben schenken durfte, dann konnte Anna mit einem Computer umgehen – warum also kam ich damit überhaupt nicht zurecht?

In einem Monat lernte ich vieles: blitzschnell mein Verhalten steuern, blitzschnell auf beliebige Stichworte reagieren, Unmengen Wodka trinken, ohne betrunken zu werden, Worte von den Lippen ablesen und sogar unzählige Arten, Liebe zu machen. Eriks Berichte über meine intuitive vulkanartige Sexualität verblaßten neben dem, was meine beiden Instrukteure, ein Junge und ein Mädchen, beide Aspiranten einer medizinischen Hochschule, mir zeigten. Sex war für sie ein Experimentierfeld, gewissenhaft betriebene Forschung. Alexander und Alexandra, so hießen die beiden, hatten die entlegensten Winkel der Welt bereist, von Tibet bis Nord- und Südamerika, und zwar zu einem einzigen Zweck: um die Erlangung höchsten sexuellen Genusses zu erforschen. Das Kamasutra und die chinesischen erotischen Traktate waren für sie hoffnungslos veraltete Dogmen. Auf denselben Müllhaufen warfen sie die schüchternen Ausschweifungen der japanischen und thailändischen Sextradition. Weit mehr reizten sie die Spiele und Vergnügungen der Indianerstämme, besonders der Shushwap und der Cœur d'Alene. Dort hatte das süße Pärchen gelernt, sich gegenseitig in höchste sexuelle Ekstase zu versetzen und einander ungeahnte Empfindungen zu bescheren. Die beiden Instrukteure machten aus mir eine höllische Sexmaschine, die vorerst friedlich in der Garage stand.

Im Gebrauch von Giften, im Messerwerfen oder in der Kunst, mit jeder Kugel ins Schwarze zu treffen, wurde ich nicht unterwiesen, dafür las ich eine Menge Literatur zur Politologie, Psychologie und angrenzenden Disziplinen.

Die Flut von Informationen und der tägliche Drill – ohne einen einzigen freien Tag – ermüdeten mich wahnsinnig, ich sank abends wie tot ins Bett und mochte morgens nicht aufstehen. Vitalik, der mich die ganze Zeit bemutterte, mußte sich sogar einen Schlüssel für mein Zimmer besorgen und mich mit einem Schwall kalten Wassers wecken.

Im April war die Ausbildung beendet. Hauptmann Lapizki verkündete, den runden Kopf respektvoll nach rechts geneigt: »Morgen ruhst du dich aus, Mädchen. Du machst einen kurzen, wohlverdienten Urlaub. Du bist fertig.«

»Was soll ich tun?«

»Warten.«

»Wie lange?«

»Ich denke, nicht sehr lange.«

Aus lauter Langeweile machte ich Vitalik, der auf mich aufpassen sollte, betrunken und bearbeitete ihn einen halben Tag lang intensiv, bis er bereit gewesen wäre, mir überallhin zu folgen. Auf sexuelle Attacken allerdings verzichtete ich, denn dafür hätte ich zweifellos gewaltigen Ärger mit meinem unmittelbaren Vorgesetzten bekommen. Von Vitalik erfuhr ich einiges über Lapizki: Er war seinerzeit bei der Miliz entlassen worden, und zwar mit der nebulösen Begründung »Verstoß gegen das Dienstreglement«. Dahinter verbarg sich eine aufschlußreiche Geschichte: Lapizki wurde bei Verhören nie handgreiflich, brach niemandem die Rippen und schlug niemandem die Nieren kaputt, aber seine raffinierten psychologischen Fallen und seine Leidenschaft für Inszenierungen trieben drei Verdächtige in den Selbstmord. Einer davon wurde nachträglich von jedem Verdacht freigesprochen – er war unschuldig. Obgleich er selbst – dank Lapizkis Bemühungen – überzeugt war, an zwei vorsätzlichen Morden beteiligt gewesen zu sein, und bevor er sich erhängte, einen reumütigen Brief schrieb, in dem er alle Schuld auf sich nahm. Der Hauptmann hatte praktisch keine Frauengeschichten, er war verheiratet gewesen, aber seine Frau war unter ungeklärten Umständen ums Leben gekommen. Man munkelte, er selbst habe dabei die Hand im Spiel gehabt. Er hatte nur eine einzige Schwäche, von der ich bereits wußte: Skilaufen. Er wählte gezielt lebensgefährliche Abfahrtsstrecken, die er stets unversehrt bewältigte. Von Vitalik erfuhr ich auch ein weiteres Detail, das mich interessierte: Major Marilow war tatsächlich Lapizkis Freund gewesen, mehr noch – sein einziger Freund. Ich bewunderte Marilows Mut. Vitalik erzählte mir nämlich, daß der Hauptmann von seinen Untergebenen insgeheim als Aussätziger betrachtet wurde: Die wenigen, die so kühn waren, in die morastige Seele des Hauptmanns einzudringen, starben früher oder später. Der Hauptmann war von verbrannter Erde umgeben. Und weil er alles entbehrte, was den Sinn jedes menschlichen Lebens ausmacht, diente er so fanatisch einer Idee. Sein beinahe demütigender Rang entsprach in keiner Weise der Rolle, die er bei vielen wirklich bedeutenden Operationen spielte. Übrigens hatte Hauptmann Lapizki bei aller Gerissenheit und Nüchternheit etwas Kindlich-Hilfloses. Ich dachte an die gräßliche Geschichte auf der Datscha von Kudrjawzew und die anschließende Szene in der Aufnahmestation der Klinik: Damals hatte Lapizki keineswegs wie eine perfekte Maschine gewirkt. Manchmal versagte selbst er. Mir kam plötzlich in den Sinn, daß ich dem Hauptmann von Anfang an sehr gelegen gekommen war: Eine anrüchige, blutbesudelte Vergangenheit, bestens geeignet für Erpressungen; totale Amnesie, die leicht zu manipulieren war; die äußerst passende Gesichtsoperation, die mich für jeden, der mich früher gekannt hatte, unidentifizierbar machte. Physisch gebrochen, in einem jämmerlichen Krankenhauskittel, eine Reihe von Morden am Hals – ein wunderbar formbares Material! Ja, er brauchte mich für seine ehrgeizigen Säuberungsspiele, sonst hätte er mich einfach zerquetscht wie ein Insekt; schließlich war Oleg Marilow sein einziger Freund gewesen. Und er glaubte noch immer nicht, daß ich nichts mit Marilows Tod zu tun hatte, er wartete lediglich, bis ich eines

miertes Bad einließ – zum Teufel mit den spartanischen Wechselduschen! In der Wanne dachte ich über meine Idee nach und befand, sie sei das einzig Richtige, auch wenn sie mir einige Opfer abverlangte.

Noch nie hatte ich den Hauptmann so ungeduldig erwartet. Um mir die dahinschleichende Zeit zu vertreiben, las ich das Dossier noch ein paarmal und unterstrich wichtige Stellen.

Als Lapizki endlich erschien, war ich bestens gerüstet. Ich begrüßte ihn ohne mein übliches laszives Lächeln, das ihn ärgerte und das ich nur deshalb aufsetzte, und lud ihn ein, mit mir zu frühstücken.

»Danke, ich habe spät zu Abend gegessen«, lehnte der Hauptmann bescheiden ab und sah mich erwartungsvoll an. »Na, hast du alles studiert?«

»Ich glaube, du willst mich in die Pfanne hauen.«

»Was bleibt mir übrig?« Er lächelte zufrieden. Ich hatte recht, es machte ihm tatsächlich Spaß, mich in den Dreck zu ziehen. »Wenn sie nun schon mal auf dem Feuer steht.«

»Du weißt doch, Gerechte lösen bei schwarzen Schafen wie mir heftige Abneigung aus. Im übrigen ist Michail Menschich genau der Mann, nach dem ich mein Leben lang gesucht habe.«

»Wer weiß, vielleicht bist du ihm früher schon begegnet ...«

»Nach dem ich mein Leben lang gesucht habe, um zu beweisen, daß er keineswegs so edel ist, wie ihn deine Jungs darstellen.«

»Du glaubst, das schaffst du?« Lapizki sah mich interessiert an.

»Ich habe da eine Idee. Ich denke, man könnte sie ausprobieren, vorausgesetzt, du hast keine Angst vor Blut.«

Lapizki verzog das Gesicht, als hätte er Zahnschmerzen.

»Ich hab dir doch gesagt, wir dürfen ihn nicht anrühren. Hast du das denn nicht begriffen?«

»Du hast nicht begriffen. Ich rede von meinem Blut.«

»Was soll der Schwachsinn?« Das Gesicht des Hauptmann spiegelte totales Unverständnis. »Wieso dein Blut?«

»Ich würde es dir gern erklären, aber laß mich bitte ausreden.«

»Ich höre.«

»Also, nach dem, was ich gelesen habe, ist eins klar: Die Frauen-Variante kommt nicht in Frage. Weder eine triviale Hure noch eine erfolgreiche Schönheit mit Harvarddiplom. Das können wir gleich ad acta legen.«

»Der Kerl ist unglaublich vorsichtig.«

»Und als Journalistin?« testete ich Lapizki.

»Aussichtslos. Du hast doch gelesen, er wählt seine Leute selbst aus.«

»Ja. Ich weiß. Ehrlichkeit und Unbestechlichkeit, außerdem Kampf gegen die Ungerechtigkeit, das hat er sich auf seine Fahne geschrieben.«

»So ist es, leider.«

»Das heißt, man muß ihm einen ehrlichen, unbestechlichen Journalisten unterjubeln, einen Mann, der über Informationen verfügt, aus denen er eine Sensation machen kann.«

»Und wie stellst du dir das vor? Angenommen, wir schicken jemanden mit einer Ente zu ihm – er ist Profi, das merkt er doch sofort.«

»Die Information muß echt sein. Echt und wichtig. Könnt ihr für ein großes Ziel nicht ein paar Hofgeheimnisse opfern?«

In Lapizkis Augen blitzte Interesse auf.

»Angenommen, wir verfügen über derartige Informationen ...«

»Das ist doch ganz simpel!« fiel ich ihm ins Wort. »Ihr habt garantiert belastendes Material über irgendwen, auf den ihr verzichten könnt. Oder über eine Gruppe von Leuten. Also, das liefert ihr Fisch und schlagt so zwei Fliegen mit einer Klappe.«

»Und dann?«

»Und dann«, ich beobachtete Lapizki aufmerksam, »schickt ihr in die uneinnehmbare Festung ein trojanisches Pferd mit den brisanten Informationen.«

»Ich sehe keinen Zusammenhang.«

»Ihr schickt einen Journalisten mit dem Material, und zwar nicht zu seinem Sender, sondern direkt zu ihm. Und dieser Journalist, das heißt diese Journalistin könnte durchaus ich sein.«

»Und was meinst du mit deinem Blut?«

»Wir brauchen eine schöne, romantische Legende, die er unbesehen schluckt. Er liebt schöne Legenden, das zeigt sein monumentales Image. Er wird darauf reinfallen wie ein kleiner Junge. Und nichts ist romantischer als eine verletzte Frau, die Hilfe braucht.«

»Ich verstehe nicht ... Willst du etwa eine Verletzung simulieren? Das durchschaut er doch im Nu, er hat zwei Monate in Jugoslawien im Feldlazarett gearbeitet.«

»Eben, die Verletzung muß echt sein, sonst lohnt der Einsatz nicht.«

»Ich verstehe nicht.« Lapizki starrte mich mit weit aufgerissenen Augen an, als sähe er mich zum erstenmal. »Heißt das, du willst *wirklich echt verletzt werden*?!«

»Genau.« Ich schenkte Lapizki ein bezauberndes Lächeln. »Natürlich keine Bauch- oder Kopfwunde, Gott bewahre! Aber die Verletzung muß ernst sein.«

»Du willst dich wirklich echt verletzen lassen?«

»Nicht nur das. Auch echt zusammenschlagen.«

Es trat eine lange Pause ein. So lang, daß mir Zweifel kamen: Vielleicht redest du Blödsinn, und gleich nimmt er diesen Blödsinn auseinander wie ein Spielzeugauto?

»Du bist verrückt«, sagte der Hauptmann schließlich, »du bist einfach verrückt.«

»Genauso verrückt wie du. Du solltest meine Idee nicht gleich verwerfen. Zumal du selber keine hast, wenn ich das richtig sehe.«

»Du bist bereit, dich zu opfern?«

»Du sollst mich ja nicht abknallen wie einen tollwütigen Hund. Nur eine kleine Inszenierung, so realistisch wie möglich.«

»Ich muß darüber nachdenken.« Der Hauptmann gab allmählich nach.

»Wir müssen zusammen darüber nachdenken. Die Details können noch ausgefeilt werden, aber das grobe Schema sieht folgendermaßen aus: Wir werden aus mir keine heroische Persönlichkeit machen, die kann man in diesem Land an den Fingern abzählen, außerdem bin ich dafür objektiv ungeeignet. Eine schwache Frau, die den äußeren Umständen trotzt, das genügt vollkommen. Eine schwache Frau, die über einigermaßen lebensgefährliche Informationen verfügt. Eine schwache Frau, die so unbequem ist, daß man sie umbringen will. Ich habe das Dossier gelesen – einigen seiner besten Journalisten hat er das Leben gerettet. Warum nicht auch mir? Verstehst du die Strategie?«

»Ja, ich verstehe. Aber ich halte das nicht für die beste Variante«, sagte der Hauptmann bedächtig, doch an seiner konzentrierten Haltung sah ich, daß er bereits mit der Idee spielte.

Nach einigen Tagen stand der Plan, weitere zwei Wochen erforderten die Ausarbeitung der Details und die Beschaffung der notwendigen Information und der notwendigen Personen. Die endgültige Version sah folgendermaßen aus: In der Stadt X stößt ein Journalist ganz zufällig auf einen großangelegten Deal, bei dem es um den Verkauf von neuester Militärtechnik in Länder der Dritten Welt geht. Beteiligt daran sind hohe Staatsbeamte, die Spuren führen nach Moskau, nach ganz oben. Der übereifrige Journalist wird selbstverständlich aus dem Weg geräumt (Dokumente anbei). Als er spürt, daß sein Leben in Gefahr ist, übergibt er das gesammelte Material seiner Mitstreiterin und Moskauer Geliebten – hier komme ich ins Spiel. Ich werde gejagt und beschließe, mich an den einzigen Menschen zu wenden, der das Material irgendwie in Umlauf bringen kann – an Michail Menschich.

Bei der weiteren Konkretisierung gab es noch einige wesentliche Korrekturen: Erstens konnte ich keine Journalistin sein – ich besaß keinerlei journalistische Ausbildung, und das hätte der gewiefte Fisch sofort herausgefunden. Ich wurde eine bescheidene Sekretärin in einem kleinen Reisebüro. Zweitens wurde die Rolle der Geliebten gestrichen, denn ich hatte ja vor, früher oder später in Fischs Bett zu landen, und von einem Bett ins andere zu hüpfen war geschmacklos, das hätte Fisch nicht gutgeheißen. Ansonsten blieb es bei dem Entwurf, der nun mit neuen und vor allem echten Details ausgestattet wurde.

Lapizki stürzte sich mit Feuereifer in das Spiel; er opferte tatsächlich eine ganz echte Geschichte über Waffenlieferungen ins Ausland. Lapizkis Behörde verfolgte die Kanäle dieser Lieferungen seit langem, die Verdächtigen waren bekannt – dieser Teil des Plans war also sicher. Ganz intuitiv hatte ich ins Schwarze getroffen: Einer der Hauptbeteiligten des Deals gewann immer größeres politisches Gewicht, was eine Ermittlung gegen ihn nahezu ausschloß. Seine dunklen Geschäfte und sein Geld auf Konten einer großen Schweizer Bank aber interessierten die Leute, die hinter Lapizki standen, seit langem.

Die Vorbereitung des praktischen Teils der Operation nahm weitere Zeit in Anspruch.

In der Stadt X wurde tatsächlich ein passender Journalist gefunden, Jegor Samarin. Er hatte viele Jahre über Militärthemen geschrieben und sogar einige lose Fäden des Waffengeschäfts aufgespürt. Doch nach einem Schädeltrauma und drei gebrochenen Rippen hielt er es für besser, das heiße Eisen fallenzulassen; sein Leben war ihm wichtiger als journalistische Kompromißlosigkeit. Dieser Jegor, der inzwischen friedlich in der Lokalzeitung »Zweite Hand« arbeitete, sollte nun dem Vergessen entrissen werden und in dem Spiel als Bauer agieren.

Als ich für die Operation gerüstet war, kam Jegor auf Einladung eines großen Verlages (er schrieb heimlich ganz gute Gedichte und wollte einen kleinen Sammelband mit dem Titel »Auf der Schwelle zur Ewigkeit« veröffentlichen) nach Moskau und wurde in seinem Zimmer im Hotel »Goldene Ähre« durch zwei Kopfschüsse getötet.

»Na, bist du bereit, Mädchen?« fragte Lapizki.

»Ja.« Ich war wirklich bereit. Ich war ganz die kleine

Sekretärin, die zufällig in den Strudel großer Ereignisse gerät: Ein einfaches, anständiges Kostüm, im Schlußverkauf preiswert erworben, nicht sehr teure Unterwäsche, bequeme Schuhe mit flachen Absätzen, das Haar zu einem Pferdeschwanz zusammengebunden – eine der Millionen Frauen, die erfolglos versuchen, in die Mittelklasse aufzusteigen.

»Du bist die geborene Schauspielerin«, sagte der Hauptmann begeistert, als ich vor ihm auf und ab lief wie auf dem Laufsteg einer Vorführung von Hausfrauenmode in der tiefsten Provinz. »Keiner wird auf die Idee kommen, dir nachzulaufen.«

»Das erste Kompliment, das ich verdient habe«, erwiderte ich zufrieden. »Gefalle ich dir?«

»Umwerfend durchschnittlich! Aber mit Charakter, so eine gibt, wenn es sein muß, alles auf und geht aufs Ganze.«

Nun stand mir der unangenehmste Teil des von mir und Lapizki entworfenen Plans bevor.

Der gut durchdachten Legende zufolge war Jegor Samarin nach Moskau gekommen, um Kontakt zu Menschich aufzunehmen. Er hatte das Material über die Waffenlieferungen bei sich, in dem die Namen der Leute genannt wurden, die das Geschäft in X steuerten, und aus dem indirekt hervorging, wer ihre Moskauer Gewährsleute waren. Die Papiere waren von tödlicher Brisanz und bedeuteten, sollten sie Fisch in die Hände geraten, praktisch das Aus für die politische Karriere des ministeriellen Schirmherrn des Waffengeschäfts.

Der Legende zufolge übernachtete Jegor Samarin normalerweise bei seiner Bekannten, einer bescheidenen Sekretärin, die er einige Jahre zuvor im Hochgebirgsstadion Medeo bei Almaty kennengelernt hatte. Diesmal aber, aus Angst um sein und ihr Leben, zog er lieber ins Hotel »Goldene Ähre«. Dorthin bestellte er auch seine Freundin, als er befürchtete, daß er möglicherweise beschattet wurde. Jegor kannte in Moskau einige Journalisten, aber er vertraute keinem von ihnen. Weit mehr Vertrauen hatte er zu Menschich; er trug sämtliche Telefonnummern von ihm bei sich: Dienst-, Privat- und Handynummer.

Da er sich der Gefährlichkeit des Materials bewußt war, übergab er es zur Aufbewahrung sofort der bescheidenen Sekretärin, in deren Rolle ich debütieren sollte.

Der Höhepunkt ereignete sich eine halbe Stunde nach dem angeblichen Besuch der Pseudosekretärin im Hotel. Als ich Lapizki meine Verwandlungsfähigkeit demonstrierte, lag Jegor Samarin bereits mit zwei Schußwunden im Kopf auf dem Boden seines Hotelzimmers und ein Ermittlungsteam befaßte sich mit der Leiche.

Zerstreut hörte ich mir Lapizkis letzte Instruktionen an, die ich nicht mehr benötigte, und ebenso zerstreut dachte ich an den mir unbekannten Jegor Samarin. Die Fotos, die Lapizki besorgt hatte, zeigten einen Mann mit provinziellem Haarschopf und weichem Kinn. Ein typischer Durchschnittsbürger, ganz offensichtlich zur falschen Zeit und am falschen Ort geboren. Merkwürdig, daß er sich mit Militärthemen beschäftigt hatte. Bereits am Abend zuvor hatte ich, im Bett liegend und meinen geliebten Wacholderwodka trinkend, Jegors Fotos betrachtet. Und dabei träge an den Zug aus X gedacht, in dessen drittem Wagen er nun unterwegs war nach Moskau, seinem Tod entgegen, der gute Dichter und schlechte Journalist Jegor Samarin. Er ist voller rosiger Hoffnungen, denn er wird sein erstes Buch veröffentlichen; er hat mit seinen Abteilgefährten billigen dagestanischen Kognak aus dem Bahnhofskiosk getrunken, steht im Vorraum des Waggons und raucht seine geliebten bulgarischen Rhodopi, die alle seine zufälligen Geliebten verabscheuen. Und blickt hinaus in die dunkle, vielversprechende Nacht.

»Dabei bist du schon erledigt, Junge«, sagte ich laut und schnippte mit dem Finger gegen Samarins Foto.

Gute Nacht, Anna.

Doch trotz allem konnte ich bis zum Morgen nicht einschlafen. Irgend etwas tief in meinem Innern, ein Rest von Menschlichkeit, protestierte dumpf und verzweifelt gegen diesen Lauf der Dinge. Als ich Lapizki die Idee mit der falschen Journalistin, mit einer getürkten Biografie unterbreitete, hatte ich nicht geahnt, daß sie das Schicksal realer Menschen beeinflussen, daß jemand sterben würde, nur weil ich unbedingt mit meiner ganzen Umwelt die Kräfte messen wollte.

Ich sank für eine halbe Stunde in Schlaf und erwachte mit einer wahnwitzigen Idee: Ich könnte zum Bahnhof fahren, Samarin abfangen, solange er noch lebte, und versuchen, ihn zu retten.

Aber das war unmöglich. Das Rad drehte sich bereits. Du bist keine Lebensretterin, Anna, komm zu dir und beruhige dich.

Ich beruhigte mich. Ich kam zu mir. So sehr, daß ich nun, als Lapizki vor mir stand, lässig auf seine Witzchen einstieg.

»Na, fangen wir an mit der Kindesmißhandlung?« fragte Lapizki munter, aber seine Augen blickten wachsam, und bittere Falten säumten seine Mundwinkel. »Bist du endgültig entschlossen? Vielleicht muß ja nicht viel Blut fließen?«

»Es wird sowieso nicht viel Blut fließen«, beruhigte ich ihn. »Ich passe schon auf, daß du mich nicht umbringst, das wäre auch gar nicht in eurem Interesse.«

»Dann komm.«

Ich stand den beiden gegenüber, in dem Trainingssaal, den ich so haßte. Der Trainer Ignat war vollkommen gelassen, der Hauptmann aber sichtlich nervös.

»Du machst ein Gesicht, als solltest du verdroschen werden, nicht ich«, hänselte ich ihn, selbst innerlich schlotternd vor Angst.

»Halt den Mund, ich muß mich konzentrieren.«

Dies war der heikelste Punkt der Operation: Ich sollte zusammengeschlagen werden, so schlimm, daß Fisch, wenn ich bei ihm auftauchte, gar nicht auf die Idee käme, mich wegzuschicken. Er würde sich zwangsläufig um die mißhandelte, verletzte Frau kümmern – nach seinem Dossier zu urteilen, war das sein Stil. Die ganze Zeit hatte ich mich innerlich auf den Schmerz vorbereitet, den ich zu ertragen hätte, und mich schließlich beinahe beruhigt. Auch jetzt war ich ruhig. Ich verstand nur eines nicht: Warum wollte Lapizki diese Drecksarbeit persönlich erledigen? Er hatte doch genügend professionelle sadistische Sportler zur Verfügung, die das mit Vergnügen getan hätten. Ich fragte ihn danach, er überlegte lange und antwortete dann etwas schier Unglaubliches: »Ich kann das am besten. Ich spüre dich genau. Verstehst du? Ich spüre dich.«

Schließlich war der Hauptmann bereit. Er rieb sich mit beiden Händen das Gesicht und sagte dumpf: »Wir können anfangen. Komm, Ignat.«

Sie warfen mich auf die Matte und schlugen auf mich ein. Im ersten Moment glaubte ich, vor Schmerz das Bewußtsein zu verlieren, und um mich irgendwie zu schützen, krümmte ich mich zusammen und hielt mir die Hände vors Gesicht. Der Schmerz durchdrang mich, kehrte mein Innerstes nach außen, ich hatte das Gefühl, zwischen riesige Zahnräder geraten zu sein, noch ein bißchen, und ich würde sterben.

Dann lichtete sich der Nebel ein wenig, und ich unterschied sogar die Stärke und Häufigkeit der Schläge. Beide schlugen hart und im vollen Ernst auf mich ein, aber doch verschieden: Ignat gedämpfter, zaghafter, Lapizki kraftvoller und häufiger – wie in perverser Leidenschaft. Als die erste Schmerzwelle abgeebbt war, vernahm ich sogar Lapizkis Stimme: »Schrei doch! Schrei, sei bloß nicht so still, hörst du!«

»Ich steh ja nicht am Sarg meines geliebten Mannes. Und ein Kind krieg ich auch nicht«, scherzte ich, obwohl ich die geschwollenen Lippen nur mühsam bewegen konnte. »Mach deine Arbeit, du Schwein!«

»Ja, komm, schimpfen ist auch gut«, brüllte er, aber ich blieb weiter stumm. »Halt aus, noch eine Minute.«

Noch eine Minute, zum Verrücktwerden, aber du hast das selbst gewollt: Nur eine kleine Vergeltung für die Menschen, die getötet wurden. Für diejenigen, die du nicht einmal beweint hast, weil du unfähig dazu bist, du bist unfähig zum Wichtigsten im Leben, du Miststück ohne Gedächtnis, du Kreatur ohne Wurzeln, die sich als Gebieterin über Schicksale aufspielt. Mein Gott, tut das weh! Verzeih mir, Erik, verzeih mir, Figaro, verzeih mir, Jegor, und auch du, Margo, verzeih mir! Verzeiht mir, verzeiht, verzeiht!

Endlich war alles vorbei. Einer der beiden traf mit dem Fuß unglücklich mein Gesicht; mein rechtes Auge schwoll sofort zu, und wie durch einen Nebel sah ich den gleichmütig schaukelnden Rücken von Ignat, der den Saal verließ. Es tat unerträglich weh, aber nicht so unerträglich, wie ich erwartet hatte. Hauptsache, jetzt nicht vor Lapizki losheulen oder schreien. Und aufstehen.

Ich wollte aufstehen, konnte aber nicht. Etwas Demütigenderes war kaum vorstellbar. Meine zerschlagenen Lippen bluteten, und ich tastete mit der Zunge meinen Mund ab, ob die Zähne unversehrt waren; das hätte mir noch gefehlt, für nichts und wieder nichts Zähne einzubüßen. Sie schienen in Ordnung zu sein. Alles andere würde verheilen.

»Nicht aufstehen, bleib eine Weile auf dem Rücken liegen«, sagte der Hauptmann, und seine Stimme war rauh vor Mitgefühl. Zaghaft, wie die ersten Milchzähne, brach bei ihm etwas völlig Neues durch: elementare menschliche Gefühle. »Scheiße, ein Auge haben wir auch erwischt. Warte, ich hole was zum Kühlen.«

»Untersteh dich!« wandte ich blutspuckend ein. »Denk dran, die unglückliche Sekretärin hat keine Zeit, sich um Lappalien wie ihr blödes Auge zu kümmern. Sie muß abhauen! Ich bin gleich wieder okay, ich stehe gleich auf.«

Aber Lapizki ließ mich nicht aufstehen, er sackte neben mir auf die Knie und nahm mein Gesicht in die Hände.

»Mädchen... Verzeih mir. Verzeih mir, zum Teufel mit der ganzen Geschichte.«

»Du wirkst schon wie ein sentimentaler Generalmajor im Ruhestand. Das ist doch unser Job, Hauptmann.«

Seine Hände versteinerten, und die bitteren Falten um seine Mundwinkel wurden noch bitterer.

»Was bist du nur für ein Mensch?«

»Du selbst hast mich doch so gemacht, vergiß das nicht.«

»Ja. Das ist wahr. Schönes Ergebnis, alle Achtung. Was jetzt?«

»Jetzt kommt der letzte Akt.«

»Vielleicht warten wir damit lieber bis heute abend? Du mußt doch noch fast vier Stunden rumlaufen, und das mit einem Schulterschuß ...«

»Das Ganze muß echt aussehen. Du hast doch selbst gesagt, er hat bei den Jugos in einem Feldlazarett gearbeitet. Eine frische Wunde erkennt selbst ein Laie. Und Wunde und Blutverlust müssen echt sein. Geh. Ich stehe gleich auf.«

Er erhob sich von der Matte und lief zur Tür, ohne mich noch einmal anzusehen. Die Hand schon auf der Türklinke, sagte er, noch immer mit dem Rücken zu mir: »Weißt du, Anna, allmählich machst du mir angst.«

»Was denn, dir kann jemand Angst machen? Dir?!«

»Ich wage mir gar nicht vorzustellen, was passiert, wenn du erst richtig hartgesotten bist.«

»Nichts weiter. Ich werde bloß ein noch raffinierteres Miststück, das ist alles. Pardon, für das ›Miststück‹ zahle ich Strafe.«

Nach zwanzig Minuten war ich wieder auf den Beinen. Jeder Schritt fiel mir schwer, aber jetzt pfiff ich auf den Schmerz. Lapizki wartete im Schießstand auf mich und drehte seine Makarow unentschlossen in der Hand. Der Schießstand, wo die arme Sekretärin als lebendige Zielscheibe dienen sollte, war meine Bedingung. Einen barmherzigen Freundschaftsschuß aus kurzer Entfernung lehnte ich ab.

Mit schmerzverzerrtem Gesicht stellte ich mich unter die Zielscheibe, und Lapizki setzte konzentriert, wie beim Training, die Ohrschützer auf und hob die Pistole.

»Hast du keine Angst, daß ich dich jetzt abknalle und deine Karriere zu Ende ist, bevor sie richtig angefangen hat?« fragte er überraschend böse.

»Jetzt knallst du mich ganz bestimmt nicht ab«, erwiderte ich gelassen, »hinterher vielleicht. Aber das ist dann eine andere Geschichte. Na los!«

Zum wiederholten Male trieb ich ihn heute an.

Er hob erneut die Pistole. Direkt auf mich zielte das gleichgültige kleine Loch, der stählerne Tunnel in eine andere Welt, in der Menschen, die ich kannte, bereits waren. Ein Kälteschauer lief mir über den Rücken, und ich wollte raus aus dem zynischen, erbarmungslosen Käfig, in den ich mich selbst getrieben hatte. Um dieses Gefühl zu unterbinden, rief ich: »Schieß endlich!«

»Ich kann nicht.« Er sah verwirrt erst mich, dann die Pistole an. »Ich kann das nicht tun.«

»Schieß endlich!«

Offenbar hatte ich meine Kräfte überschätzt, die Angst setzte bereits ein, noch einen Augenblick, und sie würde ihre Fahne hissen über der besiegten Festung meines Mutes. Aber ich mußte es noch schaffen, ihm den Rücken zuzudrehen, damit der Schuß mich von hinten erwischte – die arme Sekretärin entkam wie durch ein Wunder ihren Verfolgern –, um die Glaubwürdigkeit der Situation bis zum Absurden zu treiben.

»Schieß, du Schwein!« Ich verlor die Beherrschung. »Bei deiner Frau hattest du nicht solche Hemmungen. Und ich bei deinem Freund auch nicht.«

Das war ein verbotener Schlag, aber er wirkte: Der Hauptmann hob die Pistole und schoß, ohne zu zielen. Meine Schulter brannte wie Feuer, ich fiel um und verlor für einen Augenblick das Bewußtsein.

Ich kam erst wieder zu mir, als der Hauptmann sich mit angstverzerrtem Gesicht über mich beugte.

»Alles in Ordnung«, flüsterte ich, obwohl die Schulter brannte, als führe jemand mit einem glühenden Bügeleisen darüber.

»Wir müssen die Blutung stillen, warte, ich verbinde dich.«

Er untersuchte flüchtig die Wunde und riß mit den Zähnen ein Verbandspäckchen auf, das er mitgenommen haben mußte, als er zu mir gerannt kam. »Glatter Durchschuß. Nur eine Fleischwunde.«

»Du bist eben Profi. Ein echter Woroschilowschütze. Ich bin stolz auf dich«, quetschte ich mit zusammengebissenen Zähnen hervor.

»Was hast du vorhin geschrien?« Erneut saß tief in seinen Augen der alte Haß. »Über meine Frau?«

»Ich weiß nichts über deine Frau.«

»Und Oleg? Ist dir etwas eingefallen?«

»Nein. Ich mußte einfach dafür sorgen, daß du dich rührst.«

»Das war riskant. Ich hätte dir den Schädel wegpusten können. Und das werde ich auch tun, wenn du verbotene Mittel einsetzt.«

»Ich werde immer verbotene Mittel einsetzen.« Seltsamerweise waren jetzt, nach dem Schuß, mein eigener Haß und meine eigene Kraft derartig gewachsen, daß ich es mit seiner Kraft und seinem Haß auf die ganze Welt aufnehmen konnte. »Und das weißt du so gut wie niemand sonst.«

»Ja. Das weiß ich. Halt noch ein bißchen aus, ich verbinde dich gleich.«

»Aber doch nicht mit Binden! Ich habe doch kein Verbandszeug bei mir, ich bin eine verängstigte Sekretärin, nicht die Leiterin einer Unfallstation. Zerreiß meine Bluse.«

Völlig demoralisiert, zog er die Bluse aus dem Rock und riß ungeschickt einen schmalen, unregelmäßigen Stoffstreifen ab, der sich als mangelhafter Schutz erwies. Augenblicklich war der ganze Ärmel blutdurchtränkt.

Der Schmerz war unerträglich, aber ich gewöhnte mich daran und konnte sogar noch überlegen.

»Das war's.« Ich versuchte zu lächeln. »Auf zur Jagd. Wo ist mein Cadillac?«

»Verrücktes Weib.« Der Hauptmann schüttelte den Kopf. »Du bist einfach verrückt. Soll ich dir beim Aufstehen helfen?«

»Nein. Ich mache alles selbst.«

Seit heute morgen schienen wir die Rollen getauscht zu

haben: Jetzt diktierte ich die Bedingungen, der Hauptmann konnte sich nur fügen. Er wirkte erschlafft, als hätte er die Zügel losgelassen. Nun habe ich dich doch untergekriegt. Und nicht im Bett, das wäre ein billiger Sieg gewesen. Nein. Ich werde deinen Job machen, *und ich werde ihn besser machen als du.*

Die vage, undefinierbare, wütende Begierde, die ich für den Hauptmann empfunden hatte, war wie weggeblasen. Und das war mir recht, denn ich wußte jetzt, was ihre Ursache war: Ich wollte nicht so sehr mit Kostja Lapizki schlafen als vielmehr mit der teuflischen Macht, die er über jeden Menschen in seiner Umgebung hatte.

Meine Nasenflügel bebten, das gesunde Auge sah Lapizki vergnügt an: So vergnügt, daß er sogar den Blick senkte.

»Was geht bloß mit dir vor, Mädchen, ich verstehe das nicht. So habe ich dich noch nie erlebt.«

»Wie?«

»So … So voller Leben. So schön. Sag bloß, das Ganze erregt dich so?«

»Erregen – das klingt vulgär. Aber meinetwegen – ja, es erregt mich. Ich fange jetzt erst an zu leben. Und ich weiß, was es heißt, nicht zu leben. Ich weiß es, du nicht.«

»Ich weiß sehr wohl, was das heißt. Heute morgen wurde ein Mann getötet. Für nichts und wieder nichts, dabei hätte er ein glückliches Leben führen können, eine Bibliothekarin heiraten und sogar Enkel bekommen. Statt dessen liegt er nun mit einem Loch im Kopf im Leichenschauhaus, weil du dir diese Geschichte ausgedacht hast.«

»Na, du hast auch eine Aktie an diesem Mord.« Der Gedanke an den toten Jegor Samarin verursachte mir nur noch dumpfen Schmerz. »Und das ist nicht der einzige Mord, an dem du eine Aktie hast. Der tote Figaro hätte darüber einiges erzählen können. Gegen dich bin ich nur eine jämmerliche Debütantin.«

»Wenn du so weitermachst, bringst du es sehr bald zur Prima.« Sein Gesicht wirkte verkrampft, und ich sah seine Kaumuskeln spielen.

»Das ist meine einzige Hoffnung, mein Freund. Gehen wir.«

Als wir den Schießstand verließen, war alles wie immer: Lapizki war wieder er selbst: ganz fanatisches Gehirn.

Lapizki wies auf einen uralten Oka. »Ich fahre dich mit dieser Klapperkiste in die Stadt. Da kannst du dich ein bißchen ausruhen, denn mit dem verletzten Arm wird dir das Autofahren schwerfallen. Von dort an werden unsere Leute dich überwachen. Du rufst von dem Telefon vor seinem Haus aus an, es ist in Ordnung. Das Weitere läuft wie abgesprochen. Alles klar?«

»Ja.«

»Na dann – Gott mit dir.«

»Gott laß bitte aus dem Spiel.«

»Okay, dann eben der Teufel.« Er küßte sanft meine schweißbedeckte Stirn, wie zum Abschied, obwohl wir noch einige Stunden zusammen verbringen würden.

»Das paßt besser zu dir.«

»Du bist doch ein Miststück«, sagte er hingerissen.

»Das kostet Strafe.« Jäh überkam mich der verzweifelte Wunsch, nicht wegzufahren, zu bleiben, zurückzukehren. Aber wohin? Ich schüttelte das Hirngespinst ab, überwand den Schmerz in der Schulter und sagte noch: »Die kassiere ich, wenn ich zurückkomme.«

Ich war total erschöpft. In einer kleinen Gasse in der Nähe des Kursker Bahnhofs am Steuer des Oka sitzend, die Hand auf der verletzten Schulter, war ich mehrmals nahe daran, das Bewußtsein zu verlieren. Die Blutergüsse am ganzen Körper schmerzten, das zugeschwollene Auge war blind und tränte, außerdem machte sich eine leichte Gehirnerschütterung bemerkbar – hin und wieder kam mir der verzweifelte Gedanke, daß ich meine Kräfte überschätzt hätte. Ich wußte, etwa zweihundert Meter entfernt stand ein Auto mit Lapizkis Leuten, die mich observierten. Ich wußte sogar den Wagentyp: ein unauffälliger kleiner Lada.

Genau so einen hatte Figaro besessen.

Jetzt, da ich mir selbst überlassen war, mußte ich plötzlich an ihn denken. Über den Mord an Koshinow hatte eine Woche lang ganz Moskau gesprochen. Dabei war weniger Koshinow selbst Thema gewesen als vielmehr der unglückliche Oleg Kulikow.

Der verdammte Hauptmann hatte völlig recht gehabt: Wenn die Liebesgeschichte zwischen Margo und Koshinow nicht gewesen wäre, hätte man sie erfinden müssen. Die käuflichen Journalisten hatten alles getan, um aus dem banalen Auftragsmord ein romantisches Drama mit zwei Toten am Schluß zu machen. Aber nicht nur die Journalisten, auch die Ermittler folgten dieser Hypothese: Ein Eifersuchtsmord, dessen Protagonisten ein junges Genie und eine Schauspielerin, das Idol mehrerer Generationen, waren, kam allen sehr gelegen. Margo, die einzige Überlebende der Tragödie, mußte nach Prag ziehen, wo man ihr schon lange ein Engagement anbot. Am erstaunlichsten war, daß sie einen Tag vor ihrer Abreise am Grab von Kulikow gesehen wurde, worüber die Sonntagsbeilage einer großen Zeitung ihr geschätztes Publikum umgehend informierte. Margo hinterließ drei prächtige Rosen am Grab. Am Stiel einer Rose steckte ein silberner Ring – eine würdige Geste einer großen Schauspielerin.

Von Koshinow war kaum die Rede.

Das Gesicht vor Schmerz verzerrt, schob ich den Ärmel hoch und sah zur Uhr: fast Mitternacht. Unser Medienmagnat verspätete sich, da konnte man ja glattweg an Blutverlust krepieren. Als meine Kräfte vollends schwanden, gab der graue Lada mir zweimal Lichtzeichen.

Bemüht, den verletzten Arm möglichst wenig zu bewegen, fuhr ich los. Fünf Minuten später befand ich mich bereits im Hof eines ganz normalen Moskauer Wohnhauses, in dessen oberstem Stockwerk Menschich wohnte. Neben dieser Wohnung unweit des Kursker Bahnhofs besaß er noch eine Datscha an der Straße nach Leningrad, ein luxuriöses eingeschossiges Haus. Aber dort kampierten meistens einige seiner Journalisten. Fisch selbst bevorzugte seine Dachgeschoßwohnung im Penthouse-Stil.

Vor Menschichs Haus stand eine einsame Telefonzelle. Ich fuhr mit dem Oka dicht heran und blieb ein paar Minuten mit geschlossenen Augen im Auto sitzen.

Viel Glück, Anna.

Mühsam stieg ich aus dem Auto. Mir war entsetzlich schwindlig, die Knie knickten mir ein, in meinem Mund schien sich für immer der Geschmack von Blei eingenistet zu haben. Menschichs Nummer wußte ich auswendig. Die Stirn gegen die Wählscheibe gepreßt, zählte ich die langen Töne des Freizeichens. Endlich sagte eine samtige Stimme am anderen Ende der Leitung: »Ich höre.«

»Ich möchte Menschich sprechen.« Ich mußte nicht einmal spielen, meine Stimme versagte und wurde von Minute zu Minute schwächer.

»Am Apparat. Ich höre.«

»Wir müssen uns treffen. Ich soll Ihnen Papiere übergeben. Hochwichtige. Jegor hat mich darum gebeten. Jegor wurde heute getötet. Er ist erst heute morgen angekommen, aus …« Ich nannte die Stadt. Sie mußte Fisch ein Begriff sein, und zwar im Zusammenhang mit dem Waffengeschäft. Aus seinem Dossier ging hervor, daß er sich für dieses Problem interessierte, seit der ministerielle Schirmherr aktiv an seiner politischen Karriere arbeitete. »Ich glaube, er wurde umgebracht. Er hat mir Ihre Nummer gegeben und Ihre Adresse. Er wußte, daß er in Gefahr ist. Er hat das Material mir übergeben.«

»Wo sind Sie?« Fisch hatte angebissen. Kein Wunder – das Wort »Material« wirkte auf ihn wie das rote Tuch auf den Stier.

»Hier. Unten. Er hat mir Ihre Adresse gegeben, Jegor. Er wurde umgebracht. Ich …«

»Wie finde ich Sie?«

»Ein roter Oka. Bitte beeilen Sie sich …«

Gleich würde er aus dem Fenster seiner schicken Penthouse-Wohnung schauen, der furchtlose Fisch, und neben der Telefonzelle ein kleines Auto stehen sehen.

»Gut.« Er zögerte keinen Augenblick, der tollkühne

Bursche. Er war dem Tod zu oft entronnen, um Angst zu haben. »Warten Sie auf mich.«

»Beeilen Sie sich«, sage ich mit schwacher Stimme und drückte auf die Gabel.

Das war's. Gleich kommt er runter. In drei Minuten ist er hier. Jetzt kann ich mich entspannen, den verdrängten Schmerz rauslassen, sogar das Bewußtsein verlieren. Jetzt ist alles erlaubt.

Der Telefonhörer baumelte am Kabel. Ich rutschte an der Glaswand hinunter, auf den schmutzigen Gummiboden. Bevor ich ohnmächtig wurde, sah ich noch Fisch aus der Haustür kommen. Ich erkannte ihn sofort. Er war genau so, wie ich ihn mir vorgestellt hatte, der denkbar würdigste Gegner.

Groß, kräftig, stolze Kopfhaltung, ein offenes Gesicht mit schwerem Kinn und scharfen Augenbrauen – der reinste Wild-West-Held, der Traum jeder Saloon-Sängerin.

Na dann, es wird mir ein Vergnügen sein, dich zu zähmen, dachte ich und verlor das Bewußtsein.

Ich kam erst wieder zu mir, als mich jemand berührte. Ich lag auf einem breiten, niedrigen Bett, Fisch kniete vor mir und zog mir vorsichtig, bemüht, mir keine Schmerzen zu bereiten, den blutdurchtränkten Blazer aus. Ich zuckte zusammen, um zu zeigen, daß ich wach war, hielt mir hilflos den Arm vor die Brust und stöhnte leise.

»Sie müssen ganz ruhig liegen«, sagte Fisch mit beruhigender Stimme, »Sie sind verletzt, aber der Knochen hat anscheinend nichts abbekommen.«

»Wer sind Sie?« fragte ich.

»Gehört der rote Oka vorm Haus Ihnen?«

»Wer sind Sie?« fragte ich noch einmal.

»Ich heiße Michail Menschich.«

Ich schloß die Augen und versuchte zu lächeln.

»Ich habe Sie angerufen. Ich muß ...«

»Später.« Fisch legte seine harte, breite Hand, die nach gepflegter Haut duftete, auf meine zerschlagenen Lippen. »Wir reden später. Jetzt desinfiziere ich erst einmal Ihre

Wunde, und dann versuchen Sie zu schlafen. Und Ihr Auto fahre ich weg, sonst gibt es nur überflüssiges Gerede. Der Fahrersitz ist voller Blut.«

»Jegor wurde umgebracht …«, sagte ich langsam und richtete mein zugeschwollenes Auge auf Fisch.

»Sie haben, wie ich sehe, auch einiges abgekriegt. Sie haben viel Blut verloren. Wie heißen Sie?«

»Anna.«

»Sie haben viel Blut verloren, Anna. Aber jetzt sind Sie in Sicherheit.«

Ungeachtet meines stummen stoischen Sträubens, zog er mir die Bluse aus, unter der ich billige Unterwäsche trug, holte eine große Flasche Sprit und reinigte vorsichtig die Wunde. Dann verband er sie schnell und sachkundig.

»Ich fahre jetzt Ihr Auto weg. Und Sie versuchen zu schlafen.«

»Die Dokumente …« Ich erhob mich ein Stück, sank aber sofort wieder zurück und biß mir auf die ohnehin schmerzenden Lippen. »Die Dokumente … Sie liegen im Auto unterm Sitz.«

»Gut.« In seinem Gesicht zuckte kein Muskel. »Kommen Sie, ich helfe Ihnen, das Hemd anzuziehen.«

Mit Fischs Hilfe, stets darauf bedacht, meine Brust zu verdecken, zog ich ein frisch duftendes riesiges weiches Hemd an. Ich merkte gar nicht, wie ich einschlief.

Als ich erwachte, war früher Morgen. Durch die halbgeschlossenen Lider betrachtete ich den Raum und rekapitulierte innerlich die Ereignisse des vorigen Abends.

Bisher läuft alles glatt. Ich werde mindestens drei Tage hierbleiben, das ist klar. Gehirnerschütterung, Bettruhe, dazu noch die Blutergüsse, die Wunde und schließlich die Dokumente als unwiderstehlicher Köder für Fisch. Immerhin ist er schon lange hinter der Sache her.

Fisch saß an einem Tisch von der Größe eines Fußballfeldes und wühlte in Papieren. Es waren die Dokumente, die ich mitgebracht hatte, ich hätte sie unter Tausenden erkannt. Vor ihm stand ein Aschenbecher voller Kippen. Aus dem Dossier wußte ich, daß er Mentholzigaretten rauchte – eine kleine, beinahe weibliche Schwäche, der einzige etwas zweifelhafte Zug an diesem Heldenmonument.

Ihm zu Füßen lag ein riesiger, furchteinflößend wirkender Hund, den ich am Abend zuvor nicht bemerkt hatte. Das mußte Alter sein, die Promenadenmischung, an der Fisch so hing. Ich löste meinen Blick von Fisch, den Papieren und dem Hund und sah mir seine Behausung an. Donnerwetter, das konnte sich sehen lassen! Fisch hatte die halbe obere Etage des Hauses gekauft, alle Wände rausgerissen und ein echtes Penthouse daraus gemacht, ganz im Stil eines New Yorker Künstlerateliers. Keine Trennwände; offenkundig liebte Fisch weite Räume. Nicht zufällig war Golf sein Lieblingssport.

Nur wenige Möbel; außer dem niedrigen, breiten Bett, auf dem ich lag, ein Minimum an Sitzgelegenheiten. Dafür wurde eine ganze Wand von Fernsehern eingenommen. Gegen das Rauschen im Kopf ankämpfend, versuchte ich zu zählen, wie viele Sender Fisch hier empfing – es gelang mir nicht.

Eine Unmenge Bücher, eine Unmenge Bilder, hauptsächlich Avantgarde, Soz-Art und Konzeptualismus. Über zwei Eckwände reichte ein Fenster von der Decke bis zum Boden. Die Scheiben waren aus kugelsicherem Glas, das wußte ich ebenfalls.

Es war Zeit, die Augen zu öffnen und ins Spiel einzusteigen. Die kleine Sekretärin, die zu Tode erschrocken war, sich aber tapfer schlug; zu Tode, tapfer, zu Tode, tapfer ...

Vorsichtig richtete ich mich auf und ließ mich augenblicklich kraftlos wieder sinken. Der in die Papiere vertiefte Fisch hatte meine zaghafte Bewegung dennoch sofort bemerkt und hob den Kopf. Wie jeder Mensch, der längere Zeit ständiger Gefahr ausgesetzt war, nahm er die kleinste Bewegung aus den Augenwinkeln wahr und reagierte hochsensibel auf die leiseste Luftströmung. Als er meine weit aufgerissenen Augen sah, lächelte er aufmunternd.

»Guten Morgen, Anna.«

»Ich habe schon bessere erlebt.«

»Ich koche Ihnen einen Kaffee.«

»Wenn das möglich ist. Ich muß ...«

»Sie müssen liegenbleiben. Vorerst jedenfalls. Gleich kommt jemand vorbei...«

Offenbar spielte ich das gehetzte Tier ziemlich überzeugend, denn Fisch bemühte sich sofort, mich zu beruhigen.

»Sie müssen keine Angst haben. Ein Arzt, ein enger Freund von mir. Er war heute nacht schon einmal hier. Er wird Sie untersuchen.«

»Mit mir ist alles in Ordnung.« Er sollte meine Tapferkeit anerkennen, verdammt! »Jegor ...«

Fisch mußte bereits über die Ermordung des Journalisten im Hotel »Goldene Ähre« informiert sein.

»Wie heißt Ihr Freund?«

»Jegor. Jegor Samarin.«

Fisch stand auf, kam an mein Bett, setzte sich auf die äußerste Bettkante und berührte behutsam meinen gesunden Arm. Seine Hand strahlte beruhigende Wärme aus. Verdammt, er war wirklich wunderbar!

»Ihr Freund ist tot. Er wurde ermordet.«

»Dort, im Hotel? Hotel ›Goldene Ähre‹?«

»Ja.«

»Sie haben gesagt, daß sie ihn umgebracht haben. Sie haben es gesagt ...«

»Wer – sie?«

Konzentrier dich, Anna, sei exakt, das Wichtigste ist jetzt Jegor.

»Jegor übernachtete immer bei mir, wenn er nach Moskau kam. Diesmal aber rief er vom Bahnhof aus an und bat mich, früh um neun zum Hotel ›Goldene Ähre‹ zu kommen. Dort wollte er mich im Vestibül erwarten. Ich mußte zur Arbeit, ich habe gesagt, daß ich zur Arbeit muß und nicht kann, ob wir uns nicht am Abend treffen könnten. Er sagte, am Abend müsse er schon wieder zurückfahren, er hätte in Moskau nur kurz etwas zu erledigen. Ich habe noch gelästert: Warum auf einmal so konspirativ? Wenn es sein muß, kann ich den Nachmittag frei nehmen. Aber er bestand auf dem Treffen morgens. Man muß Jegor kennen. Wenn er auf etwas besteht, dann ist es wirklich wichtig.«

»Und Sie sind hingefahren?«

»Natürlich. Ich habe nicht einmal mehr bei meiner Arbeitsstelle angerufen.«

»Und Sie haben ihn gesehen?«

»Ja. Ich habe ihn erst gar nicht erkannt. So hatte ich ihn noch nie erlebt. Er gab sich ziemlich ungezwungen, hat mich plötzlich vor allen Leuten abgeküßt. Wir sind seit vielen Jahren befreundet, aber wir hatten nie auch nur ansatzweise ein Verhältnis. Ich begriff überhaupt nichts. Er preßte die Lippen an mein Ohr und sagte: ›Benimm dich ganz natürlich, ich erkläre dir alles später.‹ Das Ganze sollte aussehen wie ein heimliches Rendezvous. Jetzt begreife ich das.«

Ich verstummte, schwieg, schloß die Augen und preßte eine Hand an die Stirn.

»Ruhen Sie sich aus. Sie sollten jetzt nicht weiterreden.« Ich sah, welche Überwindung ihn diese Worte kosteten: Am liebsten hätte er unverzüglich alle Einzelheiten erfahren.

»Nein, nein, es geht schon. Im Lift hat er sich bei mir entschuldigt.«

»Für die Szene im Foyer?«

»Nein. Dafür vielleicht auch. Aber das war nicht die Hauptsache. Jegor ist unheimlich gut erzogen.« Ich holte krampfhaft Luft und korrigierte mich: »War … War. Ich kann es nicht glauben. Er sagte, er habe nicht das Recht, mich in diese Scheiße reinzuziehen. Genau das hat er gesagt: in diese Scheiße. Aber er habe keine Wahl. Der Mann, zu dem er wollte und auf den er gehofft hatte … Er war nicht in Moskau. Jegor sagte, er habe ihn überall zu erreichen versucht. Er brauche diesen Mann dringend.«

Fisch war am Vortag tatsächlich nicht in Moskau gewesen, er war erst am Nachmittag von einer kurzen Dienstreise aus Kanada zurückgekehrt; in diesem Punkt war alles stichhaltig.

»Sieht so aus, als wären Sie dieser Mann.«

»Sieht so aus.«

»Wir saßen eine Stunde im Hotelzimmer. Er hat mir gar nicht zugehört. Kein Wunder, was hat die Sekretärin eines kleinen Reisebüros schon zu erzählen?«

»Sie arbeiten in einem Reisebüro?« fragte der mit allen Wassern gewaschene Fisch unaufdringlich.

»Ja. Im ›Croisette‹.«

Fisch lächelte.

»Ja, Sie haben recht. Je schäbiger die Firma, desto hochtrabender der Name. Ich hasse meine Arbeit, aber ich verdiene mein Brot damit. Jegor hat immer gespottet: ›Daß du mit deinem Kopf und deinem Charakter so einen Job machst, das ist einfach pervers.‹ Jegor ...« Erneut spielte ich Verwirrung und Schmerz.

»Beruhigen Sie sich. Ich verstehe.«

»Nein.« Ich richtete das kranke Auge auf ihn und riß es weit auf, woraufhin aus beiden Augen Tränen spritzten. »Jegor war ein guter Freund. Mein bester Freund, obwohl wir uns oft nur einmal im Jahr sahen. Ich hätte nie gedacht, daß sein gestriger Besuch der letzte sein würde.«

»Kennen Sie sich schon lange?«

Aha, es ging los!

»Etwa acht Jahre. Kennengelernt haben wir uns im Eisstadion Medeo bei Almaty. Dann waren wir zusammen in den Bergen – Kasachstan, Elbrus –, eine kleine Gruppe von Bergsteigern, jeder trägt eine Metallhülse mit Name und Adresse bei sich, wie ein Soldat, jede Gruppe hat eine Pistole mit Leuchtspurgeschossen, falls jemand in Not gerät oder umkommt. Ein großes Spiel mit Leben und Tod. Für eine Neunzehnjährige ziemlich beeindruckend. Jegor hat mich bei einem Lawinensturz gerettet. Er hat mich zwei Tage lang mit seinem Körper gewärmt. Können Sie sich das vorstellen?«

»Ja«, sagte Fisch leise, obwohl Bergsteigen nie sein Fall gewesen war, »ja. Das kann ich mir vorstellen.«

»Und als ich ihn gestern im Hotelzimmer sah ... Ich

hatte das Gefühl, jetzt müßte ich … Jegor sagte, er habe sensationelles Material gesammelt über ein großes Geschäft mit Militärtechnik, Einzelheiten hat er mir nicht erzählt. Nur, daß auch Moskau mit drinhängt, jemand von der politischen Führung. Und daß diese Dokumente vielleicht sein Todesurteil sind.«

Ein solcher Mann mußte Fisch einfach imponieren: Er mochte Todeskandidaten. Ich sah Fisch offen an.

»Sagen Sie mir nur: Sind sie es wirklich wert, daß ihretwegen ein Mensch gestorben ist?«

Nach einer kurzen Pause sagte Fisch leise: »Ja. Sie sind es wert.«

»Jegor hat gesagt, er wurde vom Bahnhof an verfolgt. Er wußte, daß Sie gegen Abend wieder in Moskau sein würden. Darum hat er die Papiere mir gegeben. Wenn etwas passiert, hat er gesagt, sollte ich sie zu Ihnen bringen. Wenn er um drei nicht zum Restaurant ›Praha‹ kommt. Ich habe gesagt, ich wolle bei ihm bleiben, wir könnten zusammen irgendwohin gehen, wo viele Leute sind, und es würde schon nichts passieren.«

Ich verstummte.

»Wenn es Ihnen schwerfällt, darüber zu sprechen, hören Sie auf.«

»Nein, nein, es geht schon. Jegor hat gesagt, die Dokumente sind wichtig. Und solange Sie sie noch nicht hätten, sei sein Leben und das der Leute, die ihm geholfen haben, in Gefahr. Und meins auch, wenn ich sie an mich nehmen würde. Er hat gesagt: ›Du kannst dich auch weigern, ich würde das verstehen.‹«

»Sie haben sich nicht geweigert.«

»Mir ist egal, was da drinsteht, wahrscheinlich nichts Neues: Korrupte Beamte, die sich Millionen in die Tasche stecken – wen verblüfft das heute noch? Aber ein Mensch, der mir nahesteht und dessen Leben bedroht war, hat mich darum gebeten, sollte ich mich da etwa weigern, wenn ich ihm irgendwie helfen konnte?«

Fischs Augen spiegelten nun eine Art verhaltener Hochachtung. In meinen Augen standen Tränen. Sacht rollten sie die Wangen hinunter zum Kinn. Entschuldigend sagte ich leise: »Sie hatten mir einen Kaffee versprochen.«

»Ja. Verzeihen Sie. Sofort.«

Als er zum Bett zurückkam, versuchte ich aufzustehen.

»Bleiben Sie liegen, bleiben Sie liegen, Sie dürfen nicht aufstehen. Ist Ihnen schwindlig?«

»Ein bißchen.«

»Vermutlich haben Sie eine Gehirnerschütterung.«

Fisch legte mich ins Bett zurück und deckte mich fürsorglich zu. Auf die Kissen gebettet, den verletzten Arm in bequemer Haltung, griff ich nach der Kaffeetasse. Ich trank ein paar Schlucke, stellte die Tasse ab und lobte Fisch: »Sie kochen einen guten Kaffee.«

»Und jetzt ruhen Sie sich aus.«

Fisch stand noch neben meinem Bett, als es an der Tür klingelte. Ich zuckte zusammen.

»Keine Angst. Das ist Edik. Der Arzt.«

Edik war ein fröhlicher junger Mann, in dem man eher den Baßgitarristen einer angesagten Band vermutete als einen Arzt: ausgewaschene Jeans, billige Ohrringe, billige Ringe an den Händen.

»Er ist Arzt?« fragte ich zweifelnd.

»Achten Sie nicht auf sein Aussehen«, beruhigte mich Fisch. »Er ist der beste Chirurg in ganz Moskau.«

Edik löste vorsichtig den Verband, den Fisch am Abend angelegt hatte, lobte ihn nebenbei, wie fachmännisch er das getan habe, und vertiefte sich in die Untersuchung der Wunde.

»Also, Sie haben großes Glück gehabt, Mädchen. Eine Fleischwunde, der Knochen ist unverletzt. Ein Stück höher, tiefer, weiter rechts oder links, und Sie würden jetzt nicht hier liegen und mich mit Ihren wunderschönen Augen ansehen.«

»Mit einem wunderschönen Auge.« Ich lächelte. »Das andere sieht leider nichts.«

»Alles in allem ist sie glimpflich davongekommen«, sagte Edik, als er die Untersuchung beendet und mir ein paar Fragen zu meinem Befinden gestellt hatte. »Also, lieber Fisch. Das, was in diesem entzückenden Kopf steckt, hat eine Erschütterung abbekommen. Vorerst braucht sie Ruhe. Laß sie vier Tage hier bei dir liegen, ich schaue später noch mal vorbei. Jetzt kriegt sie erst mal ein paar Spritzen. Und strenge Bettruhe. Dann überlegen wir weiter.«

»Dann überlege ich selbst weiter«, demonstrierte die kleine Sekretärin ihre Selbständigkeit.

»Schon gut, hier denkt Fisch für uns alle.«

»Halt die Klappe«, sagte Fisch friedfertig.

»Dann halte ich eben die Klappe und ziehe mich zurück.« Er wandte sich an mich: »Ich hab eine Heidenangst vor ihm, vor diesem Teufel. Selbst auf dem OP-Tisch kommandiert er noch rum ...«

Edik, Edik – jetzt wußte ich wieder, woher ich den Namen kannte: Edik Perewostschikow, der Chirurg, der Fisch nach dem ersten Attentat das Leben gerettet hatte, nach einer schweren Bauchverletzung.

Edik gab mir eine Spritze, ließ Fisch mehrere Ampullen da, erteilte einige belanglose medizinische Anweisungen und verschwand. Fisch und ich waren wieder allein.

Vier Tage – das war mehr, als ich gehofft hatte. Der Arzt Edik, Fischs Freund, war mein Verbündeter geworden.

»Ein amüsanter Mann«, sagte ich schließlich. »Er hat sogar ein bißchen Ähnlichkeit mit Jegor. Jegor war auch immer so witzig. War, war. War ...«

»Nicht doch, beruhigen Sie sich doch ...« Fisch verstand sich nicht aufs Trösten.

»Alles in Ordnung. Wie spät ist es?«

»Sieben Uhr früh.«

»Anscheinend haben Sie die ganze Nacht nicht geschlafen«, sagte ich verspätet.

»Das bin ich gewöhnt.«

»Ich hätte nie gedacht, daß ich in so eine Situation geraten könnte. Jegor hat mir die Papiere gegeben und mich einfach aus dem Zimmer geschoben. Wir wollten uns um drei vor dem ›Praha‹ treffen ...«

»Ja. Das haben Sie erzählt.«

»Ich bin nach Hause gefahren. Habe bei meiner Arbeitsstelle angerufen und Bescheid gesagt, daß ich nicht komme. Gut, daß meine Nachbarin mir ihre Schlüssel dagelassen hat, sie macht mit ihrem Mann vier Wochen Urlaub in den Emiraten. Ich füttere ihre Katze. Erst wollte ich die Papiere dort lassen, gut versteckt.«

»An Ihnen ist ein großer Konspirator verlorengegangen«, sagte Fisch, und in seinen Augen saß ein Lächeln.

»Ich beschloß, für ein paar Stunden ins Zentrum zu verschwinden. Ich bin nämlich ein schrecklicher Angsthase«, sagte ich, obwohl mein Verhalten das genaue Gegenteil bezeugte; was Fisch hoffentlich zu würdigen wußte. »Ich verließ gerade die Wohnung, als sie auftauchten ...«

Ich schloß erneut die Augen und verstummte für eine Weile. Fisch drängte mich nicht.

»Sie waren zu dritt. Zuerst waren sie zu dritt. Dann sind zwei weggegangen. Nachdem ... Nachdem sie mich geschlagen hatten. Alle drei.«

Fisch suchte meine gesunde Hand und drückte sie fest.

»Sie fragten nach Jegor. Mich rauszureden wäre sinnlos gewesen, wahrscheinlich waren sie mir vom Hotel an gefolgt. Ich sagte, er sei mein Geliebter, wir würden uns selten sehen und dann nur zu einem Zweck.«

»Sie sind eine mutige Frau«, stellte Fisch nachdenklich fest. »Sie hätten ihnen doch auch die Papiere geben können.«

»Nein«, widersprach ich bestimmt. »Ich hasse diese Typen. Ich hasse diese ganze dumpfe Gewalt. Sie müssen verstehen ... Ich hasse Gewalt. Und dann, glauben Sie etwa, sie hätten mich am Leben gelassen, selbst wenn ich ihnen die Papiere gegeben hätte? Sie wissen doch, wieviel jede Information wert ist.«

»Und Sie?«

»Ich vermute es.« Vorsicht, Anna, du darfst nur soviel wissen wie die Sekretärin eines Reisebüros. »Jegor hätte mich nicht zu sich bestellt, wenn es nicht um etwas Ernstes gegangen wäre. Er hat ein großes Verantwortungsgefühl für andere.«

Das war ein gezielter Schuß ins Schwarze: Der von mir und Lapizki entworfene mythische Charakter von Jegor Samarin war dem von Menschich verblüffend ähnlich.

»Er kannte hier in Moskau ein paar Journalisten, aber er vertraute niemandem. Er sagt, diese Stadt ist so korrupt wie keine andere.«

»Damit hat er nicht unrecht.« Moskau war für Fisch nie wirklich zur Heimat geworden, im Grunde seines Herzens war er der tuberkulosekranke Junge aus Nowosibirsk geblieben.

»Aus dem, was diese Typen sagten, ging hervor, daß sie Jegor getötet, aber keine Dokumente gefunden haben. Und mir glaubten sie nicht. Als sie keine Lust mehr hatten, mich zu schlagen, fesselten sie mich mit einem Strick an die Heizung. Einer von ihnen hatte die Handschellen vergessen. Sie benutzen doch immer Handschellen, oder? Zwei gingen, der dritte blieb bei mir, der Widerlichste der drei. Er durchwühlte meinen Kühlschrank. Mich ignorierte er völlig. Von einem verprügelten, bewußtlosen und an die Heizung gefesselten Weib drohte schließlich keine Gefahr.«

»Offensichtlich ein Irrtum«, sagte Fisch nachdenklich.

»Ich bin schließlich eine alte Bergsteigerin.«

»Na, so alt nun auch wieder nicht.« Das klang nach einem Kompliment, aber besser, ich überhörte es.

»Ich kann jeden Knoten lösen. Dieser Typ saß im Zimmer und sah fern. Ich wollte weg, raus aus der Wohnung. Aber in dem Zustand ... Ich stieß irgendwo gegen, ich glaube, gegen die Waschmaschine; sie steht im Flur. Jedenfalls hörte er den Lärm und wußte sofort Bescheid. Er trieb mich in die Küche, er dachte, er würde mit mir leicht fertigwerden. Sein Pech. Ich konnte ein Messer aus dem Messerblock ziehen, ich besitze ein italienisches Messerset, hat uns unsere Firma letztes Neujahr geschenkt, echte Tranchiermesser. Ich konnte das Messer an mich nehmen und verstecken. Und als der Typ mich am Kragen packte und rauszog, habe ich zugestochen, in den Bauch. Mehrere Male. Aber er hat noch auf mich geschossen. Ich habe ihn dort liegenlassen, in der Küche auf dem Boden. Ich habe ihn getötet. Ich habe einen Menschen getötet.«

»Diese Männer haben Ihren Freund vernichtet.«

»Ja. Ich habe einen Menschen getötet. In dem Moment habe ich nicht daran gedacht. Ich bin einfach aus der Wohnung gerannt. Ich habe die Dokumente aus der Nachbarwohnung geholt. Am meisten fürchtete ich, daß die anderen beiden wieder zurückkommen würden. Ich konnte nicht mehr richtig denken. Mein Kopf war wie vernebelt.«

»Warum haben Sie nicht die Miliz angerufen?«

»Die Miliz? Nachdem ich einen Menschen getötet hatte?«

»Das war Notwehr.«

»Notwehr ... Sie kennen doch die Miliz. Vielleicht waren diese Männer ja auch von der Miliz. Aber selbst wenn ... Was hätte ich Ihnen erzählen sollen? Von einem Journalisten, der Papiere hergebracht hat und deswegen erschossen wurde? Jegor hat gesagt, die Papiere dürfe ich nur Ihnen übergeben, persönlich. Jegor hat gesagt, egal, was passiert, die Dokumente müssen zu Ihnen gelangen. Ich bin den Rest des Tages durch Moskau gefahren, habe in irgendwelchen Gassen gestanden, ich hatte Angst, sie könnten mich finden, bevor ich Sie gefunden hätte. Aber jetzt ist alles in Ordnung. Jetzt kann ich mich wenden, an wen ich will. Sie helfen mir doch, oder?«

Er berührte meine kalte Stirn. Seine Hand war zärtlich. Er schien mir zu glauben. Die erste Runde hatte ich gewonnen. Du kannst triumphieren, Kostja Lapizki.

»Wo wohnen Sie?«

»In Nowogirejewo. Wieso?«

»Jemand muß sich um den Kater kümmern.«

»Die Katze.«

Ein prima Gedanke. Deine Leute fahren nach Nowogirejewo, zur Adresse der Sekretärin. Dort werden sie die Wohnungstür offen finden, eine eingetrocknete Blutlache in der Küche, ein aufgeknotetes Abschleppseil an der Heizung, einen laufenden Fernseher und ein Chaos, das Kampfspuren imitiert. Sie werden das Blut aufwischen und die Tür schließen. In der Nachbarwohnung wird eine weiße Perserkatze maunzen. Alles, was sie finden, wird meine verworrene Geschichte bestätigen.

»Aber kaufen Sie ihr kein Dosenfutter. Lieber Fisch.«

Seine Hand lag noch immer auf meiner Stirn, und ich überlegte, was diese Geste wohl ausdrückte: verhaltenen Respekt oder Dankbarkeit für die Informationen, für die ich einen so hohen Preis gezahlt hatte?

»Ich muß auf meiner Arbeitsstelle anrufen, Bescheid sagen, daß ich diese Woche nicht komme.«

»Pfeifen Sie darauf«, sagte er einfach.

»Das kann ich nicht. Ich hatte Mühe, diesen Job zu finden. Ich kann nicht …«

»Pfeifen Sie darauf, sage ich. Verstehen Sie denn nicht, nach allem, was passiert ist, können Sie dort nicht mehr auftauchen.«

»Und wann kann ich das wieder?« Nicht übel, Anna, deine Mischung aus Naivität und Entschlossenheit einer Frau, die gewohnt ist, sich ausschließlich auf sich selbst zu verlassen.

»Wenn es soweit ist, sage ich Ihnen Bescheid.« Offensichtlich hatte er, ohne es zu merken, bereits die Verantwortung für mein Schicksal übernommen.

Ab acht klingelte unentwegt das Telefon. Fisch nahm die Anrufe entgegen, traf Verabredungen, entschied Dinge, die den Sender und dessen tägliche Arbeit betrafen. Ich schlief immer wieder ein, und jedesmal, wenn ich erwachte, lief er in seinem Loft auf und ab. Mehrfach fiel im Gespräch der Name der Stadt X.

Gegen neun berührte er meine Schulter.

»Anna, ich muß weg. Ich komme erst am späten Abend zurück. Andrej wird bei Ihnen bleiben. Wenn etwas ist, wenden Sie sich ruhig an ihn, genieren Sie sich nicht. Ich werde Sie anrufen.«

»Aber …«

»Ich habe doch gesagt, es ist alles in Ordnung. Es ist alles vorbei. Jedenfalls für Sie. Glauben Sie mir?«

Dasselbe hatte ich einst Figaro gefragt. Und nun antwortete ich genau wie er damals: »Mir bleibt nichts anderes übrig, als Ihnen zu glauben.«

»Sie sind in Sicherheit. Andrej war bei den Sondertruppen, er hat alle Einsätze in Krisengebieten mitgemacht. Bei ihm sind Sie gut aufgehoben. Außerdem haben wir noch einen Aufpasser. Alter, komm her«, rief er.

Der taktvolle Hund, der bis dahin nicht zu sehen und nicht zu hören gewesen war, kam zum Bett und reckte die Schnauze zu seinem Herrn.

»Ich habe euch noch nicht bekannt gemacht. Anna, das ist Alter. Alter, das ist Anna. Sie brauchen keine Angst vor ihm zu haben, er sieht nur so groß und gefährlich aus.«

»Genau wie Sie?«

»Na ja … Ich bin wirklich groß und gefährlich.«

»Eine merkwürdige Rasse.«

»Eine Promenadenmischung. Genau wie ich. Darum mag ich ihn so.«

»Nur darum?«

»Er ist schon zehn Jahre alt. Ein Greis. Mein alter Alter. Ein alberner Kalauer.«

Wenn der Hund mich akzeptiert, dann tut Fisch es erst recht, dachte ich.

Auf einmal kam Alter näher heran und leckte mir die Hand. Fisch hob erstaunt die Brauen.

»Er scheint Sie auf Anhieb zu mögen, das will was heißen!«

Auch ein Hund kann sich täuschen, zumal, wenn er so alt ist. Glück für dich, Anna, verdammtes Glück.

»Jetzt bin ich beruhigt. Bis heute abend, Anna.«

Fisch ging. Gleich würde er in seinen klapprigen Landrover steigen, in sein Studio fahren und sich den ganzen Tag der Stadt X widmen, den Moskauer Kanälen des Waffengeschäfts, dem Mord an Jegor Samarin. Ich konnte nur auf den Abend warten.

Nach einer halben Stunde wurde die Wohnungstür aufgeschlossen, und Alter lief schwanzwedelnd zur Tür. Ein mit Tüten beladener Bursche betrat die Wohnung. Er tätschelte dem Hund freundschaftlich den mächtigen Nacken und kam zu mir.

»Ich bin Andrej. Michail Jurjewitsch hat Ihnen sicher gesagt, daß ich komme.«

»Ja, ich weiß Bescheid. Ich heiße Anna.« Ich gab ihm die Hand, und er drückte sie vorsichtig.

»Ich mache gleich Frühstück.«

»Ich will nichts essen.«

Um zehn brachte Menschichs Sender eine Meldung über den Mord an Jegor Samarin. Fisch begann also schon mit seiner Attacke, bald würde das Material auftauchen und ein hochgestellter Kopf rollen – ein echter Triumph im Kampf gegen die Korruption. Andrej erwies sich als ein lieber, schüchterner Bursche, der fast alle Kriege der letzten Jahre mitgemacht hatte. Fisch hatte ihn in Jugoslawien kennengelernt, wohin Andrej nach seiner Entlassung von der Sondertruppe als Freiwilliger gegangen war. Er hatte auf Seiten der Serben gekämpft; das Mädchen, das er liebte, eine Belgrader Journalistin, kam bei einem Bombenangriff um. Fisch brachte Andrej, der drauf und dran war, den Verstand zu verlieren, beinahe gewaltsam wieder nach Rußland, ließ ihn in den besten Kliniken behandeln, aber den Verlust der Geliebten hatte Andrej noch immer nicht verwunden.

Monogame Individuen trifft man in der Natur äußerst selten, und man muß sie äußerst vorsichtig behandeln, wie exotische Pflanzen. Ich verwandte den ganzen Tag darauf, Andrejs wunde Seele wenigstens ein bißchen zu trösten – nach einem Monat Unterricht in den Grundlagen der Psychologie hätte ich glatt eine Zulassung als Psychoanalytikerin beantragen können. Meine Anteilnahme, meine Worte, mein Schweigen bewirkten eine Art Dammbruch: Der einstige Soldat redete und redete und konnte gar nicht mehr aufhören. Erst als die Sonne unterging, als die kugelsicheren Scheiben den Blick auf das grandiose Panorama

Moskaus freigaben und wir im Dämmerlicht dasaßen, nachdem wir die Fernsehwand ausgeschaltet hatten, sagte er zu mir: »Sie haben erstaunliche Ähnlichkeit mit meiner Maria, Anna.« Da wußte ich, daß ich ihn gewonnen hatte.

Fisch kam gegen Mitternacht. Alter hörte seine Schritte und bellte drängend, und Andrej, der am Fußende meines Bettes saß, stammelte entsetzt: »Ich war gar nicht mit dem Hund draußen!«

»He! Ist hier noch jemand, außer einer alten Promenadenmischung?« rief Fisch von der Schwelle her fröhlich. »Warum ist es so dunkel?«

»Ich gehe mit Alter runter.« Andrej stand auf, ging zur Tür und nahm die Leine vom Haken.

Fisch und ich schwiegen, bis Andrej und der Hund die Wohnung verlassen hatten. Dann fragte er taktvoll: »Wie geht es Ihnen, Anna?«

»Relativ normal.«

»Ich mache Licht, wenn Sie nichts dagegen haben, ja?«

»Natürlich.«

Er schaltete eine kleine Schreibtischlampe ein und mehrere andere Lampen in verschiedenen Ecken des Lofts. In diesem gedämpften, geisterhaften Licht wirkte seine Behausung noch skurriler.

»Mit der Katze ist alles in Ordnung. Die Jungs kümmern sich um sie. Und die Hauptsache: Sie haben Ihren Peiniger offenbar nicht getötet – falls Sie sich deswegen Sorgen machen.«

»Wirklich? Waren Sie bei mir zu Hause?«

»Ja. Dort ist eine große Blutlache. War eine große Blutlache. Wie auch immer, seine Komplizen haben ihn abgeholt. Tot oder lebendig.«

Ich sah Fisch flehend an.

»Ich nehme an, lebendig. Einen Menschen zu töten ist gar nicht so einfach.«

Da irrst du dich, Fisch!

Er setzte sich an den Tisch, stützte sein Kinn in die Hand und überlegte.

»Irgend etwas stimmt nicht. Aber ich weiß nicht, was.«

Ich wurde hellhörig. Was stimmte nicht? War mit den Dokumenten etwas schiefgelaufen, oder hatten Lapizkis Leute geschlampt?

»Irgendwas ist anders ... Verdammt, die Wand! Sie ist sonst immer an. Haben Sie ihn gebeten, sie auszuschalten?«

»Nein. Das war Andrej selbst.«

»Andrej? Selbst?« Sein Gesicht spiegelte Erstaunen.

»Stimmt etwas nicht?«

»Ich weiß nicht. Man muß Andrej lange genug kennen, um das zu verstehen. Er war krank, ernstlich krank. Seit Jahren kann er ohne die flimmernden Bilder nicht mehr leben. Unsere Jungs haben ihm zu Hause extra genau so eine Wand eingebaut, nur etwas kleiner. Die Fernseher müssen ständig laufen. Sogar im Auto hat er einen kleinen Fernseher. Das ist seine einzige Rettung – die Bilder, die Ereignisse auf dem Bildschirm, das lenkt ihn von seinen eigenen Problemen ab.«

»Ich weiß. Ich kenne seine Geschichte. Er hat sie mir erzählt.«

»Ihnen?« Aus dem Staunen wurde Verblüffung. »Er erzählt nie jemandem etwas. Von der jugoslawischen Tragödie weiß nur ich. Erst der Hund, dann Andrej – Sie haben eine eigenartige Wirkung auf Menschen.«

»Das klingt wie eine Beleidigung.«

»Entschuldigung, ich wollte Sie nicht kränken.«

»Sie können mich nicht kränken, Michail Jurjewitsch.«

»Michail«, korrigierte er und erschrak sofort, daß ich das vielleicht mißverstehen könnte, »ich hasse Vatersnamen.«

Wir schwiegen, bis Andrej und Alter zurückkamen. Nach kurzem Zögern trat Andrej an mein Bett, beugte sich zu mir herunter und küßte mir die Hand. Ich war überrascht, und er selbst offenbar auch. Er wirkte unbeholfen, als habe er etwas gewagt, das er noch nie zuvor getan hatte. Er sagte kein Wort, küßte mir nur die Hand; seine Lippen waren hart, ungeübt in solcher Galanterie, aber es gelang ihm, seine ganze Dankbarkeit für den heutigen Tag in diesen unschuldigen Kuß zu legen.

Fisch sah seinen besten Soldaten verblüfft an.

»Soll ich morgen auch kommen, Michail Jurjewitsch?« fragte Andrej voller Hoffnung.

»Nein«, wehrte Fisch schroff ab, fügte aber dann, um den Kummer zu dämpfen, sanfter hinzu: »Morgen ist Sonntag, da bin ich zu Hause. Montag früh bist du wieder hier.«

»Auf Wiedersehen, Anna. Danke für alles.«

Fisch brachte Andrej zur Tür und kehrte völlig verwirrt zu mir zurück.

»So habe ich ihn noch nie erlebt«, sagte er. »Augenscheinlich haben Sie ein Wunder vollbracht, Anna.«

»Das mußte eines Tages geschehen. Früher oder später. Kein Mensch kann ewig auf einer Brandstätte leben.«

»Wahrscheinlich. Wahrscheinlich haben Sie recht, Anna.« Er sah mich an, als sähe er mich zum erstenmal.

Prima, Anna, klasse, mach weiter so, dann wird Fisch gar nichts weiter übrigbleiben, als dir seinen klugen Kopf in den Schoß zu legen.

Fisch setzte sich an den Tisch, beschäftigte sich noch eine Stunde mit Papieren, rief Leute an und nahm Anrufe entgegen. Aber immer wieder sah er heimlich zu mir herüber. Auch ich beobachtete ihn aus halbgeschlossenen Augen. Ich war in einer günstigeren Lage: Meine Ecke war dunkel. Das Bett, in dem die verletzte Sekretärin schlief, zog ihn magisch an, und er war machtlos dagegen.

»Michail«, rief ich.

»Sie schlafen nicht, Anna?« reagierte er bereitwillig.

»Ich möchte Sie um etwas bitten.« Ich stockte.

»Nur zu«, ermunterte er mich.

»Ich habe ein paar Ersparnisse. Ich möchte, daß Jegor anständig begraben wird. Er hat nämlich niemanden. Ich ...«

»Keine Sorge, Anna«, sagte Fisch sanft. »Der Sender kümmert sich bereits darum. Er bekommt ein anständiges Begräbnis, das verspreche ich Ihnen.«

Er erhob sich, kam zum Bett und setzte sich auf die

äußerste Kante. Wieder, wie schon am Morgen, drückte er meine Hand, hielt sie aber diesmal länger fest. Eine Weile schwiegen wir beide. Wunderbar, der Traueranstand war gewahrt, nun konnten wir zu einem weniger düsteren Thema übergehen.

»Schlafen Sie überhaupt irgendwann, Michail?« fragte ich.

»Manchmal. Es gibt so viel zu tun. Schade um die Zeit, die man verschläft.«

»Bestimmt habe ich Ihr Privatleben ganz durcheinandergebracht – eine völlig Fremde, die Sie kaum kennen, das ist …«

»Ich habe kein Privatleben. Nur Leben pur.«

»Ich blockiere Ihr Bett.«

»Nicht doch, ich bitte Sie. Haben Sie heute wenigstens gegessen?«

»Ja. Andrej hat gekocht. Ich glaube, wir haben tatsächlich etwas gegessen.«

»Möchten Sie nicht mit mir zu Abend essen?«

»Ja«, sagte ich so schlicht, daß Fisch vor Freude lachte.

»Dann mache ich uns etwas. Ich habe einen ausgezeichneten Wein. Einen Sammlerjahrgang. Welche Küche bevorzugen Sie?«

»Ich weiß nicht. Ich habe keine kulinarischen Vorlieben. Höchstens Räuchersalami. Ich habe nie genug Geld, um mir welche zu leisten.« Die kleine Sekretärin eines Reisebüros durfte eine liebenswerte plebejische Schwäche haben, das wirkte pikant und war vor allem glaubhaft.

»Was halten Sie von französischer Küche? Was sagt die Sekretärin der Firma ›Croisette‹ dazu?«

»Sie sagt, das wäre sehr nett, vorausgesetzt, wir streichen Zwiebelsuppe von der Karte.«

Kurz darauf telefonierte er bereits mit einem Restaurant und gab eine Bestellung auf. Eine Stunde später stand das Essen auf einem kleinen Tisch vor dem Bett. Fisch holte eine Flasche Wein – wenn ich nicht irrte, war es ein fünfzig Jahre alter Bordeaux.

»Darauf, daß Sie noch leben«, sagte er leise.

Ich behielt den Schluck lange im Mund, um das Bukett möglichst intensiv auszukosten. Ich genoß das wunderbare Aroma, das der Wein hinterließ.

»Und?«

»So etwas habe ich noch nie getrunken. Das ist sicher ein sehr alter Wein?«

»Sehr alt und sehr weise.«

»Ganz bestimmt. Aber jetzt würde ich lieber einen Wodka trinken. Nur ein Glas. Auf Jegor, der nicht mehr lebt.«

Wortlos stand Fisch auf – ich hörte die Kühlschranktür klappen – und holte eine angebrochene Flasche Wodka und zwei Gläser. Wortlos tranken wir.

»Haben Sie ihn geliebt?«

Mit dieser Frage bekundete Fisch ernsthaftes Interesse für mich.

»Ja, ich habe ihn geliebt. Aber es war nicht Liebe im engeren Sinne, keine sexuelle Beziehung. Wir haben sehr viel zusammen erlebt, und daraus entstand eine ganz andere Art von Bindung. Viel haltbarer, weil sie frei war von Leidenschaft. Es war vor allem das Gefühl, nicht allein zu sein. Man mußte nicht besser sein, als man in Wirklichkeit ist. Leidenschaft ist immer auch Verstellung, der Drang, den anderen zu erobern. Verzeihen Sie, ich kann nicht richtig ausdrücken, was ich empfinde …«

»Doch, doch. Sie können sehr gut ausdrücken, was Sie empfinden.«

Bevor ich in Fischs Junggesellenbett einschlief, dachte ich daran, daß ich nicht mehr lange allein darin liegen würde. Er war offenkundig in die Fallen getappt, die ich aufgestellt hatte: Eine mutige kleine Frau, ein echter Freund, eine angenehme Gesprächspartnerin, die Hunde und Soldaten eroberte und ein Stück Räuchersalami jeder raffinierten Speise vorzog. Und das ist noch längst nicht alles! Warte ab, bis mein blaues Auge verheilt ist und die zerschlagenen Lippen wieder in Form sind, ich versichere dir, du wirst mich zu schätzen wissen. Dich beschäftigt doch schon jetzt die nicht allzu schwierige Frage, wie du mich noch ein paar Tage länger in deinem luxuriösen Penthouse festhalten kannst, als der Chirurg Edik angeordnet hat.

Ich erwachte mitten in der Nacht und wußte sofort, daß Fisch nicht da war. Ich stand auf, verspürte ein Schwindelgefühl und ging ins Bad. Ich hätte nicht Wodka und Wein durcheinander trinken sollen, aber die edle Gedenkgeste war notwendig gewesen. Nun mußte ich den Preis dafür zahlen.

Die Tür stand ein Stück offen, durch den Spalt fiel ein Lichtstreif. Fisch war also dort. Ich setzte ein verschlafenes Gesicht auf und blickte durch den Türspalt. Fisch stand vor einem kleinen Tisch voller teurer Kosmetik und spritzte sich etwas in den Arm. Zwischen Rasierwasser und Rasierschaum lag eine zerbrochene Ampulle.

Ich wich jäh zurück. Meine Übelkeit war wie weggeblasen. Schnell ins Bett, Augen zu und über das eben Beobachtete nachdenken: Schnell, schnell, bevor er zurückkommt. Ich schlüpfte unter die Decke und zog sie bis zum Kinn.

Eine ganz neue Wendung: eine Ampulle – was mochte das bedeuten? In Gedanken blätterte ich das Dossier über Menschich noch einmal durch: kerngesund, abgesehen von der Tuberkulose in der frühen Jugend, keine Diabetes, keine Drogen, weder weiche noch harte.

Der Arm tat noch immer weh; über die Ereignisse des heutigen Tages hatte ich meine Verletzung fast vergessen, aber nun brachte sie sich wieder in Erinnerung. Ich würde wohl nicht einschlafen können.

Als ich die Augen öffnete, war früher Morgen. Fisch löste die Leine von Alters Halsband. Alter schüttelte stumm seinen schweren zotteligen Kopf, kam zu meinem Bett und stupste mit seiner kalten Nase nach meiner Hand. Ich kraulte ihn hinter den Ohren, aufrichtig dankbar für sein Vertrauen, insgeheim aber tadelte ich ihn zugleich: Du bist ein schlechter Wachhund, du dürftest mich keine zehn

Schritt an deinen Herrn ranlassen. Das Verhalten des Hundes, seine erstaunliche Zuneigung entzog sich jeder Erklärung und ärgerte mich deshalb ein wenig.

Fisch beobachtete uns, den massigen Kopf zur Seite geneigt. Schließlich zupfte er sich am Ohrläppchen und sagte: »Guten Morgen, Anna. Ich koche Ihnen einen Kaffee, aber nur unter einer Bedingung.«

»Und die wäre?«

»Sie müssen mir erklären, womit Sie meinen Hund betört haben.«

»Ich fürchte, dann muß ich für den Rest meines Lebens ohne Kaffee auskommen.«

»Ganz bestimmt nicht. Das verspreche ich Ihnen.«

Das klang sehr ernst. Zu ernst für eine Tasse starken Kaffee. Ich hatte nicht gedacht, daß es so leicht sein würde; ich war auf einen richtigen Kampf eingestellt gewesen.

»Ich denke, Sie sind in Sicherheit, Anna«, unterbrach Fisch meinen Gedankengang. »Jedenfalls haben Sie jetzt noch einen freiwilligen Beschützer.«

»Noch einen?«

»Noch einen außer mir.« Das klang wie ein Geständnis. »Wissen Sie, wer im Hof im Auto sitzt?«

»Wer denn?« fragte ich und ahnte schon, wer da bereits früh am Morgen Posten bezogen hatte.

»Andrej«, antwortete Fisch nach kurzem Zögern, und sein Ton verriet Eifersucht. »Ich habe ihn nicht angesprochen, um den Jungen nicht verlegen zu machen. So wie gestern habe ich ihn noch nie erlebt. Als hätten Sie ihm neues Leben eingehaucht. Wer sind Sie, Anna?«

Gute Frage, Fisch. Ich denke, du wirst nie erfahren, wer ich bin. Und das ist auch besser so, sonst verlierst du womöglich den Glauben an alles, wofür du lebst. Ein Lockvogel, eine trojanische Stute, eine kaltblütige Mörderin, eine Geheimagentin, die nicht aus Zwang handelt, sondern nach ihrer eigenen perversen Inspiration. Könntest du nur einen Blick in mein Herz tun …

Es wurde ein phantastischer Sonntag, dem auch mein

blaues Auge keinen Abbruch tat. Fisch schien es gar nicht zu bemerken. Auch ich bemühte mich, es zu ignorieren: Soll er ruhig denken, du bist so naiv, daß dein Äußeres dir scheißegal ist; du bist keine billige Reisebüromieze, die sich glücklich schätzt, ein paar Tage an der Seite eines einflußreichen Mannes zu verbringen.

Am verblüffendsten war, daß Fisch die Telefone und seine alberne Fernsehwand abschaltete. Ich begriff, daß dies für ihn außergewöhnlich war. Fisch stürzte sich kopfüber in unsere sich erst vage andeutende Beziehung. Das schien seine Natur zu sein: Ich öffne mich nie, aber wenn ich mich einmal öffne, dann total. Ich war für ihn ein Buch mit sieben Siegeln, daß er gern entziffern wollte. Er dagegen war für mich ein Konspekt mit zahlreichen Randnotizen, Tabellen und Diagrammen – noch nicht restlos durchstudiert, aber durchaus verständlich.

Vieles von dem, was Fisch mir erzählte, wußte ich bereits aus seinem Dossier; das Skelett seines Lebens war ziemlich gewissenhaft zusammengetragen worden. Doch nun wuchsen ihm Muskeln und Fleisch, in seinen zum Leben erweckten Adern floß echtes, heißes Blut. Es war unmöglich, sich dem Charme dieses Mannes zu entziehen. Es fiel mir schwer, Michail Menschich distanziert zu betrachten; nicht gegen ihn mußte ich ankämpfen, sondern gegen mich selbst. Ich war schließlich auch nur eine Frau, verdammt!

Anna, Anna, wärst du nicht so ein Miststück, wäre nicht dieser ganze Alptraum mit Jegor, durch den du erst in Fischs Haus gekommen bist, dann könntest du durchaus die Frau an seiner Seite werden. Sag bloß, das würde dir nicht gefallen?

Ich kämpfte noch immer gegen mich an, obwohl ich wußte, daß nichts mehr zu ändern war. Die Tür zu Fischs Welt war mir verschlossen, ich würde für immer in Lapizkis dreckigem Stall bleiben.

Fisch bestellte wieder Essen im Restaurant, diesmal nicht am Abend, sondern zum Mittag. Und keine französische Küche, sondern mexikanische.

»Sollten wir nicht Andrej holen?« fragte ich unschuldig. »Er ist doch sicher hungrig.«

»Er würde nicht kommen«, antwortete Fisch nach kurzem Schweigen, und wieder verriet sein Ton kaum verhohlene Eifersucht.

»Warum nicht?«

»Ich kenne ihn. Er wird am Montag kommen, weil ich ihm gesagt habe, er soll am Montag wiederkommen. Er will niemandem lästig sein.«

»Und wenn wir ihm wenigstens etwas zu essen rausbringen?«

»Nein. Vermutlich will er gar nicht gesehen werden, sonst wäre er hochgekommen.«

Er bemühte sich nicht einmal mehr, seine Eifersucht zu verbergen. Spätestens am Dienstag würde er wohl bedauern, Andrej aus Jugoslawien zurückgeholt zu haben.

»Schön, Sie kennen ihn besser.«

»Das bezweifle ich. Möglicherweise kennen Sie ihn inzwischen besser als ich. Oder irre ich mich?«

»Sie irren sich, Mischa.« Ich nannte ihn zum erstenmal so. »Ich kenne ihn nicht. Ich fühle nur.«

Am Dienstag wurde Jegor Samarin beerdigt.

Am Montag brachten fast alle Fernsehsender Meldungen über die Ermordung des Journalisten. Menschichs Sender widmete dem Thema eine gesonderte Reportage, erklärte, daß er sich mit der journalistischen Aufklärung des Falles befasse, und kündigte eine große Sendung über ein Rüstungsgeschäft in der Stadt X an.

Ich bestand darauf, zum Friedhof zu fahren – das Gegenteil hätte verdächtig gewirkt. Ich wollte, ich mußte einfach Abschied nehmen von diesem Menschen, der mir so nahegestanden hatte. Fisch brachte mir ein schlichtes schwarzes Kleid, an dem noch die Preisschilder hingen.

»Hier, noch etwas.« Er packte einen bescheidenen kleinen Hut mit Schleier aus. »Besser ist besser. Damit niemand Ihr Gesicht sieht.«

Zum erstenmal seit drei Tagen wurde mir bange. Erst als wir, begleitet von Andrej, in Fischs Landrover stiegen, um zum Friedhof zu fahren, wußte ich, warum: Ich fürchtete die Begegnung mit dem toten Jegor.

Der Friedhof war voller Menschen. Fernsehkameras, die strengen jungen Gesichter der Journalisten von Fischs Sender – Jungen und Mädchen, denen die Zunftsolidarität über alles ging. Jegor, Jegor, zu Lebzeiten hast du wahrscheinlich nicht im Traum geahnt, mit welchen Ehren man dich begraben, was für einen Helden und Märtyrer man aus dir machen würde. Dafür allein wäre ich gern gestorben.

Neben dem offenen Grab stand ein teurer Sarg, die Fläche vor dem Grab war mit Blumen und Kränzen übersät. An Ort und Stelle fand eine kleine improvisierte Kundgebung statt. Niemand hier hatte Jegor gekannt, aber er war für sie alle ein weiterer Freund, Bruder und Kollege, der für den Sieg der Gerechtigkeit gestorben war. Es fielen Dutzende Namen von Journalisten, die ebenso getötet worden waren wie Jegor Samarin.

Sie wirkten wie eine Bruderschaft, so echt und aufrichtig, daß ich mich verfluchte, weil ich darauf bestanden hatte herzukommen. Weil ich darauf bestanden hatte, Abschied zu nehmen von einem Menschen, den ich selbst getötet hatte – der Gipfel des Zynismus. In meinen Augen standen Tränen, und ich wußte nicht recht, wen ich eigentlich beweinte: Jegor Samarin oder mich selbst, weil ich nie sein würde wie diese offenen, ehrlichen Menschen.

Ach ja, waren sie wirklich so grundehrlich? Anna, Anna, du bist wie immer von jesuitischer Weisheit! Ich riß mich zusammen, und nach einem Augenblick der Schwäche war ich wieder imstande, die Situation nüchtern zu beurteilen. Bedienten sich diese Leute nicht verbotener Mittel, nur um ihre Nachrichtenblöcke zu füllen? Was hatte diese Journalistenmeute, die jetzt vor Zorn und Pathos bebte, mit dem Kummer von Margo gemacht? Die bedrängte Schauspielerin hatte nach Prag fliehen müssen.

Hinter mir hörte ich jemanden leise und ruhig atmen.

Natürlich, das war Andrej, mein freiwilliger Leibwächter, das wußte ich, ohne mich umzudrehen. Ich dachte auf einmal, wenn Lapizki Fisch aus dem Weg räumen wollte, könnte er sich keinen besseren Killer wünschen als ihn. Ich würde den armen Kerl so bearbeiten, daß er bedenkenlos auf den Abzug drücken würde, überzeugt, der höheren Gerechtigkeit zu dienen.

Fisch wich nicht von meiner Seite. Als die Zeremonie des Abschiednehmens begann, führte er mich zum offenen Sarg. Ich hob den Schleier und beugte mich zu Jegors Stirn hinunter. So siehst du also aus, Jegor Samarin.

Jegor war durch zwei Kopfschüsse getötet worden, aber an seinem durchlöcherten Kopf hatten Maskenbildner ganze Arbeit geleistet. Ein ruhiges, unauffälliges, belangloses Gesicht, das selbst jenseits der Schwelle des Todes nicht an Bedeutsamkeit gewonnen hatte. Schwer vorzustellen, daß ein solcher Mann freiwillig sein Leben für abstrakte Ideale geopfert hatte. Doch ein Schauspieler hatte an die vorgegebenen Umstände zu glauben, also küßte ich Jegors eiskalte, klare Stirn. Keine Hysterie, keine Tränen, würdevolle Trauer. Auf keinen Fall zu dick auftragen.

Als das Abschiednehmen beendet war und die ersten Klumpen fetter Aprilerde auf den Sarg klatschten, trat ich zur Seite, lehnte die Stirn an die Umzäunung des Nachbargrabs und beobachtete Fisch aus den Augenwinkeln. Ich würde stehenbleiben, bis er zu mir kam.

Fisch trat nicht allein zu mir, sondern in Begleitung einer etwa fünfundvierzigjährigen Frau. Das mußte seine Sekretärin sein, treu wie ein Hund, seine Kommilitonin, die alte Schreckschraube, der Blaustrumpf.

»Wie geht es Ihnen, Anna?« fragte Fisch sanft und nutzte die Gelegenheit, meinen Arm zu nehmen.

Ich beantwortete seine Berührung mit einem leichten Druck und sagte nichts.

»Kommen Sie.«

»Ja, gleich.«

Auf dem Weg zum Ausgang beobachtete ich heimlich

seine Sekretärin, die ihrerseits Fischs Hand, die meinen Ellbogen stützte, nicht aus den Augen ließ. Du bist ja verliebt in ihn, du räudige Unikatze, dachte ich, und zwar seit vielen Jahren und völlig hoffnungslos; nur hoffnungslos verliebten alten Jungfern verleiht die Leidenschaft solche scharfen Gesichtszüge.

Vor dem Landrover öffnete die Schreckschraube die rasiermesserdünnen Lippen und sagte mit dumpfer Verzweiflung: »Fisch, die Jungs wollen noch zusammensitzen. Eine kleine Gedenkfeier.«

Fisch sah mich fragend an. Nein, ich fahre nirgendwohin, das wäre wirklich unangebracht, antwortete ich, ebenfalls nur mit den Augen.

»Nein, Soja. Ich bringe Anna nach Hause. Ich ruf dich an. Kümmere dich um alles.«

»Gut, Fisch. Ich kümmere mich um alles.«

Fisch öffnete bereits die Wagentür, als ihm einfiel, daß er versäumt hatte, uns vorzustellen. Die Vorstellung fiel ziemlich knapp aus: »Anna, das ist Soja Terechowa, die zweite Person in der Firma nach mir. Soja, das ist Anna.«

Soja Terechowa drückte mir hastig und haßerfüllt die Hand. Ein widerlicher Händedruck: als wäre eine Schlange mit zitternder gespaltener Zunge kurz in meine Hand geschlüpft.

Armer Fisch, du fliehst seit so vielen Jahren vor der Leidenschaft deiner häßlichen, aber treuen Sekretärin, daß du ihr bereitwillig jeden Titel verleihst, selbst den der zweiten Person in der Firma.

Auf der Rückfahrt schwiegen wir. Fisch konzentrierte sich ganz aufs Fahren, ich blickte angestrengt vor mich hin. Gleich würden wir in sein luxuriöses Penthouse gehen und billigen Wodka trinken. Ich nur ganz wenig, ich war noch schwach, der Ausflug auf den Friedhof hatte mich viel Kraft gekostet. Ich würde den ganzen Abend schweigen, zerstreut den Kopf von Alter streicheln, der mir noch immer seine Anhänglichkeit bezeugte. Erst am späten Abend könnte ich auftauen und mit Fisch reden, ein Gespräch ganz in Moll, vielleicht über den Tod. Nein, lieber anders. Der tote Jegor hat das Leben so geliebt, ich könnte ein paar lustige Geschichten aus unserem Bergsteigerleben erzählen – ich verfügte über einen kleinen Vorrat an derartigen Anekdötchen; ein paar Tage vor meinem Einsatz hatte ich einen ganzen Abend mit einem echten Bergsteiger verbracht. Und dann würde ich aus den Gefilden der Trauer in neutrale Gewässer lenken und schließlich die heimischen Gestade meiner Beziehung zu Fisch ansteuern.

Alles lief nach Plan: Auswegloses Moll, das in hysterisches Dur überging. Dann klangen die heftigen Gefühle ab, und wir waren wieder uns selbst überlassen, abgesehen von Andrej, der auf dem Hof in seinem alten Moskwitsch saß.

»Warum heiraten Sie Soja nicht?«

Die Frage traf Fisch völlig unvorbereitet. Er runzelte komisch die Stirn (was ich an ihm sehr mochte) und legte die Fingerspitzen auf die Nase.

»Wie kommen Sie darauf, daß ich Soja heiraten sollte?«

»Ein Mann sollte eine Frau, die ihm treu ist und ihn aufopferungsvoll liebt, heiraten.«

»Männer heiraten nie Frauen, die ihnen treu sind.«

»Kennen Sie sie schon lange?«

»Wir waren an der Uni in einer Seminargruppe.«

»Sie sieht älter aus.«

»Nein, ich sehe jünger aus«, sagte Fisch lächelnd.

»Ich glaube, Leidenschaft macht einen Menschen älter. Besonders, wenn sie so lange anhält und unerwidert bleibt.«

»Und Sie? Könnten Sie so lange unerwidert lieben?«

»Das würde ich nie tun. Es würde mich demütigen und denjenigen leiden lassen, der mich nicht wiederlieben kann. Sie leiden doch darunter, daß ein Mensch, der ihnen nahesteht ... Sie steht Ihnen doch nahe, nicht wahr?«

»Sogar zu nahe. Mir wäre ein bißchen mehr Abstand lieber.«

»Das ist grausam.«

»Nicht zu lieben ist immer grausam. Aber lieber grausam

sein als lügen. Verdammt, bei Ihnen verfalle ich in abstraktes Philosophieren. Das habe ich seit zwanzig Jahren nicht getan.«

»Vielleicht sollten Sie das aber? Ihr korruptes Gewerbe aufgeben und Schriftsteller werden. Sie wären bestimmt gut.«

Damit traf ich einen wunden Punkt – Fisch hatte als Student wirklich gute Erzählungen geschrieben.

»War ich tatsächlich. Früher habe ich geschrieben. Aber das scheint mir jetzt nicht mehr wichtig.«

»Ich glaube, das werden Sie eines Tages bedauern.«

»Das tue ich bereits. Außerdem bedaure ich, daß ich Sie nicht früher kennengelernt habe.« Er saß ganz dicht neben mir, und ich legte ihm meine Finger auf die Lippen.

»Nicht.«

»Wissen Sie, ich fühle mich mit Ihnen sehr wohl, Anna. Es ist, als wären Sie schon immer dagewesen.«

»Ich wollte Ihnen etwas sagen. Ich wollte Ihnen danken für alles.«

»Sie reden, als wollten Sie weggehen.«

»Ja. Ich möchte Sie nicht in eine zweideutige Situation bringen.« Prima, Anna, es ist Zeit, ein wenig Leben in dieses platonische Verhältnis zu bringen.

»Wovon reden Sie?« Fisch verzog das Gesicht, als hätte er Schmerzen. »Wieso zweideutig? Sie brauchen Pflege. Vergessen Sie nicht, der Arzt hat Ihnen Bettruhe verordnet. Ich lasse Sie nicht weg. Und dann, nach allem, was passiert ist … Es ist einfach eine Frage der Sicherheit. Nur hier brauchen Sie keine Angst zu haben.«

»Dieses Argument ist jetzt nicht mehr sehr überzeugend. Wenn ich recht verstanden habe, ist der Fall doch ins Rollen gebracht, oder?«

»Ja. Der Fall ist ins Rollen gebracht«, sagte Fisch, und in seinen Augen blitzte Stolz auf.

»Na sehen Sie. Als Verfolgungsobjekt bin ich also für niemanden mehr von Interesse.«

Fisch stand auf und ging zur Glaswand. Dahinter lag

Moskau, die Stadt, die für ihn lediglich eine hohe Karte in einer Fernsehpatience war. Ohne sich umzudrehen, sagte er leise: »Wissen Sie, Anna ... Sie sind sehr wohl von Interesse. Von sehr großem Interesse. Für mich.«

Ja! Ja, Treffer!

He, Konstantin Lapizki, gratulieren Sie dem Zögling Ihres Schlangennests! Niemand hätte Fisch besser bearbeiten können. Bohren Sie schon mal neue Löcher in Ihre Schulterklappen, bestellen Sie ein kaltes Büfett und einen Flug auf die Seychellen. (Ob ich eigentlich schon mal im Ausland war?) Ich hätte nie gedacht, daß es solchen Spaß machen würde, Leben zu spielen. Noch ein paar Wochen, und ich finde die Leiche, die Fisch im Keller hat. Aber jetzt reiß dich zusammen, Anna, und sieh zu, daß du auf sein Geständnis angemessen reagierst. Zumal noch jemand Interesse an dir hat. Großes Interesse.

»Sie ... Sie interessieren mich auch. Aber ich kann nicht. Ich bin anders erzogen.« Prima, ein bißchen altmodische Keuschheit kann nicht schaden. »Und außerdem – Andrej ... Wenn Sie nichts dagegen haben, kann Andrej doch auf mich aufpassen. Wenn seine Arbeit es zuläßt.«

»Nein, das tut sie nicht.« Fisch hielt es nicht einmal für nötig, die glühende Eifersucht in seinen Augen zu verbergen. »Er hat Pflichten im Sender.«

»Dann werde ich allein zurechtkommen.« Jawohl, Mädchen, gnadenlos und mitten ins Herz!

»Gut. Ich werde offen sein. Ich will nicht, daß Sie weggehen. Das ist eine Bitte, Anna. Das verpflichtet Sie zu nichts, verstehen Sie mich richtig ... Darf ich Sie darum bitten?«

Wenn ich jetzt nein sage, dann wird er mich nicht halten, das widerspräche seinem Temperament, dazu ist er zu stolz, zu sehr daran gewöhnt, alles unverzüglich zu bekommen. Und dann werde ich für immer aus seinem Leben verschwinden müssen.

»Ja. Ich denke, Sie dürfen mich darum bitten. Nur – ich muß kurz nach Hause, wenigstens ein paar Sachen holen.

Ich kann ja nicht den Rest meines Lebens in Ihrem Hemd herumlaufen.«

»Ich gebe Ihnen ein anderes.« Auf Fischs Schläfen glitzerten Schweißperlen, aber seine Augen strahlten. »Ich habe jede Menge ...«

Die Wunde verheilte, stellte Edik zufrieden fest. Die blauen Flecke verblaßten allmählich. Wenn Fisch außer Haus war, stand ich nun lange im Bad vorm Spiegel und bereitete mich auf den entscheidenden Sturm vor. Fisch hatte einige meiner Sachen geholt. Ich besaß nicht viel, aber was ich hatte, zeugte vom Kredo einer Frau mit Geschmack, aber wenig Geld: Lieber nur ein Stück, aber das muß gut und teuer sein. Fisch verbrachte nach wie vor den ganzen Tag in seinem Sender. Das illegale Waffengeschäft wurde weiter verfolgt, die Generalstaatsanwaltschaft hatte ein Ermittlungsverfahren eingeleitet – ein nahezu einmaliger Fall bei einem Staatsbeamten dieses Ranges. Die Gewährsleute in X schmorten bereits in Untersuchungshaft.

Andrej wachte noch immer auf dem Hof und traute sich nicht nach oben; vielleicht wartete er auf meine Einladung.

Bei meinen Gängen durch die Wohnung begleitete mich oft Alter, das einzige Wesen, das mich verunsicherte. Der Hund witterte in mir keine Gefahr, und manchmal hätte ich ihm dafür schlagen mögen: Mach die tränenden alten Augen auf, ihr habt einen Feind ins Haus gelassen! Er war wirklich schon alt, dämmerte häufig vor sich hin, auf seinem Lieblingsplatz neben Fischs Tisch. Er fraß sehr wenig. Sein Fressen war das einzige, was Fisch eigenhändig kochte, manchmal mitten in der Nacht, nach einem anstrengenden Tag. Das überließ er nicht einmal mir.

Im Mülleimer fand ich regelmäßig sorgfältig eingewikkelte zerbrochene Ampullen; sie sahen immer gleich aus und waren ohne Aufschrift. Fisch hatte also auf jeden Fall ein kleines Geheimnis, zu dem ich bislang noch nicht vorgedrungen war.

Abends klingelte unablässig das Telefon, aber nur einmal

war es ein privates Gespräch. Belangsloses freundschaftliches Geschwätz, nur ein Satz ließ mich aufhorchen: »Nein, im Moment geht es mir ausgezeichnet, viel besser als in Dubrownik.«

Jetzt kochte ich morgens den Kaffee, darin war ich Fisch weit überlegen. Das hatte mir Vitalik beigebracht. In der Jugendmaienblüte seiner Geheimdienstkarriere war er Militärberater in Angola gewesen.

»Solchen Kaffee habe ich noch nie getrunken«, sagte Fisch.

»Stellen Sie mich als Kantinenfrau bei Ihrem Sender ein, und die Leute werden nur so zu Ihnen strömen«, sagte ich und lachte.

»Ich werde Sie einstellen«, sagte Fisch ganz ernst. Seit einiger Zeit dachte er tatsächlich darüber nach, mir einen gut bezahlten Job anzubieten. Er fand, dadurch wäre ich unabhängig und die Zweideutigkeit der Situation aufgehoben. So könnte ich ganz legitim an seiner Seite bleiben.

»Als was? Barfrau wäre mir recht.«

»Das kann ich mir nicht erlauben.«

»Haben Sie keine Stelle frei?«

»Ich fürchte, dann würde die ganze Arbeit ins Stocken geraten. Alle würden in der Bar rumsitzen und Sie mit Insidergeschwätz umgarnen. Ich teile nicht gern. Ich will Sie selbst mit Insidergeschwätz umgarnen.« Fisch sah mich offen an. »Was sagen Sie dazu?«

Jetzt mußt du eine treffende Antwort finden, Anna. Eine Frau, die gerade einen derartigen Streß durchgemacht hat, kann sich nicht Hals über Kopf in ein Liebesabenteuer stürzen. Aber wenn sie den Mann anziehend findet, muß sie ihm das zu verstehen geben.

»Ich sage dazu – das wäre mir nicht unangenehm. Mehr noch …« Ich verstummte.

Fisch ergriff meine Hand. Diesmal bezeugte diese Geste nicht Trost oder Anteilnahme, sondern einzig unverhohlenes Verlangen.

»Erinnern Sie sich, Anna. Sie haben gesagt … Wenn eines

Tages der Richtige kommt … Dann wird er einfach Ihre Hand nehmen. Ich nehme Ihre Hand, sehen Sie …«

»Ja. Ihre Hand sieht aus wie die Hand, auf die ich immer gewartet habe. Aber nicht jetzt, Mischa. Bitte verstehen Sie mich. Ich bin noch nicht soweit.«

»Gut. Ich werde warten, bis Sie soweit sind.«

Ja. Ich war noch nicht soweit. Noch hatte ich keine Möglichkeit, mich mit Lapizki zu treffen, ihm die zerbrochenen Ampullen zu übergeben, herauszufinden, was in Dubrownik passiert war. Und schließlich, die Hauptsache: Noch konnte ich in Fischs Seele nicht genauso herumschnüffeln wie in seinem Mülleimer.

Inzwischen sah ich wieder topfit aus, aber ich hob mir meine Trümpfe noch auf. In vollem Glanz sollte Fisch mich erst in drei Tagen zu sehen bekommen, beim siebenjährigen Jubiläum seines Senders, zu dem ich offiziell eingeladen war. Als Firmenpsychologin und neue Mitarbeiterin der Controlingabteilung. Eine unzulässige Postenkombination, aber die Stelle der Psychogin hatte ich vermutlich meinen psychoanalytischen Sitzungen mit Andrej zu verdanken, die Fisch sehr beeindruckt hatten. Und die dubiose Stelle einer »Mitarbeiterin der Analyseabteilung« war eigens für mich erfunden worden.

Ich hatte Fischs Angebot mit verhaltener Freude angenommen – ungestüme Begeisterung hätte mein Image beschädigt, das in Fischs Augen in letzter Zeit enorm gestiegen war. Den entscheidenden Angriff auf Fisch hatte ich für den Abend nach dem Empfang geplant. Wir würden auf dem Bankett ein wenig trinken, ich würde versuchen, seine engsten Mitarbeiter zu bezaubern (ein bißchen Eifersucht konnte nicht schaden), und ihm dann vorschlagen, von dem Fest zu verschwinden. Zu Hause würden wir Brüderschaft trinken. Anschließend würde ich ihm erlauben, mich zu küssen. Und dann … Dann kam die Nacht, und am Morgen würde ich nicht allein aufwachen, sondern neben dem handzahmen Fisch.

Den ganzen Tag vor dem Bankett brachte ich mich auf

Vordermann. Die blauen Flecke waren verheilt, das Gesicht war wieder rein; aus dem Spiegel sahen mich die triumphierenden Augen einer Siegerin an, perfekt geschminkt nach Stassiks Methode.

Als Fisch mich um sieben abholen kam, war ich komplett gerüstet. Mal sehen, wer hier wen verführen wird, Fisch!

Er stand an der Tür und brachte kein Wort heraus.

»Fahren wir, Mischa«, erinnerte ich ihn sanft an seine unmittelbaren Pflichten. »Mit Alter war ich schon draußen. Fahren wir.«

»Sie. Das sind Sie ...«

»Ohne blaue Flecke sehe ich besser aus, nicht?«

»Sie sind sehr schön.«

»Ich bin einfach wieder zu mir gekommen. Wie werden Sie mich vorstellen?«

»Ich nehme an, eine Vorstellung erübrigt sich. Egal, wie ich Sie vorstelle, es werden sowieso alle denken: Fisch, der Teufelskerl, der Glückspilz, hat die schönste Frau ergattert ...« Er sah mich erschrocken an. »Zumindest für einen Abend. Habe ich Sie für einen Abend ergattert?«

»Ich denke schon. Gehen wir, ich bin fertig.«

Das siebenjährige Jubiläum, keine runde, aber eine biblische Zahl, feierte die Firma mit großem Pomp im Haus des Films, dessen Restaurant sie für den ganzen Abend gemietet hatte.

Die Gesellschaft betrank sich gemächlich mit Bier und Wodka einheimischer Produktion (die Werbekunden sponserten das Fest großzügig) und wurde immer lockerer und ausgelassener. Unter den Gästen bemerkte ich einige bekannte Gesichter, die im Fernsehen bis zum Erbrechen häufig gezeigt wurden: Politiker mittleren Kalibers, Sportler, Popstars und andere Berühmtheiten.

Mitten in diesem Zoo entdeckte ich einen unauffälligen kleinen Nager, so unauffällig, daß er wirkte, als sei er aus Versehen eingeladen worden. Einer von Lapizkis Männern – damit hatte ich gerechnet. Ich brauchte nur dreißig

Sekunden, um mit ihm ein paar Worte zu wechseln, ihm die Ampullenscherben zu übergeben und vertraulich zu gurren: »Macht eine chemische Analyse davon.«

Fisch tat, was er angekündigt hatte: Er führte mich nicht nur als neue Mitarbeiterin ein, sondern auch als seine Frau. Dafür war ich gerüstet. Ich verstand es, Eindruck zu machen, auch darauf war ich abgerichtet. Als der Abend zur Hälfte um war, billigten alle Fischs Wahl: Genau die richtige Frau für ihn, las ich in den gütigen Augen seiner treuen, angetrunkenen Untergebenen. Einige, die ihm besonders nahestanden, wußten bereits, wie ich in Menschichs Haus geraten war; die Verwegensten und Betrunkensten küßten mir respektvoll die Hand, darauf bedacht, daß Fisch diese unschuldige Geste nicht als persönliche Beleidigung auffaßte – der Boß besaß unumstößliche Autorität, und jeder hier hing an seinem Job. Mühelos eroberte ich den Geschäftsführer, der ursprünglich vom Film kam und genau wie ich Hitchcock mochte; den Chefredakteur der Nachrichtenabteilung (der ausgefallene Kaffee-Rezepte sammelte) und den Leiter der Rechercheabteilung (der ein alter Bergsteiger war).

Ich war in Hochform, verspürte aber eine seltsame Unruhe: Den ganzen Abend wurde ich beobachtet. Aus Augen voller Haß.

Soja. Soja Terechowa. Die unglücklich verliebte Sekretärin.

Diese Erkenntnis beruhigte mich sofort. Ein Kampf der Weibchen um das Männchen entfiel aufgrund meiner unstrittigen Überlegenheit. Im Gegensatz zu allen anderen wurde Soja sehr schnell betrunken; sie trank Bier und Wodka so eifrig durcheinander, als wolle sie möglichst bald in völlige Besinnungslosigkeit fallen. Das gelang ihr schließlich, und ich verlor jedes Interesse an ihr.

Zu Unrecht, wie sich herausstellte.

Als ich, erschöpft von der lauten, wohlwollenden Aufmerksamkeit, den Komplimenten und den Fernsehkameras, zur Toilette ging, um mein Make-up aufzufrischen, folgte sie mir mit einer Flasche Wodka in der Hand. Ehe ich sie bemerkt hatte, war sie hinter mir, schloß die Tür und versperrte mir den Rückweg.

Sie setzte sich auf den Rand des Waschbeckens neben mir und musterte mich eingehend. Unter diesem trüben Schlangenblick wurde mir unbehaglich.

»Trinken wir einen Schluck?« fragte sie herausfordernd. »Auf die Gesundheit des Mannes, den ich liebe?«

»Den Mann, den Sie lieben, kenne ich nicht.«

»Hör auf, Kindchen. Du weißt genau Bescheid.«

Sie nahm einen großen Schluck und verzog nicht einmal das Gesicht. Dann hielt sie mir die Flasche hin.

»Hier.«

Ich griff nach der Flasche und trank ebenfalls einen großen Schluck. Ebenfalls ohne das Gesicht zu verziehen.

»Das hast du ja drauf!« stellte Soja fest, schwer zu sagen, ob beifällig oder haßerfüllt. »Und was sonst noch?«

»Alles«, erwiderte ich kurz. Eine Eifersuchtsszene auf der Toilette hatte mir gerade noch gefehlt.

»Zweifellos. Aber ich habe schon eine Menge Schlampen wie dich an seiner Seite gesehen. Keine hat sich lange gehalten.«

»Ich werde mich halten.« Die Situation machte mich wütend, und ich verspürte das Bedürfnis, Soja weh zu tun, heftig weh zu tun.

»Du bist ein rotznasiges kleines Flittchen«, sagte Soja voller Genugtuung. »Du denkst, jetzt hast du gewonnen. Aber du irrst. In vier Wochen wird er dich verlassen. Mit Sex kannst du ihn nicht halten.«

»Hast du es denn mal versucht?« Das war ein Schlag unter die Gürtellinie. Sojas ohnehin häßliches Gesicht verzerrte sich. Ich begriff, daß sie nie mit Fisch geschlafen hatte, ihm aber all die Jahre hündisch ergeben war. Ihr mageres, steriles Gesicht verriet die alte Jungfer: spitze Nase, fliehendes Kinn, eingefallene Wangen – arme Soja! »Vielleicht solltest du lieber auf deine Jungfernschaft pfeifen und dir einen knackigen Kerl fürs Bett kaufen? Du verdienst doch gut.«

»Halt den Mund!«

»Warum? Langjährige Treue wird gut bezahlt. Und du weichst ja nicht von seiner Seite. Du wirst ihm weiter mit Hundeaugen hinterherlaufen. Aber Fisch hat schon einen Hund, auch da bist du also fehl am Platz.«

»Untersteh dich, ihn Fisch zu nennen. Du kennst ihn ja kaum.«

»Klar, du kennst ihn seit fünfundzwanzig Jahren, aber was hast du davon? Fahr nach Hause, schlaf dich aus.«

»Ich fahre, wann ich will. Ich laß mich doch nicht von einem Betthäschen herumkommandieren.«

Sie trank den letzten Schluck Wodka aus ihrer Flasche und sah mich durchdringend an.

»Du mißfällst mir sehr.«

»Ich kann auch nicht behaupten, daß ich von dir entzückt bin«, parierte ich. »Wir sind also quitt.«

»Du mißfällst mir mehr als alle seine bisherigen Eintagsfliegen.«

»Ich bin keine Eintagsfliege.«

»Du bist ihm zu nahe gekommen. Das spüre ich. So nahe wie bislang noch keine. Ich weiß nicht, womit du ihn bestochen hast.«

Sojas trunkene Nachdenklichkeit verunsicherte mich. War die unerwiderte Liebe einer Frau vielleicht scharfsichtiger als die Liebe eines Hundes?

»Wenn du versuchst, ihm zu schaden«, sagte Soja, die nun dicht vor mir stand, »wenn du ihm auch nur ein Haar krümmst ... Dann bringe ich dich um. Ich werde dich finden, egal wo. Daß du es weißt.«

»Ich nehme es zur Kenntnis.« Nur mit Mühe konnte ich den ironischen Ton wahren. »Aber ich sage dir auch etwas: Übernimm dich nicht. Besonders jetzt. Erlöse ihn für eine Weile von deiner erstickenden Anhänglichkeit, das wäre besser für alle.«

Meine Worte trafen sie wie Peitschenhiebe.

Warum beunruhigte diese Frau mich so? Zwischen ihr und Fisch mußte es noch etwas geben außer ihrer aufdringlichen unerwiderten Liebe, sonst hätte er sich längst von ihr getrennt. Fisch war nicht der Typ, der eine glühende Verehrerin aus der Studentenzeit aus Mitleid behielt. Sie war sich ihrer Macht über ihn sehr sicher. Die Hoffnung auf Sex mit ihm hatte sie vermutlich aufgegeben. Sie hätte nicht einmal gewußt, was sie mit ihm machen sollte; alte Jungfern in ihrem Alter zittern vor der fleischlichen Lust ebenso wie selten praktizierende Ärzte vor ihren Patienten. Aber meine flüchtigen psychologischen Mutmaßungen scherten sie nicht. Sie drehte sich zu mir um und fragte schamlos: »Erzähl mal, wie ist er denn im Bett?«

»Warum soll ich dir Kummer machen? Du bekommst ihn sowieso nie.«

Sehr gut, pure weibliche Bosheit, soll sie ruhig denken, ich bin genauso wie seine Flittchen bisher. Vielleicht läßt ihr Haß dann etwas nach. Haß macht nämlich nicht blind, wie Unerfahrene meinen. Im Gegenteil, Haß schärft die Hellsichtigkeit des Herzens und den Verstand. Und davor muß ich auf der Hut sein.

»Du irrst, wenn du glaubst, ich würde ihn nie bekommen. *Ich habe ihn bereits. Und ich werde bis zum Ende bei ihm bleiben.*«

Das klang interessant. Was für ein Ende meinte dieser armselige Blaustrumpf? Was ihre offenkundige Häßlichkeit anging, hatte ich voreilig geurteilt: Der glühende Haß auf mich brachte Glanz in ihre trüben Augen, verlieh ihren fahlen Wangen eine sanfte Röte und ihren ausdruckslosen Lippen Sinnlichkeit. Die Metamorphose ihres Gesichts faszinierte mich derartig, daß ich mich nicht zurückhalten konnte.

»Weißt du, Haß steht dir. Er verleiht dir sogar so etwas wie Charme. Ich rate dir: Wenn du Fisch haben willst, dann hasse ihn.«

Meine Worte hatte eine verblüffende Wirkung auf Soja. Sie rutschte auf den Boden, schlug die Hände vors Gesicht und sagte schluchzend: »Ich hätte ihn schon so oft vernichten können. Ich kann es nicht. Ich kann nicht.«

Eine interessante Wendung, dachte ich träge, während ich Sojas Hände betrachtete. Schlimmer ging es kaum: Von früher Arthritis gepeinigte Finger mit herausfordernd kurzen Nägeln. Keinerlei Maniküre; der einzige schüchterne Versuch, sie zu veredeln, war ein teurer Ring. Sehr teuer. Frauen kaufen sich nie selbst Ringe. Womit mochte sie sich diesen schicken Brillanten verdient haben?

»Hübscher Klunker«, sagte ich zynisch. »Fisch hat einen tollen Geschmack. Der Lohn für langjährige Treue? Oder für kleine intime Dienste?«

Soja, die auf dem Boden saß, packte meine Beine. Ich verlor das Gleichgewicht, fiel zu Boden und sah dicht vor mir ihr angstverzerrtes Gesicht.

»Wer bist du? Wo kommst du her?«

Noch ehe ich antworten konnte, rissen starke Arme Soja von mir weg. Fisch. Natürlich Fisch.

Schnell aufstehen, er durfte mich nicht gedemütigt sehen. Aber Fisch schien mich gar nicht zu beachten. Er rüttelte an Sojas Schultern.

»Ich wußte doch, daß du dich an sie hängen und ihr eine Szene machen würdest.« Mit einer Hand hielt er Soja noch immer fest, mit der anderen drehte er den Wasserhahn auf, schöpfte eine Handvoll Wasser und wusch ihr das Gesicht. Ein Schatten müden Abscheus huschte über sein Gesicht.

»Spionierst du mir wieder nach, Liebling? Ich hab dir doch gesagt, du brauchst keine Angst zu haben.«

»Sei still. Du bist betrunken.«

»Du weißt doch, warum ich trinke.«

»Verzeihen Sie ihr, Anna.« Endlich bemerkte er mich. »Verzeihen Sie bitte.«

»Das wird ja immer schöner.« Soja lachte bellend. »Sich vor diesem Flittchen rechtfertigen.«

Nun gab Fisch seiner Wut nach und schlug sie ins Gesicht.

»Prima, Fisch, zeig dem Mädchen, wozu du fähig bist.«

»Ich sage den Jungs, daß dich einer nach Hause fahren soll.«

»Willst du mich nicht selbst nach Hause bringen?«

»Soja, ich bitte dich ...«

»Du brauchst mich nicht zu bitten, wenn es um dich geht, Fisch. Das solltest du wissen. Ich werde dich nie, niemals verraten. Selbst wenn du mich dafür umbringen müßtest. Verstehst du mich?«

Langsam wurde es interessant. Aber mehr bekam ich nicht zu hören. Fisch verschloß ihr mit der Hand den Mund, und sie erschlaffte in seinen Armen.

»Ich bitte dich, Soja ... Bitte. Komm.«

»Ja. Entschuldige die wilde Szene.« Sie war wieder zu sich gekommen. »Sag Ljoschik, er soll mich nach Hause bringen. Ich kann nicht mehr fahren.«

»Ja, natürlich.« Fisch begleitet Soja hinaus und warf mir einen verzweifelten Blick zu: Verzeih, verzeih mir ...

Ich nickte wortlos: Alles in Ordnung.

Allein mit meinem Spiegelbild, legte ich sorgfältig neuen Lippenstift auf und dachte über Sojas Worte nach. Wenn das kein betrunkenes Gefasel war (Und das war es nicht, da war ich sicher!), existierte zwischen Fisch und Soja ein Geheimnis. Soja würde es nie benutzen, um ihn zu zähmen, sie würde ihn niemals erpressen, dafür war sie ihm zu sehr ergeben. Nur die Wahrung des Geheimnisses garantierte ihr einen Platz an seiner Seite. Es mußte etwas Ernstes sein, sonst hätte Fisch, stark und temperamentvoll, wie er war, sie längst zum Teufel gejagt; schließlich hatte er vor nichts Angst, und kleine Laster verliehen Menschen seines Formats nur etwas Pikantes. Und Soja gefiel dieses sadomasochistische Spiel.

Soja, Soja ... Ich mußte Lapizki auf sie ansetzen. Merkwürdig, daß in dem Dossier über Fisch, das Lapizkis Männer so penibel zusammengetragen hatten und das Fisch und seine Umgebung so anschaulich beschrieb, der Sekretärin lediglich ein Absatz gewidmet war. Obwohl, irgendwie war das verständlich: Man konnte sich kaum ein ungleicheres Paar vorstellen als den imposanten Fisch und seine häßliche Sekretärin.

Auf der Rückfahrt schwiegen wir. Der Abend, der so verheißungsvoll begonnen hatte, war hoffnungslos verdorben – so sah es Fisch. Das besagten sein konzentriertes Profil und seine schuldbewußt heruntergezogenen Mundwinkel; selbst die Falte auf seiner Stirn signalisierte Mißmut.

Dann hielt er das Schweigen nicht mehr aus. »Das ist alles sehr dumm gelaufen. Ich hatte mir so gewünscht, daß das Fest ein Erfolg wird.«

»Das Fest war ein Erfolg.« Ich berührte tröstend seine Schulter. »Alles war großartig. Sie haben eine großartige Mannschaft. Ich wäre glücklich, wenn sie mich aufnehmen würden.«

»Das haben sie bereits.« Fisch wurde lebhafter. »Die Jungs sind wirklich toll.«

Bemüht, mich die Sache mit Soja vergessen zu machen, erzählte er mir von seinen Journalisten. Ich unterbrach ihn nicht. Während er redete, konnte ich in Ruhe über die Szene in der Toilette nachdenken.

»Sie hören mir gar nicht zu«, sagte Fisch plötzlich.

»Entschuldigung.«

Sei vorsichtig, nicht die Zügel schleifen lassen, das kannst du dir nicht erlauben, du mußt dranbleiben.

»Sind Sie immer noch sauer auf Soja?«

Natürlich war ich sauer, was denn sonst. Es war nicht gerade angenehm, auf dem Boden einer Toilette zu liegen und von einer durchgedrehten Sekretärin gewürgt zu werden.

»Ignorieren Sie es einfach.«

In Fischs Augen flackerten erneut Schuldbewußtsein auf und die Hoffnung, den Zwischenfall gütlich beizulegen.

»Kann ich meine Schuld irgendwie wiedergutmachen?«

»Ich denke schon.« Ich legte meine Hand auf die von Fisch; das tat ich zum erstenmal, und ich drückte mit dieser Geste alles aus, was eine Hand, die im Vorgefühl der Nacht verlangend brennt, ausdrücken kann: Du siehst doch, Fisch, ich bin bei dir, ich will bei dir sein, ich will neben dir aufwachen, ich war so lange auf der Suche, ich habe mich so lange nicht entschließen können, ich hatte solche Angst, einen

Fehler zu machen, und ich mußte meine Angst mit einem Knüppel antreiben wie einen räudigen Köter, denn nur diese Angst schützte mich vor dir, vor deinem Charme, vor deiner nächtlichen Ruhelosigkeit und deiner rührenden Gewohnheit, dem Hund eigenhändig das Fressen zu kochen. Ich bin doch nur eine von vielen. Aber jetzt brauche ich die Angst nicht mehr, nicht vor dir und nicht vor mir. Du hast meine Hand genommen, und jetzt nehme ich deine Hand. Heute nacht will ich bei dir sein.

Fisch hielt an und löste die Hände vom Lenkrad. Meine Hand lag noch immer auf seiner, die ganz verkrampft war, aus Angst, das Falsche zu tun. Gut, dann würde ich den ersten Schritt machen. Ich beugte mich zu Fisch und küßte ihn auf die harte, glattrasierte Wange, auf den äußersten Mundwinkel: Ich bin bereit, weiter zu gehen, aber ich lasse mir den Rückzug offen. Alles hängt von dir ab, Fisch.

Er begriff.

Er drehte nur ganz leicht den Kopf – eine kaum wahrnehmbare Bewegung –, und seine Lippen lagen auf meinen. Sie waren vorsichtig, übertrieben vorsichtig. Aber das täuschte mich nicht: Hinter der unsicheren Mauer spürte ich das dumpfe, wütende Toben der Leidenschaft. Noch ein wenig, und der gewaltige Strom würde die Schleusen durchbrechen und uns beide davontragen, mich und ihn.

Je vertrauter Fischs Lippen mit meinen wurden, desto fordernder wurden sie: Erwidere meinen Kuß, komm, küß mich! Mein Gott, das war so süß und bitter, mir schwindelte, aber ganz anders als bei einer Gehirnerschütterung. Und es schmerzte, aber ganz anders als ein verletzter Arm. So etwas hatte ich noch nie erlebt. Warum war ich in sein Haus gekommen? Alles hätte doch auch ganz anders sein, wir hätten uns unter anderen Umständen kennenlernen können, in einem anderen Leben, in dem ich nichts zu tun hatte mit Lapizki, mit Figaro, mit Erik, mit mir selbst. In jedem anderen Leben, in dem ich nicht mein Gesicht und meine Seele hätte verändern müssen.

Du hast einfach lange nicht richtig geküßt, Anna. Vielleicht im früheren Leben, aber das zählt nicht. Entdecke alles neu und lerne, dich zu beherrschen, sonst erreichst du nie, was du erreichen willst. Ein Kuß ist wie der andere, es sind immer dieselben Nervenzentren beteiligt, würden Alexandra und Alexander im Chor versichern. Aber Geheimnisse hat jeder seine eigenen. Vergiß nicht, warum du jetzt hier in Fischs Auto sitzt.

»Fahren wir nach Hause«, sagte ich mit geschlossenen Augen.

»Ja.« Fisch fuhr so jäh an, daß ich gegen die Lehne geschleudert wurde.

Er machte kein Licht. Hinter der Glaswand lag Moskau – ein Nachtlicht zu unseren Füßen, Millionen Kerzen direkt im Zentrum der Leidenschaft, das genügte. Gleich an der Tür rissen wir einander die Kleider vom Leib, der herbeihumpelnde Hund war uns egal. Wieder fühlte ich, daß ich die Kontrolle über mich verlor. Seine Küsse wurden immer drängender, seine Hände auf meinem Körper immer unkoordinierter. Und ich fügte mich, ließ mich zum Idealbild der Geliebten formen. Alles würde ganz anders laufen, als ich geplant hatte, ohne die erotischen Raffinessen von Alexandra und Alexander, ganz banal und wundervoll in seiner Banalität; ich mußte mich nur ihm anvertrauen.

»Komm ... Komm ins Bett«, sagte ich atemlos und spürte, daß ich mir genau das sehnlichst wünschte. »Komm, Liebster.«

Doch Fisch löste unvermittelt seine Arme von mir, so daß ich beinahe hingefallen wäre. Die willenlos geöffneten Hände noch auf meinem Kleid, rutschte Fisch auf den Fußboden und ließ den Kopf auf die Knie sinken. In seiner Pose lag solches Leid, daß ich gar nicht auf die Idee kam, gekränkt zu sein, obwohl ich jetzt dazu allen Grund gehabt hätte. Ich tat, was eine kluge Frau in dieser Situation zu tun hatte.

»Stimmt etwas nicht, Liebster?«

»Doch, doch ... Verzeih, verzeih mir.« Er umarmte mich erneut und drückte mich an sich, aber nun lag darin nicht allesverzehrende Leidenschaft, sondern abgrundtiefe Verzweiflung, als suche er bei mir Schutz. »Verzeih mir bitte.«

Ich schwieg. Ich wußte nicht, wie ich darauf reagieren sollte. Er deutete mein Schweigen auf seine Weise.

»Ich hasse mich. Ich hasse mich. Ich habe gewußt, daß ich eines Tages bezahlen muß. Aber ich wußte nicht, daß der Preis so hoch sein würde. Willst du etwas trinken?«

»Ich will bei dir sein«, antwortete ich störrisch. »Mir ist egal, was morgen ist, aber heute will ich bei dir sein. Das habe ich noch zu niemandem gesagt.«

Er stöhnte und preßte mich fester an sich. Meine Schulterwunde meldete sich.

»Du tust mir weh«, seufzte ich beherrscht. Ich ließ offen, was ich meinte: die Wunde oder die törichte Situation an der Tür.

Er reagierte, als hätte er einen elektrischen Schlag bekommen: »Verzeih mir.«

Er bedeckte meine Arme und mein Kleid mit fieberhaften Küssen.

Es war Zeit, diese Verhöhnung des Fleisches zu beenden. Vorsichtig schob ich sein Gesicht von mir weg und schlüpfte aus seinen Armen.

»Wohin willst du?«

Er sah unerträglich verzweifelt aus.

»Ich hole was zu trinken. Du wolltest doch etwas trinken.«

»Mein Gott, mein Gott!«

Ich holte Wein und ein Glas.

»Und du?« fragte Fisch hoffnungsvoll.

»Ich will nicht.«

Da zerdrückte er das dünne Weinglas in der Hand. Es zersprang mit klagendem Klirren. Blut rann über Fischs Finger. Er legte den Kopf in den Nacken und leerte in einem Zug die halbe Flasche. Um mich irgendwie zu beschäftigen, nahm ich seine verletzte Hand und führte sie an meine Lippen. Er riß die Hand so hastig weg, daß er um ein Haar mein Gesicht getroffen hätte.

»Nein! Nein, nur das nicht. Faß mich nicht an!«

»Gut.« Ich preßte die Finger gegen meine Schläfen. »Soll ich gehen?«

Er zitterte. In jedem anderen Fall, in jeder anderen Situation hätte ich das lächerlich gefunden: Ein Kerl wie ein Baum und zittert wie Espenlaub. Aber mir war jetzt nicht zum Lachen zumute. Ich konnte meinen Blick nicht lösen von seinem erbleichten Gesicht, seinen fieberhaft glänzenden Augen und seinem von Krämpfen geschüttelten Körper.

»Ich will nicht, daß du gehst. Ich weiß, ich kann dich nicht halten. Wenn du gehst, bist du im Recht. Aber wenn du gehst, dann ist alles sinnlos.«

»Erklär mir, was los ist. Erklär's mir, und ich werde es verstehen.«

»Niemand ist so gut wie du. Noch keine habe ich so gewollt wie dich ... Mein Gott, was für abgeschmackte Worte. Nein, das ist es nicht, das ist es alles nicht. Ich habe noch nie jemanden so gebraucht wie dich. Das habe ich noch zu keiner Frau gesagt. Du bist die erste, zu der ich das sage.«

»Was ist dann das Problem? Ich bin hier, ich warte auf dich.«

»Wenn du alles weißt ... Wirst du weggehen.«

»Du kennst mich schlecht.« Oh, wie schlecht du mich kennst, Fisch! Weggehen, jetzt, da ich die Tür zu deiner Seele gerade einen Spaltbreit geöffnet habe? Nein, ich werde nicht weggehen. »Ich werde nie weggehen. Ich will bei dir sein.«

Mein Gott, kommen diese leidenschaftlichen Worte wirklich aus meinem Mund? Warum fällt es mir so leicht, sie auszusprechen? Habe ich denn nichts Menschliches mehr in mir, nicht einmal mehr Mitgefühl? Hat Lapizki meine ohnehin sterile Seele so gründlich ausgehöhlt? Ich bin eine Komödiantin, eine ganz erbärmliche!

»Es kann noch alles gut werden«, sagte Fisch zusammenhanglos, einen Arm um mich gelegt und die verletzte Hand hinterm Rücken versteckt. »Sie haben gesagt, alles kommt wieder in Ordnung. Ich muß nur Geduld haben.«

»Wovon redest du?«

»Ich werde es dir erzählen, und du wirst alles verstehen. Aber nicht jetzt, nur nicht jetzt.«

»Nichts kann zwischen uns stehen, höchstens der Tod.« Mein Gott, ein Pathos wie in einem billigen Liebesroman. Nicht übertreiben, Anna!

Aber Fisch merkte das nicht, er lächelte auf einmal fröhlich, wie ein kleiner Junge, und sagte: »Na, von Tod ist nicht die Rede. Wirst du auf mich warten?«

»Ich werde warten.«

»Du fragst nicht einmal, wie lange.«

»Es ist mir egal, wie lange.«

»Meine Liebe … Du kannst von mir alles bekommen.«

»Ich brauche nichts. Nichts außer dir.« Goldrichtig, Anna, das sind die passenden Worte, überraschend aufgeflammtes Gefühl operiert nur mit solchen Kategorien. »Hast du das denn noch immer nicht begriffen?«

»Doch. Ich habe alles begriffen. Aber du solltest mich jetzt lieber nicht berühren. Sonst kann ich mich nicht mehr beherrschen.«

»Du mußt dich nicht beherrschen.«

»Du verstehst nicht …« Wieder verzerrte die Qual sein Gesicht.

»Gut, wie du willst.«

Endlich ließ er mich los, stand auf und ging ins Bad, wobei er alle ihm in den Weg ragenden Details des Los Angeleser Designs herunterriß. Ich blieb neben der Wohnungstür sitzen. Ich begriff, daß es nicht an mir gelegen hatte: Ich war keusch und sexy gewesen, diesen Cocktail mögen alle Männer, wenn sie sich mit ernsten Absichten einer Frau nähern. Es lag an Fisch. Na schön, vergiß das hoffnungslos verdorbene Kleid und warte auf Erklärungen. Und die werden folgen. Fisch muß klar sein, daß das Unausgesprochene zwischen uns das aufkeimende Gefühl töten kann.

Und jetzt sei brav, spiel nicht die Beleidigte, tu so, als wäre nichts geschehen.

Als Fisch aus dem Bad kam, war ich schon umgezogen und hatte das Bett gemacht. Fisch nahm die Leine vom Haken und pfiff leise nach Alter.

»Bleibst du lange?« fragte ich zwanglos, als hätte es die bedrückende Szene an der Tür nicht gegeben.

»Ich gehe nur mit dem Hund spazieren.« Eine fast idyllische Eheszene, die bedeutete: Warte nicht auf mich, geh ins Bett, Mädchen, ich muß über vieles nachdenken. Er kam erst nach drei Stunden zurück, als ich es schon müde war, auf ihn zu warten. Er fand mich vor, wie er mich vorfinden sollte: Die geliebte Frau, zusammengerollt, vom Schlaf übermannt. Durch die halboffenen Augen sah ich, wie er, bemüht, keinen Lärm zu machen, sich schwer in den Sessel neben dem Bett fallen ließ.

Fisch wirkte unglücklich, niedergeschlagen und grenzenlos verliebt. Ein solcher Mann war eine leichte Beute. Zehn zu eins: Sobald er es satt hat, mich anzusehen, wird er sich vorsichtig meinem Bett nähern, meinem Gesicht, meinen Lippen, und sie sanft küssen. Mehrmals fiel ich in Halbschlaf, Fisch aber saß noch immer da und bewachte meinen leichten Schlaf. Schließlich hielt er es nicht mehr aus, kam zum Bett, kniete sich davor und tastete mit weichen Lippen vorsichtig mein Gesicht ab.

»Wie spät ist es, Liebster?« fragte ich so verschlafen wie möglich.

»Gleich sechs. Schlaf, Mädchen.«

»Legst du dich nicht hin?«

»Nein, ich muß noch arbeiten.« Fisch streichelte mich mit der ordentlich verbundenen Hand.

Ich schnappte mit den Lippen danach. Diesmal entzog Fisch sie mir nicht; er schaukelte mein Gesicht darin wie in einer Wiege.

»Soll ich dir Kaffee kochen?« Mein Gott, woher hatte ich diesen Ton der vorbildlichen Hausfrau, die auf spiralförmige Kerzen, handgeknüpfte Teppiche und teure Seife steht?

»Das mache ich selbst. Schlaf.«

Fisch ging sehr früh aus dem Haus. Er war ganz leise, ich

hörte nicht einmal den Kaffeelöffel gegen die Tasse schlagen oder das Schloß seiner teuren Aktentasche schnappen. Er war leise, obwohl er wußte, daß ich nicht schlief. Und ich wußte, daß er es wußte – ein unschuldiger Betrug, durch den wir Zeit gewannen; eine Erweiterung der Regeln des Spiels, das wir seit gestern abend spielten. Ich stand erst auf, als die Tür hinter ihm zugeklappt war. Sieben Uhr. In vier Stunden würde ich mich mit Lapizki treffen. Ich hatte also Zeit, meine chaotischen Gedanken nach dieser schlaflosen Nacht zu ordnen. Ich besaß noch keine klare Hypothese, aber ich würde jedenfalls nicht mit leeren Händen zu meinem Jesuiten kommen.

Wir saßen in einem Straßencafe und tranken Bier. Ich bestellte gesalzene Nüsse dazu, der Hauptmann Klippfisch. Gekonnt zerlegte er den fettriefenden Fisch und sortierte die Teile in rituelle Häufchen: Schwimmflossen, Gräten und Knorpel.

Über dem Fisch kreisten Wespen, aber der Hauptmann schien sie zu ignorieren.

»Du siehst toll aus, Anna.« Der Hauptmann grub seine kräftigen Zähne in den Fischrücken. »Schöner als vorher. Die Verletzungen haben dich veredelt. Und – liegt der Klient im Staub, klirrt mit der Rüstung und greift nach den Volants an der Krinoline der schönen Dame?«

»So etwa. Mehr will er vorerst nicht«, sagte ich selbstzufrieden und legte dem Hauptmann Duplikate der Wohnungsschlüssel von Fisch hin.

»Sieh mal an, wie bescheiden. Wer hätte das gedacht! Und ich dachte, ihr vögelt, daß das Bett wackelt.« Ohne hinzusehen, nahm der Hauptmann die Schlüssel vom Tisch und steckte sie ein.

»Werd nicht geschmacklos.«

»Oh, wie keusch! Kannst dich wohl nicht von deiner Rolle trennen? Oder hast du dich etwa verliebt?«

»Sag bloß, du bist eifersüchtig, Hauptmann?«

»Ein bißchen.«

»Was ist mit den Ampullen? Ich hoffe, es war keine Askorbinsäure drin?«

»Woher hast du sie?«

»Aus dem Mülleimer.«

»Er spritzt sich?«

»Alle drei Tage.«

»Das mit den Ampullen ist komisch.«

»Was meinst du?«

»Die chemische Zusammensetzung. Die Komponenten sind alle bekannt. Aber ihre Kombination ... Unsere Yuppies im Labor kratzen sich vorläufig noch den Schädel. Bisher gibt es mehr Fragen als Antworten.«

»Ich habe auch eine. Seine Sekretärin.«

»Seine Sekretärin? Eine klägliche Person. Keine Ahnung, was die beiden verbindet außer Vorlesungsmitschriften zur Geschichte der Journalistik von vor zwanzig Jahren.«

»Sie ist in ihn verliebt. Seit der Uni.«

»Es gibt also noch ewige Werte«, sagte der Hauptmann nachdenklich und saugte an einer Schwimmflosse.

»Verliebt ist nicht das richtige Wort. Sie ist eine von den Fanatikerinnen, die am Grab ihres Idols Selbstmord begehen. Sich eine Pistole tief in den Hals schieben und dabei nicht einmal Brechreiz verspüren.«

»Spar dir bitte die lyrischen Abschweifungen.«

»Ich glaube, man sollte sie observieren.«

»Damit sie sich keine Pistole in den Hals schiebt?«

»Ich kann mich irren, aber irgend etwas verbindet die beiden.«

»Ich sehe, du bist auch eifersüchtig.«

»Nicht das, was du denkst. Sex braucht sie nicht.«

»Die Glückliche!«

»Sie kompensiert Sex durch etwas anderes, etwas, wodurch sie sich mit der Lage der Dinge abfindet. Irgendein Geheimnis, in das sie eingeweiht ist. Und an dem sie ganz aktiv beteiligt ist.«

»Hat das etwas mit dem chemischen Rätsel zu tun, mit dem wir uns deinetwegen herumschlagen dürfen?«

»Ich weiß es nicht.«

Der Hauptmann, der bislang ausgesehen hatte wie ein träger Büchsenbierkonsument, fing plötzlich mit einer jähen Handbewegung eine besonders aufdringliche Wespe. Er fürchtete nichts, das Schwein, nicht einmal einen Wespenstich in die Hand.

»Erstaunlich. Wespen mögen Klippfisch. Findest du das nicht pervers?«

»Ich finde nichts mehr pervers.«

»Da hast du auch wieder recht.« Er öffnete die Faust: Die Wespe summte in seiner Hand. Der Hauptmann hob sie dicht vors Gesicht, und genau so akribisch, wie er den Fisch zerlegt hatte, riß er ihr die Flügel aus, erst einen, dann den anderen.

Wieder in Fischs Wohnung, duschte ich und zog sein Hemd an. Nach der durchwachten Nacht brauchte ich ein bißchen Schlaf, um für die Vorstellung heute abend gerüstet zu sein. Daß sie stattfinden würde, stand für mich fest.

Das Telefon klingelte unablässig, aber nur einmal entschloß ich mich abzunehmen. Und erwischte sofort Fisch. Seinen von Störungen in der Leitung leicht verzerrten weichen Bariton hätte ich unter Tausenden erkannt.

»Guten Tag. Ich habe schon ein paarmal angerufen. Du warst nicht da.« Er machte eine kurze Pause und fuhr dann mit brüchiger Stimme fort: »Ich dachte, du bist weg.«

»Ich würde nicht gehen, ohne mich zu verabschieden.«

»Du wartest auf mich, um dich zu verabschieden?«

»Nein.«

»Du wartest auf mich, um zu bleiben?«

»Nein, ich warte einfach«, erinnerte ich ihn sanft an die gestrige Szene.

»Ich dachte, du bist weg«, wiederholte er stumpf, und ich war mir nicht mehr sicher, was bei ihm überwog: der leidenschaftliche Wunsch, ich möge gehen, oder der leidenschaftliche Wunsch, ich möge bleiben.

»Und ich dachte, du bist auf einer Dienstreise«, parierte

ich. »Eine gängige Methode, Probleme zu lösen. Bei starken, selbstbewußten Männern.«

»Du bist mir nicht böse?«

»Nein, Liebster.« Ich mußte ihm das gepflegte, glänzende Fell streicheln, ihm zu verstehen geben, daß ich ihn nie verlassen würde. »Ich bin dir nicht böse.«

»Du bist ein kluges Mädchen. Habe ich dir das schon gesagt?«

»Du warst so unvorsichtig.«

»Heute komme ich später. Ich habe viel zu tun im Sender.«

Das bezweifle ich nicht, daß du heute später kommst; zum Glück mußt du nicht einmal lügen. Du wirst wieder warten bis tief in der Nacht, bis das Bett gemacht ist und mein schlafender Körper darin liegt. Dann wirst du dich wieder in deinem Lieblingssessel verschanzen und mich ansehen.

Aber er kam wesentlich früher, als ich vermutet hatte, und brachte mir eine schwarze Orchidee in einer kleinen Plastikverpackung (aus dem Dossier wußte ich, daß er seinen Frauen üppige provinzielle Rosensträuße schenkte), eine Flasche leichten französischen Wein (aus dem Dossier wußte ich, daß er seine Frauen mit ordinärem halbsüßem Sekt abfüllte) und eine Einladung zum Abendessen in einem kleinen Café auf der Sretenka-Straße (aus dem Dossier wußte ich, daß er mit seinen Frauen ins »Metropol« ging). Die Orchidee nahm ich an, ohne einen Blick in die Verpackung zu werfen, das Abendessen lehnte ich ab.

Er hatte nicht mit einer Ablehnung gerechnet, trug sie aber mit Fassung. Das Unausgesprochene, das zwischen uns stand, verlangte von ihm eine grundlegende Entscheidung. Vermutlich verfluchte er nun seine Unbeherrschtheit gestern an der Wohnungstür und zuvor im Auto. Aber das war jetzt nicht mehr zu ändern.

»Weißt du«, sagte ich sanft, »ich glaube, ich gehe doch lieber zu mir.«

»Aber du hast gesagt ...«

»Es ist schließlich egal, wo ich auf dich warte, oder? Zeit und Ort spielen keine Rolle.«

»Doch.« Er konnte noch immer nicht verlieren. »Ich muß dich jederzeit sehen können.«

»Du kannst mich nicht jederzeit sehen. Schon wegen deiner Arbeit.«

»Ich muß wissen, daß ich dich jederzeit sehen kann.«

»Liebster«, ich kam ihm nicht näher, wir hielten die ganze Zeit Abstand voneinander, »Liebster, ich will dich nicht nur sehen. Ich ... Ich will dich lieben. Ich will bei dir sein.«

Ich ging zum Fenster und preßte meine Stirn gegen die Scheibe. Und nach einer Pause, um die Sarah Bernhardt mich beneidet hätte, sagte ich: »Ich will mit dir schlafen. Entschuldige, das klingt geschmacklos. Aber ich will mit dir schlafen. Ich bin machtlos dagegen.« Ein bißchen Schamlosigkeit konnte jetzt nicht schaden.

»Es klingt göttlich.« Er trat hinter mich, und ich spürte in jedem Wirbel, wie gern er mich berührt hätte. Jeden Augenblick würden seine Lippen sich in meinem Haar verirren.

Aber er berührte mich nicht.

»Magst du Orchideen?«

»Ich weiß nicht. Mir hat noch nie jemand exotische Blumen geschenkt. Abgesehen von zerdrückten Edelweiß, die unsere verwilderten Bergsteiger mir zum Geburtstag ins Zelt geworfen haben.«

»Wann hast du denn Geburtstag?«

»Im Juli. Wieso?«

»Nur so, damit ich es weiß.«

»Aber komm nicht auf die Idee, mir eine Reise nach Euro-Disney zu schenken. Denk dran, ich bin eine Wilde.«

»Die bezauberndste Wilde, die ich kenne ... Ich werde mir etwas Beeindruckenderes einfallen lassen, das verspreche ich dir. Siehst du dir nun die Blume an?«

»Ja, natürlich. Entschuldige.«

Ich öffnete die Schachtel mit der Orchidee. Neben der Orchidee lag ein Flakon.

»Ist das Parfüm?«

»Das ist mehr als ein Parfüm. Es ist das, was ich über dich denke. Wie ich dich fühle.«

Schön, Fisch, sehr lieb. Ohne Tarnung zu sein, war gefährlich, das wußte ich, aber ich hatte bislang kein passendes Parfüm finden können. Lapizkis Unisex und das affektierte Parfüm des Stylisten Stassik, das an die professionellen Ausdünstungen einer erfahrenen Prostituierten erinnerte, reizten mich nicht. Vielleicht wurde der dritte Versuch ja ein Erfolg.

»Wie viele Frauen fühlst du denn genau so wie mich?«

»Andere Frauen haben damit nichts zu tun. Dieses Parfüm ist eine Sonderanfertigung. Ein Freund von mir ist Parfümeur. Ich habe ihm erzählt, daß ich die Frau meines Lebens gefunden habe. Ich habe versucht, dich zu beschreiben. Wie du bist: Wenn du schläfst, wenn du lächelst, wenn du mit mir sprichst, wenn du Kaffee kochst. Wenn du mit mir schweigst, wenn du vor nichts Angst hast und wenn du vor allem Angst hast. Wie zerbrechlich du bist und wie stark zugleich. Ich habe ihn gebeten, ein Parfüm für dich zu kreieren. Mach es auf. Es müßte dir gefallen.«

Ohne Fisch aus den Augen zu lassen, schraubte ich langsam den Verschluß ab und führte den Flakon an mein Gesicht. Es war der Duft einer Unbekannten, einer Frau aus einer anderen Welt, die meilenweit von mir entfernt war: Der Welt zarter Seidenwäsche, zärtlicher schlaftrunkener Umarmungen, zärtlicher Perserkatzen auf dem Arm, zärtlicher Sandkörner auf sonnengebräunter Haut, zärtlichen Kribbelns in den Fingern von sanften Berührungen, zärtlicher Küsse auf spitze Schlüsselbeine.

Dieser Duft war für mich fast eine Beleidigung.

Erst jetzt begriff ich, wie gründlich, wie hoffnungslos Fisch sich in mir täuschte, wie sehr er sich in die Sackgasse einer imaginären Leidenschaft hineinmanövriert hatte, aus der es keinen Ausweg gab. Genauso irrst du dich in deinem alten Hund, der ebenso bedauernswert ist wie du, der unfähig ist, in mir den Feind zu erkennen, einen ernsthaften, gefährlichen Feind, einen gnadenlosen, zynischen Feind.

Einen Feind, der gekommen ist, dein Leben zu zerstören.

»Was ist mit dir?« fragte Fisch leise. »Du weinst?«

Erst jetzt merkte ich entsetzt, daß stille Tränen über meine Wangen rollten. Das hatte noch gefehlt. Obwohl ... Obwohl, nüchtern betrachtet, war das die pikanteste, präziseste Reaktion; nehmen wir es also als gelungene Improvisation.

»Nein. Nein. Ich weine nicht.«

»Gefällt es dir?«

»Ich wußte nicht, daß ich so bin.«

»Du bist viel besser. Nichts kann ...«

Ich ging zu Fisch und legte ihm einen Finger auf die Lippen.

»Weißt du was, Liebster? Gehen wir essen.«

Wir fuhren in das kleine Café, von dem Fisch gesprochen hatte. An diesem Abend war es leer, bis auf uns und die unauffälligen, zuvorkommenden Kellner. Ich konnte mich auf nichts konzentrieren. Das Parfüm, das Fisch mir aufgezwungen hatte, brannte auf meinen Handgelenken und meinen Ohrläppchen wie ein Mal, ein Stigma, und verwirrte meinen armen, auf Fischs Vernichtung programmierten Kopf; ich hatte mich kaum noch unter Kontrolle.

Es ist schon zu weit gegangen. Jetzt kannst du ihn nicht mehr lieben, ohne ihn für immer zu verlieren. Jetzt kannst du Herrn Menschich nicht mehr die ganze Wahrheit erzählen, ohne daß er vor dir zurückweicht. Ein falsches Wort, eine falsche Bewegung, und du bleibst für immer im Niemandsland, wo keiner mehr was von dir wissen will, weder Fisch noch Lapizki. Und dann wäre eine Kugel in deinen hochmütigen Kopf das beste Ende.

Nein, ich will keine Kugel in den Kopf.

Fisch schrieb mit seinem Parker etwas auf eine Serviette und schob sie mir herüber.

»Warum schweigst du?« stand darauf.

»Ich atme durch und betrachte die Umgebung unserer Beziehung«, schrieb ich mit seinem Kugelschreiber zurück.

»Und wie gefällt dir die Landschaft?«

»Ich möchte darin bleiben.«

Bald war der Platz auf der Serviette erschöpft, und Fisch nahm eine zweite. Wir vertieften uns so in das unschuldige Spiel, daß wir den ganzen Abend schrieben und kein Wort sprachen.

»Ich liebe dich«, resümierte Fisch und unterstrich die Worte mit zwei energischen, keinen Widerspruch duldenden Linien.

Am liebsten hätte ich die Serviette zusammengeknüllt und mir den mit Dessert beschmierten Mund damit abgewischt.

Als wir nach Hause kamen, erstarrte Fisch augenblicklich, als spüre er Unheil. Ein paar Sekunden standen wir im Dunkeln und lauschten.

Schließlich hielt ich es nicht mehr aus . »Was ist los? Hörst du irgend etwas?«

Es hätte mir gerade noch gefehlt, Lapizkis Leute bei der Hausdurchsuchung zu überraschen.

»Das ist es ja, eben nicht. Alter«, rief er leise, wiederholte dann im Befehlston: »Alter, komm her!«

Der Hund, der normalerweise in der Nähe der Tür auf seinen Herrn wartete, kam nicht.

»Alter«, rief Fisch lauter.

Keine Regung, kein Klackern von Hundepfoten auf dem Parkett.

Ich langte nach dem Lichtschalter, aber Fisch hielt meine Hand fest.

»Warte. Alter, komm her, hab ich gesagt.«

Ich riß meine Hand aus Fischs Umklammerung und drehte den Schalter. Über der improvisierten Küche ging ein beruhigendes grünes Licht an. Fast neben uns lag Alter, die graue Schnauze auf die Tür gerichtet.

Er war tot. Das sah ich sofort: an den hilflos ausgestreckten Pfoten, an den trüben, verschleierten Augen. Aber Fisch – Fisch sah es nicht, er wollte es nicht sehen. Er hockte sich vor den toten Hund und schüttelte ihn sanft am Nacken.

»Steh auf, Junge. Komm, wir gehen spazieren. Deine geliebten Krähen sind da ...«

Mein Gott, was denn für Krähen, mitten in der Nacht? Er war verrückt geworden. Sah er denn nicht, daß der Hund tot war?

»Komm, spazierengehen.« Fisch zottelte noch immer das Fell des Hundes, das sich im Tod gesträubt hatte.

Der Anblick war unerträglich.

»Hör auf«, sagte ich, beinahe haßerfüllt. »Alter ist tot. Siehst du das denn nicht?«

»Tot?« fragte Fisch dümmlich. »Wieso tot?«

Er setzte sich auf den Fußboden, legte den Kopf des Hundes auf seine Knie und streichelte ihn sanft.

»Er war alt. Du hast ihn doch selbst Alter genannt.«

»Das war nur ein Name. Bloß ein Name, weiter nichts.«

Fisch preßte sein Gesicht an Alters Kopf, und seine Schultern bebten. Scheiße, dachte ich, was für eine komische Szene: Ein kräftiger Kerl, der schon mehr als einen Tod gesehen und selbst schon an seiner Schwelle gestanden hat, sitzt auf dem Fußboden und beweint wie ein Kind seine tote Promenadenmischung. Ich hätte ihn am liebsten geschlagen – nur, weil ich selbst solche Gefühle nie empfunden hatte.

Ich goß ein Glas voll Wodka und brachte es Fisch.

»Hier, trink.«

»Ja.« Er nahm das Glas und trank den Inhalt wie Wasser.

Nichts sagen, das könnte ihn nur noch mehr verletzen. Weil ich das begriff, ließ ich die beiden allein, kroch ins Bett und rollte mich zusammen. Ich hatte kaum noch ein Zeitgefühl, ich schlief ab und an kurz ein, wachte wieder auf, und Fisch saß nach wie vor genauso da und wiegte den Körper des toten Hundes.

Dann stand er auf, als habe er eine Entscheidung getroffen. Er kam zu mir und lauschte eine Weile auf meinen Atem.

»Du schläfst nicht?« fragte er.

»Nein«, antwortete ich.

»Ich fahre weg. Ihn begraben.« Das war alles, was er erklärte.

»Ja. Es tut mir sehr leid. Ich ...«

»Nein«, wehrte er ab, »nicht nötig. Ich fahre allein.«

Seltsam, aber Alters Tod erleichterte mich irgendwie. Ich hatte seine Zuneigung zu mir nie verstanden, seine Anhänglichkeit war mir unbehaglich, als hätte der Hund etwas über mich gewußt, das ich selbst nicht wußte.

Mein Blick fiel auf die nun nutzlosen Futternäpfe. Fisch würde vermutlich nicht den Mut aufbringen, sie wegzuwerfen, sie würden von einem Platz zum anderen wandern und den verheilenden Kummer immer wieder aufleben lassen. Von dir dagegen, Anna, werden nicht einmal Futternäpfe übrigbleiben, du besitzt *nichts Eigenes*, du hast nur das, was andere dir suggeriert haben: Lapizki, Erik, der Chauffeur Vitalik, der Leibwächter Vitjok mit dem Schulterschuß und sein widerlicher Boß Ilja Awramenko. Und das Schlimmste – du hast dich wie die tote Promenadenmischung inzwischen daran gewöhnt, aus Schüsseln zu essen, die man dir aufzwingt. Und sag nicht, es würde dir nicht gefallen.

Ja, ja, es gefällt mir. Und ich werde eines Tages auf Meißner Porzellan und böhmisches Kristall umsteigen. Niemand wird mich daran hindern können.

Ich erwachte, als Fisch mich wortlos und heftig an sich preßte. Seine Hände waren voller Erde, die einen intensiven, aufreizenden Geruch ausströmte. Er war stockbetrunken. Gleich wird er das ganze Bett besudeln, dachte ich plötzlich mit heftigem Widerwillen. Er roch unerträglich nach Hund. Ich biß die Zähne zusammen, zog seinen Kopf an mich und umschlang ihn mit beiden Armen.

»Beruhige dich, Liebster, beruhige dich.«

»Ich bin in Ordnung«, seufzte er. »Ich habe ihn begraben. Hinterm Stadtring.«

»Beruhige dich. Ich bin bei dir.«

»Du gehst nicht weg?«

»Nein.«

»Selbst wenn du erfährst, was ich dir erzählen will?«

»Du willst mir etwas erzählen?« Bloß jetzt das Glück nicht verscheuchen!

»Ja. Wenn ich es dir jetzt nicht sage ...«

»Vielleicht verschieben wir das lieber auf morgen früh? In deinem Zustand...«

»Wenn ich es jetzt nicht sage, bringe ich es später nicht mehr fertig. Ich will, daß du alles über mich weißt. Daß du mir vertraust.«

»Ich vertraue dir. Ich weiß alles über dich.«

»Nein, nicht alles. Ich bin krank.« Er preßte fest meine Hände.

»Hoffentlich nichts Ernstes?« reagierte ich dümmlich. Deshalb also die Ampullen im Bad! Er war krank – warum war mir dieser einfache Gedanke nicht schon eher gekommen? Ich schüttelte ärgerlich den Kopf.

»Doch. Sehr ernst. Aber jetzt habe ich eine Chance. Ich hoffe sehr darauf. Sonst ist alles sinnlos. Ich war in Swasiland. Du weißt, wo Swasiland liegt?«

Ich hatte keine Ahnung.

»Ich glaube, in Afrika.«

»Ja. Ein kleiner Pickel im Süden Afrikas. Ich Idiot hab mir diese Dienstreise selbst organisiert, bloß, weil vor mir noch kaum ein Russe dort war. An der Uni kannte ich eine Mulattin, sie war so was wie meine erste Liebe. Natascha, ein Kind der Weltfestspiele, Frucht des Verhältnisses ihrer Mutter mit einem Delegierten aus Ghana. Natascha aus Moskau. Aber sie trank Wodka und fluchte so obszön, daß ich mich nicht einmal entschließen konnte, mit ihr zu schlafen. Ich war verrückt nach ihr, wenn ich sie von weitem sah, aber sobald sie näher kam, war sie eine gewöhnliche Moskauer Schlampe. Gott, was rede ich da für einen Schwachsinn ...«

»Ich höre dir zu, Liebster.«

»Dann hat sie einen Kerl von der Mathe-Fakultät geheiratet, Zwillinge gekriegt, ist schrecklich fett geworden, und von der exotischen Blume blieb nur noch die Hautfarbe.«

Interessant, wollte er mir von jedem auch nur potentiellen Verhältnis erzählen? Dann wären wir in zwei Tagen noch nicht fertig ...

»Und in diesem verdammten ... Ein unaussprechlicher Name ...« Seine Trunkenheit behinderte ihn. »Mbabane, genau. Das erste, was ich da gemacht hab – ich hab mit einer Prostituierten geschlafen. Ich habe sonst nie mit Prostituierten geschlafen. Das war das erste und letzte Mal ... Ich hatte das längst vergessen, inzwischen war eine Menge Zeit verstrichen ...«

Erst jetzt ging mir der Sinn der Geschichte auf. Er war so simpel, daß ich beinahe losgelacht hätte. Das Blut auf seiner Hand, die ich mir nicht einmal ansehen durfte, und nun diese häßliche, aber einleuchtende Geschichte mit der Prostituierten aus der Stadt mit dem unaussprechlichen Namen. Der Schrecken aller korrupten und unsauberen Politiker, der Besitzer eines Fernsehsenders von erheblichem Gewicht, das Idol aller Provinzjournalisten und giftiger alter Sekretärinnen – er hatte doch nicht etwa ganz banal AIDS?

»Das Ganze war längst vergessen, jeder Mann hat solche Momente, das ist ohne Bedeutung. Und dann fing der Mist mit den Krankheiten an. Ich habe es nicht weiter beachtet, habe versucht, es zu ignorieren ...«

Klar, deine Tuberkulosekindheit hat dir fürs ganze Leben gereicht, hat dir einen Haß auf Krankheit jeder Art eingeimpft. Krankheiten konnten dich mal, ein einziger Willensakt genügte, und du hast drauf gepfiffen, dir einen Scheißdreck daraus gemacht.

»Und dann brach alles zusammen.« Fisch klammerte sich an mein Gesicht, um nicht endgültig in den Abgrund der bedrückenden Erinnerungen zu stürzen. Die Erde an seinen Händen roch so intensiv, daß es mir beinahe den Atem nahm, aber ich hatte nicht die Kraft, ihn zurückzustoßen. »In Jugoslawien kam alles raus, in Vukovar, als ich den ersten Anfall hatte. Und dann diese Wahnsinnslungenentzündung. Ich habe AIDS, Anna.«

Es kostete ihn große Überwindung, das auszusprechen.

Doch als das Wort raus war, wich die Verkrampfung, er löste sogar seine Hände von mir. Aber ich überwand mich und zog sie wieder an mich.

»Ja. Ich verstehe.«

»Du verstehst? Und was …«

»Nichts. Das ändert nichts.« Das Spiel war so gut wie vorbei, jetzt durfte ich nur beim Finale keinen Fehler machen.

»Wirklich? Mädchen …«

Ich küßte ihn ermutigend auf die Nase. Genau so mußte eine treue, aufopferungsvolle Frau sich verhalten.

»Aber damit ist die Geschichte noch nicht zu Ende. Ich kam zurück nach Moskau. Ich hatte nicht mehr viel Zeit, am meisten fürchtete ich jedoch nicht den Tod, nein, den hatte ich oft genug gesehen. Am meisten fürchtete ich, daß jemand von der Krankheit erfuhr. Der Sender kam gerade auf die Beine, Hunderte von Leuten vertrauten mir und Hunderte von Leuten waren darauf erpicht, mich in den Dreck zu ziehen. Ich hatte nicht das Recht zu sterben, die Arbeit im Stich zu lassen … Aber allein damit fertigzuwerden war auch unmöglich.«

»Und da hast du Soja alles erzählt«, sagte ich nachdenklich.

Fisch sah mich verwirrt an.

»Ja. Ich habe Soja alles erzählt. Woher weißt du das?«

»Du hast mich doch selbst zur Psychologin ernannt. Außerdem muß man kein Psychologe sein, um zu merken, daß es zwischen euch etwas gibt, das stärker bindet als jeder Sex.«

»Ich bin ein mieses Schwein.« Fisch zeigte verspätete Reue. »Ich habe sie einfach benutzt. Ich habe ihr mein Geheimnis anvertraut, weil ich genau wußte, daß sie eher stirbt, als mich im Stich zu lassen.«

»Solche Treue kann nicht unbelohnt bleiben.«

»Ich habe sie nie geliebt, ich konnte sie nicht lieben. Während des Studiums waren wir eng befreundet, zwei dicke Kumpel. Gemeinsame Skitouren, mittwochs und freitags Training in der Turnhalle, sonntags Wodka mit Ölsardinen. Sie hat mir nur ein einziges Mal ihre Liebe gestanden, angetrunken, nach der Diplomverteidigung. Sie hat gesagt, daß sie mich liebt und mich ihr ganzes Leben lieben wird.«

»Und du hast was geflötet in der Art: ›Ich liebe dich auch, Kindchen‹ und ihr einen Schmatzer auf die schmale Stirn gegeben, stimmt's?«

»Anna, Anna, ich bekomme allmählich Angst vor dir«, konnte Fisch nach langem Schweigen nur sagen. »Ich habe damals gelacht und sie tatsächlich geküßt, allerdings auf die Wange, und gesagt: ›Und ich, Soja, ich bete dich einfach an!‹«

»Und dann ...«

»Dann war nichts mehr. Als ich ihr erzählt habe ... Von meiner Krankheit ... Weißt du, ich habe ihr vorgeschlagen, sie zu heiraten.«

»Ein kühner Vorschlag. Und genau zum passenden Zeitpunkt.«

Verdammt! Ich biß mir auf die Zunge und rief mich zur Ordnung: Spar dir deine Spitzen für Lapizki! Aber Fisch schien die böse Ironie gar nicht bemerkt zu haben, oder er schrieb sie meiner Eifersucht zu, der verliebte Narr.

»Mit dir hat das nichts zu tun. Du bist etwas ganz anderes. Sie hätte nichts entbehren müssen. Aber wenn ich krepiert wäre, dann hätte sie plötzlich auf der Straße gesessen, verstehst du?«

Klar, das war nicht schwer zu verstehen: Eine Sekretärin, häßlich wie die Nacht, deren Hauptarbeit all die Jahre darin bestanden hatte, Fisch still anzubeten. Und da hatte der grundgütige Fisch ihr unbesonnen die Rolle der fiktiven Ehefrau angetragen, um ihre Treue wenigstens irgendwie zu belohnen. Das war noch idiotischer als der Brillantring an Sojas Finger.

»Und dann geschah etwas ganz Unglaubliches. Soja kam zu mir. Um mir zu sagen, daß alles wieder gut werden kann. Daß es ein Mittel gibt ...«

»Hat sie das in ihrer kleinen Küche etwa eigenhändig gebraut?« stichelte ich wieder, ganz gegen meine Absicht. Aber ich konnte einfach nicht anders.

»Du hast keinen Grund, sie zu hassen.« Fisch deutete es wieder auf seine Weise. »Du bist etwas ganz anderes. Sie kam zu mir und erzählte mir von ihrem Bruder Wladlen. Er und seine Leute haben ein Präparat entwickelt; auf der ganzen Welt gibt es nichts Vergleichbares. Es stoppt Entzündungsprozesse im HIV-infizierten Organismus. Und führt auf lange Sicht zur völligen Heilung. Ich habe das anfangs nicht geglaubt. Aber Soja überredete mich, eine kleine Dosis davon zu probieren. Das war letzten Winter, mein Zustand hatte sich wieder verschlimmert. Ich hatte zehn Kilo abgenommen, bekam eine Angina nach der anderen und lag fast eine Woche im Bett. Weißt du, was das in meinem Beruf, bei meiner Position im Sender bedeutet?«

»Und das Wunder geschah«, sagte ich ohne einen Hauch von Ironie.

»Ja. Das Wunder geschah. Es ging mir besser, wesentlich besser. Ich wurde fast verrückt. Eine solche Entdeckung war mindestens einen Nobelpreis wert. Verstehst du? Ich ließ diesem Wladlen durch Soja ausrichten, ich sei bereit, mich um die offizielle Zulassung der klinischen Tests zu kümmern, die Sache nach ganz oben weiterzureichen, ich habe eine Menge einflußreiche Freunde. Seine Arbeit könnte den Status eines nationalen Forschungsprogramms bekommen. Und damit würden wir weltweit an der Spitze stehen in der Erforschung und Heilung von AIDS.«

Mein Gott, Fisch, was für ein Pathos – dieses Scheißfernsehen hat dich wirklich hoffnungslos verdorben.

»Aber Soja ... Soja hat erklärt, daß nichts publik gemacht werden soll. Das Ganze sei ein rein kommerzielles Unternehmen. Eine Ampulle des Präparats kostet rund dreißigtausend Dollar.« Dreißigtausend Dollar! Ich stieß einen Pfiff aus. Dreißigtausend Dollar, jede Woche mindestens drei Ampullen. Macht neunzig in der Woche, dreihundertsechzig im Monat. Und er nahm das Präparat seit anderthalb Jahren? Mein Gott, eine schwindelerregende Summe!

»Ja. Ja. Er hat mich zum Schwein gemacht, zum Sklaven seines Präparats. Mit seinem Geschäftsgeheimnis hat er mir die Hände gebunden. Ich vermute, ich bin nicht sein einziger Klient. Ich konnte, ich durfte die Entwicklung des Alphaphetaproteins nicht publik machen. Das war Wladlens einzige Bedingung. Das und Geld. Eine karierte Heftseite mit einer Kontonummer bei einer Bank in Bern. Dabei hätte allein die Information über die Arbeit an einem solchen Präparat eine echte Sensation werden können. Ganz zu schweigen von meiner staatsbürgerlichen Pflicht.«

Du hast deine staatsbürgerliche Pflicht also gegen dreißigtausend pro Ampulle aufgewogen, sieh an, lieber Fisch!

»Ich habe nur eine Rechtfertigung: Ich konnte meine Arbeit nicht aufgeben. Meine Arbeit, die den Sinn meines Lebens ausmacht. Ich konnte die Menschen nicht im Stich lassen, die mir vertrauten. Dieser Wladlen ist ein Mistkerl, aber er ist ein Genie. Ich nehme sein Präparat seit anderthalb Jahren. Noch ein halbes Jahr, und ich bin wieder völlig gesund. Verstehst du? Dann ist dieser Alptraum vorbei.«

»Mein Armer!« Ewas anderes fiel mir nicht ein.

Erst in meinen Armen beruhigte er sich, und nach zehn Minuten war er eingeschlafen. Um den Modergeruch loszuwerden, löste ich mich aus der Umarmung des schlafenden, mir so fremden Mannes, stand auf und ging zur breiten Fensterfront. Moskau war wirklich großartig, schade, daß ich aus dem früheren Leben keine Erinnerung daran hatte. Eine Stadt, die einem zu Füßen liegt, das war geradezu symbolisch – herzlich willkommen, Anna! Wieviel Geld hatte Herr Menschich insgesamt für die Behandlung ausgegeben? Aber ich hatte keine Lust nachzurechnen, das konnten Lapizkis Leute tun. Etwas anderes verursachte mir eine vage Unruhe. Nach ein paar Minuten wußte ich, was es war: Der Name des Präparats – *Alphaphetaprotein*. Das hatte ich schon einmal gehört, aber wo und wann?

Das Telefon unterbrach meine Überlegungen. Ich verzog das Gesicht: Vor diesen Anrufen gab es kein Entkommen, das war die Kehrseite von Erfolg und Popularität. Aber ich brauchte Fisch nicht zu wecken, er hatte das Klingeln gehört. Er nahm ab, zog mich an sich und küßte mich auf den Hinterkopf.

»Guten Morgen, du siehst teuflisch gut aus«, flüsterte er mir zu und brüllte in den Hörer: »Nein, Kostjapytsch, das galt nicht dir, mach dir keine Hoffnungen. Also, was gibt's?«

Dem kurzen Gespräch entnahm ich, daß etwas Außerordentliches passiert sein mußte, das Fischs sofortige Abreise aus Moskau erforderte.

Sein Mittelasienkorrespondent war in eine peinliche Drogengeschichte geraten und saß nun in einer Lehmbaracke am Rande der usbekischen Kleinstadt Schachrissabsa in U-Haft. Das erzählte mir Fisch mit unverhohlenem Zorn: »Dieser Schweinehund, dieser verdammte Mistkerl! Ich hab den Jungen Ende der Achtziger aus der Scheiße geholt, als er in Oscha am Krepieren war und ein paar aalglatte Kirgisen ihm schon die Schlinge um den Hals gelegt hatten.«

»Du mußt doch nicht hinfliegen«, sagte ich teilnahmsvoll und betete insgeheim zu sämtlichen gefallenen Engeln, daß Fisch aus Moskau verschwand. Ich wußte absolut nicht, was ich *jetzt, nachdem ich mein Ziel erreicht hatte*, mit ihm und seiner entflammten Leidenschaft anfangen sollte.

»Doch.« Fisch zog meinen Kopf wieder an sich. »Ich muß. Er ist mein Mann, und für meine Männer, auch wenn sie Schwachköpfe sind, gehe ich jedem an die Gurgel.«

»Na dann, Liebster«, (zusammengezogene Brauen signalisierten unterdrückte Unzufriedenheit) »wenn du fahren mußt«, (heruntergezogene Mundwinkel signalisierten unterdrückte Trauer), »dann fahr, natürlich.« (Ein Senken der Augenlider signalisierte durch nichts zu unterdrückendes Gefühl.) »Ich helfe dir packen.«

Er war wieder ganz der alte, der selbstbewußte Inhaber eines großen Fernsehsenders. Eines Fernsehsenders, der merkwürdige Ähnlichkeit hatte mit einem Mafiaclan, dessen Mitglieder dem Paten die Hand küssen.

»Ich sehe zu, daß ich morgen wieder zurück bin«, sagte Fisch zum Abschied. Ich lasse dir mein Handy da.«

»Wozu?«

»Ich will dich jederzeit erreichen können, wenn mir danach ist. Und mir wird bestimmt danach sein.«

Schon im Aufbruch, blickte er gequält auf die leeren Hundenäpfe, hob sie entschlossen auf und nahm sie mit. Er will sie wegwerfen, dachte ich. Er hatte zwar gelernt, mit physischem Schmerz umzugehen, aber seelischer Schmerz stieß ihn derartig ab, daß er damit nie zurechtkommen würde; er strich ihn lediglich für heute von seiner Tagesordnung. Jetzt wußte ich restlos Bescheid über diesen Mann. Kaum war die Tür hinter Fisch zugeschlagen, tilgte ich ihn aus meinen Gedanken.

Alphaphetaprotein – das war es, was mich wirklich beschäftigte. Dieser blödsinnig lange Name saß bohrend in meinem Kopf und ließ mich nicht los. Ich hatte ihn schon einmal gehört. Vielleicht in der Klinik? Die letzten zwei Monate war ich ganz in Anspruch genommen von meinem neuen Leben und hatte nicht mehr an sie gedacht; die totale Hilflosigkeit, der schäbige Krankenhauskittel und meine Amnesie kamen mir vor wie ein beschämendes Geheimnis. Um diese lästigen Gedanken irgendwie zu verscheuchen, griff ich zum Telefon und wählte Lapizkis Nummer. Ich hatte Glück, er selbst war am Apparat.

»Du bist ein kluges Mädchen.« Daß er mich ohne Umschweife lobte, sprach dafür, daß mein aufs Geratewohl abgefeuerter Schuß in die hinterste Ecke des Spielfelds ein Treffer gewesen war. »Unsere Freundin hat Dreck am Stekken. Und den nehmen wir jetzt mal genauer unter die Lupe.«

»Donnerwetter, das ging ja schnell!« Ich stieß einen Pfiff aus. »Wir müssen uns treffen.«

»Von wo rufst du an?« fragte Lapizki endlich.

»Von zu Hause.«

»Und wo ist dein Aufpasser?«

»Dienstlich verreist.«

»Gut, dann in anderthalb Stunden bei mir. Sei vorsichtig, du wirst observiert von einem Typen aus der näheren Umgebung unseres Freundes. Nicht sehr professionell, dafür aber enthusiastisch.«

»Ach ja.« Ich lächelte. »Das ist Andrej. Ein interessanter Mann, war mal bei den Sondertruppen, mein treuer freiwilliger Leibwächter.«

»Ich sehe, unser Mädchen hat ein kleines Geheimnis, das ernsthafte Männer dazu bringt, ernsthafte Dummheiten zu machen.«

Ich saß wieder in Lapizkis kleiner Küche, auf demselben Plastikhocker, sogar auf derselben Seite des Tisches wie damals, als ich versucht hatte, auf ihn zu schießen. Doch die Situation hatte sich grundlegend geändert: Draußen, vor den ungeputzten Fenstern von Lapizkis Höhle, war Mai in Moskau, und wir beide wußten jetzt, was wir voreinander zu halten hatten.

»Na, was hast du Schönes ausgegraben?« fragte der Hauptmann vergnügt.

»Etwas, das Sie freuen wird, Herr Hauptmann. Sie hatten recht: Es gibt niemanden mit absolut makelloser Weste.«

»Hat dein Einzug in sein Appartement seine Weste denn so befleckt?«

»Sie hat schon eher gelitten. In Swasiland. Fisch hat von dort etwas mitgebracht. Das genügt, ihn am Arsch zu pakken. Er ist krank.«

Der Hauptmann lachte verächtlich.

»Wenn das stimmt, dann habe ich ernste Zweifel an der Professionalität meiner Leute. Sie haben den Kerl von allen Seiten durchleuchtet. Was für eine Krankheit hat denn unser einflußreicher Freund?«

»AIDS«, sagte ich kurz.

»Was?« Er konnte es nicht fassen und verstummte für eine Weile. »Ausgeschlossen, da redest du dir was ein, mein Herz.«

»Nein. Er selbst hat es mir erzählt.«

»Meinst du wirklich, ein Mann wie Michail Menschich kann so etwas wie AIDS vor dem wachsamen Augen der Öffentlichkeit geheimhalten?«

»Die Tests wurden in Jugoslawien gemacht, in einem Feldlazarett bei Vukovar. Von einem Freund, einem Jugo, Marko heißt er, wenn ich nicht irre.«

»Schön. Kann ja sein. Aber zu Hause mußte er sich weiter behandeln lassen, da muß er doch in irgendeinem Spezialzentrum aufgetaucht sein, das sind schließlich keine Hämorrhoiden ...«

»Genau das ist der Punkt. Seine Sekretärin hat ihn mit Leuten zusammengebracht, die sich mit AIDS befassen, und zwar, wie sagt man das am besten ... privat sozusagen.«

»Ein Klub junger Äskulap-Jünger?«

»So was in der Art. Kurz, es gibt bereits ein Präparat ...« Beinahe wäre mir der Name Alphaphetaprotein herausgerutscht, aber den behielt ich vorerst lieber für mich. »Es gibt bereits ein Präparat, mit dem das AIDS-Problem im Prinzip gelöst werden kann.«

»Schade, daß Freddie Mercury das nicht mehr erlebt hat«, witzelte der Hauptmann. »Das ist also in den Ampullen, die du uns gegeben hast?«

»Genau. Und weißt du, was so eine Ampulle kostet?«

»In Dollar zum aktuellen Kurs?«

»Dreißigtausend Dollar. Macht knapp hunderttausend die Woche, knapp vierhunderttausend im Monat. Die Behandlung dauert mindestens zwei Jahre. Was sagst du zu dieser Rechnung?«

»Vier Millionen dreihundertzwanzigtausend im Jahr«, reagierte der Hauptmann wie aus der Pistole geschossen. »Und das allein für die angeschlagene Gesundheit. Ganz zu schweigen vom Surfen und anderen Freuden des Lebens.«

»Wie zum Beispiel die Flasche Bordeaux aus einem Sammlerjahrgang, die er mit mir auf unsere Bekanntschaft geleert hat. Wir haben ihn!« Ich sah Lapizki beinahe liebevoll an. »Verstehst du? Und dabei geht es gar nicht um die

Summen, die er für seine Behandlung ausgegeben hat. Es ist im Grunde seine Privatangelegenheit, wofür er sein Vermögen ausgibt; für den Kauf von Immobilien irgendwo am Großen Korallenriff, für den Start eines Satelliten oder für seine kostbare Gesundheit. Es geht um den moralischen Aspekt. Fisch hat der öffentlichen Meinung hochwichtige Informationen vorenthalten. Informationen, von denen das Schicksal vieler Menschen abhängt. Vieler kranker Menschen. Aus niederen persönlichen Beweggründen hat er den obersten journalistischen Grundsatz verletzt: Die Gesellschaft hat ein Recht auf Information. Eine derartige Information zu verschweigen, eine Information von so globaler Bedeutung, das ist an sich schon ein Verbrechen. Wenn man die Geschichte an die große Glocke hängt, dann ist Fischs Ruf im Eimer. Kannst du dir die Schlagzeilen und Sondersendungen der Konkurrenten vorstellen? Was meinst du?«

Der Hauptmann schwieg eine ganze Weile und musterte mich voller Interesse. Dann trommelte er mit den Fingerknöcheln auf den Tisch und sagte schließlich langsam: »Ich meine, du bist ein kluges Kind. Ich habe mich in dir nicht getäuscht. Ja. Ich habe mich in dir nicht getäuscht. Ausgezeichnete Arbeit. Aber ich habe noch eine Überraschung für dich.«

»Eine Überraschung?«

»Eine gaaanz kleine Überraschung. Wir haben uns mal deine Soja Terechowa vorgenommen. Eine interessante Person, wenn man näher hinschaut. Offenbar sind die beiden nicht nur moralisch ein bißchen unsauber. Dieses durch AIDS zusammengeschweißte Pärchen bestiehlt seinen eigenen Sender: Der Sender unterhält einen zweifelhaften Hilfsfonds zur Unterstützung der Angehörigen umgekommener Journalisten, der nicht über die Bücher geht. Übrigens erst seit kurzem. Wie wir den übersehen konnten, ist mir ein Rätsel. Es gibt kaum Belege. Und diesen Fonds betreut ausgerechnet Soja, es ist ja auf den ersten Blick eine rein organisatorische Aufgabe. Offenbar waren Fischs Ersparnisse aufgebraucht, also haben sie sich etwas einfallen lassen. Ich denke, wenn wir ein bißchen nachbohren, werden wir feststellen, daß auch mit den Werbeeinnahmen in letzter Zeit einiges nicht stimmt.«

»Ist die Information zuverlässig?«

»Wir dröseln die Fäden gerade erst auf. Was sagst du dazu?«

Ich schwieg. Was würde der Bursche aus Kochtla-Jarwe dazu sagen, der Fisch seinerzeit mit seinem Körper geschützt hatte? Und alle seine Jungs, die so einig gewesen waren in ihrem gerechten Zorn am Grab von Jegor Samarin? Fisch war in übelriechende Geschichten verwickelt, stand plötzlich auf der Seite der zynischen Geschäftemacher, die er so haßte und so leidenschaftlich entlarvte. Es war egal, von welchen höheren oder niederen Beweggründen er sich dabei hatte leiten lassen. Vermutlich war die Idee, Geld für persönliche Zwecke aus dem Sender zu ziehen, von seiner treuen Soja gekommen, er hatte nur kleinlaut zugestimmt. Gott weiß, wie er sich selbst überredet haben mochte, sich darauf einzulassen.

Es ist aus mit dir, dachte ich und schlug die Tür meines Lebens hinter Fisch zu. Die Partie war gar nicht so schwer gewesen, man brauchte nur ein bißchen angeborenes Talent, mit den Schwächen der Menschen zu spielen. Daß ich dieses Talent besaß, bezweifelte ich nicht. Viele, darunter Erik und das Ehepaar Damsker, hätten das sicher bestätigt. Aber sie alle waren tot.

Ich dagegen lebte. Und hatte vor, noch lange zu leben. Sehr lange, denn schließlich war ich erst ein halbes Jahr alt. Oder sogar erst vier Monate, die embryonale Entwicklung in der Klinik nicht mitgerechnet.

Stop!

Die Erkenntnis kam urplötzlich. So überraschend, daß ich Mühe hatte, meine Erregung vor Lapizki zu verbergen. Aber der war derart vertieft in die Erörterung, welchen Köder er Fisch vorwerfen wollte, daß er nichts merkte. Das nächtliche Labyrinth der Klinik, die beiden Pfleger, der OP, der Anästhesist Pawlik, die gepflegte Zicke Larissa, die Abtreibung, das Gesicht des Chirurgen, die Narkose.

»Wir haben nur noch sechs Stunden, und das Alphaphetaprotein ist eine ernste Angelegenheit. Und unsere Klienten auch.«

Der Chirurg hieß Wladlen.

Wladlen. Jetzt erinnerte ich mich ganz deutlich. Sojas Bruder hieß auch Wladlen. Der Kreis schien sich zu schließen.

»Übrigens, wie heißt eigentlich das Präparat?« fragte der Hauptmann. »Hat unser Freund das nicht erwähnt?«

»Nein«, log ich ungeniert. »Aber ich denke, allein die Information über seine Krankheit dürfte genügen, um ihn zu kriegen.«

»Na schön, versuchen wir's.«

»Die Sache ist so gut wie sicher. Er hat panische Angst davor, daß das publik wird.«

»Willst du beim Finale der Tragödie nicht dabeisein?« Er wollte mich verführen, das sah ein Blinder, er wollte mich endgültig zu einem Teil des erbarmungslosen, alles niederwalzenden Mechanismus machen.

»Erspar mir das.«

»Er war immerhin offen zu dir, hat dich in sein Leben gelassen und dir sogar etwas anvertraut, was man auch dem Allernächsten kaum erzählt. Tut er dir nicht leid? Und überhaupt – was ist das für ein Gefühl?«

»Null Gefühl«, wich ich aus. »Ganz normale Arbeit.«

»Gute Arbeit. Prima.« Er versuchte nicht, meine verkümmerten Emotionen weiter zu erkunden.

»Was jetzt?«

»Wie?« Lapizki verstand nicht.

»Was soll ich jetzt tun?«

»Warst du schon mal in Innsbruck?« fragte Lapizki überraschend.

»Meinst du im früheren Leben oder im jetzigen?«

»Entschuldige, entschuldige. Das habe ich ganz vergessen. Übrigens, nimmst du die Tabletten noch?«

»Welche Tabletten?« Die kleinen weißen Pillen, die mein erloschenes Gedächtnis stimulieren sollten, hatte ich ganz vergessen. Mein Gedächtnis, zu dem ich nicht zurückkehren wollte. »Ach so, ja, natürlich.«

»Und?«

»Das siehst du doch. Ich werde immer mehr ich selbst. Warum hast du nach Innsbruck gefragt?«

»Nur so. Ein hübsches Städtchen in Tirol, eine kleine Kirche, die Hofkirche, tolle Slalompisten und bornierte Österreicher mit kleinen prallen Hintern, genau dein Geschmack. Hast du nicht Lust, mal hinzufahren?«

»Willst du mich für den Skisport werben?«

»Genau.« Lapizki sah mich zärtlich an. »Ich kann die Reise organisieren, ich geb dir sogar ein Paar Skier. Auf jeden Fall hast du erst mal zehn Tage frei.«

»Und dann?«

»Noch nicht genug vom Spiel?« fragte er teilnahmsvoll.

»Nein«, bekannte ich aufrichtig.

»Ich glaube, ich habe einen Homunkulus herangezogen.«

Wir saßen noch ein paar Stunden zusammen und besprachen die technischen Details des Finales der Operation. Ich war so bei der Sache, daß ich das hartnäckige Piepsen des Telefons überhörte.

»Ich glaube, dein Handy klingelt«, sagte Lapizki.

»Mädchen, ich bin's«, sagte Fisch, und seine Stimme klang so nah, daß ich erschrak. »Wo bist du?«

»Zu Hause«, log ich. »Wie sieht es aus bei dir?«

»Bestens. Hier ist es heiß, und es gibt viele Kirschen. Die Rotznase hat gar nichts so Schlimmes angestellt, der Junge ist nur den hitzigen lokalen Gesetzeshütern in die Hände geraten, weiter nichts. Ich hoffe, ich bin morgen abend wieder zurück. Was hältst du von einem Abendessen bei Kerzenschein?«

»Eine ausgezeichnete Idee.«

»Dann erwarte ich dich morgen im ›Hufeisen‹. Punkt einundzwanzig Uhr Moskauer Zeit.«

»Du kommst vorher nicht zu Hause vorbei?«

»Nein. Ich bestelle dich zu einem Rendezvous. Du darfst auch zu spät kommen. Habe ich dir schon gesagt, daß ich dich liebe?«

»Nein«, flüsterte ich mit der leicht brüchigen Stimme der verliebten Nervensäge, die Tag und Nacht die gänzlich bedeutungslosen Liebesbeteuerungen ihres Freundes hören möchte.

»Ich liebe dich. Wie denkst du darüber?«

Ich denke, du bist ein Schwachkopf, Fisch. Ein totaler Schwachkopf, mitsamt deinem Penthouse, deinem toten Hund, deinen Scheiße bauenden Korrespondenten und deiner übereifrigen Sekretärin.

»Ich denke, ich liebe dich auch.«

»Ich erwarte dich morgen Punkt einundzwanzig Uhr.«

Der Hauptmann, der unser Gespräch mit Spannung verfolgt hatte, applaudierte laut und holte Kleingeld aus der Tasche.

»Bravo, Kindchen! Du bist wirklich ein faszinierendes Miststück.«

»Morgen um einundzwanzig Uhr kommt er in die ›Hufeisen-Bar‹. Fahr hin, die Küche dort ist ganz anständig. Bei der Gelegenheit kannst du dir dein Opfer vorknöpfen.«

»Was ist denn nun mit Innsbruck?«

»Ich denk drüber nach.«

Zum erstenmal seit Wochen verspürte ich das Bedürfnis, mich vollaufen zu lassen, um die Leere zu betäuben, die sich in mir breitgemacht und von meiner Seele Besitz ergriffen hatte. Am besten, ich fuhr nach Hause, kaufte mir Salzgurken und eine Flasche Wacholderwodka und trank auf das Wohl aller künftigen Gegner. Aber irgend etwas hinderte mich, endgültig mit Fisch zu brechen, ihn endgültig zu begraben.

Das Parfüm. Das alberne Parfüm, das mich einen Augenblick lang so verwirrt hatte. Eine andere als ich sollte es tragen, eine, die sensibel war, verletzlich, sanftmütig und zärtlich.

Die Krankenschwester aus der Klinik fiel mir ein, Nastja, Nastja Bondarenko. Die rührende Kleptomanin, die Zigaretten und Krankenakten stahl. Sie hatte damals Mitgefühl mit mir gehabt. Sie hatte etwas über meine Abtreibung gesagt, sie wollte vom Anästhesisten Pawlik sogar Einzelheiten in Erfahrung bringen. Ein großartiger Anlaß, sie anzurufen, sie einzuladen, ihr etwas Optimistisches über mein jetziges Leben zu erzählen. Ich könnte mir irgendeine Geschichte ausdenken, jede würde aussehen wie die Wahrheit. Ich würde ihr das Parfüm schenken, mich nach dem georgischen Chirurgen erkundigen – ein netter Tratschabend, warum nicht?

Ihre Telefonnummer fiel mir sofort ein; ich rief gleich auf der Straße mit Fischs Handy an.

Eine finstere Stimme am anderen Ende sagte: »Ja. Ich höre.«

»Ich möchte bitte Nastja sprechen.«

Langes Schweigen. Einen Augenblick dachte ich sogar, die Verbindung wäre abgebrochen.

»Hallo! Holen Sie bitte Nastja an den Apparat.«

»Sie ist nicht da.«

»Hat sie Dienst in der Klinik?«

»Sie ist tot«, sagte die Stimme scharf. Der Hörer wurde aufgeknallt.

Vielleicht hatte ich mich verwählt, vielleicht wohnte dort eine andere Nastja Bondarenko, eine, deren Tod weniger ungerecht war. Nicht das Vögelchen auf der Stange, sondern eine vulgäre Schnepfe, die sich mit aserbaidshanischen Gemüsehändlern einließ. Eine ganz andere Nastja Bondarenko, nicht so lieb, nicht so rührend in ihrem hilflosen Wunsch zu helfen.

Ich saß auf einer Bank in irgendeinem Hof unweit von Lapizkis Haus. Ganz in der Nähe spielten Kinder auf einem kaputten Karussell, und ich rauchte düster Gitanes und dachte nach.

Die Nachricht vom Tod des Mädchens, das ich nicht einmal richtig kennengelernt hatte, löste in mir plötzlich einen überraschenden, beinahe anstößigen Schmerz aus. Irgend etwas stimmte da nicht, das sagte mir mein Instinkt, den der erstklassige Spürhund Lapizki mir antrainiert hatte. Dem Tod sollte man immer mit Mißtrauen begegnen, er verdient kein Vertrauen, schon gar nicht, wenn er einem so präsentiert wird, am Telefon, kurz und bündig, ohne nähere Einzelheiten. Ich nahm das Parfüm aus der Tasche. Es hatte kein Glück, genau wie Michail Menschich, der einstige Jäger, der nun selbst zum Gejagten geworden war. Beide würden nie die passende Frau finden. Melancholisch schraubte ich den Flakon auf und goß den Inhalt in den schmutzigen Sand – lebt wohl, ihr Träume von blauen Lagunen und zarten Krabbenrücken auf Sandbänken. Ich drückte meine Zigarette aus, stand auf und fuhr in die Klinik.

Ich hatte Glück – am Eingang zur Neurochirurgie traf ich Ellotschka Geller, die auf ernste Literatur und Nachtdienste mit einem Buch von Belle Kaufman stand. Im Augenblick war sie sich untreu: Sie stand auf den Stufen, aß eine zweifelhaft aussehende Pirogge und las die letzten Seiten eines ziemlich dicken Buches. Auf dem Glanzeinband entzifferte ich den Titel: »Das Tagebuch der Laura Palmer«.

Ich ging zu Ellotschka und sah ihr über die Schulter.

»Na, welches Schwein hat Laura Palmer umgebracht?« fragte ich interessiert.

Ellotschka zuckte zusammen und hob den hübschen Lockenkopf. Nein, sie erkannte mich nicht. Die elegante, umwerfende Braut, die jetzt vor ihr stand, hatte nichts gemein mit dem gedächtnislosen Wesen im Krankenhauskittel von damals.

»Angeblich der Vater«, antwortete sie, voller Respekt für meine Kenntnis des Unheils, das die bedauernswerte amerikanische Kleinstadt Twin Peaks heimgesucht hatte. »Aber das ist auch strittig ... Haben Sie es gelesen?«

»Ich hatte das Glück. Könnten Sie mir vielleicht helfen, Mädchen?«

»Gern.« Ellotschla blinzelte kurzsichtig.

»Ich suche jemanden. Eine Krankenschwester. Sie arbeitet hier. Ich bin heute erst angekommen und habe mir die

Zeit genommen, eine alte Freundin zu besuchen. Nastja. Nastja Bondarenko.«

Ellotschka verzog das Gesicht.

»Ja – wissen Sie denn nicht?«

»Was?«

»Nastja ist tot.«

Ich spielte so gekonnt die Bestürzte, daß Ellotschka noch heftiger das Gesicht verzog.

»Es tut mir sehr leid ... Sie ist schon im Mai verunglückt.«

»Wann?«

»Ich glaube, kurz vor den Feiertagen. Genau! Vor dem achten Mai. Am achten war die Beerdigung, und wir Mädchen hatten eine lustige Party geplant. Statt dessen wurde es eine Trauerfeier.«

»Was ist denn passiert?«

»Sie wurde überfahren. Direkt vor ihrem Haus. Sie kam vom Nachtdienst. Eigentlich komisch, sie wohnt in einer ganz ruhigen Gasse, da fahren kaum Autos.«

»War der Fahrer betrunken?«

»Ich weiß nicht. Das Auto wurde ja nicht gefunden. Und sie ... Schrecklich. Das Auto soll sie ein ganzes Stück mitgeschleift haben. Sie wurde sogar im geschlossenen Sarg aufgebahrt. Wissen Sie, was unsere Ärzte sagen?« Ellotschka senkte die Stimme, ihre Augen wurden ganz rund. »Sie haben den Körper untersucht, sie wurde ja hierher gebracht. Sie sagen, das sieht nach Mord aus.«

Ellotschka drückte mit ihrer hübschen warmen Hand meinen Arm, als wolle sie mir ihr Beileid bekunden.

»Es tut mir so leid«, wiederholte sie. »Kann ich etwas für Sie tun?«

»Nein. Entschuldigen Sie mich ...«

Als ich wieder zu Hause angelangt war und in der Wanne saß, hatte ich keinen Zweifel mehr: Nastja war ermordet worden. Man müßte ein Idiot sein, um da keinen Zusammenhang zu sehen: Eine ruhige kleine Gasse, ein früher, kühler Morgen, ein aus dem Nichts aufgetauchtes Auto, das Nastjas Körper mitschleift – nicht einmal ein betrunkener Fahrer würde so handeln. Vielleicht war ihr das zugestoßen, weil sie versprochen hatte, mir zu helfen, die Aufzeichnungen in meiner Krankenakte zu entschlüsseln? Oder weil sie unbedingt mit dem Anästhesisten Pawlik über meine Abtreibung sprechen wollte? Jedenfalls ergab sich, wenn man das alles mit Wladlen verband, mit dem Alphaphetaprotein, das er erwähnt hatte, und meiner überraschenden Abtreibung, ein ziemlich klares Bild. Aber was hatte ein Mittel gegen AIDS mit meiner Abtreibung zu tun?

Ich wiederholte immer wieder Waldlens Worte: »Wir haben nur noch sechs Stunden, und das Alphaetaprotein ist eine ernste Angelegenheit.« Vielleicht ging es irgendwie um die Komponenten des Präparats? Nein, das hatte keinen Zweck, ich war weder in Chemie noch in Medizin beschlagen. Aber Nastjas Tod ... Oder ihre Ermordung ... Ich mußte den Hauptmann dazu bringen, mir die Ermittlungsakten zu diesem Fall zu besorgen.

Aber nicht jetzt.

Jetzt wollte ich erst einmal baden, und dann würde ich wohl Lapizkis Angebot annehmen, zum Durchatmen nach Innsbruck zu fahren. Wenn ich wieder zurück war, erholt und braungebrannt, könnte ich mich um das verrückte Genie Wladlen Terechow kümmern. Ich erinnerte mich an seine Augen – die kalten Augen eines Mannes, der die absolute Wahrheit und die absolute Macht kennt. Noch immer in der Wanne liegend, öffnete ich die Wodkaflasche und trank auf die unglückliche Krankenschwester, den einzigen Menschen, der in meiner vergifteten bösen Seele menschliche Gefühle auslöste.

Die Erstarrung der letzten Stunden war vorbei. Ich beugte mich aus der Wanne und angelte nach einer der hirnlosen Frauenzeitschriften, die auf dem Fußboden lagen. Diese Zeitschriften, die triviale Frauennamen trugen, kaufte ich stapelweise, und zwar ausschließlich wegen der Kreuzworträtsel. Mit dieser Leidenschaft hatte Vitalik mich angesteckt. Aber die drei Kreuzworträtsel waren schon fast gelöst, ich ergänzte nur noch die Worte »Fronde« und »Relief« und las dann zerstreut die Klatschspalten.

Und stieß fast augenblicklich auf den Namen Ilja Awramenko. Ein lieblos fabriziertes Foto zeigte Herrn Awramenko, Besitzer des Spielkasinos »Monte-Cassino«, der dem Gewinner irgendeines Preisausschreibens die Schlüssel für einen nagelneuen Jeep überreichte.

Lapizki hatte nicht Wort gehalten, der Schweinehund. Er hatte mir doch versprochen, alle aus dem Weg zu räumen, die eine potentielle Bedrohung für mich darstellten.

Awramenko hatte es garantiert nicht aufgegeben, nach mir zu suchen, um die Dokumente aus Damskers Safe zu finden. Die Dokumente, die ich längst vergessen und mit deren Diebstahl ich mein Todesurteil unterschrieben hatte. Nicht einmal Lapizki würde mich schützen können. Ich blätterte ziellos in der Zeitschrift herum, kehrte immer wieder zu Awramenkos Foto zurück und bedauerte schon, aus dummem Stolz die Tabletten nicht genommen zu haben. Vielleicht hätte ich sonst jetzt mein Gedächtnis wieder und würde ein märchenhaftes Vermögen besitzen. Von all meinen Mißgeschicken fand ich das Kapitel mit den verlorenen Dokumenten von Damsker am ungerechtesten. Sein Leben und seine relative Ruhe zu riskieren und am Ende dafür nichts zu bekommen als eine Amnesie – das war zum Verrücktwerden.

Ilja mißfiel mir sehr. Ich brauchte nur daran zu denken, welchen Demütigungen und welchem Schrecken die arme Pflanze ausgesetzt war, die man aus dem Treibhausboden der Klinik in die rauhe Wirklichkeit der Kriminellenwelt verpflanzt hatte. Außerdem verlangte der noch immer ungerächte Tod von Erik Morgenstern nach Vergeltung. Niemand durfte mich ungestraft demütigen. Ich würde es ihm eigenhändig heimzahlen.

Der Plan reifte am nächsten Tag, im Bad, unter der Wechseldusche. Ich wählte die Nummer von Andrej, die er mir für den Notfall gegeben hatte. Der war nun gekommen.

Doch als ich sechs Zahlen der siebenstelligen Nummer gewählt hatte, legte ich wieder auf. Es war zu früh am Tag für eine aufgeregte, verfolgte Frau. Solche Dinge regelte man besser nachts, wenn der Mond ins Fenster der Wohnung des Mannes schien und eine hilfesuchende Frau besonders schutzlos wirkte.

Ich verkürzte mir die Zeit bis dahin mit drei Hitchcock-Filmen und war wieder einmal begeistert von der Eleganz der Sujets. Das ist deine Enzyklopädie, Anna, dein Handbuch; auch wenn es darin ein bißchen naiv zugeht und das Blut nicht in Strömen fließt – es ist eben die klassische Variante.

Ich rief Andrej um ein Uhr nachts an. Er nahm sofort ab, als hätte er auf den Anruf gewartet.

»Andrej, hier ist Anna«, sagte ich mit brüchiger Stimme.

»Guten Tag, Anna.« Er klang erstaunt, konnte aber zugleich seine Freude nicht verhehlen. Er beschützte mich noch immer, und zwar auf eigene Initiative. Auch heute morgen hatte ich sein altes Auto abgehängt, was mir keine Mühe machte. Dennoch entzog ich mich der Verfolgung nicht immer; mein professionelles Entkommen sollte nach Zufall aussehen.

»Kann ich zu Ihnen kommen?«

»Ist etwas passiert?«

»Ja. Und Menschich ist nicht da.« Ich nannte Fisch absichtlich beim Familiennamen, um die Distanz in unserer Beziehung zu betonen.

»Sie sind doch gar nicht bei ihm. Ich bin vor einer halben Stunde von dort gekommen.«

»Ich bin nicht bei ihm. Ich brauche Ihre Hilfe.«

»Wo sind Sie?

»In der Kropotkinskaja, bei einer Freundin.«

»Adresse?« bellte Andrej; kaum hatte ich gesagt, daß ich seine Hilfe brauchte, fühlte er sich augenblicklich als Herr der Lage.

Ich diktierte ihm die Adresse.

»Ich bin in zwanzig Minuten da. Warten Sie auf mich.«

Er kam nach achtzehneinhalb Minuten. Ich stand schon an der Haustür und erwartete ihn. Er öffnete die Beifahrertür, und ich ließ mich auf den Sitz neben ihm fallen.

»Soll ich Sie zum Penthouse bringen?« fragte Andrej angespannt.

»Wenn es möglich ist … Wenn es möglich ist, lieber zu Ihnen. Ich fürchte mich allein.«

Er sah mich dankbar an und fuhr los.

Nach wiederum achtzehneinhalb Minuten waren wir bereits an seiner Haustür. Erst hier warf Andrej die Maske beherrschter Strenge ab und wurde ein wenig verlegen.

»Wissen Sie … Bei mir ist nicht aufgeräumt, Anna. Ich habe nicht mit Besuch gerechnet.«

Es war eine winzige Einzimmerwohnung, ungepflegt und verwahrlost. Andrej schaltete eine kleine Lampe ein, räumte im Vorbeigehen ein paar Sachen weg und machte für mich einen alten, abgewetzten Sessel frei. Ich setzte mich und sah mich um. Das ganze Zimmer, mit Ausnahme der Fernsehwand, von der Fisch mir bereits erzählt hatte, wirkte wie ein Altar, der einem einzigen Gott geweiht war: seiner toten Geliebten. Fotografien einer jungen Frau, professionell aufgenommen und vergrößert; Porträtfotos von der Art, wie sie Straßenmaler als Vorlage verwenden.

Die Geliebte hieß Maria, daran erinnerte ich mich.

Maria schlafend; Maria, Andrej und eine Maschinenpistole; Maria, Andrej und ein Tarnanzug; Maria, Maria, Maria …

»Ist das Ihre Braut?« fragte ich leise.

Andrej nickte verkrampft.

»Sie ist sehr schön«, sagte ich, obwohl ich die tote Liebe des ehemaligen Soldaten der Sondertruppe keineswegs schön fand: zu dickes Haar, ein zu energisches Kinn, ein zu scharf geschnittener Mund – eine echte Kampfgefährtin. Nur die Augen waren schön: groß und verträumt, ein überraschender Kontrast zu dem Tarnanzug, den sie trug.

»Ja. Sie ist sehr schön.«

Außer den Fotos waren überall selbstgebaute Bücherregale. Aus Langeweile überflog ich die Buchrücken und stellte erstaunt fest, daß die vertrauten Buchstaben keine sinnvollen Wörter ergaben. Kein einziges Buch war russisch. Kein einziges.

»Das sind ja keine russischen Bücher.«

»Das ist Serbisch.«

»Können Sie Serbisch lesen?«

»Nein. Ich verstehe es ein bißchen.«

»Aber warum …«

»Jeden Abend vorm Einschlafen nehme ich ein Buch und blättere darin. Bis mir die Augen zufallen. Ich habe schon fast alle durch.«

»Und wenn Sie alle sind?«

»Dann fange ich wieder von vorn an«, sagte Andrej störrisch. »Es ist die Sprache der Frau, die ich geliebt habe.«

Ich streckte die Hand aus und streichelte Andrejs Wange; eine durchaus passende, unschuldige und mitfühlende Geste. Aber sie löste bei Andrej eine sonderbare Reaktion aus: Er griff nach meiner Hand, drückte sie so heftig, daß meine Finger augenblicklich taub wurden, und fragte, ohne sie loszulassen, atemlos: »Was ist passiert, Anna?«

»Ich habe die Leute gesehen, die mich zusammengeschlagen haben. Die mich gequält haben. Sie wissen schon, Andrej.«

»Wer sind sie?« frage Andrej finster.

»Ich weiß nicht … Meine Freundin Nastja (Verzeih mir, Nastja!) … Sie ist ziemlich wohlhabend. Und nach all diesen schrecklichen Dingen … Jedenfalls habe ich sie angerufen, und sie schlug mir vor, etwas zu unternehmen, um den Streß zu bekämpfen. Sie hat sehr eigenwillige Vorstellungen von Streßbekämpfung. Sie schleppte mich in ein Spielkasino, ins ›Monte-Cassino‹, das ist in der Nähe vom Haus der Bildenden Kunst.«

Der Name des Kasinos sagte Andrej nichts, registrierte ich.

»Dort sah ich diesen Kerl. Das heißt, zwei von ihnen. Der eine ist so ein Muskelpaket. Und der andere war der, den ich für einen Intellektuellen gehalten habe. Nastja sagte, ihm gehöre das Kasino.«

Ein Kasinobesitzer, der an einem brutalen Überfall auf eine Frau beteiligt war – damit überspannte ich den Bogen wohl etwas, das klang wenig überzeugend. Aber ich wußte, der unglückliche Andrej glaubte mir jedes Wort, er würde gar nicht auf die Idee kommen, daran zu zweifeln. Er hatte mich gesehen, mißhandelt und verwundet, die Sache war also todsicher.

»Ich habe überlegt, ob ich zur Miliz gehen soll ...«

»Die Miliz wird einen Scheißdreck unternehmen«, unterbrach mich Andrej grob. Er kannte die realen Gegebenheiten im heutigen Moskau.

»Ich weiß nicht ... Aber wenn sie den Fall vielleicht untersuchen würden ...«

»Das würden sie niemals«, sagte Andrej bestimmt, wobei er noch immer meine Hand festhielt.

»Aber selbst wenn ... Ich würde diesen Alptraum nicht durchstehen. Ich habe doch niemandem gesagt ... Nicht einmal Michail habe ich erzählt ...«

Ich verstummte für eine ganze Weile. Jetzt würde ich mit dem Wichtigsten rausrücken. Dem, was den Soldaten bis ins Mark treffen würde, bis in das durch seine geschändete Liebe verwundete Herz.

Ich schloß die Augen und preßte mein Gesicht gegen Andrejs versteinerte Hand. Ich begann sogar zu zittern. Nicht sehr heftig, aber gerade das sollte meine ungeheure innere Anspannung verraten.

»Diese Männer, die in meine Wohnung eingedrungen sind, *sie haben mich vergewaltigt*. Alle drei. Mehrere Stunden hintereinander. Es war so entsetzlich ... Ich wollte nur noch sterben. Und nun habe ich zwei von ihnen wiedergesehen ...«

Aber Andrej ließ mich nicht aussprechen. Was nun mit ihm vorging, versetzte mir einen Schock. Er umschlang seinen Kopf, als könne der jeden Moment explodieren, fiel zu Boden und schrie, dumpf und beängstigend. Es war wie ein epileptischer Anfall: Sein ganzer Körper wand sich in Krämpfen, und das schien kein Ende nehmen zu wollen. Einen Augenblick haßte ich mich, weil ich ein verbotenes Mittel eingesetzt hatte: Ich kannte die Geschichte seiner Geliebten und hatte beschlossen, sie zu wiederholen, um Andrej zu veranlassen, mich zu beschützen, um ihn zum willfährigen Werkzeug zu machen. Nur eines hatte ich nicht bedacht: Die geringste Erwähnung, die kleinste Andeutung ähnlicher Umstände genügte, um seine ohnehin gefährdete Psyche erneut zu erschüttern. Ich vergaß alle meine Pläne, fiel neben Andrej auf den staubigen Teppich und drückte ihn fest an mich.

Verflucht sollst du sein, Anna! Verflucht.

Ratlos, was ich gegen die Krämpfe tun sollte, bedeckte ich sein verzerrtes Gesicht mit Küssen, anfangs hastigen, nervösen, dann langen, beruhigenden.

»Nicht doch, nicht doch ... Beruhige dich, mein Lieber ... Bitte ...«

Und er wurde still. Er lag da wie tot, sein Gesicht war plötzlich ganz spitz, die Lippen schlagartig gealtert und das Haar stumpf.

Ich weinte, schluchzte, zum erstenmal wirklich verzweifelt und hemmungslos.

Verflucht sollst du sein, Anna! Verflucht sollst du sein. Aber nun ist nichts mehr zu ändern. In dem nicht mehr aufzuhaltenden Tränenstrom ertrank mein einziger menschlicher Gedanke: Wenn ich das geahnt hätte, wäre ich nie hergekommen, hätte ich dem halbwahnsinnigen Soldaten nicht dieses grausame Theater vorgespielt.

Mein schreckliches Schluchzen brachte Andrej wieder zur Besinnung. Nun drückte er mich heftig an sich und bedeckte mein Gesicht mit Küssen. Anfangs vorsichtig, wurden sie immer intensiver und unerträglich lang, aber ich wehrte mich nicht, ich wußte, er küßte jetzt seine Maria und bat uns beide um Verzeihung.

»Maria«, flüsterte Andrej, die Lippen in meinem Haar vergraben.

Na schön, dann eben Maria, dachte ich apathisch. Der Name würde auch zu mir passen.

Die Kußfolter dauerte fast die ganze Nacht. Nur seine Lippen berührten meinen Körper. Sie erforschten, küßten jeden Zentimeter meiner Haut; es waren sonderbare, ganz verschiedene Küsse: mal erfüllt von heftigem Verlangen, dann wieder sanft und zart. Als geißele Andrej sein eigenes Fleisch, als hasse er die männliche Natur dafür, was Männer seiner Geliebten angetan hatten. Als wolle er mit jeder Berührung um Verzeihung bitten. Ich nahm mich selbst kaum noch wahr, ich fiel in eine Art Bewußtlosigkeit, aus der ich nur hin und wieder erwachte, doch seine Lippen waren wie zwei treue Hunde immer bei mir. Als die Dunkelheit aus den Winkeln seines chaotischen Liebesaltars wich, ließ er endlich davon ab, meinen Körper mit Zärtlichkeiten zu peinigen. Ermattet sank er neben mir nieder.

»Verzeih mir, Maria«, hörte ich ihn atemlos flüstern. »Verzeih mir, Anna.«

Gleich darauf schlief er ein.

Als er aufwachte, saß ich auf dem Teppich, seinen Kopf auf meinen Knien. Beim Anblick seiner erloschenen Augen erschrak ich.

»Guten Morgen, Andrej.« Ich bezweifelte, daß dies ein guter Morgen werden würde. »Sie sind eingeschlafen, und ich wollte Sie nicht wecken.«

Er sah mich schweigend und durchdringend an.

»Ich brauche die Adresse dieses Kasinos«, sagte er.

»Was haben Sie vor?« fragte ich besorgt. Ich mußte nicht einmal spielen, ich war wirklich besorgt.

»Das ist mein Problem.« Seine glanzlosen Augen waren von leichtem Wahnsinn verschleiert.

»Nein. Nein. Ich lasse nicht zu, daß Sie dorthin gehen. Sie würden nur Dummheiten machen.«

Er ignorierte meine Worte. »Neben dem Haus der Bildenden Künste?«

»Ich will nicht, daß Sie hinfahren ... Ich will, daß Sie alles vergessen, was ich Ihnen gestern erzählt habe.«

»Vergessen?« Er sah mich beinahe haßerfüllt an. »Das kann ich nicht vergessen.«

»Ich lasse Sie nicht weg!« Ich umklammerte seine Schultern: ich war fest entschlossen, ihn aufzuhalten.

Aber er schob mich beiseite – sanft und unerbittlich zugleich; ich spürte nur die enorme Kraft seiner muskulösen Hände.

»Ich lasse Sie nicht gehen, Andrej ...«

»Fahren Sie nach Hause, Anna. Alles wird gut. Hören Sie? Niemand wird seiner Verantwortung entkommen. Niemand wird entkommen wie damals in Osijek. Niemand. Das verspreche ich Ihnen.«

»Nein, Andrej, bitte ...«

»Fahren Sie nach Hause. Ich rufe Sie an, darf ich?« Er berührte meine Wange. »Sie sind Maria wirklich sehr ähnlich, Anna.«

Erst auf der Straße fiel mir ein, daß er mich gar nicht nach meiner Telefonnummer gefragt hatte. Na, schließlich hatte er die von Fisch; in letzter Zeit hatte ich ja dort gewohnt. Ja, das wird er gemeint haben, belog ich mich. Er wird heute abend anrufen. Er ruft auf jeden Fall heute abend an. Ganz bestimmt.

Andrejs nächtliche Küsse hatten in meiner versteinerten Seele etwas erschüttert. Ich wußte zwar, daß er nicht mich geküßt hatte, sondern seine tote Braut, aber das änderte nichts. Mein ganzer Haß auf die Welt, mein ganzes kaltes, berechnendes Verhältnis zu ihr war von einer Welle der Zärtlichkeit unterspült worden, die von Andrej ausging. Alle meine grausamen Spiele waren null und nichtig gegen einen einzigen Kuß von ihm. Ich war erschöpft, als hätte ich die ganze Nacht eine schwere, sinnlose Arbeit verrichtet. Meine Vorstellungen vom Leben waren zusammengebrochen, und ich fürchtete, unter ihren Trümmern lebendig begraben zu werden.

Ich blieb stehen und schlug mit der Stirn mehrmals gegen die durchsichtige Glaswand des Wartehäuschens einer

Bushaltestelle. »Coca-Cola – deine Antwort auf die Sonne« verkündete ein Werbeplakat.

Vor meiner Haustür sah ich Lapizki stehen und kam sofort wieder zu mir. Das absolute Böse saß friedlich auf einer Bank, die in geflickten Turnschuhen steckenden Füße angezogen, und wartete auf mich. Nichts hatte sich verändert. Das erweckte in mir eine grimmige Fröhlichkeit.

Der Hauptmann hob grüßend die Hand.

»Du kommst ziemlich spät nach Hause. Gestehe: Hast du dich die ganze Nacht rumgetrieben?«

»Ich war so frei«, antwortete ich lakonisch.

»Wer war der Kerl?«

»Entschuldige, ich hab mir nicht die Mühe gemacht, ihn nach seinem Namen zu fragen.«

»Treib's nicht zu bunt. Sonst endest du noch wie der gute Menschich.«

Verdammt, über der ganzen Aufregung mit Andrej hatte ich total verdrängt, daß Fisch gestern abend vor dem Inquisitor gestanden hatte – krönender Abschluß der erfolgreichen Hexenjagd.

»Hier, das ist für dich.« Er holte ein fest verschnürtes Bündel Hundertdollarnoten, ein grellbuntes Flugticket, ein paar Reiseprospekte und Papiere aus der Tasche. Ich steckte alles unbesehen ein. »Dein Flug nach Wien geht übermorgen. Ich werde dich eigenhändig ins Flugzeug setzen.«

Ich klopfte gleichgültig eine Zigarette aus der Schachtel und zündete sie an.

»Ich erkenne dich gar nicht wieder.« Lapizki war beunruhigt.

»Alles in Ordnung. Ich bin nur ein bißchen müde.«

»Du fragst überhaupt nicht nach dem Abschluß unserer Operation. Diese ›Hufeisen-Bar‹ ist übrigens ausgezeichnet. Und Fisch hatte damit genau die richtige Wahl getroffen: Der Laden war leer wie ein Ehebett in der Hochzeitsnacht. Offensichtlich wollte er in Ruhe mit dir ganz allein bei einem Salat sitzen. Leider mußte er mit uns vorliebnehmen. Ärgerlich.«

»Und?«

»Zuerst war er ein bißchen fassungslos, wie gut wir informiert sind. Du hättest sein Gesicht sehen sollen! Na, das kannst du nachholen, wir haben das Ganze mit versteckter Kamera gefilmt.«

»Danke, kein Bedarf.«

»Schade. Ausgezeichnete Arbeit, Kindchen. Ich bin stolz auf dich.«

»Und, war er einverstanden, für euch zu arbeiten?«

»Na, so schnell ging das nun auch wieder nicht. Der Mann ist von anderem Kaliber. Er mußte sich erst ein bißchen zieren, sich mit seinem unreinem Gewissen einigen. Aber wie es scheint, haben wir den Sender in der Tasche. Und Fisch ist der Unabhängigste aller Unabhängigen. Du siehst: Die Schafe sind satt, und die Wölfe sind auch unversehrt.«

»Die Wölfe sind immer unversehrt. Hat er mich erwähnt?« Es war mir egal, ob Fisch mich erwähnt hatte oder nicht; ich fragte aus reiner Gewohnheit.

»Nein. Aber vermutlich hat er begriffen.«

Was sonst, dachte ich mit müdem Haß, Lapizki wußte genau Bescheid (ich war sicher, er hatte Fischs Geschichte haarklein wiedergekäut, mit allen Details, die er tags zuvor von mir erfahren hatte), und er saß ausgerechnet in dem Café, wo Fisch eigentlich mit mir verabredet war.

»Am meisten getroffen hat ihn der moralische Aspekt, genau wie du gesagt hast. Er hatte sogar Tränen in den Augen. Aber was soll man machen – wer Feuer will, muß den Rauch ertragen. Ich habe ihn natürlich beruhigt: Keinerlei Diktat, nur ein paar kleine Anweisungen, auch das nur während des Wahlkampfs, und an Filmen und Unterhaltung kann er senden, was er will. Selbst ›Emmanuelle 5‹ nach Mitternacht.«

»Und er?«

»Hat gesagt, er muß drüber nachdenken. Aber er hat schon kapituliert. Er will nur mit Anstand verlieren. Kein Problem, einem Freund schöner Gesten kommen wir immer gern entgegen. Also, herzlichen Glückwunsch zu deinem ersten Erfolg, Kindchen.«

»Ich muß jetzt los«, sagte ich und stand auf. »Ich bin müde, weißt du.«

»Na schön, geh, schlaf dich aus. Ich ruf dich an. Es liegt noch ein Fall an, ein großes Ding, ganz nach deinem Geschmack.«

Ich hörte nicht mehr zu. Oben angekommen, warf ich mich angezogen aufs Bett und sank in schweren Schlaf.

Ein hartnäckiges, aufdringliches Telefonklingeln weckte mich. Mit geschlossenen Augen tastete ich nach dem Hörer.

»Ja.« Da erst begriff ich, daß nicht mein Telefon geklingelt hatte, sondern Fischs Handy.

Lange betrachtete ich den gefährlichen Quader, dann steckte ich ihn unters Kopfkissen. Das Klingeln hörte nicht auf, schmerzhaft hallte es in meinem Kopf wider. Warum sollte das eigentlich unbedingt Fisch sein, dachte ich feige. Das könnte sonstwer sein, Andrej zum Beispiel, der hat doch versprochen anzurufen.

Ich hielt es nicht mehr aus und griff zum Telefon. Im nächsten Augenblick vernahm ich keuchendes Atmen. Ich erkannte ihn sofort. Ich hätte ihn mit niemandem verwechselt.

»Ich wußte, daß du rangehen würdest«, sagte Fisch mit seltsam hohler Stimme. »Du mußtest einfach rangehen.«

»Ja«, erwiderte ich mit ebenso hohler Stimme. »Guten Tag, Lieber.«

Fisch gab ein unterdrücktes Stöhnen von sich.

»Du weißt schon Bescheid. Du hast es von Anfang an gewußt.«

»Ja, Lieber.«

Es war, als schwebten wir beide in einem riesigen leeren Raum, und unsere vor Kälte erstarrten Worte prallten an seiner Oberfläche ab: Keine Emotionen, keine Leidenschaft, kein Haß, keine Verzweiflung. Die nutzlosen Hüllen unserer Seelen waren miteinander verschmolzen, und ich spürte, daß ich Fisch noch nie so nahe gewesen war wie jetzt. Vielleicht hätte ich ihn lieben können. Wenn ich ein bißchen mehr Zeit gehabt hätte.

»Ich frage dich nicht, warum du das getan hast.«

»Das könnte ich dir auch nicht sagen.«

»Nur eines möchte ich wissen: Warum hing mein Hund so an dir?«

»Das wüßte ich auch gern. Und das ist die einzige Frage, auf die ich keine Antwort finden werde.«

»Alles andere ist dir klar.«

»Sieht so aus.«

»Du weißt sogar, was ich vorhabe?«

Ja. Jetzt wußte ich es. Ich hatte es in dem Augenblick begriffen, als ich seine Stimme hörte. Nein, schon als ich das Telefon unters Kopfkissen schob.

»Ja. Ich weiß, was du vorhast. Das ist die beste Lösung.« Ich schwamm im luftleeren Raum, losgelöst von meinen Worten und von meinem Ich, von diesem elenden, gemeinen Miststück. »Das ist die beste Lösung. Nur so kann man sich ihnen entziehen. Es wird ihnen mißfallen, aber dich wird das nicht mehr berühren. Nicht wahr?«

»Sieht so aus. Ich habe alles verloren. Alles ist sinnlos.«

»Ja, Lieber.« Ich war zärtlich zu Fisch, ich liebte ihn jetzt sogar: In wenigen Minuten würde er Hauptmann Lapizki an der Nase herumführen und wieder zu einem würdigen, unerreichbaren Gegner werden. »Ich denke, Alter muß dich nicht mehr lange vermissen.«

»Du hast recht. Ich habe einen Fehler gemacht. Schon vor langer Zeit, als ich bereit war, zu zahlen und zu schweigen. Ich habe mich selbst verraten. Ich habe alles verraten, was mir teuer war.«

»Erinnerst du dich an den Jungen aus Kochtla-Jarwe, der dir das Leben gerettet hat?« Fisch stöhnte erneut, aber ich tröstete ihn: »Jetzt machst du deinen Fehler ja wieder gut.«

»Sieht so aus. Niemand hat mich so verstanden wie du.«

»Es tut mir leid, Lieber ...«

»Habe ich dir schon gesagt, daß ich dich liebe?«

»Ja.«

»Das spielt jetzt keine Rolle mehr.«

»Was für eine Pistole hast du?«

»Eine Beretta«, antwortete Fisch nach kurzem Schweigen leise.

»Eine solide Waffe. Sprengt den ganzen Kopf in Stücke.«

»Ich weiß.«

»An deiner Stelle würde ich aufs Herz zielen. Du hast einen sehr schönen, stolzen Kopf, Lieber. Sehr stolz.«

»Meinst du?«

»Ja.«

»Dann mache ich es so. Leb wohl, Anna.«

»Leb wohl.«

Aber er legte nicht auf. Ich streckte mich auf dem Bett aus, das Telefon ans Ohr gepreßt, und lauschte auf die Stille am anderen Ende: Der einsame, gebrochene Fisch sitzt neben dem Tisch auf dem Fußboden in seinem Penthouse. Er wollte dort lange leben, er hatte extra einen gefeierten Architekten aus Los Angeles geholt und die besten Designer engagiert. Doch nun ist alles nutzlos: die Rettung seines Lebens, die treue Sekretärin, seine Arbeit, seine Freunde. Selbst sein Hund hat ihn verlassen. Bestimmt hat er sich nicht einmal rasiert nach der schlaflosen Nacht. Der längsten Nacht seines Lebens – davon war ich überzeugt.

Als der dumpfe Schuß ertönte, schloß ich die Augen und preßte die Finger gegen die Schläfen. Leb wohl, Fisch, Michail Menschich, Fernsehmagnat, tollkühner Mann, tuberkulosekranker kleiner Junge. Leb wohl und viel Glück.

Ich konnte den ganzen Tag nicht aufstehen. Ich brachte nicht die Kraft auf, die Verbindung zu Fischs Zuhause zu unterbrechen; dort herrschte unheilvolle Stille, selbst seine berühmte Fernsehwand schwieg. Wenn ich noch ein, zwei oder drei Stunden wartete, würde ich hören, wie Leute in seiner Wohnung herumliefen, viele Leute. Wie sie den Körper von Michail Menschich untersuchten und zu dem Schluß kamen, daß es sich um Selbstmord handelte. Ich hätte zu gern Lapizkis Gesicht gesehen.

Die Stille am anderen Ende der Leitung und die Stille in

meiner eigenen Wohnung bedrückten mich, und ich griff nach der Fernbedienung und schaltete den Fernseher ein. Ich zappte wahllos durch die Sender, bis ich etwas hörte, das mich Fisch vergessen ließ.

In einer Nachrichtensendung, deren Ende ich erwischte, berichtete ein blutjunger Reporter mit teilnahmsloser Stimme von einem Verbrechen im Stadtzentrum von Moskau. Ich musterte krampfhaft sein grellbuntes Reebok-T-Shirt, bemüht, nicht über seine Worte nachzudenken. Nicht, daß sie mich erschreckten, im Grunde hatte ich damit gerechnet, nur nicht so schnell. »Vor einer Stunde«, begann der Reporter optimistisch, »ereignete sich mitten im Zentrum von Moskau ein sinnloses Blutbad. Ein Mann im Tarnanzug drang, nachdem er das Fenster eingeschlagen hatte, im Spielkasino ›Monte-Cassino‹ ins Büro des Besitzers Ilja Awramenko ein. Dort befanden sich zu diesem Zeitpunkt Herr Awramenko selbst und einer seiner Leibwächter. Beide wurden auf der Stelle erschossen. Ein weiterer Leibwächter konnte in die Spielhalle entkommen, wurde jedoch ebenfalls von dem Unbekannten im Tarnanzug getötet. Zum Tatort wurden Einsatztruppen des Innenministeriums kommandiert; es kam zu einer Schießerei, bei der der Täter getötet wurde. Er trug eine Erkennungsmarke bei sich, ausgestellt auf den Namen Andrej Baschirow, Angehöriger der Moskauer Sondertruppen. Die Ermittlungen ergaben, daß Andrej Baschirow, der den Besitzer des Kasinos überfallen hat, tatsächlich lange Zeit bei den Sondertruppen diente und nach seiner Entlassung 1993 als Freiwilliger nach Jugoslawien ging. Laut bisher vorliegenden Informationen litt Baschirow unter ernstlichen psychischen Störungen und wurde lange Zeit in einer geschlossenen Klinik behandelt. Die Gründe, die den ehemaligen Angehörigen der Sondertruppen zu dieser brutalen Abrechnung mit dem Besitzer des Kasinos und seinen Leibwächtern veranlaßten, sollen im Verlauf der Ermittlungen geklärt werden.«

Baschirow also. Ich hatte nicht einmal gewußt, daß er so hieß.

Das war's, Anna. Du bist gerächt. Auch du, Erik, bist gerächt.

Ich hielt es in der Wohnung nicht mehr aus. Ich mußte an die Luft, um nicht in meinem eigenen Todesgestank zu ersticken. Raus hier, an die Luft!

Ich rannte fast aus der Wohnung, Fischs Handy nahm ich mit. Ich warf es in den nächsten Müllcontainer und lief bis zum Abend durch die Stadt. Die Straßen kamen mir leer vor, obwohl sie voller Menschen waren. Ohne zu wissen, wie ich dorthin gelangt war, stand ich auf einmal in einer kleinen englischen Parfümerie – vielleicht war ich noch immer auf der Suche nach meinem ureigenen, unwiederbringlich verlorenen Duft?

Ich zwängte mich zum Verkaufsstand durch und griff nach den dünnen Papierstäbchen mit den angeklebten Schaumstoffstückchen. Die ersten drei ließen mich unberührt. Aber der vierte ...

Verdammt, das ist doch das Lieblingsparfüm von Aljona, dachte ich mechanisch. Na klar, mit diesem Parfüm habe ich sie verführt. OUTRAGE hieß es, »SCHÄNDUNG«. Aljona sagte lieber »VERHÖHNUNG«.

Aljona.

Aljona. Aljona Gontscharowa, verunglückt im Moor bei Petersburg.

Ich erinnerte mich. Ich erinnerte mich an alles.

Eine Welle von Erinnerungen an mein früheres Leben überrollte mich. Ich glaube, ich verlor sogar für einen Augenblick das Bewußtsein; die Hand auf der Ladentheke, rutschte ich langsam zu Boden, mitsamt der Duftprobe des Parfüms »Outrage«.

»Vorsicht, junge Frau!« Die unfreundliche Stimme der Verkäuferin holte mich zurück in die Wirklichkeit.

Über mein Gesicht liefen Tränen, ich sprang von einem Namen zum anderen und wiederholte sie gierig immer wieder: der weiße Engel Iwan, umgekommen am Filminstitut; der weiße Engel Nimotsi, getötet in meiner Wohnung in

Bibirjowo; Venka; der Grieche; Wlas; Wolodja Tumanow; der Maler Serga, das kleine tscheremissische Genie ... Dan. Dan Sikora. Er hat mich verraten. Die Hunde auf Kudrjawzwes Datscha – Rottweiler, ja, Rottweiler, im Nebenzimmer eingesperrt; Oleg Marilow, natürlich, wie konnte ich das vergessen; Lapizki hat es mir doch gezeigt ...

Lapizki – das ist mein jetziges Leben. In diesem Leben heiße ich Anna. Wieso Anna? Ich bin doch *Eva*. Diesen Namen habe ich selbst gewählt.

Mein falsches, doppelt betrogenes Gesicht. Mein falsches, doppelt betrogenes Leben. Die plastische Operation – ich habe eine plastische Operation machen lassen. Aber ich habe Damsker und seine Frau nicht getötet. Ich hatte nie etwas von ihnen gehört. In meinem früheren Leben gab es keinen Erik. Und keinen Ilja Awramenko, keine Dokumente aus dem Safe des Bankiers. Ich bin Eva, alles andere als ein geldgieriges Geschöpf. Ich habe Dan Sikora geliebt, einen Verbrecher, der mich verraten hat. Oleg hat ihn getötet. Wir waren auf dem Rückweg von Kudrjawzews Datscha. Bei Bronnizy (natürlich, ich war in Bronnizy gewesen, wie hatte ich das vergessen können!) nahmen wir dieses Mädchen mit, das am Straßenrand stand und uns stoppte: kurzes schwarzes Haar, ein um Hilfe flehendes, allzu schönes Gesicht. Sie sagte, sie käme aus einer Rehabilitationskommune ehemaliger Drogenabhängiger und man habe ihr alles Geld und die Papiere gestohlen. Sie müsse nach Moskau. Sie hat sogar ihren Namen gesagt. Ich fürchtete plötzlich, dieser zufällige Name könnte mir nicht einfallen, aber im selben Moment erinnerte ich mich wieder.

Jelisaweta.

Ein viel zu pompöser Name für ein so zierliches Mädchen, dachte ich damals. Und dann erzählte mir Oleg von seinem Freund Kostja Lapizki. Einem Mann, in dessen Umfeld alle sterben. Sein einziger Freund Kostja Lapizki verleihe seinem Leben ein ständiges Gefühl von Gefahr; er sei eine leibhaftige Verkörperung des russischen Roulettes.

Genau das sagte er damals, Oleg, der mich vor einem ruhmlosen Selbstmord gerettet hatte: eine leibhaftige Verkörperung des russischen Roulettes. Er lächelte, drehte sich zu mir um, und das Auto geriet ins Schleudern. Er verlor die Kontrolle über den Wagen, und wir rasten gegen die Leitplanke. Das letzte, woran ich mich erinnere, ist der verzweifelte Schrei von Jelisaweta.

Ich bin Eva. Ich war niemals Anna. Ich habe nie Gitanes geraucht, nie Wacholderwodka getrunken, und das Wort Gigolo gehörte nie zu meinem Wortschatz. Wie haben sie mich dazu gebracht, das Gegenteil zu glauben? Wie? Wie?

Ich hatte das Gefühl, mein Kopf müßte jeden Augenblick zerspringen. Verzweifelt wiederholte ich immer wieder die Namen, fürchtete, irgend etwas auszulassen. Die meisten Namen gehörten zu niemandem mehr, ihre Träger waren tot. Mein früheres Leben glich einem Friedhof. Einem alten, halbverfallenen Friedhof. Und hinter seiner zerbröckelnden Mauer lagen neue Gräber.

Im früheren Leben hatte ich niemanden töten wollen, ich hatte mich nur verteidigt. Die Geschichte mit den Pornofilmen, in die ich hineingeraten war, hatte mich veranlaßt, mein Aussehen zu verändern, und sie hatte eine blutige Todesspur nach sich gezogen. Aber in meinem jetzigen, neuen Leben hatte ich eigenhändig Menschen in eine tödliche Mausefalle gelockt. Was hatten sie mir angetan, wie hatten sie mich zu einer seelenlosen Maschine machen, und wie hatte ich dazu werden können? Nichts hatte sich in mir geregt, als Fisch sich eine Kugel ins Herz jagte, als Jegor Samarin getötet wurde, als Andrejs Körper von Maschinenpistolen durchlöchert wurde, nachdem ich ihn in den sicheren Tod geschickt hatte.

Ich fiel mitten auf der Straße auf die Knie und hob das verweinte Gesicht zum gleichgültigen Moskauer Himmel.

»Anna! Hörst du mich? Ich hasse dich, Anna! Ich hasse dich!«

Mein Haar fiel mir in die Augen – nein, es war nicht mein Haar, es war *ihr Haar* –, Wimperntusche lief mir übers

Gesicht – nicht meine, *ihre Wimperntusche*. Ihre Maske war so mit meinem Gesicht verwachsen, daß ich verzweifelt versuchte, sie herunterzureißen; ich schlug mit Fäusten auf diese Maske ein, bis Blut aus meinen Lippen trat.

Unsinn. Gemeine Lüge. Du bist trotzdem du selbst, also bist du an allem schuld. Du, nicht Anna.

Es gibt keine Anna mehr. Ich heiße Eva.

Eva.

»Na, na, was soll denn das?« ließ sich aus unergründlichen Tiefen Iwan vernehmen. »Keine Panik! Du wirst noch früh genug erschrecken, wenn du erfährst, was du ohne unsere Aufsicht alles angestellt hast. Aber erst mal solltest du anstandshalber deine besten Kumpels begrüßen.«

»Ja, genau«, pflichtete Nimotsi ihm bei. »Beruhige dich, komm zu dir. Wir denken hier oft an dich, aber keine Angst, wir wollen nicht, daß du zu uns kommst.«

Mein Gott, diese Stimmen, so fern, so vertraut – wie konnte ich sie vergessen, wie konnte ich mein eigenes Leben vergessen?

Mit Mühe gelangte ich zurück in meine Wohnung. Nein, es war nicht meine Wohnung. Sie gehörte einer anderen Frau, deren Hülle ich trug. Und diese Hülle würde ich abwerfen, koste es, was es wolle. Und sei es das Leben.

Im Bad sah mir aus allen Spiegeln Anna entgegen. Die Frau, die ich in den letzten Monaten mit mir zu assoziieren gelernt hatte. Um sie nicht mehr zu sehen, schleuderte ich meine schweren Schuhe gegen das Glas, und Annas Gesicht zersprang in winzige Splitter.

Das verfluchte lange Haar störte mich. Annas Haar. Ich nahm eine Schere und schnitt es wutentbrannt ungleichmäßig bis zu den Wurzeln ab. Die Schere war stumpf, an mehreren Stellen ritzte ich mir sogar die Kopfhaut auf, aber das konnte mich nicht aufhalten.

Das Blut ableckend, das mir vom geschundenen Kopf übers Gesicht rann, zerriß ich das Flugticket nach Wien, die

Prospekte und die Papiere. Dasselbe wollte ich mit dem Geld tun, als es nachdrücklich an der Tür klingelte.

So klingelte nur Kostja Lapizki.

Ich öffnete, und er schlug mich ins Gesicht. Ich verlor das Gleichgewicht und fiel hin. Ich nahm den Schlag als höchste, verdiente Auszeichnung.

»Sag schon, du Miststück, ist das ›Monte-Cassino‹ dein Werk? Du hast unseren besten Agenten ausgepustet, du miese Ratte!« Er trat mir in die Nieren. Wieder empfand ich Erleichterung. »Hast deinen dreckigen kleinen Kriegshelden geil gemacht, ich weiß doch, wie du so was hinkriegst ...«

»Nein, Kostja. Ich fürchte, du irrst. Nicht ich habe Andrej geil gemacht. Das war dein ausgekochtes Miststück Anna, das du so gehätschelt hast.«

Erst jetzt bemerkte er, daß mit mir etwas nicht stimmte: Mein Kopf war voller stümperhaft geschnittener Haarbüschel.

»Was ist los mit dir?« Er war fassungslos. »Rüstest du dich für den Urlaub, willst du besonders exotisch aussehen?«

»Für den Urlaub rüsten wird sich auch Anna.« Ich hob die Ticket- und Prospektschnipsel vom Boden auf. »Ich glaube, sie ist schon unterwegs.«

Lapizki fiel in dumpfes Schweigen, vergaß sogar eine Zeitlang seinen besten Agenten, den Besitzer des Spielkasinos »Monte-Cassino«. Nein, sein bester Agent war Anna Alexandrowa, das tollkühnste, charmanteste Stück Dreck. Oder hätte es werden können, wäre Eva nicht aus ihrer Amnesie erwacht. Mit einem präzisen Griff, wie ich es bei Ignat gelernt hatte, warf ich den überrumpelten Lapizki zu Boden und war augenblicklich über ihm. Ich war bereit, bis zum letzten zu kämpfen. Einer von uns beiden würde hier nicht mehr lebend rauskommen, da war ich sicher.

»Übrigens, apropos Kasino – hast du nicht Lust auf eine Runde Roulette? Du bist doch eine leibhaftige Verkörperung des russischen Roulettes.«

»So hat mich nur Oleg genannt. Du ... Du erinnertst dich wieder an alles?«

»Auf jeden Fall an mich.«

»Die Tabletten ... Hast du die Tabletten genommen?« Er war noch immer nicht zu sich gekommen und machte einen Fehler nach dem anderen.

»Die Tabletten. So ist das also.« Allmählich erkannte ich logische Zusammenhänge. »Die Tabletten zur Stimulierung der Hirntätigkeit und zur Aktivierung des Gedächtnisses – oder bewirken sie genau das Gegenteil?«

Der Hauptmann biß sich auf die Lippen. Ich war erfüllt von Haß, der töten kann, und er wußte das, er selbst hatte mich hassen gelehrt. Unsere Kräfte waren also etwa gleich, keiner war mehr überlegen.

»Wie heißt du wirklich?« Er versuchte noch immer, Zeit zu gewinnen, um sich herauszuwinden. Mein harter Ellbogen schnürte ihm die Sauerstoffzufuhr ab und ließ ihm keine Zeit zum Nachdenken. »Wie heißt du wirklich?«

»Erinnerst du dich an Olegs Notizbuch? An den Namen in der Pyramide mit den Skarabäuskäfern?«

»Eva!« Er schloß die Augen. »Eva, das hätte ich mir denken können. Was ist mit Oleg passiert? Wer war die andere Frau?«

»Wer ist Anna? Warum hast du mich zu ihr gemacht? Warum habe ich diesen Bluff geschluckt?«

Ich lockerte den Druck ein wenig, und Lapizki nutzte das sofort aus. Er wand sich unter meinem Arm hervor, warf mich ab und war frei. Nun liefen wir durch die Wohnung wie zwei Judoka auf der Matte.

»Wie ist Oleg umgekommen?« fragte Lapizki erneut.

»Wer ist Anna?« Ich schnellte vor, versuchte ihn zu packen – ohne Erfolg. Er entkam mir wieder und drehte sich vor mir in einer Art rituellem Tanz.

»Was hattest du in seinem Leben zu suchen?«

»Wie habt ihr mich dazu gebracht zu glauben, ich sei Anna?«

»Erst erzählst du mir von Olegs Tod.«

»Wer ist Anna?«

»Na schön.« Er kapitulierte und atmete durch. »Das ist eine völlig reale Person. Sie starb zwei Wochen, bevor du aufgewacht bist. Alles, was dir dieser Deutsche erzählt hat, dieser Erik, ist die reine Wahrheit. Nur daß sie es nicht geschafft hat, die Papiere wegzuschaffen. Sie hatte sich überschätzt und wurde aus dem Weg geräumt. Von eben diesem Typen, von Ilja. Aber damals war das Ganze blutiger Ernst, in deinem Fall war alles inszeniert. Ilja war mit Vergnügen bereit mitzuspielen; er haßte die wirkliche Anna so, daß er sie noch ein zweites Mal demütigen, fertigmachen wollte. Er steht auf große Spezialeffekte. Aber niemand hatte von dir soviel Einsatz erwartet, ich meine deinen Schuß auf Vitjok. Ich habe damals gleich begriffen, daß ich mich in dir nicht getäuscht hatte. Du warst die ganze Zeit unter Kontrolle, es war alles geplant.«

»Auch das Geld im Mantelfutter?«

»Natürlich.«

»Und die Hinrichtung von Erik?«

»Diese dreckige Nutte war wirklich der Komplize der echten Anna. Ein gescheiterter Schauspieler übrigens. Ein Stück Scheiße, purer Abschaum, eine Null. Als wir ihn ein bißchen unter Druck gesetzt haben, war er einverstanden mitzuspielen, im Austausch gegen sein Leben, daran hing er nämlich sehr. Mit diesem Finale hat er natürlich nicht gerechnet. Aber er hätte sowieso dran glauben müssen, früher oder später. Nach der Geschichte mit den Damskers, nach dem Mord an der echten Anna, nachdem der Plan mit den Papieren in die Hose gegangen war, da kam er nämlich zu uns gerannt, er stand also sowieso auf der Abschußliste. Für solchen Abschaum machen wir keinen Finger krumm.«

Armer Erik, dieser liebe, rührende Kerl mit den mutwilligen, schamlosen Lippen, der ganz echt an der echten Anna hing!

Mit einer geschickten Drehung versetzte ich Lapizki einen regelwidrigen Tritt in den Unterleib. Er krümmte sich und unterdrückte ein Stöhnen.

»Ihr habt sozusagen beschlossen, diesen Bauern zu opfern, um dafür eine wertvollere Figur zu bekommen?«

»Genau, meine Liebe«, keuchte Lapizki, der sich noch immer krümmte. »Erinnere dich an die Eröffnung der Partie mit Fisch. Du selbst hast Jegor Samarin ausgewählt.«

»Das heißt, Bauernopfer sind bei euch gang und gäbe? Und den Schönheitschirurgen habt ihr auch getötet?«

»Nicht doch, das war nur ein Bluff. Der würde alles für uns tun.«

Er würde alles tun ... Ich dachte an den Homosexuellen Stassik, den sie ebenfalls an der kurzen Leine hielten.

»Ihr erpreßt schwarze Schafe einfach, was? Spielt ihre Laster aus?«

»Wir sind die einzigen, die den Staat vor üblem Gesindel schützen und ihn wenigstens ein bißchen aus der Scheiße holen können.«

»Und dafür benutzt ihr eben dieses Gesindel?«

»Der Zweck heiligt die Mittel. Wir benutzen nur Gesindel, das in der Hölle schon sehnlichst erwartet wird. Und je früher es dorthin gelangt, nachdem es uns noch ein paar Dienste erwiesen hat, um so besser. Und überhaupt, wer bist du denn? Hast du nicht voller Enthusiasmus Menschich ans Messer geliefert, einen Mann, der dir nichts Böses getan hat?«

Ich schloß die Augen, und unvermittelt hieb mir Lapizki die Faust in den Solarplexus.

»Ich habe mich in dir doch nicht geirrt. Die echte Anna konnte dir nicht das Wasser reichen. Sie war zwar gerissen, aber längst nicht so klug. Du dagegen ... Ich habe sofort gespürt, was für ein Mensch du bist, selbst, als du dich an nichts erinnern konntest. Oleg hätte sich nicht mit Scheiße abgegeben. Warum bin ich nicht darauf gekommen, daß du Eva bist?«

»Du hast alles getan, um mich zu Anna zu machen.«

»Du hast dich nicht sehr dagegen gesträubt, Anna.«

»Untersteh dich, mich Anna zu nennen«, flüsterte ich.

»Du kannst heißen, wie du willst. Das ändert jetzt nichts mehr. Begreifst du das oder nicht?«

»Nein. Ich werde nie mehr eine von euch sein. Es waren zu viele Tote.«

»Willst du etwa nach allem, was du getan hast, ein nettes, beschauliches Leben führen mit einem Wellensittich und dem rechtschaffenen Manager einer Waschmittelfirma?«

»Sei still!« Ich stürzte mich mit voller Wucht auf ihn, doch nun wehrte er meinen Angriff spielend ab, und ich mußte einige schmerzhafte Schläge einstecken.

»Dein Gewissen würde dir keine Ruhe lassen. Und außerdem würdest du jedes normale Leben äußerst fade finden. Du wolltest doch Macht ...« Er stockte, dann sagte er vorsichtig: »Du wolltest doch Macht, Eva.«

»Nein. Nein. Jetzt nicht mehr.«

»Wir nehmen nicht jeden, aber wer einmal bei uns ist, kommt nicht wieder raus. Der Preis ist zu hoch.«

»Alphaphetaprotein«, sagte ich plötzlich. »Das Mittel gegen AIDS. Die Klinik, in der ich lag. Der Arzt Wladlen Terechow, Sojas Bruder. Er ist der Boss. Es geht um riesige Summen, um einflußreiche Klienten. Damit hättet ihr sie alle in der Hand.«

»Du willst mir die Information verkaufen? Du bist wirklich umwerfend.« Er sah mich beinahe verliebt an. »Und wie schnell dir das eingefallen ist – du hast eine große Zukunft vor dir, keine Sorge. Aber diese Information besitzen wir bereits. Du hattest doch in der Klinik eine Abtreibung, richtig?«

Die Abtreibung. Ich war schwanger gewesen von Dan, der mich verraten hatte.

»Wir haben den Anästhesisten in die Zange genommen.«

»Pawlik«, sagte ich mechanisch.

»Genau. Er hat ziemlich schnell ausgepackt. Dieses Präparat wird aus Plazenta gewonnen. Von Pawlik werden wir uns trennen müssen, damit unser Genie Wladlen ungehindert weiterarbeiten kann. Und um den kümmern wir uns schon. Willst du nicht mitmachen?«

Lapizki überragte mich wie ein Fels. Aber nun war mir alles egal. Ich wußte, daß es für mich endgültig aus war damit.

»Ich werde nie mehr tun, was ich getan habe.«

»Schade.« Er sah mich zärtlich an. »Schade.«

»Du kannst mich töten. Aber ich werde nie mehr Anna sein. Ich werde bei euren schmutzigen Spielen nicht mitmachen.«

»Aber ich liebe dich doch, Kindchen.« Er kam näher und strich mir über das verunstaltete Haar. »Ich liebe dich sehr. Du bist mein bestes Geschöpf.«

»Es war ein Unfall. Nur ein Unfall, nichts weiter. Kurz vor seinem Tod hat Oleg mir von dir erzählt, daß du sein russisches Roulette bist, daß du ihm ein Gefühl von Gefahr vermittelst. Dann hat er die Kontrolle über den Wagen verloren, und wir sind gegen die Leitplanke gerast. Es gab keine Verfolgungsjagd. Es war ein simpler Unfall. Eine Kugel aus der Trommel ist in den Lauf geraten … Russisches Roulette, verstehst du? Ich werde nicht für euch arbeiten, und wenn ihr mich totschlagt.«

»Na schön.« Lapizki war verblüffend ruhig. »Wenn du nicht bleiben willst, dann kannst du gehen.«

»Und du läßt mich einfach so laufen?«

»Ja.« Er hatte eine Entscheidung getroffen, und ich sah, was ihn das kostete: Selbst sein Gesicht war erschlafft, wirkte auf einmal sanft und alt. »Ich liebe dich, mein Kind. Und halt deine Zunge im Zaum. Vielleicht lebst du dann ein bißchen länger.«

Er küßte mich auf die Stirn. Zum Abschied.

Ich öffnete die Tür, um wenigstens für ein paar Stunden, für ein paar Minuten frei zu sein.

Ich lief durch das nächtliche Moskau. Ich wußte nicht, wohin. Es war mir scheißegal, wann sie mir den Schädel wegpusten würden, jetzt gleich oder einen Tag später. Ich hatte niemanden mehr, der noch lebte.

Und dann … Dann erinnerte ich mich plötzlich an jemanden. Vielleicht war er auch schon tot? Vielleicht. Aber …

Ich fuhr mit der letzten Metro bis zur Station »Prashskaja«. Zu Fuß brauchte ich ziemlich lange; das Haus war mehrere Bushaltestellen entfernt, eine leere Ewigkeit, wie mir schien.

Vor der Tür blieb ich stehen, und bevor ich klingelte, sah ich mein ganzes Leben vor mir – das frühere und das jetzige.

Noch konnte ich umkehren. Aus Angst, ich könnte es mir anders überlegen, drückte ich schnell auf die Klingel.

Stille. Stille. Noch ein verlorenes Leben.

Ich preßte die heiße Stirn gegen die schäbige Türbespannung, und da ertönte eine schwache, gedämpfte Stimme: »Wer ist denn da? Bist du's Koljan? Es ist offen, komm rein. Hast du Wodka mit?«

Diese Stimme hätte ich unter Tausenden erkannt.

Ich stieß die Tür auf und trat über die Schwelle.

Direkt vor mir, im schlecht beleuchteten Flur, saß Serga Kanygin im Rollstuhl. Der kleine Maler, der einzige Mensch, der mir geblieben war.

Serga regte sich nicht. Doch seine Augen waren direkt auf mich gerichtet.

»Wer ist da?« fragte er schließlich ohne jede Angst.

»Ich bin's. Eva. Erinnerst du dich an mich, Serga?«

»Eva!« Er rollte mir entgegen. »Eva, wo hast du denn gesteckt, Eva? Und ich, du siehst ja ... Ich hab Probleme. Sitze wie ein Idiot im persönlichen Rollstuhl. Und muß dauernd an Weiber denken, das ist das Traurige.«

Ich kniete mich vor ihn, umschlang seinen abgemagerten Körper und hob den Kopf zu seinem stoppeligen Kinn.

»Bist du immer noch so schön, Eva?« fragte er und tastete mein Gesicht ab. Seine Finger waren irgendwie anders, als hätten sie Mühe mit der für sie ungewohnten Rolle. Sie wollten sehen.

»Was ist passiert, Serga?« Ich war fassungslos.

»Die alte Geschichte. Noch im Dezember. Sie haben mich einfach so zusammengeschlagen, für nichts und wieder nichts. Beine hin, Augen hin ... Und nun muß ich dauernd ans Malen denken, das ist das Traurige.«

An dem, was mit Serga passiert war, war auch ich schuld. Ich preßte mich immer enger an ihn.

»Bist du für lange gekommen? Zu mir?« fragte Serga voller Hoffnung. »Bleibst du hier?«

»Ja.«

»Für lange?«

»Für immer. Wenn du ... Wenn du mich nicht wegschickst.«

»Eva ...« Seine Finger erstarrten auf meinen Wimpern.

»Für immer«, wiederholte ich.

Für immer.

Was für wundervolle Worte: Für immer.

Fred Vargas: »Es gibt eine Magie Vargas.« Le Monde

Die schöne Diva von Saint-Jacques
Im Garten der Sängerin Sophia im Pariser Faubourg St. Jacques steht eines Morgens ein Baum, der am Tage zuvor noch nicht da stand. Niemand hat ihn gepflanzt. Zwei Tage später ist Sophia spurlos verschwunden. Ihr Nachbar Marc, ein junger Historiker, beginnt den Boden unter der kleinen Buche aufzugraben und stößt auf einen uralten Haß, der beinahe auch ihn das Leben kosten wird.
»Eine vielversprechende neue Stimme des europäischen Kriminalromans.« Der Tagesspiegel
Kriminalroman. Aus dem Französischen von Tobias Scheffel. 288 Seiten. AtV 1510

Der untröstliche Witwer von Montparnasse
Mathias, Marc und Lucien, die drei »Evangelisten« aus der »Schönen Diva von Saint-Jacques«, haben einige Monate später ihren nächsten Fall am Hals. Ihr Freund Louis Kehlweiler, Ex-Inspektor des Pariser Innenministeriums, versteckt einen mutmaßlichen Frauenmörder in ihrem Haus, von dessen Schuld er nicht überzeugt ist. Doch schon am nächsten Morgen steht das Phantombild des Mörders in allen Zeitungen.
»Es ist unmöglich, von Vargas nicht gefesselt zu sein.« Die Zeit
Kriminalroman. Aus dem Französischen von Tobias Scheffel. 278 Seiten. AtV 1511

Es geht noch ein Zug von der Gare du Nord
Auf Pariser Bürgersteigen erscheinen über Nacht mysteriöse blaue Kreidekreise, darin liegt stets ein verlorener oder weggeworfener Gegenstand. Keiner hat den Zeichner je gesehen, die Presse amüsiert sich, niemand nimmt die Sache ernst. Aber eines Nachts geschieht, was Kommissar Adamsberg als einziger befürchtet hat: es liegt ein toter Mensch im Kreis.
»Wer Donna Leon liebt, wird Fred Vargas vergöttern.« P.S., Zürich
Kriminalroman. Aus dem Franz. von Tobias Scheffel. 212 Seiten. AtV 1512

Bei Einbruch der Nacht
Ein Wolfsmensch, so sagen die Leute, zieht nach Einbruch der Dunkelheit mordend durch die Dörfer der provenzalischen Alpen. Der halbwüchsige Sohn eines Opfers und ein wortkarger Schäfer nehmen die aussichtslose Verfolgung auf. Ein urkomisches Roadmovie und eine zarte Liebesgeschichte um die schöne Camille und Kommissar Adamsberg aus Paris.
»Prädikat: hin und weg.« WDR
Kriminalroman. Aus dem Franz. von Tobias Scheffel. 336 Seiten. AtV 1513

Mehr Informationen über Fred Vargas erhalten Sie unter www.aufbau-verlag.de oder bei Ihrem Buchhändler

AtV

Nino Filastò
»... molto italiano« WDR

Der Irrtum des Dottore Gambassi
Ein Avvocato Scalzi Roman
Unter den lieblichen Hügeln der Toskana entdeckt der ägyptische Etruskologe Fami ein sakrales Gewölbe, das Unbekannte für gar nicht heilige Zwecke nutzen. Doch bevor er den vermuteten Schatz heben kann, wird sein Fund ihm zum Verhängnis.
»Ein atemberaubender, erstklassig geschriebener Mafiaroman.« BUCHMARKT
Aus dem Italienischen von Julia Schade. 414 Seiten. AtV 1601

Alptraum mit Signora
Ein Avvocato Scalzi Roman
Florenz – lichte Stadt der Kunst und Stadt düsterer Geheimnisse. Zwei brutale Morde sind an Menschen geschehen, die einem Maler Modell gesessen haben, einem Fälscher, der malt wie die großen Künstler des Quattrocento.
»Ein scharfsinnig komponierter Krimi, in dem alles lebensecht italienisch wirkt – die raffiniert gefälschten Bilder inbegriffen.« BRIGITTE
Aus dem Italienischen von Bianca Röhle. 380 Seiten. AtV 1600

Die Nacht der schwarzen Rosen
Ein Avvocato Scalzi Roman
Im Hafenbecken von Livorno, der Geburtsstadt Modiglianis, wird die Leiche eines Kunstkritikers geborgen. Auf welch tödliches Geheimnis mag er bei seiner Recherche über die Echtheit einiger Skulpturen des Künstlers gestoßen sein? »Italien-Bilder voll authentischer ›Italianità‹: Filastò beschert uns einen überdurchschnittlichen Kriminalroman.« F.A.Z.
Aus dem Italienischen von Barbara Neeb. 352 Seiten. AtV 1602

Forza Maggiore
Ein Avvocato Scalzi Roman
Der Wirt einer heruntergekommenen Trattoria wird ermordet aufgefunden. Die Schuldigen sind schnell ausgemacht: Witwe und Tochter des Opfers. Doch Scalzi ist von der Unschuld der beiden Frauen überzeugt. Ihr angeblicher »Mord aus Leidenschaft« dient nur dazu, kriminelle Machenschaften weit größeren Ausmaßes zu vertuschen.
»Ein hervorragender Krimi, der nicht nur auf Spannung, sondern auch auf der psychologischen Wetterlage der urigen Hauptfiguren aufgebaut ist.« EX LIBRIS
Aus dem Italienischen von Esther Hansen. 352 Seiten. AtV 1604

Mehr Informationen über die Bücher von Nino Filastò erhalten Sie unter www.aufbau-verlag.de oder bei Ihrem Buchhändler

AtV

Mordsfrauen: Krimis bei AtV

POLINA DASCHKOWA
Die leichten Schritte des Wahnsinns
Keine beschreibt das moderne Rußland so packend wie sie: Autorin Polina Daschkowa ist mit mehr als 16 Millionen verkauften Büchern in Rußland ein Star. Mit den »Leichten Schritten des Wahnsinns« gab sie ihr Deutschlanddebüt.
»Unglaublich dicht und spannend.« BRIGITTE
Roman. Aus dem Russischen von Margret Fieseler. 454 Seiten. AtV 1884

VICTORIA PLATOWA
Die Frau mit dem Engelsgesicht
Sie wollten die Welt umkrempeln: der begabte Iwan, der angehende Regisseur Nimotsi und ihre Freundin »Maus«. Aber dann stürzt sich Iwan im Suff zu Tode, die beiden anderen lassen sich auf ein gefährliches Filmprojekt ein. Nimotsi wird ermordet. Maus unterzieht sich einer Gesichtsoperation, um besser abtauchen zu können. Als rothaarige Schönheit will sie den Tod ihrer Freunde rächen. Ein schonungsloser, rasanter Krimi über das neue Rußland.
Roman. Aus dem Russischen von Olga Kouvchinnikova und Ingolf Hoppmann. 404 Seiten. AtV 1875

DANIELLE THIÉRY
Der tödliche Charme des Doktor Martin
Nach Fred Vargas, Polina Daschkowa und Liza Marklund ein neuer Star unter den Krimiautorinnen. Thiérys Kommissarin Edwige Marion ist energisch und zerbrechlich, scharfsinnig und emotional, in der Liebe vom Pech verfolgt, außerdem schwanger, von Léo oder Sam, und sie steckt in einer existentiellen Krise. Da hinterläßt ein Unbekannter ein Paar roter Kinderschuhe auf ihrem Briefkasten, Indiz ihres ersten, einige Jahre zurückliegenden Falls, der nie aufgeklärt wurde.
Roman. Aus dem Französischen von Sabine Schwenk. 422 Seiten. AtV 1878

FRED VARGAS
Bei Einbruch der Nacht
Ein Wolfsmensch, so sagen die Leute, zieht nach Einbruch der Dunkelheit mordend durch die Dörfer der provenzalischen Alpen. Der halbwüchsige Sohn eines Opfers und ein wortkarger Schäfer nehmen die aussichtslose Verfolgung auf. Ein urkomisches Roadmovie und eine zarte Liebesgeschichte um die schöne Camille und Kommissar Adamsberg aus Paris.
»Prädikat: hin und weg.« WDR
Roman. Aus dem Französischen von Tobias Scheffel. 336 Seiten. AtV 1513

Mehr Informationen erhalten Sie unter www.aufbau-verlag.de oder bei Ihrem Buchhändler

AtV

Mord in Serie: Krimis bei AtV

RUSSELL ANDREWS
Anonymus
Ein Leseerlebnis, atemberaubend wie eine Achterbahnfahrt: Carl Granville bekommt die Chance seines Lebens. Aus geheimen Briefen soll er die Geschichte eines Jungen rekonstruieren, der seinen Bruder tötete. Doch der mysteriöse Auftrag gerät zu einem nicht enden wollenden Alptraum: Nicht nur, daß seine Verlegerin und eine Nachbarin getötet werden – bald verfolgt ihn die Polizei und hält ihn für einen Mörder.
»Ein temporeicher politischer Thriller in der Art von Grishams ›Akte‹.« MICHAEL DOUGLAS
Thriller. Aus dem Amerikanischen von Uwe Anton und Michael Kubiak. 450 Seiten. AtV 1900

ELIOT PATTISON
Der fremde Tibeter
Fernab in den Bergen von Tibet wird die Leiche eines Mannes gefunden. Shan, ein ehemaliger Polizist, der aus Peking nach Tibet verbannt wurde, soll rasch einen Schuldigen finden, bevor eine amerikanische Delegation das Land besucht. In den USA wurde dieses Buch mit dem begehrten »Edgar Allan Poe Award« als bester Kriminalroman des Jahres ausgezeichnet.
»Gute Bücher entführen den Leser an Orte, die er nicht so einfach erreichen kann: ein ferner Schauplatz, eine fremde Kultur, eine andere Zeit ... Pattison leistet all das zusammen.« BOOKLIST
Roman. Aus dem Amerikanischen von Thomas Haufschild. 493 Seiten. AtV 1832

CHRISTOPHER WEST
Zuviel himmlischer Frieden
Kommissar Wang ermittelt
China 1991: Mitten in einer Vorstellung der Peking-Oper wird ein kleiner Gauner ermordet. Die Spuren führen Kommissar Wang in Kreise des organisierten Verbrechens. Wang glaubt fest an den Sieg der Gerechtigkeit, doch läßt sie sich wirklich durchsetzen im heutigen China?
»›Zuviel himmlischer Frieden‹ ist für China, was ›Gorki-Park‹ für Rußland war.«
FLORIDA SUN-SUNTINEL
Roman. Aus dem Englischen von Frank Wolf. 288 Seiten. AtV 1754

WHITNEY CHADWICK
Im Labyrinth der Bilder
»Wie hier ein Alter Meister aus Napoleons Tagen respektlos in einen Mordfall verwickelt wird, das liest sich amüsant und lehrt uns etwas, auf nette Weise: wie schwierig und spannend es sein kann, ein Kunstobjekt zweifelsfrei seinem Urheber zuzuschreiben – der Weg dahin ist ein Krimi für sich, gelegentlich lebensgefährlich.« DIE ZEIT
Roman. Aus dem Englischen von Ursula Walther. 317 Seiten. AtV 1717

Mehr Informationen erhalten Sie unter www.aufbau-verlag.de oder bei Ihrem Buchhändler

AtV

Immer wieder lesen: Lieblingsbücher bei AtV

MARC LEVY
Solange du da bist
Was tut man, wenn man in seinem Badezimmerschrank eine junge hübsche Frau findet, die behauptet, der Geist einer Koma-Patientin zu sein? Arthur hält die Geschichte für einen Scherz seines Kompagnons, er ist erst schrecklich genervt, dann erschüttert und schließlich hoffnungslos verliebt. Und als er eines Tages begreift, daß Lauren nur ihn hat, um vielleicht ins Leben zurückzukehren, faßt er einen tollkühnen Entschluß.
»Zwei Stunden Lektüre sind wie zwei Stunden Kino: Man kommt raus und fühlt sich einfach gut, beschwingt und glücklich und ein bisschen nachdenklich.« Focus
Roman. Aus dem Französischen von Amelie Thoma. 277 Seiten. AtV 1836

LISA APPIGNANESI
Die andere Frau
Maria d'Este ist eine klassische Femme fatale. Die Männer umschwärmen sie, sobald sie nur einen Raum betritt – und den anderen Frauen erscheint sie unweigerlich als Rivalin. Als Maria aus New York nach Paris zurückkehrt, beschließt sie, daß die Zeit ihrer Affären vorbei ist. Doch dann begegnet sie dem Mann, bei dem sie all ihre guten Vorsätze vergißt. Zum ersten Mal lernt Maria die wahren Abgründe der Liebe kennen.
Roman. Aus dem Englischen von Wolfgang Thon. 444 Seiten. AtV 1664

KAREL VAN LOON
Passionsfrucht
Der Vater des 13jährigen Bo erfährt zehn Jahre nach dem Tod seiner Frau, daß er nie Kinder zeugen konnte. Diese Entdeckung stellt sein gesamtes Leben in Frage. Die Suche nach dem »Täter« wird eine Reise an den Beginn seiner großen Liebe.
Roman. Aus dem Niederländischen von Arne Braun. 240 Seiten. AtV 1850

NEIL BLACKMORE
Soho Blues
Melancholisch und geheimnisvoll wie ein Solo von John Coltrane, unverwechselbar wie die Stimme von Billie Holiday: »Soho Blues« ist die bewegende Geschichte einer leidenschaftlichen, lebenslänglichen Liebe zweier Menschen, die sich in einem Netz von Abhängigkeit und Verrat, Hoffnung und Desillusion, Liebe und Haß befinden.
»Eine herzzerreißende Lektüre, die große Gefühle weckt.«
Osnabrücker Zeitung
Roman. Aus dem Englischen von Kathrin Razum. 286 Seiten. AtV 1733

Mehr Informationen erhalten Sie unter www.aufbau-verlag.de oder bei Ihrem Buchhändler

AtV

Wer A sagt, muss auch Bo sagen.

Sie lesen die taz. Gehen Sie den nächsten Schritt – abonnieren Sie. Damit sichern Sie unsere Existenz und Ihre Lektüre.

die tageszeitung

▶ 5 Wochen für 12,50 €

abo@taz.de | www.taz.de

T(030) 25902590 | F(030) 25902680